KNAUR

Im Knaur Taschenbuch Verlag ist bereits folgendes Buch der Autorin erschienen:
Der geheimnisvolle Garten

Über die Autorin:
Annette Dutton, 1965 in Deutschland geboren, studierte Geisteswissenschaften in Mainz. Seither arbeitet sie als Fernsehproducerin und Autorin, zuletzt für ein Australien-Special der Wissenschaftsserie »Galileo« sowie die zweiteilige Australien-Reportage »Der Zug der Träume«. Mittlerweile lebt Annette Dutton seit zwölf Jahren in Australien, zusammen mit ihrem Mann John und Sohn Oscar. Mehr über die Autorin erfahren Sie unter:
www.annettedutton.net.au

Annette Dutton

Die verbotene Geschichte

Roman

KNAUR

Besuchen Sie uns im Internet:
www.knaur.de

Wenn Ihnen dieser Roman gefallen hat und Sie auf der Suche sind nach ähnlichen Büchern, schreiben Sie uns unter Angabe des Titels »Die verbotene Geschichte« an:
frauen@droemer-knaur.de

FSC
www.fsc.org
MIX
Papier aus verantwortungsvollen Quellen
FSC® C083411

Originalausgabe Juli 2013
Knaur Taschenbuch

Ein Unternehmen der Droemerschen Verlagsanstalt
Th. Knaur Nachf. GmbH & Co. KG, München

Redaktion: Franz Leipold
Umschlaggestaltung: ZERO Werbeagentur, München
Umschlagabbildung: FinePic®, München
Karten: Computerkartographie Carrle
Satz: Adobe InDesign im Verlag
Druck und Bindung: CPI – Clausen & Bosse, Leck
Printed in Germany
ISBN 978-3-426-51335-4

2 4 5 3

Die verbotene Geschichte

PAZIFISCHER
Bis
Bismar
Niederländischer Besitz
Kaiser-
Wilhelms-
NEUGUINEA
Land
Britischer Besitz
Kokod
Port Moresby
AUSTRALIEN
Koralle

Kaiser-Wilhelms-Land
und der
Bismarck-Archipel
ZEAN
New Ireland
rck-Archipel
Neu-
Mecklenburg
-Meer
Simpsonhafen (Rabaul)
Herbertshöhe (Kokopo)
Gazelle-Halbinsel
Salomon-
Inseln
Neu-Pommern
WEST NEW
BRITAIN
Salomon-Meer
Kokodatrail
N
W
O
S
200 Kilometer
Meer

PAZIFISCHER O
WEST SEPIK
EAST SEPIK
Bismarc
Bism
PAPUA-NEUGUINEA
Kokoda
Port Moresby
AUSTRALIEN
Kokodatrail
Korallen-

Papua-Neuguinea heute

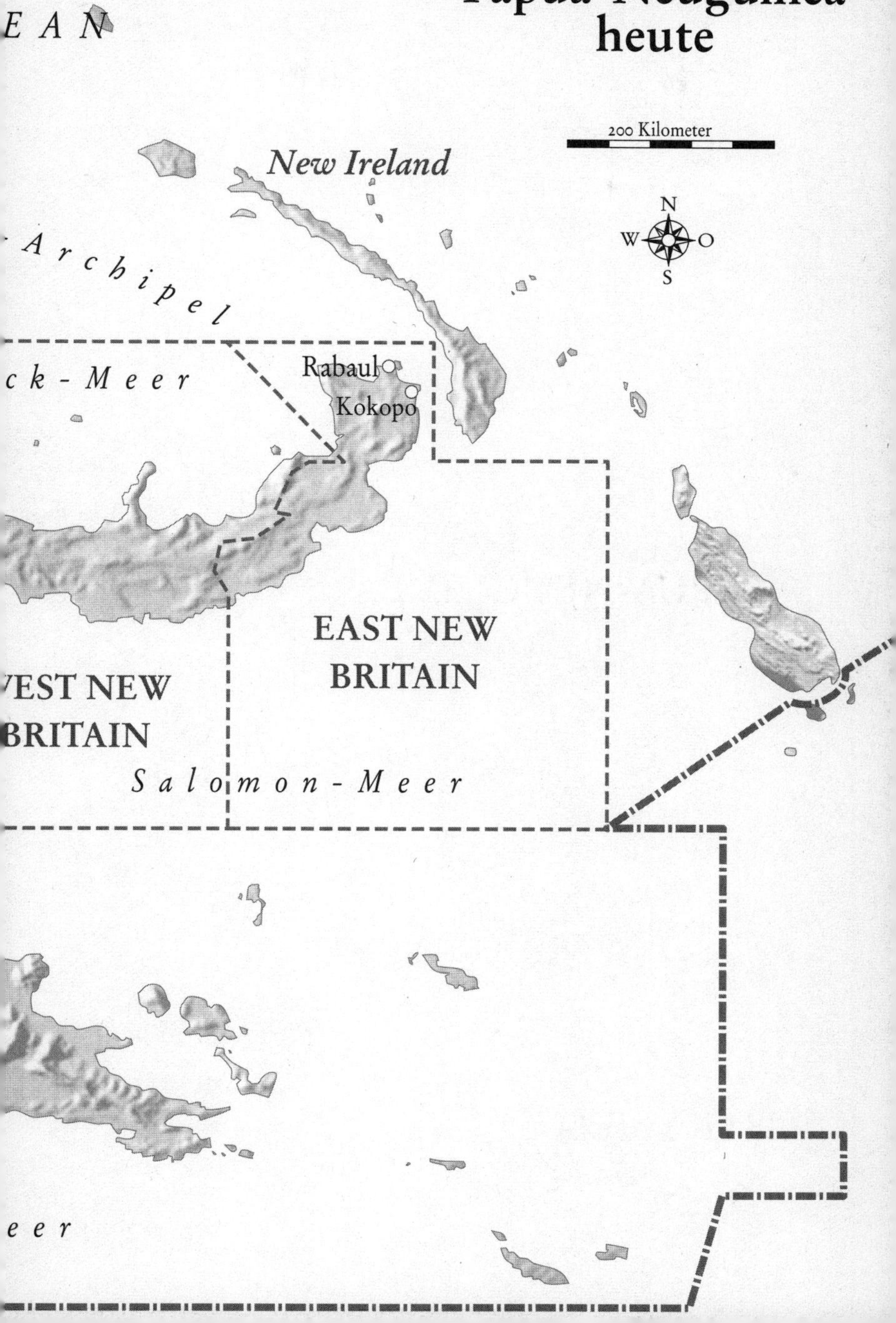

Köln, März 2010

Katja riss sich die weißen Stöpsel aus den Ohren und starrte mit offenem Mund durch die Windschutzscheibe. Instinktiv zog sie ihr linkes Bein in den Fahrerraum zurück und schlug die Tür zu. Sie sah, wie der Radfahrer vor ihr auf die belebte Gegenspur zuschlingerte. Während er sich bemühte, die Kontrolle zu behalten, schlug das Vorderrad ruckartig hin und her. Zwei Autofahrer versuchten, dem unberechenbaren Geschoss auszuweichen, und verrissen das Lenkrad Richtung Bürgersteig. Bremsen quietschten. Katja schloss die Augen und biss die Zähne aufeinander. Sie wartete auf den Aufprall. Doch stattdessen sauste wenig später eine Faust auf die Motorhaube ihres Sportwagens nieder. Sie fuhr zusammen und öffnete ungläubig die Augen.

»Kannst du nicht aufpassen, du blöde Kuh?«

Ein behelmter Männerkopf beugte sich durchs offene Fenster zu ihr herunter. Es erschien Katja unglaublich, doch der drahtige Typ im Rennfahrertrikot saß trotz des riskanten Ausweichmanövers noch immer im Sattel und stützte sich nun mit der Hand an ihrem Autodach ab. Sein wutverzerrtes Gesicht kam dem ihren so nahe, dass Katja schon befürchtete, er könne jeden Moment handgreiflich werden. Unwillkürlich hob sie ihre Hände und legte sie zum Schutz auf Stirn und Schläfen.

»Es tut mir leid. Ehrlich, ich weiß gar nicht, wie das passieren konnte. Normalerweise …« Sie biss sich auf die Unterlippe. Es musste ja wie Hohn in seinen Ohren klingen, wenn sie behauptete, dass sie sich sonst vor dem Aussteigen immer zuerst umschaute, ob jemand auf dem Radweg hinter ihr fuhr.

»Sorry«, sagte sie deshalb nur leise und hob entschuldigend die Hände.

»Dein *sorry* kannst du dir sonst wohin schieben! Verdammt, ich hätte tot sein können!«

Katja begann trotz der Erleichterung zu zittern. Der Mann lebte. Das war alles, was zählte. Sie wusste, dass sie unter Schock stand. Dabei wollte sie so gerne etwas Passendes sagen, ihn zumindest fragen, ob er sich verletzt hatte und ob sein Rad in Ordnung war. Doch noch bevor sie die richtigen Worte fand, stieß sich der Radfahrer kraftvoll vom Auto ab und trat in die Pedale.

»Scheißautofahrer«, hörte sie ihn noch fluchen, als er kopfschüttelnd davonfuhr. Katja barg ihr Gesicht in den Händen. Sie ließ die Stirn aufs Lenkrad sinken, schloss die Augen und begann zu weinen. Es stimmte, was er gesagt hatte. Sie hätte ihn tatsächlich umbringen können! Wer wüsste das besser als sie?

Erst vorletzte Woche hatte sie gemeinsam mit den anderen Notärzten im Dienst ein sechzehnjähriges Mädchen versorgt, das auf dem Weg zur Schule von einer sich plötzlich öffnenden Wagentür in die Luft geschleudert worden war. Wahrscheinlich würde der Teenager für den Rest seines Lebens von der Hüfte abwärts gelähmt bleiben.

»Alles in Ordnung mit Ihnen? Brauchen Sie Hilfe?«

Katja spürte den sanften Druck einer Hand auf ihrer Schulter. Langsam hob sie den Blick und strich sich eine Strähne ihres schulterlangen Haares hinters Ohr. Sie sah in das besorgte Gesicht einer älteren Dame, die durchs offene Fenster zu ihr hereinschaute. Katja schüttelte nur den Kopf und zwang sich zu einem Lächeln.

»Nein danke. Es geht schon wieder.«

Die Dame hob kurz die Brauen, als zweifle sie ihre Worte an, nickte schließlich und ging weiter. Katja seufzte. Bevor noch mehr geschah, sollte sie besser aussteigen. Sie stopfte ihren MP3-Player in die Handtasche und griff nach den beiden Einkaufstüten auf dem Rücksitz. Sie schüttelte sich, als könnte sie auf diese Weise das eben Erlebte loswerden. Schließlich stieg sie aus, schloss den BMW ab und überquerte zügig die Straße. Fünf Minuten später stand sie vor einem Mehrfamilienhaus, das sich mit seiner nüchternen Fassade aus den siebziger Jahren nahtlos in seine triste Nachbarschaft einfügte. Sie setzte die Tüten ab und fischte in ihrer Handtasche nach dem Hausschlüssel. Als sie ihn nicht gleich finden konnte, füllten sich ihre Augen wieder mit Tränen. *Mein Gott, reiß dich zusammen!* Endlich fühlte sie den Schlüssel zwischen ihren Fingern und schloss schnell die geriffelte Glastür auf. Sie stellte den Fuß in den Rahmen, nahm die Tüten und betrat den Flur. Die vier Stockwerke bis zu ihrer Dachterrassenwohnung bewältigte Katja zu Fuß, einen Fahrstuhl gab es nicht. Oben angekommen, öffnete sie die Tür, trat in den Eingangsbereich, lehnte sich für einen Moment mit dem Rücken gegen die Wand und atmete tief durch. Dann ging sie zur Küchentheke, wo sie die Tüten abstellte. Sie öffnete einen der Hängeschränke und suchte nach der Whiskyflasche, die sich dort irgendwo versteckt haben musste. Im mittleren Schrank wurde sie fündig. Sie griff nach einem Wasserglas und goss sich einen Daumenbreit vom Single Malt ein. Sie nahm einen großen Schluck und ließ sich mit einem hörbaren Seufzer auf den Barhocker sinken. Mit geübten Bewegungen kickte sie die flachen Sandalen von den Füßen. Eigentlich war es für Sandalen noch viel zu kalt, aber nach dem langen Winter war ihr heute einfach danach gewesen. Es war ja nur für den Heimweg und den Einkauf im Supermarkt. Im Krankenhaus trug sie ohnehin ihre Arbeitsschuhe. Sie stellte den Drink ab und ging zum anderen Ende des Raumes, dem Wohnbereich. Michael und sie hatten die Wohnung vor sechs Jahren nur unter der Bedingung gekauft, dass sie die Wände einreißen durften. Aus den vier schachtelartigen Zimmern schufen sie ein helles großes und ein kleineres, das als Schlafzimmer diente. An der niedrigen Decke konnten sie leider nichts ändern, doch dafür entschädigte sie die Dachterrasse mit Blick über den Rhein – der eigentliche Grund, weshalb sie sich für die Wohnung in Rodenkirchen entschieden hatten. Die bürgerliche, um nicht zu sagen spießige Nachbarschaft nahmen sie dafür ebenso in Kauf wie Katja die tägliche Fahrerei zur Uniklinik.

Eine Weile suchte sie erfolglos nach der Fernbedienung; schließlich gab sie auf und ging in die Hocke, um die Anlage manuell einzuschalten. Sie drehte den Lautstärkeregler genau so weit nach rechts, wie es von den Honnefs unter ihnen gerade noch toleriert wurde. Nach mehreren unerfreulichen Begegnungen mit dem Rentnerehepaar war Michael auf die grandiose Idee verfallen, diesen mühselig verhandelten Grenzwert mit einem Tupfer Nagellack auf der Anlage zu markieren. Das fanden sie beide zwar idiotisch, aber seither klappte es mit den Nachbarn.

Katja ging ins Badezimmer, zog sich aus und stellte sich unter die Dusche. Vor zwei Jahren hatte sie auch im Bad kleine hochwertige Boxen installieren lassen, denn sie wollte selbst

dort nicht mehr ohne Musik sein. Mit der Stille kamen die Gedanken, und die drehten sich immer nur im Kreis. Sie führten zu nichts, schmerzten aber wie am ersten Tag.
Katja hielt ihr Gesicht bewegungslos in den Wasserstrahl, genoss das gleichförmige Prickeln auf der Haut. Gleichzeitig spürte sie das Hämmern der Bassgitarre.
Als sie sich gerade zu entspannen begann, wurde sie von einem energischen Klopfen an der Badezimmertür unterbrochen. Zum zweiten Mal an diesem Tag fuhr sie erschrocken zusammen und kreuzte schützend die Arme vor der Brust.
»Katja?«
Ihre Mutter. War es tatsächlich schon sechs? Ihre Mutter hatte unbedingt zum Abendessen vorbeikommen wollen. Sosehr Katja die Absicht hinter diesem Besuch zu schätzen wusste, an diesem Tag wäre sie trotzdem lieber allein geblieben. Katja drehte das Wasser ab und stieg aus der Duschkabine.
»Bin in zwei Minuten bei dir. Hol dir schon mal was zu trinken!«, rief sie durch die Tür, anstatt die Musik leiser zu stellen.
»Ist gut.«
Katja trocknete sich ab, schlüpfte in Unterwäsche und ihre Röhrenjeans und streifte sich ein schlicht geschnittenes T-Shirt mit langen Ärmeln über. Sie verzog das Gesicht kurz zu einer Grimasse, als sie sich mit festen Bürstenstrichen durchs handtuchtrockene Haar fuhr.
In die Küche zurückgekehrt, stellte sie fest, dass ihre Mutter bereits die Plastiktüten geleert und die Einkäufe verstaut hatte. Die elegante Frau Mitte fünfzig stand in der Küche und würfelte Schalotten. Sie trug eine Hose aus fließendem Stoff, die ihrer schlanken Figur schmeichelte. Augen und

Lippen waren dezent geschminkt. Das dunkelblonde Haar hatte sie hochgesteckt, was die Wirkung ihrer teuren Ohrringe noch verstärkte. Als sie Katja kommen hörte, hob sie den Kopf und legte das Messer zur Seite. Lächelnd kam sie um die Arbeitsfläche herum und nahm ihre Tochter in den Arm.

»Ich wollte dich wirklich nicht erschrecken, Liebes, aber ich habe mir den Finger wund geklingelt, und weil ich doch den Schlüssel habe, dachte ich …«

»Ja, ja. Schon gut«, wiegelte Katja ab und wand sich aus der mütterlichen Umarmung. »Bin ja selbst dran schuld. Die Musik … Hast du übrigens zufällig die Fernbedienung gesehen?«

»Letztes Mal lag sie unter dem Sofa.«

Margarete von Beringsen wandte sich wieder den Schalotten zu. Katja ging zur Sitzecke hinüber, deren dunkles Leder speckig glänzte. Sie legte sich flach auf den Boden und langte nach etwas.

»Und da ist sie auch jetzt wieder. Was täte ich nur ohne dich?« Mit einem Ächzen kam sie wieder auf die Füße und stellte den Ton leise. Ihre Mutter schien darüber erleichtert.

»Was machst du überhaupt in der Küche? Ich wollte doch für uns kochen.«

»Ach, lass mir doch die Freude. Zu Hause komme ich doch eh nicht dazu.« Katjas Mutter deutete mit der Messerspitze auf die Knoblauchknolle und den kleinen Bund roter Chilis. »Das scharfe Zeugs überlasse ich allerdings gerne dir.«

Das Fischgrätparkett knarzte, als Katja zur Küche hinüberging.

»Meinst du, ich sollte den Boden neu versiegeln lassen?«

Ihre Mutter hob die Schultern.

»Das würde wohl nichts ändern. Das Holz lebt, und was lebt, bewegt sich nun mal und macht dabei Geräusche.« Sie wandte sich zum Spülbecken, um die Petersilie zu waschen. Katja schluckte. *Was lebt, bewegt sich und macht Geräusche.* Lächerlich, dass sie die Worte ihrer Mutter so berührten. Entschlossen kämpfte sie die aufsteigenden Tränen nieder und machte sich daran, den Knoblauch und die Chilis sehr fein zu schneiden.

Die beiden Frauen saßen am Esstisch und aßen schweigend. Beide schienen sich auf die leisen Klänge zu konzentrieren. Mozart. Katja war nicht nach Unterhaltung zumute. Ihre Mutter schien dies zu spüren. Sie war gekommen, um ihre Tochter zu trösten, und Katja wollte sie auch gar nicht bewusst abweisen, obwohl sie glaubte, dass dieser fürsorgliche Besuch ihrer Mutter mehr half als ihr selbst.
»Wirklich köstlich, diese Chili-Knoblauch-Spaghetti«, unterbrach Margarete von Beringsen die Stille. »Ich bin jedes Mal aufs Neue erstaunt, dass ich Chili überhaupt runterbringe. Diese Entdeckung habe ich allein dir zu verdanken.« Sie legte das Besteck am Tellerrand ab und nahm einen Schluck vom Riesling. Dann schaute sie ihrer Tochter forschend ins Gesicht. Katja wandte den Blick ab. Eine Träne lief ihr über die Wange. Ihre Mutter beugte sich nach vorne.
»Katja, willst du nicht mit mir reden?«, ermunterte sie die Tochter und berührte vorsichtig deren Hand. Katja atmete durch. Sie legte die Gabel zur Seite und sah ihrer Mutter in die Augen.
»Ich hätte heute beinahe jemanden auf die Intensivstation geschickt.« Mit einem Kloß im Hals berichtete sie ihrer Mutter von dem Unfall.

»Geh nicht so hart mit dir ins Gericht. Ich wette, du hast an Michael gedacht, als das passierte, hab ich recht? Dieser Tag heute … der Gedanke hat dich abgelenkt.« Sie drückte die Hand ihrer Tochter, Katja nickte stumm.
Ihre Mutter deutete mit dem Kinn in Richtung Telefon. »Es blinkt schon, seit ich hier bin. Drei Anrufe. Willst du die Nachrichten denn nicht abhören?«
Katja schüttelte den Kopf.
»Später. Ich schaffe das jetzt nicht. Das werden seine Eltern sein und vielleicht ein, zwei Freunde, die sich noch an seinen Geburtstag erinnern.«
Ihre Mutter nickte und drehte langsam mit der Gabel die Spaghetti auf. Katja wollte Wein nachschenken, doch Margarete von Beringsen hielt die Hand über ihr Glas.
»Für mich bitte nicht mehr. Ich hab versprochen, noch auf einen Sprung bei Leni vorbeizuschauen. Eine ihrer neuen Künstlerinnen stellt aus, und sie hat mal wieder Angst, dass nicht genug Publikum zur Vernissage kommen könnte.«
Sie schaute auf die Armbanduhr. »Großer Gott. Sei mir nicht böse, aber ich muss los.« Sie tupfte sich den Mund ab, warf die Serviette auf den noch halb vollen Teller, schob den Stuhl zurück und stand auf.
Als ihre Mutter mit ihrer Handtasche im Bad verschwunden war, räumte Katja den Tisch ab und stellte das Geschirr ins Spülbecken. Sie nahm ihr Weinglas und ging nach draußen auf die Terrasse, wo sie sich in einen gepolsterten Korbsessel sinken ließ und nach Zigaretten und Feuerzeug auf dem Holztischchen neben ihr langte. Sie fingerte eine Zigarette aus der Packung und zündete sie an. Dann lehnte sie sich zurück und stieß den Rauch wie einen langen Seufzer durch die Nasenlöcher aus. Ihr Blick glitt über den Fluss; der

Abend war schnell heraufgezogen, so dass sie kaum noch unterscheiden konnte, wo das schmutzige Wasser aufhörte und das Grau des Himmels anfing. Die Lichter der Uferpromenade hätten dabei helfen können, doch aus irgendeinem Grund brannten sie noch nicht. Feiner Nieselregen fiel. Über die Brücke zu Katjas Rechter bewegten sich die Autos als schleichende Lichterkette hoch über dem Rhein. Katja hatte die Beine hochgezogen und mit den Armen umfasst, um sich vor der Kälte zu schützen. Die herannahende Nacht fühlte sich eher nach Winter an als nach Frühlingsanfang. Sie hörte, wie die Glastür geöffnet wurde.

»Ach, hier bist du. Willst du nicht wieder hereinkommen? Du holst dir sonst noch den Tod.«

»Gleich. Ich rauche nur schnell die Zigarette fertig.«

Frau von Beringsen trat auf die Terrasse hinaus, schon im Mantel, und zog die Tür hinter sich zu. »Seit wann rauchst du denn wieder?« Die Stimme der Mutter klang überrascht, und sie setzte sich auf die Kante des anderen Sessels.

»Nur ab und zu mal eine. Du brauchst dir keine Sorgen machen.«

»Das tu ich aber.«

Katja schwieg, während die Glut ihrer Zigarette in der trüben Dämmerung aufleuchtete und leise knisterte.

»Ist es denn immer noch so schlimm?« Margarete von Beringsen sprach leise. »Es sind nun fast schon drei Jahre.«

Katja antwortete nicht, hob stattdessen den Kopf und blies den Rauch in den kalten Himmel. Ihre Mutter legte der Tochter die Hand aufs Knie.

»Hör mal, du darfst dich nicht so in deine Trauer fallen lassen. Du bist eine junge Frau, die noch alles vor sich hat. Du musst mehr rausgehen, unter Leute.«

»Mama, ich bin den ganzen Tag unter Leuten. Am Abend will ich meine Ruhe haben.«
»Sicher. Trotzdem … Katja, es fällt mir nicht leicht, aber irgendjemand muss es dir ja mal sagen. Und wenn deine Freunde es nicht tun …«
»Was denn, Mutter? Bitte winde dich nicht so.«
»Also gut. Du lässt dich gehen. So, jetzt ist es raus. Dabei wäre es nun wirklich an der Zeit …« Sie sah ihre Tochter genauer an und unterbrach sich selbst. »Deine Haare. Wann warst du das letzte Mal beim Friseur? Und dann diese alten ausgeleierten Klamotten. Immer nur Jeans, T-Shirt oder Pulli. Du würdest dich bestimmt viel besser fühlen, wenn du dich ein wenig zurechtmachen würdest.«
»Du meinst, damit ich für einen anderen Mann attraktiv werde?« Noch bevor ihre Mutter Gelegenheit hatte, Einspruch zu erheben, sprach Katja weiter: »Wieso kannst du nicht verstehen, dass ich kein Interesse habe, mit jemandem auszugehen? Michael war die Liebe meines Lebens, und die Tatsache, dass er tot ist, ändert nichts daran.«
Margarete von Beringsen setzte sich aufrechter hin und schlug die schlanken Beine übereinander. Ihre Finger zogen die Korbflechtenlinien nach.
»*Liebe meines Lebens.* Herrgott, Katja, das sind große Worte. Ich glaube, du bist mit deinen 32 Jahren viel zu jung, um deine Gefühle so abschließend beurteilen zu können.«
»Aber du kannst das, ja? Du kannst beurteilen, wann es mit meiner Trauer genug ist und an der Zeit, mich nach einem neuen Mann umzuschauen. Das meinst du doch, wenn du sagst, ich soll wieder raus ins Leben, oder?«
»Ich meine nur, dass du zu jung bist, um für den Rest deines Lebens zu trauern. Auch wenn es dir jetzt noch schwerfällt,

mir zu glauben, aber Gefühle verändern sich im Laufe der Jahre. Ich gebe zu, es hört sich abgeschmackt an, und doch ist es wahr: Die Zeit heilt alle Wunden.«

Katja schnaubte verächtlich. »Ich weiß schon. Und eine neue Liebe ist wie ein neues Leben. Bitte, Mutter, lass mich mit diesen abgedroschenen Phrasen in Ruhe!«

»Na gut. Ich will nur dein Bestes, das weißt du. Aber wenn du mir nicht zuhören willst, gehe ich wohl besser.«

Margarete von Beringsen stand auf. »Ach ja, ich hab deine Post mit hochgebracht und auf die Kommode im Flur gelegt. Außer Rechnungen ist da ein Brief aus Papua-Neuguinea. Wird wohl eine Einladung für diese merkwürdige Zeremonie zu Phebes Grabverlegung sein. Sie haben uns vor drei Wochen um die Erlaubnis gebeten, diese Feierlichkeiten auf Kuradui abzuhalten.«

»Phebes Grabverlegung?« Katja wusste nicht, wovon ihre Mutter sprach. Diese winkte müde ab.

»Ach, vergiss es einfach. Ich verstehe gar nicht, warum die Diözese unsere Familie seit Jahren immer noch anschreibt, wo Papa doch nie darauf reagiert hat. Ganz schön hartnäckig, diese Papua. Wahrscheinlich hoffen sie auf eine saftige Geldspende. Also, ich bin dann mal weg.«

Katja drückte die Zigarette im Aschenbecher aus und stand auf, um ihre Mutter zu verabschieden. »Mutter, es tut mir leid. Es ist nur … ach, ich weiß auch nicht. Ich bin einfach noch nicht so weit. Verstehst du das denn nicht?«

Margarete von Beringsen drückte ihre Tochter fest an sich und schloss für einen Moment die Augen. »Natürlich. Ich will dir doch nicht weh tun, aber wir sorgen uns nun mal um dich. Papa fragt schon eine ganze Weile nach dir. Willst du nicht mal wieder vorbeikommen, auf einen Kaffee?«

»Ach, Mutter. Vater und nach mir fragen. Das glaubst du doch selbst nicht. Fast jedes Mal, wenn ich ihn sehe, endet es im Streit.«

»Weil ihr beide denselben Dickschädel habt, deshalb. Dabei tust du ihm unrecht, glaub mir. Er fühlt durchaus mit dir, kann es aber nicht so ausdrücken. Also, komm schon, gib dir einen Ruck und besuche deinen Vater! Er vermisst dich. Wirklich.«

Der Anflug eines Lächelns zeichnete sich auf Katjas Lippen ab.

»Ich überleg es mir.«

Margarete von Beringsen strich ihrer Tochter kurz über den Rücken, hängte sich ihre Tasche um und wandte sich zur Tür. Die Hand schon auf der Klinke, drehte sie sich noch einmal um. »Beinahe hätte ich das Wichtigste vergessen.« Sie fischte einen Umschlag aus ihrer Handtasche und gab ihn der Tochter. »Hier. Die Einladung zu Großvaters Geburtstag. Ich weiß, Alberts Jahrestag ist eine bittere Erinnerung für dich, aber bitte komm dieses Mal! Wir sind deine Familie, Katja.«

Als ihre Mutter gegangen war, drehte Katja die Musik auf und warf die Geburtstagseinladung auf die Küchentheke. Und wenn ihre Mutter vielleicht recht hatte und sie schon viel zu lange in der Trauerphase steckte? Wie lange dauerte »normale« Trauer? In der medizinischen Literatur war ungefähr von einem Jahr die Rede, wenn sie sich richtig erinnerte. Es stimmte, sie hatte sich gerade in den letzten Monaten sehr von Freunden und Familie zurückgezogen. Im ersten Jahr nach Michaels Tod hatte sie noch jede Menge Anrufe und Einladungen zu irgendwelchen Aktivitäten er-

halten. Nachdem sie dann mehrere Male abgesagt hatte, ließen diese Anrufe allmählich nach. Das war nur verständlich, und es hatte Katja nicht weiter gestört, schließlich wollte sie ja nichts anderes, als mit sich und den Erinnerungen an Michael allein zu sein.
Konnte es sein, dass sie es sich mit der Zeit fast schon behaglich in diesem Zustand eingerichtet hatte? Verwechselte sie womöglich die Gewöhnung an ihre Einsamkeit mit der sogenannten Regression, wie Ärzte die Phase der Trauer nannten und in der sie sich ihrer Meinung nach gerade befand? Die vorletzte Stufe der Trauer, die von Rückzug aus dem Leben und gewählter Isolation gekennzeichnet ist? Warum ließ sie nicht los und wagte den Sprung zurück ins Leben? Sehnte sie sich im Grunde nicht selbst nach der letzten Trauerphase, die eine Anpassung an das Leben ohne den geliebten Menschen bedeutete? Wenn sie sich nur aktiver darum bemühte, zurück ins normale Leben zu gelangen, würde es dann nicht irgendwann einfach passieren, dass es sich richtig anfühlte?
Katja ging nachdenklich in den Flur zur Kommode und schaute die Post durch. Die Rechnungen legte sie ungeöffnet zur Seite und griff nach dem Brief mit den exotischen Briefmarken. *Birds of Paradise* stand unter den Abbildungen der prächtig gefiederten Vögel. Sie öffnete den Umschlag mit dem Daumen und zog eine schlichte Karte hervor. Wie von ihrer Mutter angekündigt, handelte es sich um die Einladung zu einem Beerdigungszeremoniell. Nach mehr als siebzig Jahren hatte man die sterblichen Überreste einer gewissen Phebe Parkinson gefunden und wollte sie nun im Familiengrab auf der Farm Kuradui beisetzen:

Wir betten die allseits geliebte und verehrte
Phebe Parkinson am 17. Mai 2010
neben ihren Mann Richard Parkinson.
Es war ihr ausdrücklicher Wunsch,
und nun endlich geht er in Erfüllung.
Wir würden uns freuen,
wenn Sie dem feierlichen Zeremoniell
auf Kuradui beiwohnen könnten.

Unterschrieben hatte ein gewisser Reuter, Leiter der katholischen Diözese Vunapope. Dann folgten noch einige technische Hinweise zu Anfahrt und Unterbringung, Telefonnummern sowie einige Netzadressen mit näheren Informationen über das Land im Allgemeinen und die katholische Gemeinde im Besonderen. Aus Deutschland, so hieß es außerdem auf der Karte, buche man am besten einen Flug über Australien zur Hauptstadt Port Moresby und von dort einen Anschlussflug nach Rabaul, das zwanzig Autominuten vom Zielort Kokopo entfernt sei.

Rabaul, Kuradui, Vunapope, Kokopo. Die fremd klingenden Namen waren Katja das ein oder andere Mal in der Villa ihrer Eltern oder auf Großvaters Gut zu Ohren gekommen, aber was sich hinter ihnen verbarg, darüber wusste sie so gut wie nichts. Sie erinnerte sich daran, als Mädchen einmal mit ihren Cousinen in Baströckchen auf Großvaters Geburtstagsfeier getanzt zu haben. Die Jungs schlugen dazu die Trommel, und die Erwachsenen, die sich prächtig über die rot und schwarz angemalten Kindergesichter amüsierten, ermunterten die kleinen Tänzer zu immer wilderen Verrenkungen. Großvater Albert führte bei solchen Gelegenheiten gern den »Vogelmann« vor, wie er die grüne Spiel-

zeugfigur aus Samoa nannte. Sie war aus Jade, ungefähr zehn Zentimeter hoch und zeigte ein Wesen halb Vogel, halb Mensch. Katjas Eltern verdrehten dann die Augen, weil sie bereits wussten, was die Gäste nun erwartete: Damals, in ihren Kindertagen, als Opa Albert noch nicht im Rollstuhl saß, hielt er irgendwann im Verlauf der Feier die Figur mit beiden Händen über seinen Kopf und begann urplötzlich, mit ruckartigen Bewegungen durch den Raum zu zucken, während er gleichzeitig Laute wie von einem kranken Huhn ausstieß. Danach schüttete er sich aus vor Lachen und fiel irgendwann erschöpft in seinen Sessel zurück. Gäste, die zum ersten Mal diesem Schauspiel beiwohnten, waren verständlicherweise irritiert, und Katjas Eltern mussten sich den Rest der Feier meist damit beschäftigen, das merkwürdige Verhalten des Familien-Patriarchen zu erklären. Als Katja etwas älter war und erkannte, dass kein Mensch außer ihrem Opa diese seltsamen Geburtstagsbräuche zelebrierte, fragte sie ihre Mutter einmal, was es denn mit diesem Tanz, den sie gerade hatten absolvieren müssen, und dem Vogelmann auf sich habe.
»Ach, das ist nur ein dummer Spaß, den sich dein Großvater einmal im Jahr erlaubt«, sagte ihre Mutter in leicht abschätzigem Ton. »Das darfst du nicht weiter ernst nehmen.« Als Katja sich mit dieser Erklärung nicht zufriedengeben wollte, kniete sich ihre Mutter seufzend vor sie hin.
»Wie erkläre ich es dir nur am besten? Also, auch wenn es schwerfällt, sich das vorzustellen, aber Großvater Albert war auch einmal ein Kind und hatte Großeltern. Die beiden sind allerdings schon lange tot. Seine Großmama stammte aus Samoa.«
»Wo ist denn Samoa?«

»Das ist eine wunderschöne Insel in der Südsee.«
»Warst du schon mal da?«
Ihre Mutter schüttelte den Kopf und strich Katja übers Haar. »Nein, aber ich wünschte, ich wäre es. Dein Vater war allerdings schon öfters dort. Er besitzt dort und in Papua-Neuguinea unter anderem Plantagen.«
»Papa Neu-was?«
Ihre Mutter lachte herzlich und wiederholte den korrekten Namen.
»Und ist das auch im Südsee? Ist der weit weg von hier?«
Frau von Beringsen nickte lächelnd zu ihrer Tochter herab. »Ja, mein Schatz. Am anderen Ende der Welt, dort, wo die wilden Männer hausen«, sagte sie nur geheimnisvoll und rollte übertrieben mit den Augen. Dann wischte sie Katja mit einem Tuch die Farbe aus dem Gesicht und bedeutete ihr mit einem Klaps, zu den anderen Kindern in den Garten zurückzulaufen.
Die Erinnerung ließ Katja den Kopf schütteln. Im Begriff, die Karte wieder in den Umschlag zu stecken, hielt sie plötzlich inne und schaute nochmals auf das Datum. Am 17. Mai. Katja überlegte. Die Zeremonie für Phebe überschnitt sich mit Großvater Alberts Fest. War das vielleicht ein Wink des Schicksals? Doch schon im nächsten Augenblick fand Katja die Idee absurd. Warum sollte sie für eine vor langer Zeit verstorbene Frau, die weder sie noch ihre Eltern gekannt hatten, ans andere Ende der Welt reisen?
Trotzdem ließ sie der Gedanke nicht los. Möglicherweise wäre dies genau die Gelegenheit, auf die sie insgeheim gehofft hatte, um aus ihrem Alltag auszubrechen. In Papua-Neuguinea könnte sie, fern der Beobachtung durch Bekannte oder die Eltern, ausprobieren, wie es sich anfühlte, ohne

Michael einen neuen Schritt im Leben zu wagen. Genau davor hatte sie in den letzten drei Jahren Angst gehabt: fremden Menschen und unbekannten Situationen zu begegnen, ohne Michael an ihrer Seite zu haben. Nicht, weil sie ängstlich oder schüchtern gewesen wäre. Nein, die altbekannten Abläufe in vertrauter Umgebung hinter sich zu lassen würde bedeuten, Michael zurückzulassen, und dieser Gedanke fühlte sich für sie noch immer wie Verrat an.

Was also, wenn sie sich tatsächlich dazu entschloss, nach Papua-Neuguinea zu fliegen? Möglich wäre es im Prinzip. Ihr Jahresurlaub war längst überfällig, und ihr alter Vertrag mit der Klinik lief eh bald aus. Zwischen zwei Verträgen könnte sie sich durchaus eine Auszeit gönnen. Sie tat seit dem Unfall ja praktisch nichts anderes, als lange Schichten zu schieben. Manchmal ging sie abends mit einer Freundin ins Kino oder ins Restaurant, aber das war seit Jahren ihre einzige Ablenkung. Ihr letzter wirklicher Urlaub, das war mit Michael. Zwei Wochen, über Ostern, in Griechenland zum Segeln. Im Mai darauf war Michael tot.

Sie seufzte. Es wäre bestimmt nicht die schlechteste Idee, ihre selbstgewählte Einsamkeit für eine Weile aufzugeben. Zwar nicht in der Absicht, einen Mann kennenzulernen, wie ihre Mutter hoffte, aber um aus der alten Tretmühle rauszukommen. Außerdem, überlegte Katja nun schon einigermaßen ernsthaft, hätte sie so eine hervorragende Ausrede, sich noch einmal vor dem verhassten Geburtstagsfest zu drücken. Sie konnte Großvater Albert nicht sonderlich leiden; im Grunde mochte sie die gesamte Familie väterlicherseits nicht, und das schloss ihren Vater Rudolf ein. Die Möglichkeit, dem alljährlichen Großaufgebot der Sippschaft ein weiteres Mal entgehen zu können, erschien ihr mehr als verlockend.

Außer ihrer Abneigung der Verwandtschaft gegenüber gab es seit fast drei Jahren aber noch einen weitaus gewichtigeren Grund, weshalb sie mit der Familienfeier nach Möglichkeit nichts mehr zu tun haben wollte: Vor drei Jahren hatte sie dort vom Unglück erfahren. Ursprünglich war geplant, dass Michael und sie die Feier gemeinsam durchstehen würden, doch dann erhielt er relativ kurzfristig das unwiderstehliche Angebot einer Produktionsfirma für einen Dreh in Australien, zu dem er natürlich nicht nein sagen konnte. Es ging um eine Dokumentation über die Naturschutzgebiete Tasmaniens – eine Aufgabe genau nach Michaels Geschmack.

Nachdem sie damals auf dem Geburtstag ihres Großvaters von dem grauenhaften Unfall informiert wurde, hatte sie zunächst erwogen, nach Tasmanien zu fliegen, um Michaels Urne nach Hause zu bringen, sich dann aber dagegen entschieden. Sie fürchtete, der Anblick der verkohlten Erde, wo der Hubschrauber verbrannt war, würde sie vollends niederwerfen. Mehr war laut Rolf, einem Freund und Kollegen Michaels, nicht übrig geblieben. Das stimmte nicht ganz, denn es gab auch Bilder aus Tasmanien. Filmmaterial, das Michael bereits nach Deutschland überspielt hatte. Auf ein paar Schnipseln des ungeschnittenen Rohmaterials war er selbst zu sehen, der Kameramann. Wie er sich mit der Producerin darüber unterhielt, auf welche Weise sich die überwältigende Natur Tasmaniens am besten einfangen ließe. Wann die beste Zeit zum Drehen war: Sonnenaufgang, Sonnenuntergang? Wann wäre das Licht am günstigsten?

Katja hörte ihn. Sie sah ihn. Er lächelte, wirkte glücklich. Kein Wunder, dachte sie. Er tat, was er liebte.

Rolf und die Redaktion machten ihr wenig Hoffnung, am

Unglücksort noch irgendetwas von Martins Dingen zu finden. Was nicht in der Hitze der Flammen zu Asche geworden war, hatte die Wucht der Explosion weit in die unzugängliche Wildnis hineingeschleudert. Ein Bergungstrupp hatte eine Woche lang die Umgebung abgesucht und dabei seinen Ehering entdeckt. Dieser Fund war so unglaublich, dass Katja sich zwingen musste, nicht wie ihre Mutter von einem Wunder zu reden. Rolf brachte ihr dann dieses letzte Andenken. Die tasmanischen Behörden hatten ihn an die TV-Produktion nach Deutschland geschickt. Seither trug sie den schlichten Schmuck aus Weißgold an einer silbernen Kette um den Hals. Immer wieder ertappte sie sich dabei, wie sie unbewusst danach griff und das kühle Metall befühlte. Erst strichen ihre Finger über die äußere Delle, die eine Folge des Unfalls war, um dann innen der Gravur nachzuspüren. *Du & Ich. Für immer. Katja & Michael. 11. Mai 2006.* Neben seiner Reisetasche, die ihr ebenfalls aus Tasmanien zugeschickt wurde, und den Dingen, die Michael in ihrer Wohnung zurückgelassen hatte, war das alles, was ihr von ihm geblieben war. Wäsche, die nach ihm roch. Unzählige Fotos auf seinem Computer, der in seiner Arbeitsecke auf dem alten Holztisch stand. Seine Kameras, die Briefe.

Katja spielte gedankenverloren mit dem Schmuck. Papua-Neuguinea war gar nicht weit von Australien entfernt. Sie könnte die Reise zu diesem Beerdigungszeremoniell mit einer Reise nach Tasmanien verbinden. Vielleicht war die Zeit gekommen, endgültig Abschied zu nehmen.

Deutsch-Neuguinea, Missionsstation Raluana, 13. August 1904

Johanna war erschöpft, aber zufrieden. Am Morgen hatte sie mit Hilfe dreier Mädchen aus dem Dorf alle Böden geschrubbt, die Betten neu bezogen und die Küche geputzt, aus der es nun angenehm nach frisch gebackenen *Scones* duftete, die Ludwig so liebte. Er wollte heute aus den Bergen zurückkommen. Eine ganze Woche war er unterwegs gewesen, um sich nach einer geeigneten Stelle für eine neue Missionsstation umzusehen, die Raluana ersetzen sollte. Ludwig wollte näher bei den Dörfern leben, die er regelmäßig besuchte.

Es war Nachmittag, die heißeste Zeit des Tages. Johanna beschloss, zur Feier von Ludwigs Rückkehr ein frisches Kleid anzuziehen. Sie war förmlich in Schweiß gebadet und sehnte sich nach einer Erfrischung. Länger als zwei Stunden konnte es nun eigentlich nicht mehr dauern, bis ihr Mann auftauchte, denn dann ging die Sonne unter. Auf Zehenspitzen näherte sie sich der Wiege, die im Esszimmer stand, und lächelte, als sie ihr Baby unter dem Moskitonetz friedlich schlummern sah. Spontan entschloss sie sich, ein Bad zu nehmen, und bat Gumbo, der in der Küche bügelte, ihr die Zinkwanne ins Schlafzimmer zu stellen und zur Hälfte mit Wasser aus dem Regentank zu füllen.

»*Yes, Missus*«, antwortete Gumbo wie üblich, wenn Johanna

ihn wegen eines Gefallens ansprach, und spuckte sein Bügelwasser in die Spüle. Seine interessante Art, die Bügelwäsche zu befeuchten, amüsierte Johanna nach den zwei Jahren, die er für sie arbeitete, noch immer. Erst nahm er einen Schluck Wasser, um den Mund ordentlich auszuspülen, dann einen zweiten, um ihn in einem feinen Sprühnebel über der Wäsche auszuspeien.

Das Bad tat Johanna gut. Mit geschlossenen Augen schöpfte sie sich das lauwarme Wasser übers Gesicht, den Nacken hatte sie auf den Wannenrand gelehnt. Aus der Küche hörte sie das Zischen des Bügeleisens und Gumbo, der eines seiner alten Lieder sang. Die Anspannung wich von ihr, und zum ersten Mal seit Wochen fühlte sie sich uneingeschränkt gut. Das Tropenfieber, das sie mit hässlicher Regelmäßigkeit heimsuchte und derart schwächte, dass sie eigentlich zu nichts mehr zu gebrauchen war, hatte sie für dieses Mal überwunden. Es war ausgerechnet wieder ausgebrochen, als Ludwig abreisen wollte. Er hatte Bedenken gehabt, sie allein zu lassen, doch sie beruhigte ihn. Es wäre ja nicht das erste Mal, und sie wusste, was sie erwartete. Solange Gumbo bei ihr war, der nach ihr und dem Kleinen sah, käme sie schon zurecht. Zwar waren ihre Beine noch etwas schwer, und die dunklen Ringe unter den Augen erzählten vom letzten Aufflackern der Malaria, doch auch das war sie mittlerweile gewohnt. In den mehr als zwei Jahren, in denen sie bereits in Deutsch-Neuguinea lebte, war ihr die Malaria zum lästigen Begleiter geworden. Die Glücklichen, die vom heimtückischen Fieber verschont blieben, weil sie die Chinintabletten vertrugen und regelmäßig einnehmen konnten oder generell über eine bessere Konstitution verfügten, konnten immer noch von einer der anderen Tropenkrankheiten geplagt werden, die mitunter tödlich verliefen. Doch daran wollte Johanna jetzt nicht denken. Ihr und dem Kleinen ging es gut, Ludwig musste jeden Moment zu ihnen zurückkehren, und das war die Hauptsache.

Insgeheim hoffte sie, dass ihr Mann und seine einheimischen Begleiter keinen geeigneten Ort für die geplante Station gefunden hatten. Sicher, er war viel zu oft unterwegs. Wenn sie in den Bergen lebten, könnte Ludwig häufiger bei ihnen sein. Andererseits wären sie dann weitgehend auf sich selbst gestellt. Schon hier auf Raluana war Johanna isoliert. Ein Leben in den einsamen Bergen war für sie kaum vorstellbar. Nicht um ihretwillen; was sie viel mehr umtrieb, war das Wohlergehen von Martin. Ihr Sohn war doch noch so klein! Was, wenn ihm dort zur Regenzeit etwas zustieß? Oft kam es vor, dass die Bergpfade im Monsun unpassierbar wurden. Was dann?

Ludwig hatte beruhigend auf sie eingeredet. Sein Argument, er kenne da oben so viele Papua, die ihnen freundlich gesinnt seien, hatte sie allerdings nicht gänzlich überzeugen können.

Sie seufzte laut und goss sich eine weitere Wasserladung übers Gesicht. Im letzten Jahr hatte sie mit ihrer Nachbarin Phebe Parkinson Freundschaft geschlossen. Erst am Mittwoch hatte diese ihr einen ganzen Korb voller Orangen und Limonen schicken lassen. *Zum Aufpäppeln der Fieberkranken,* wie es im Begleitbrief hieß. Als hätte Phebe nicht genug mit ihrer eigenen großen Familie zu tun! Eine solche Freundin war in der Kolonie Gold wert! Nicht umsonst wurde die hilfsbereite Frau von allen nur »Miti« genannt, was in der Sprache der Einheimischen »Mutter« bedeutete.

Phebe war so warmherzig, fleißig und hilfsbereit; es fiel Johanna mitunter schwer zu glauben, dass sie es mit einer *Popi* zu tun hatte, wie die Katholiken im Tok Pisin der Protestanten abwertend genannt wurden. Dabei war dies gar nicht das einheimische Wort für die Papstverehrer. Die Schwarzen bezeichneten die Katholiken als *man bilong bisop*, was Johanna immer zum Lachen brachte, und auch jetzt schmunzelte sie über die Männer, die im Glauben der Einheimischen Bischof Couppé persönlich gehörten.
Aus der Küche hörte sie Geräusche. Sicher war Martin aufgewacht und Gumbo zu seinem Bettchen gegangen, um nach ihm zu sehen. Johanna stand mit Mühe auf und ließ das Wasser abtropfen, bevor sie der kleinen Wanne entstieg. Hastig trocknete sie sich ab und streifte ihr frisches Kleid über. Sie bürstete das nasse Haar mit groben Strichen, schlug es ein und steckte den Dutt mit geübten Handgriffen fest.
Als sie in die Küche trat, wunderte sie sich. Das Bügeleisen stand ohne Aufsicht auf dem Ofen, der noch vom Backen heiß war, und auch die Wiege war leer. Von draußen hörte sie Stimmen. Ihr Gesicht hellte sich auf. Ludwig! Sie eilte auf die Veranda, von wo herab Gumbo mit Martin im Arm sich unruhig mit Phebe unterhielt, die vor dem Haus haltgemacht hatte.
Johanna runzelte die Stirn und hielt inne. Phebe war nicht allein gekommen. Sie hatte den Arm um eine schluchzende Nonne gelegt und drückte sie immer wieder leicht an sich, so wie man einem kleinen Kind Trost spendete.
Als sich Johanna der Gruppe näherte, sah sie, dass die Arme und das Gesicht der jungen Frau mit blutigen Kratzern übersät waren; ihre Tracht war schmutzig und am Saum und an den Ärmeln ganz zerrissen. Erschrocken schlug Johanna

die Hand vor den Mund, um sie gleich wieder sinken zu lassen.
»Gumbo, geh mit Martin ins Haus!«
Gumbo tat, wie ihm geheißen. Johanna hastete die Treppe hinab. »Mein Gott? Sie Ärmste. Was ist denn nur passiert?« Ohne den Blick von der Verletzten abzuwenden, richtete sie ihre Worte nun an Phebe: »Die arme Frau sieht ja fürchterlich aus. Sollten wir sie nicht gleich ins Hospital nach Vunapope bringen?«
Phebe schüttelte den Kopf und wischte der Frau mit einem feuchten Lappen übers Gesicht, auf dem sich die Striemen sofort wieder rot färbten.
»Nein, von dort kommen wir gerade«, sagte Phebe. »Schwester Irene wollte nicht bleiben. Die anderen hätten das Hospital nötiger, sagt sie. Ich nehme sie fürs Erste mit zu mir.«
»Welche anderen? Gibt es etwa noch mehr Verletzte? Miti, in Gottes Namen, nun sag schon, was vorgefallen ist! Von woher kommt Schwester Irene denn?«
Johanna hatte ein ungutes Gefühl, das sich mit jedem Atemzug weiter in ihr ausbreitete. Hektisch zog sie die Freundin am Ärmel, damit Phebe und die Nonne ihr auf die Veranda folgten, wo Johanna die Frauen zu den Korbsesseln dirigierte. Dann lief sie rasch ins Haus und kehrte wenig später mit einigen Tüchern und einer Emailleschüssel voll Wasser zurück, die sie auf dem Tisch zwischen Phebe und Schwester Irene absetzte. Eine seltsame Spannung lag in der Luft, und Johanna musste sich zusammennehmen, um Phebe nicht anzufahren. Am liebsten hätte sie die Worte aus der Freundin herausgeschüttelt. Diese schwieg beharrlich und wich Johannas forschendem Blick aus. Johannas Hände hatten

mittlerweile so stark zu zittern begonnen, dass sie einen Teil des Wassers verschüttete. Sie riss sich zusammen, nahm Phebe den blutgetränkten Lappen aus der Hand und legte ihn zur Seite. Dann tauchte sie ein sauberes Tuch in die Schüssel und drückte es aus. Phebe hatte einen Ärmel von Schwester Irenes Habit hochgeschoben, und Johanna begann vorsichtig, die Wunden der Schwester zu versorgen. Sie wartete immer noch auf eine Erklärung, doch Phebe schwieg weiterhin, während der Nonne unaufhörlich die Tränen übers Gesicht liefen. Phebe kümmerte sich um den anderen Arm der jungen Frau, der weniger abbekommen hatte. Die Kratzer und Abschürfungen erwiesen sich beim näheren Hinsehen als ungefährlich. Sie bluteten zwar, waren aber nicht tief. Mit den Verletzungen ließ sich der Zustand der Nonne also eigentlich nicht erklären, genauso wenig wie das ausweichende Verhalten Phebes, die ihren Blick abwandte, sobald Johanna in ihre Richtung sah. Eine dunkle Ahnung schnürte Johanna die Kehle zu. Nur das Schluchzen der Nonne war zu hören. Warum redeten die beiden denn nicht? Was konnte so schrecklich sein, dass sie es ihr nicht zu sagen wagten?

Als ihre Wunden schließlich gesäubert waren, verbarg die Nonne ihr Gesicht hinter den Händen; ihr Körper erbebte unter dem ständigen Schluchzen. Johanna berührte sie sachte am Arm.

»So beruhigen Sie sich doch. Hier sind Sie in Sicherheit. Tut Ihnen etwas weh?«

Johanna hatte die letzte Frage gestellt, obwohl sie fast schon Gewissheit verspürte, dass es kein körperlicher Schmerz war, der die Schwester quälte. Diese heulte jetzt auf wie ein verletztes Tier, ihre Hände krallten sich in das Tuch, mit dem Johanna zuletzt ihre Wunden gesäubert hatte, und kneteten es wie im Fieber.

Als sie keine Antwort erhielt, warf Johanna Phebe einen eindringlichen Blick zu. Diese stand schließlich auf. Sie holte zitternd Luft, ihr mächtiger Busen hob und senkte sich. »Ich weiß nicht, wie ich es dir sagen soll … es ist so fürchterlich.« Phebe fuhr sich nervös übers Haar und biss sich auf die Unterlippe. Sie schloss die Lider, öffnete sie wieder und heftete dann ihren Blick entschlossen auf Johanna, die inzwischen ganz blass geworden war.

»Irene kommt aus St. Paul, der katholischen Mission von Pater Rascher. Du hast sicher schon davon gehört.« Johanna nickte mechanisch. Pater Rascher kannte sie vom Hörensagen. Ludwig besuchte ihn manchmal, um, wie er sagte, den noch jungen Mann sanft auf einen anderen Weg im Umgang mit dem Stamm der Baining zu führen. Ludwig hielt Rascher für einen der besseren *Popi,* den nur der Bischof mit seinen Ambitionen, dem Vatikan zu gefallen, fehlgeleitet hatte. Plötzlich fuhr Johanna zusammen. Ludwig! Wohin war er noch mal gereist? Und wo blieb er nur? Ihr Atem ging mit einem Mal schneller, und sie legte die Hand auf ihre Brust, in der das Herz wie rasend zu schlagen begonnen hatte.

»Heute Morgen ist in der Mission etwas Ungeheuerliches geschehen«, fuhr Phebe fort, die viel blasser aussah als sonst. Johanna schaute ihr besorgt zu, während Phebe weitersprach: »Die Mission wurde von den Baining überfallen.« Sie machte eine Pause, schien nach den richtigen Worten zu suchen.

Plötzlich stand die Nonne auf und legte ihre Hand auf die Phebes.

»Lass, Miti«, sagte sie, jetzt einigermaßen gefasst, »ich weiß, du meinst es gut. Aber du warst ja nicht dabei.« Die Nonne bekreuzigte sich, die Lippen zu einem dünnen Strich zusammengepresst.

Johannas Herz schlug nun so fest gegen ihre Rippen, dass es schmerzte. Trotz der Hitze war ihr kalt. Schweiß trat ihr auf die Stirn.

»Um Gottes willen, reden Sie, Schwester, ich bitte Sie!«, flehte sie.

Die Nonne schluckte schwer, atmete zitternd aus und begann: »To Mária war es.«

»Wer ist To Mária?«, fragte Johanna verwirrt und in angstvoller Erwartung. Worauf lief dies alles nur hinaus?

»Ein Baining, ein Getaufter. Der Pater hat ihm sehr vertraut.« Schwester Irene begann wieder zu weinen, und Phebe drückte ihre Hand. »Er war sein Hausdiener«, erklärte sie Johanna.

Die Nonne fuhr sich mit dem Arm über die Stirn, dann sprach sie stockend weiter:

»Nach dem Gottesdienst hat sich der Pater wieder ins Bett gelegt. Wegen seiner Malaria. Ich war gerade im Hühnerstall, um die Eier einzusammeln, da hörte ich den Schuss. Ich hab mich auf den Boden geworfen. Durch einen Schlitz sehe ich, wie To Mária aus dem Haus des Paters läuft, eine Flinte in der Hand.«

Sie schluchzte heftig auf. Phebe ließ ihre Hand nicht los. »Der Pater … Er wankt aus dem Haus … Das Blut strömt ihm aus der Brust. Dann fällt er, bewegt sich nicht mehr …«

»Mein Gott!« Johanna war von ihrem Sitz aufgesprungen. Die Schwester sah zu ihr hoch und nickte.

»Das ist noch nicht alles«, flüsterte Phebe, und es klang wie eine düstere Warnung.

»Hat dieser To noch andere erschossen?« In ängstlicher Vorahnung heftete Johanna ihren Blick auf die Nonne.
»Schwester Anna kam aus der Küche«, fuhr die Nonne fort, ohne auf Johannas Einwurf zu reagieren, so als könne sie ihren Bericht jetzt nicht mehr unterbrechen, da sie sich endlich dazu hatte durchringen können. »Um nach dem Pater zu sehen. Und dann … noch ein Schuss. Mitten in die Stirn. To hat ihr in den Kopf geschossen.«
Phebe bekreuzigte sich, Johanna stand starr vor Schreck. Stockend fuhr Schwester Irene fort: »Auf einmal … auf einmal waren da noch andere Männer. Baining. Mit Äxten. Die Männer hatten Äxte, sie … sie haben alle erschlagen. Alle außer mir. Ich bin davongekommen, weil ich im Stall war. Überall Blut. So viel Blut.«
Schwester Irene schlug die Hände vors Gesicht und presste unter Schluchzen die Namen hervor: »Schwester Sophia, Plaschart, Schellenkens – tot. Schwester Agathe. Schwester Angela vor dem Altar. Die Hostien neben ihr, voller Blut. Schwester Agnes auf ihrer Veranda. Pater Rütten und Bruder Bley – tot, tot.«
Johanna schüttelte fassungslos den Kopf. Wie grauenvoll! Doch in Phebes Blick erkannte sie, dass Schwester Irene noch nicht alles erzählt hatte. Und als die Nonne den Kopf senkte, wusste Johanna, dass dieses fürchterliche Blutbad etwas mit ihr zu tun hatte.
»Unter den Opfern war auch Ludwig. Schwester Irene fand ihn im Gästehaus.«
Johanna entzog Phebe die Hand und schrie auf: »Das ist nicht wahr! Das kann nicht sein.« Sie wartete auf eine Antwort, die alles aufklären würde, doch vergebens. »Er wollte doch gar nicht zu Rascher. Nein, das ist nicht wahr!«

Phebe fasste die Freundin bei den Schultern und sah sie unverwandt an. »Hör mir zu! Es *war* Ludwig. Daran gibt es leider keinen Zweifel.«

»Nein«, heulte Johanna. »Nein, das kann nicht sein.« Sie bekam kaum noch Luft. »Wieso?«, keuchte sie. »Sag mir, wieso!«

»Ich weiß es nicht. Bischof Couppé kann vielleicht mehr dazu sagen. Sobald es ihm möglich ist, will er dich besuchen.«

»Ludwig … Wieso ausgerechnet er?« Johanna rang nach Atem. Plötzlich wurden ihr die Knie weich, und alles um sie herum begann sich zu drehen. Sie hörte Phebes Stimme wie aus weiter Ferne und schloss die Augen. Hinter den Lidern sah sie Ludwigs blutüberströmtes Gesicht. Sein Mund öffnete und schloss sich, aber sie konnte nicht hören, was er ihr sagen wollte. »Ludwig«, flüsterte sie. Dann wurde ihr schwarz vor Augen, und sie sackte in Phebes Armen ohnmächtig zusammen.

Auszüge aus dem Tagebuch von Johanna Schubach, Eintrag vom 6. Juni 1902, Kopie, Phebe-Parkinson-Archiv, Archivnummer 009

Was für ein Tag! Ich bin so froh. Nach sechseinhalb Wochen auf See sind wir endlich in Deutsch-Guinea angekommen.
In der Morgendämmerung konnten wir schon von weitem die grünen Berge erkennen und etwas später die unzähligen Palmen, die die Bucht säumen. Dann kam eine Brise auf, und für einen Moment wirkte es so, als wollten die Palmwedel zu unserer Begrüßung die Wolken aus dem Himmel kehren.
Bald darauf sahen wir Boote, die vom anderen Ende der Bucht auf die »Titus« zuruderten. Mein Herz begann, wie wild zu pochen. Ob Ludwig in einem davon mitfuhr, um mich noch an Bord zu begrüßen? Waren das überhaupt unsere Leute?
Ich hielt die Spannung nicht mehr aus und floh hinunter in meine Kabine.
Zehn Minuten später klopfte es an meiner Tür, und ich muss vor Schreck ganz blass geworden sein. Ich strich den Rock glatt und fuhr mir übers Haar, um zu prüfen, ob der Dutt auch ordentlich aufgesteckt war. Wenn es doch nur einfacher wäre, sich an Bord zu waschen! Die wenigen Waschbecken sind fürchterlich verdreckt, zudem gibt es nicht genug Frischwasser.

Was für eine Enttäuschung, als ich dann ängstlich den Vorhang des Türfensters zur Seite schob: Es war gar nicht Ludwig, sondern Bruder Bender. Ich habe ihn nach all den Jahren kaum wiedererkannt, so fett ist er in Übersee geworden, doch dabei sieht er gesund aus, und das freut mich natürlich. Er beruhigte mich, weil er wusste, dass ich auf Ludwig warte, und ging dann wieder. Meine Unruhe wuchs erneut. Hatte Ludwig es denn gar nicht eilig, mich zu sehen? Vielleicht, weil er schon einmal verheiratet war? Ob er noch an seiner verstorbenen Frau hing?

Es klopfte erneut, und dieses Mal war es wirklich Ludwig. Er lächelte, nahm mich bei den Händen und hieß mich willkommen. Ich wusste gar nicht, wohin mit meinen Blicken, und schaute auf seine Hände, die die meinen festhielten. Er hat schöne schlanke Finger, wie ich sie mir vorgestellt habe. Wie ein Pianist. Er trat von einem Fuß auf den anderen und räusperte sich. Da nahm ich meinen ganzen Mut zusammen und schaute ihm schüchtern in die Augen. Er erwiderte meinen Blick, lächelte, und plötzlich mussten wir beide lachen, weil keiner etwas Rechtes zu sagen wusste.

Wie habe ich mich vor diesem Augenblick gefürchtet! Doch als er mir da so gegenüberstand, wirkte er eigentlich genauso freundlich und klug wie auf dem Porträt. Ich bin so erleichtert! Doch was, wenn Ludwig anders empfindet? Was, wenn er mich für hässlich, dumm und ungeschickt hält?

Auszüge aus dem Tagebuch von Johanna Schubach, Eintrag vom 7. Juni 1902, Kopie, Phebe-Parkinson-Archiv, Archivnummer 011

Jetzt bin ich also hier. Zwar noch nicht in Raluana selbst, wo die eigentliche Mission ist und wo ich mit Ludwig nach unserer Heirat leben werde, doch immerhin in Herbertshöhe. Wie mir Ludwig auseinandergesetzt hat, wurde der Ort erst vor zehn Jahren gegründet und ist der Hauptsitz der »Neuguinea-Kompagnie« und auch der deutschen Verwaltungsbehörden. Mir rauscht noch immer der Kopf von der Aufregung der Ankunft und auch von all dem Neuen und Fremden. Ludwig hat mich so vielen Leuten vorgestellt, dass ich mir am Ende kaum mehr einen Namen merken konnte. Doch alle waren sehr lieb und herzlich, und ich bin den ganzen Tag über aus dem Plaudern nicht mehr herausgekommen. Der Gouverneur von Bennigsen, Richter Dr. Hahl, die Parkinsons, die Kolbes … zu ihnen allen raunte Ludwig mir in unbeobachteten Momenten kurze Bemerkungen zu. Etwa die, dass Dr. Hahl wohl nach Bennigsen zum nächsten Gouverneur ernannt wird, dass die Parkinsons eine einflussreiche Familie sind und Emma Kolbe eine Frau von sagenhaftem Reichtum ist. Phebe Parkinson und Emma Kolbe sind Schwestern. Beide haben einen Deutschen geheiratet. Ob das Zufall ist? Oder genießen die deutschen Männer der Kolonie wohl einen besonders guten Ruf?

Fast allen diesen Personen musste ich im Lauf des Tages versprechen, demnächst einen Antrittsbesuch abzustatten, um mich näher bekannt zu machen. Man sei, so habe ich es aus mehr als einem Mund gehört, ein überaus soziales Häuflein auf dieser abgeschiedenen Insel.
Auf Einladung von Paul Lücker, dem Lagerverwalter der Neuguinea-Kompagnie, haben wir den Abend und die Nacht in Herbertshöhe verbracht. Das Haus ist prächtig, luftig und kühl gebaut, so dass ich die Hitze kaum bemerkte, die gegen Mittag aufgekommen war. Das Abendessen war ein Genuss, besonders im Vergleich zur grausigen Schiffskost. Es gab Fisch und Fleisch, dazu ein frisches Gemüse, das ich nicht kannte, das aber ähnlich wie Kartoffeln schmeckt. Dazu tranken wir überraschenderweise ein herrliches Münchener Hofbräu. Als wir dann zum Kaffee auf der Veranda saßen, flog der prächtigste Vogel an uns vorbei, den ich je gesehen habe. Er hatte kunterbunte Schwanzfedern, die bestimmt eine Elle lang waren. Lücker sagte, das sei ein besonders hübsches Exemplar des hiesigen Paradiesvogels. Ich bin jetzt noch ganz verzückt!
Mein erster Tag mit Ludwig war wunderbar. Im Nachhinein verstehe ich meine Befürchtungen gar nicht mehr. Ludwig ist freundlich und zuvorkommend. Er scheint in der Kolonie beliebt zu sein. Wir haben uns wunderbar unterhalten, und er beantwortet geduldig alle Fragen, die ich ihm in einem fort über meine neue Heimat stelle. Ich danke dem Herrgott, dass er mich zu Ludwig geführt hat. Wir werden uns bestimmt lieb haben. Darum bete ich. Wann er mich wohl fragt?

Auszüge aus dem Tagebuch von Johanna Schubach, Eintrag vom 8. Juni 1902, Kopie, Phebe-Parkinson-Archiv, Archivnummer 014

Von Herbertshöhe bis nach Raluana ist es eine gute Stunde mit dem Boot die Küste entlang. Es gibt auch einen Fuß- und Reitweg, aber der ist noch nicht ganz fertig, und mit all dem Gepäck, das ich aus Deutschland mitgebracht habe, war der Transport mit dem Ruderboot die beste Lösung.

Als das Boot am Steg festmachte, sah ich schon die kleine Missionskirche. Ein einfacher Bau wie eine Hütte, bestehend aus einem Holzgerüst auf Pfählen, mit Matten umkleidet und mit getrocknetem Gras gedeckt. Vor dem hohen Eingang steckt ein großes Holzkreuz – beinahe so, wie ich es mir vorgestellt habe.

Raluana besteht aus den drei Häusern der Missionare und der Schule. Schräg dahinter befindet sich eine kleine Siedlung. Ein paar grasgedeckte Pfahlhütten, der Kirche nicht unähnlich. Das Dorf der Einheimischen.

Eine Gruppe von Krausköpfen kam auf uns zu, um uns zu begrüßen. Die Frauen trugen europäische Kleidung, schlichte Baumwollkleider, die Männer hingegen den mir nun schon bekannten Lap-Lap, *wie der wadenlange Wickelrock genannt wird. Ein besonders dunkler Kerl blieb gleich vor mir stehen und fing an, in seiner Sprache auf mich einzureden. Ich habe natürlich kein Wort verstanden! Die Rheini-*

sche Mission in Wuppertal hat mich zwar auf die Einheimischen vorbereitet. Aber ich muss schon sagen, dass es doch etwas anderes ist, halbnackte Männer nur auf einem Foto zu sehen. Wenn sie dann plötzlich leibhaftig vor einem stehen, schreckt es einen doch ein wenig. Obwohl sie mir eigentlich nicht gefährlich vorkamen und Ludwig dabei war, bin ich doch erst einmal einen Schritt zurückgewichen. Der da so auf mich einredete, heißt Gumbo, er ist Ludwigs Schüler und getaufter Christ. Er wird mir im Haus zur Hand gehen. Das Prunkstück von Ludwigs Haus ist eine das Gebäude umlaufende Veranda. Das Häuschen steht inmitten einer Landschaft, die aussieht wie ein Abbild des Garten Eden. Vom Haus her zieht sich der Rasen bis zum Strand hinunter, hier und dort von mächtigen Palmbäumen beschattet, unter deren Wedeln sich dicke Kokosnüsse verbergen. Den Pfad zur Siedlung säumen Bäume mit fleischigen glatten Blättern wie aus Wachs. Ihre leuchtend roten Blüten scheinen allerlei Schmetterlinge anzuziehen und auch ein buntes Papageienpärchen, das in der Krone des höchsten Baumes thronte und uns Ankömmlinge zu beobachten schien.

Später am Tag kamen Schwester Haller und Bruder Bender mit einem Willkommenstrunk vorbei. Schwester Haller hat sich anders als Bender überhaupt nicht verändert. Sie hat noch immer das liebe Gesicht, das ich aus der Sonntagsschule als Mädchen kannte. Sie trägt hier wegen der Hitze weite Kleider, weil sie luftiger sind, und sagt, sie wolle mir zeigen, wie sie zu nähen sind. Sie ist ein so praktischer Mensch. Sie und Ludwig sprachen über die viel größere Herz-Jesu-Mission Vunapope, die kaum mehr als einen Kilometer entfernt liegt und die europäische Krankenstation beherbergt. Ludwig erklärte mir, einige der Römlinge dort seien gar nicht

mal so üble Zeitgenossen. Nicht der Bischof selbst, der sei arrogant und menschenverachtend, wie man es von den Papstverehrern gewohnt ist, aber ein oder zwei seiner Priester im Umland leisten wohl respektable Arbeit.
Ich war ein wenig verwundert über seine Worte. Im Allgemeinen meiden wir Katholiken, und nun findet Ludwig lobende Worte für den Feind?

Auszug aus einem Brief von Johanna Schubach an ihre Eltern, datiert auf den 18. Juni 1902, Phebe-Parkinson-Archiv, Archivnummer 034

Liebe Eltern!

Ich schreibe euch heute als verheiratete Frau und kann es gar nicht abwarten, euch vom großen Tag zu berichten. Mir schwirrt noch immer der Kopf von all der Aufregung!
Ich schrieb ja bereits in meinem letzten Brief, dass Ludwig nicht lange mit der Hochzeit warten wollte, und so hatten Schwester Haller und ich nur neun Tage Zeit, um alles zu planen.
Die gute Haller! Sie hat tatsächlich ein paar einheimische Hilfen aufgetrieben, und die taten ihr Bestes, uns in der Küche zur Hand zu gehen, auch wenn es beileibe nicht einfach war, sich mit ihnen zu verständigen. In der ersten Verzweiflung wollte ich die Papua sogar wieder nach Hause schicken, doch die Schwester bestand darauf, dass ich mich mit ihnen in Geduld üben möge. »Sie sind wie Kinder, sie wollen Neues lernen. Warte es nur ab!«, sagte sie. Ich ging schließlich dazu über, den Schwarzen zu zeigen, was ich von ihnen wollte, statt weiterhin wertvolle Zeit mit Reden zu vergeuden. Dadurch hatte ich sie schließlich so weit, dass sie trotz viel Gekichere und Augenrollen mit meiner aus Deutschland

mitgebrachten Kartoffelreibe umgehen konnten, ohne sich dabei die Knöchel blutig zu hobeln. Und so wurde Kloßteig bereitgestellt und Kartoffelsalat zubereitet, Hühner wurden gekocht und Gänse gebraten.

Am Ende waren wir entgegen meiner Erwartung mit den Vorbereitungen doch noch rechtzeitig fertig. Es war sogar noch Zeit, mich für ein halbes Stündchen aufs Ohr zu legen, bevor ich das mitgebrachte Hochzeitskleid überziehen musste, um pünktlich um drei in der Kirche zu erscheinen. Ich bin so dankbar, dass Mutter mir zu diesem hier geraten hat. Das andere aus dem Schaufenster, das mit dem längeren Schleier, wäre bei dem Wind bestimmt lästig geworden. Ludwig hielt sich derweil beim alten Bender auf. Er hatte ihm einen ordentlichen Anzug geliehen, der von Gumbo gründlich aufgebügelt wurde.
Um kurz vor drei ging es dann zu Fuß zur Kirche, die keine dreihundert Meter von Ludwigs Haus entfernt liegt. Sie war wunderschön anzusehen, friedvoll eingepasst zwischen Himmelsblau und Palmgrün.
Ich wünschte mir, ich hätte dieses Bild auf der Leinwand für immer festgehalten. Vielleicht finde ich ja in Zukunft hin und wieder Zeit, um Raluana und seine Menschen zu malen. Ach, wenn ihr es doch nur mit eigenen Augen hättet sehen können! Ich habe euch so vermisst und denke eigentlich immerzu an euch.
Die Glocken fingen an zu läuten, und ihr Klang traf mich direkt ins Herz, als ich in das mit Palmwedeln geschmückte Kirchlein hineinging. Der schlichte Altar, den ich am vergangenen Sonntag zum ersten Mal gesehen habe, war zur Hochzeit mit den farbenprächtigsten Blüten bedeckt. Das

war bestimmt die gute Haller! Davor standen zwei kunstvoll bekränzte Stühle. Als ich vorne angekommen war, sah ich aus dem Augenwinkel, wie Ludwig sich von rechts näherte. Er machte in seinem Anzug eine wahrlich stattliche Figur.

Wir nahmen Platz, und er ergriff meine Hand und hielt sie fest. Bruder Bender hielt eine kurze Ansprache, der er Psalm 25, 10 zugrunde gelegt hatte: »Alle Wege Jehovas sind Gnad' und Treue für die, so seinen Bund und seine Gesetze halten.« Danach erhoben wir uns, und er erteilte uns seinen Segen. Wir waren nun Mann und Frau. Ludwig drehte sich zu mir und lächelte mich an.

Nach etlichen Unterbrechungen, um die uns entgegengestreckten Hände zu schütteln, verließen wir die Kirche und gingen zurück zu Ludwigs Haus. Überall im Rasen steckten Palmenwedel, die mit Blüten und bunten Bändern geschmückt waren. Jemand hatte aus Rosen ein riesiges Herz als eine Art Torbogen gesteckt, durch das die Gäste zur gedeckten Tafel gelangten. Das erneute Läuten der Glocken begleitete uns.

Zunächst wurde fotografiert, und es dauerte eine gute Stunde, wenn nicht länger, ehe die Bilder im Kasten waren. Am Ende hatte ich vom Posieren einen ganz steifen Hals. Danach ging es endlich ans Festmahl.

Zuerst servierten Gumbo und seine Helfer Hühnerbouillon in Tassen. Ich atmete auf, als ich sah, wie gut das Süppchen den Gästen zu munden schien. Schließlich bin ich es nicht gewohnt, für eine solch große Gesellschaft zu kochen, und erst recht nicht unter diesen Umständen. In der Kolonie gibt es üblicherweise deutsche Küche, auch wenn oft die richtigen Zutaten fehlen. Man behilft sich dann mit dem, was vorhan-

den ist. Zum Beispiel nimmt man statt der guten deutschen Kartoffel die heimische Süßkartoffel, und wenn es keinen Schinken gibt, gibt es eben Fisch. Ansonsten legt sich jeder, so gut er kann, einen Vorrat an, wenn die Lebensmittel aus Sydney geliefert werden. Notfalls leiht man sich beim Nachbarn aus, was man braucht. Haller und ich hatten Glück, denn erst letzte Woche kam ein Schiff, und der Kolonialwarenladen führte fast alles, was wir benötigten. Manchmal veranstaltet Phebe Parkinson ein samoanisches Festessen in der Villa ihrer Schwester, das soll sehr köstlich sein. Bei Emma wird auch oft französisch gegessen, besonders wenn die deutschen Offiziere zum Mittagessen geladen sind. Nur das Feinste vom Feinen wird bei solchen Gelegenheiten serviert. Das hat Ludwig mir mit einem Leuchten in den Augen versichert.

Das edle Hutschenreuther für die Hochzeitstafel hat die Haller für mich bei den Parkinsons geborgt, und es ist gottlob nichts zerbrochen! Die Tischdekoration haben die Krausköpfe übernommen, die dafür ein ganz wunderbares Auge haben. Sie haben herrlich exotische Blüten wie zufällig über die weiße Damasttischdecke verstreut, so dass es aussah, als wären sie vom Himmel herabgeregnet. Es war wunderbar, alles so farbenprächtig und fröhlich! Im Wohnzimmer, vor den Fliegen geschützt, hatte Haller lange Tische fürs Buffet aufstellen lassen, an dem sich danach ein jeder nach Belieben bedienen konnte. Braten, gebratene Gänse mit Klößen, gekochter Schinken, Süßkartoffelsalat, Käse, Brot, Weißwein und Obstkuchen, Plätzchen, Most und Bier – es fehlte an nichts, und dementsprechend gut war die Stimmung.

Später am Nachmittag, als es schon dunkel zu werden begann und die Gesellschaft einige Flaschen Champagner ge-

leert hatte, zündete Gumbos Truppe unter viel Gelächter kleine Feuerwerke, nachdem sie die Raketen zuvor in die geleerten Flaschen gesteckt hatten. Einige der weiblichen Gäste schrien jedes Mal spitz auf, sobald es zu zischen und zu knallen begann. Emma Kolbe, die mit einem ganzen Hofstaat erschienen war, wies ihre Entourage an, ein paar weitere Flaschen Veuve Clicquot zu öffnen, den sie in einer Holzkiste als Geschenk mitgebracht hatte. Zwei von Emmas Boys liefen daraufhin zum Meer und wateten dorthin, wo die Kiste an einer Art Ankerkette im Wasser dümpelte. Diese Methode kühlt den Champagner zwar nur mäßig, umso rascher steigt er jedoch zu Kopf. Mir zumindest. Wein und Bier kenne ich aus Deutschland, auch wenn ich Alkohol nur hier und dort einmal probiert habe. Champagner war mir neu. Er schmeckt wirklich besonders und prickelt im Hals, so dass ich ihn nur in winzigen Schlucken trinken konnte. Ganz anders Emma und auch einige der anderen Gäste! Ludwig plauderte angeregt mit dem Bischof, der auf der anderen Seite der Tafel neben dem Gouverneur saß. Mit dem Bischof, stellt euch das nur vor! Ich bewundere, wie er sich mit all diesen unterschiedlichen Menschen unterhalten kann. Das ist eine Gabe.

Als sich gegen Mitternacht die letzten Herrschaften verabschiedeten, war ich sehr müde. Auf Ludwigs Bitte blieben Bruder Bender und Schwester Haller noch auf ein halbes Stündchen. Sie und Ludwig lassen euch recht herzlich grüßen!

Ach, ich habe es mit meinem Ludwig so gut getroffen. Ab sofort gehe ich nicht mehr allein durchs Leben, fortan sind Ludwig und ich gemeinsam unterwegs. Gebe der Herr, dass wir ihm täglich näherkommen und uns täglich inniger lie-

ben! Es wird ja nicht immer über Rosen gehen, aber gerade die Wege, die uns nicht gefallen, sollen mir die gesegnetsten sein. Möge der Herr mir schenken, ein Licht für die anderen zu sein. Er segne die kurze Zeit unserer Pilgerschaft für die Ewigkeit.

In Liebe,
Eure Tochter
Johanna

Köln, Ende März 2010

Katja sah auf die rote Digitalanzeige ihres Weckers: 3:45 Uhr. Sie drehte sich zur Seite und legte die Hände unter ihre Wange. Noch immer lag sie wach, unfähig, ihre Gedanken abzustellen. Wieder ging ihr der Nachmittag in der elterlichen Villa durch den Kopf. Es machte sie traurig und gleichermaßen wütend, wie ihr Vater sie behandelte. Er unternahm gar nicht erst den Versuch, zu verhehlen, wie sehr sie ihn enttäuschte. Die Tatsache, dass sie keine Kinder hatte, wirkte sich auf ihr Verhältnis auch nicht gerade positiv aus. Zwar trug sie nicht länger den Familiennamen und konnte ihn somit auch nicht weitervererben, dennoch wurde sie den Eindruck nicht los, dass ihr Vater sich Enkelkinder von ihr gewünscht hätte. Bei jeder der raren Gelegenheiten, wenn sich Vater und Tochter länger unterhielten, konnte sie den unausgesprochenen Vorwurf fast mit Händen greifen. Er hatte nie darüber gesprochen, doch ihre Mutter hatte einmal eine Bemerkung fallenlassen, die in diese Richtung ging. Wie verzweifelt dieser Mann sein musste! Alles drehte sich ums Familienerbe, um die Tradition. Katja bedeuteten diese Dinge nichts.

Eigentlich hatte sie ihn heute nach jener Phebe befragen wollen, um herauszufinden, was er über die längst Verstorbene wusste, aber dann empfand sie die Spannung zwischen ihnen beiden als unerträglich und war deshalb unter einem Vorwand vorzeitig aufgebrochen.

Es tat ihr jedes Mal weh, dass er keine Rücksicht darauf nahm, wie es ihr seit Michaels tragischem Unfall ging. Im ersten Jahr hatte er sich noch bemüht, auf ihre Trauer einzugehen, doch schon bald darauf verfielen sie erneut in die altbekannten Zänkereien. Ihre Mutter versuchte zwar zu schlichten, doch es nutzte nichts. Der Graben war zu tief.
Katja war zu der Überzeugung gelangt, dass ihr Ehemann den elterlichen Ansprüchen nie genügt hatte. Zwar hatten ihre Eltern es nie ausgesprochen, aber sie kannte die beiden gut genug, um zu wissen, dass sie mit ihrem Verdacht richtiglag. Nach dem Unglück, so glaubte Katja, hatte sich in ihren Eltern die Hoffnung auf einen neuen, angemesseneren Mann im Leben ihrer Tochter geregt. Der Tod von Michael – eine neue Chance für das Haus Beringsen. Sie sollten ihre Tochter eigentlich gut genug kennen, um zu wissen, dass sie ihnen diesen Gefallen nicht tun würde.
Katja gab die Hoffnung auf Schlaf auf. Sie wälzte sich aus dem Bett und ging ins Wohnzimmer. Erschöpft und traurig ließ sie sich aufs Sofa sinken, griff nach dem Telefon und wählte Michaels Handynummer. Es war ihr Geheimnis, dass sie seinen Handy-Account nie gelöscht hatte. Seine Stimme auf dem Band des Anrufbeantworters zu hören war – wie schon unzählige Male zuvor – auch jetzt ihr Rettungsanker.
Die Illusion, ein vertrautes Gespräch mit dem geliebten Mann zu führen.
Die Vorstellung, dass er ihr einfach nur ruhig zuhörte, während sie sich bei ihm ausheulte.
Das Gefühl von Nähe …
All dies aufzugeben, dazu war sie nicht bereit, *noch* nicht jedenfalls. Nach dem Piepton begann sie, Michael von ihrem

Tag zu erzählen, vom unvermeidlichen Streit mit ihrem Vater und von den Verkuppelungsplänen ihrer Mutter, und sie hörte nicht auf, bevor sie Michael von ihrem Entschluss berichtet hatte, nach Papua-Neuguinea zu reisen.

Katja blätterte in einem Katalog mit dem Aufdruck *Südseeträume,* während sie im Reisebüro darauf wartete, beraten zu werden. Ihr eigenes Reiseziel hätte sie beinahe überschlagen. Fiji, Tonga, Vanuatu, Samoa – die wohlklingenden Namen ließen sie für einen Moment tatsächlich ins Träumen geraten. Michael und sie hatten sich vor vier Jahren fest vorgenommen, endlich mal eine größere gemeinsame Reise zu planen. Sie wollte nach Südostasien, Michael in die Südsee. Katja hatte ihn deshalb aufgezogen. Da zöge es ihn doch allein der halbnackten Frauen wegen hin. Zu einer Entscheidung über das Reiseziel war es dann nicht mehr gekommen. Nicht wegen des Unfalls, sondern weil Katja beruflich für den fraglichen Zeitraum etwas dazwischengekommen war. Ein Kollege war erkrankt, und Katja hatte sich breitschlagen lassen, für ihn einzuspringen. Michael war über ihre Entscheidung mehr als enttäuscht gewesen, und sie hatten sich heftig gestritten. Es war nicht das erste Mal, dass ein gemeinsamer Urlaub wegen Katjas Arbeit platzte. Michael war so sauer auf sie, dass er zunächst vorhatte, allein zu verreisen, doch dann erhielt er das Angebot, diese Dokumentation auf Tasmanien zu drehen. Ein Traumjob, wie er fand, und seine Wut über Katja schien mit einem Mal verraucht.

Gegen ihren Willen füllten sich Katjas Augen mit Tränen. Sie klappte die Broschüre zu und fuhr sich mit beiden Händen übers Gesicht, als könne sie auf diese Weise die düsteren

Gedanken und die Traurigkeit vertreiben. Kein Tag verging, an dem sie nicht dachte: *Ich bin schuld an seinem Tod.* In jenen Ferien, die nie stattfinden sollten, hatte Katja vorgehabt, Michael zu überraschen. Vor seinen Augen wollte sie den letzten Streifen ihrer Pillen-Packung demonstrativ zerschneiden und in den Mülleimer werfen. Michael wäre darüber überglücklich gewesen. Er wünschte sich schon seit Jahren, Vater zu werden, doch Katja hatte den Schritt ins Elterndasein immer wieder hinausgezögert. Sie waren doch glücklich, so wie es war. Sie liebten einander, liebten ihre Arbeit. Diese unbeschwerten Jahre hätte sie gern noch ein wenig genossen. Welche Ironie des Schicksals!

Ein bitteres Lächeln umspielte Katjas Lippen, als die Frau hinter dem Computer ihr zunickte und mit der Hand den Stuhl vor dem Schreibtisch anwies.

Katja legte den Katalog zur Seite und stand auf. Plötzlich war sie sich nicht mehr sicher, ob sie auch das Richtige tat. Wollte sie wirklich nach Papua-Neuguinea? Warum? Was hatte sie dort zu suchen?

Phebe Parkinson war der einzig objektive Grund, diese Reise anzutreten. Katja hatte ein wenig im Netz gestöbert und einiges über das Leben ihrer Ururahnin herausgefunden, das sie faszinierte. In Papua-Neuguinea schien man dieser Frau tatsächlich enormen Respekt entgegenzubringen und war bemüht, ihr Andenken wachzuhalten. Es war sogar die Rede davon, eine Gedenkstätte für sie einzurichten. Sich vor Ort einen eigenen Eindruck von dieser Frau zu verschaffen wäre also sicherlich ein lohnendes Ziel. Doch alle anderen Motive, das wurde Katja immer bewusster, wurzelten allein in ihren persönlichen Problemen und hatten mit dem exotischen Reiseziel nicht das Geringste zu tun. Was wusste sie überhaupt über dieses Land? Katja seufzte kaum hörbar, als sie sich setzte. Deswegen saß sie ja hier, um mehr zu erfahren. Sie schilderte der Reisekauffrau ihr Anliegen.

Eine knappe Stunde später war Katja im Auto unterwegs zur Arbeit. Sie zögerte für einen Moment, doch dann wählte sie über die Freisprechanlage die Handynummer ihrer Mutter. Als das Freizeichen ertönte, atmete sie tief durch.
»Katja?« Frau von Beringsen klang überrascht, was Katja kaum wunderte, denn es kam eher selten vor, dass sie ihre Mutter an einem normalen Vormittag anrief. Entweder arbeitete sie zu dieser Zeit schon längst, oder aber sie schlief noch, wenn sie einen freien Tag hatte oder für die Spätschicht eingeteilt war.
»Hallo, Mama.« Sie räusperte sich und trommelte nervös mit den Fingern gegen das Lenkrad.
»Ist etwas passiert?« Katja konnte förmlich sehen, wie sich der Gesichtsausdruck ihrer Mutter in Besorgnis verwandelte.
»Nein, nein. Alles in Ordnung. Ich dachte nur, du solltest es als Erste wissen. Ich habe nämlich gerade eine Fernreise gebucht. Das freut dich doch bestimmt, oder?«
Die Stimme ihrer Mutter hellte sich auf.
»Das ist ja ganz wunderbar. Natürlich freue ich mich. Sehr sogar. Wohin soll es denn gehen und wann?«
Katjas Finger trommelten jetzt schneller. »Du erinnerst dich doch sicher an die Einladung zu Phebes Grabverlegung?«
Eine Pause entstand.
»Hallo, Mama? Bist du noch dran?«
»Sag jetzt bitte nicht, dass du dahin willst.«
»Doch, das will ich. Der Flug ist schon gebucht.«

»Wer wird dich denn begleiten, oder hast du etwa vor, allein zu fliegen?«
»Mutter, ich bin zweiunddreißig Jahre alt.«
»Allein nach Papua-Neuguinea! Ja, bist du denn des Wahnsinns?«
Katja hatte damit gerechnet, dass ihre Mutter von ihrem Reiseziel nicht unbedingt begeistert sein würde. Doch die Schärfe ihrer Reaktion überraschte sie, und sie biss vor Anspannung die Zähne aufeinander. Insgeheim hatte sie gehofft, die mütterliche Freude über die erste Reise ihrer Tochter nach Michaels Tod würde überwiegen. Aber sie hatte sich geirrt. Sie wollte gerade etwas sagen, um ihre Mutter zu beruhigen, als sie es am anderen Ende rascheln hörte. Es knackte ein paar Mal in der Leitung, und plötzlich war ihr Vater am Apparat. Hatte er ihrer Mutter etwa das Handy entrissen?
»Stimmt das, was ich da eben gehört habe? Du willst allein nach Papua-Neuguinea? Als Frau?«
Katja lag es schon auf der Zunge zu sagen, dass sie ja schlecht als Mann verreisen könne, doch sie schluckte die Bemerkung hinunter, um ihren Vater nicht noch mehr aufzuregen. Am Ende bekäme es doch nur wieder ihre Mutter ab.
»Weißt du, wie es da zugeht? Wie viel ein Menschenleben dort zählt? Was Frauen den Papua wert sind? Gar nichts! Hast du denn nie von den bewaffneten Überfällen und den Vergewaltigungen durch diese Banden gelesen, den *Raskols*? Du kannst als weiße Frau nicht einfach so durch Port Moresby spazieren, als wärst du in Deutschland. Das ist dir doch hoffentlich klar?«
Er schnaufte. Wahrscheinlich tupfte er sich mit einem gestärkten Stofftaschentuch den Schweiß von der Stirn, wie er es immer tat, wenn er so erregt war wie jetzt.

»Vater, das ist mir durchaus klar. Das Reisebüro hat mich auch gleich darauf hingewiesen. Aber übertreibst du nicht ein wenig? Das Auswärtige Amt hat jedenfalls keine Reisewarnung für Papua-Neuguinea ausgegeben, und ich will ja gar nicht in die Landeshauptstadt. Ich verbringe dort nur ein, zwei Stunden am Flughafen, um auf meinen Anschlussflug nach Rabaul zu warten. In East New Britain soll es viel sicherer sein als in Port Moresby.«
»Sicherer? Als Ärztin muss ich dich doch nicht erst vor dem Malariarisiko warnen oder dem Denguefieber. Die Moskitos sind allgegenwärtig.«
Katja seufzte entnervt. »Ja, das weiß ich natürlich, und auch, wie ich mich vor den Biestern schütze.«
»Aha. Dann hat die Frau Doktor bestimmt auch von der hohen HIV-Ansteckungsrate gehört.«
»Vater, bitte!«
»Oder vom Choleraausbruch erst letzten September.« Katja schluckte. Davon hatte sie tatsächlich nichts mitbekommen. Als Ärztin ließ sie sich von derlei Schreckensmeldungen eigentlich nicht einschüchtern, aber wenn sie außerdem die allgemeinen Warnungen des Auswärtigen Amtes bedachte, wurde ihr doch ein wenig mulmig zumute. Die große Insel in Melanesien war mit Sicherheit alles andere als ungefährlich. Sie hob ihr Kinn, wie um sich selbst Mut zu machen.
»Ich habe mich entschieden, Vater. Ich fliege. Ob es euch nun gefällt oder nicht!«

Aus dem Wirtschaftsteil der Kölner Morgenzeitung vom 21.05.2001, Phebe-Parkinson-Archiv, Archivnummer 082

Wipperfürth — Der rheinische Unternehmer Albert von Beringsen feiert am Wochenende seinen 80. Geburtstag

Das Alter scheint dem Geschäftsführer und Vorstand der Ferron AG wenig anhaben zu können. Das Unternehmen hat dem Mehrheitseigner und seiner Familie über die Jahre ein Vermögen beschert, das ihn optimistisch in die Zukunft blicken lässt.

»Ich erachte es als Privileg, die Geschicke dieses Unternehmens seit Jahrzehnten leiten zu dürfen. Die Zeiten waren nicht immer rosig, und doch ist es uns mit einiger Umsicht und dem nötigen Quentchen Glück gelungen, selbst dann zu wachsen, wenn andere mit dem Überleben zu kämpfen hatten. Dafür bin ich sehr dankbar.«

Worte der Bescheidenheit, doch Branchenkennern ist nur zu bekannt, dass der dauerhafte Erfolg der Ferron AG nicht zuletzt auf die außerordentlichen Fähigkeiten ihres Geschäftsführers zurückzuführen ist. Geschäftspartner loben von Beringsens Gespür für wirtschaftliche Trends. Ferrons Aufstieg, so heißt es aus Kölner Wirtschaftskreisen, sei zuallererst dem enormen Verhandlungsgeschick von Beringsens geschuldet. Diese Fähigkeit, gepaart mit einer guten Portion Mut zum Risiko, habe Ferron bereits zu einer Zeit beträchtliche Gewinne eingetragen, da deutsche Anleger in der Regel noch nicht einmal von Papua-Neuguinea gehört hätten.

In den Nachkriegsjahren in Köln als Maschinenbaubetrieb gegründet, entwickelte Ferron zu Beginn der 1960er Jahre ein erstes Interesse für den Bergbau in Übersee. Später kamen Firmenbeteiligungen in der Bekleidungsindustrie Indiens hinzu, die von Beringsen vor zwei Jahren lukrativ abstoßen konnte. Ferron präsentiert sich seinen Anlegern seit Jahrzehnten als gesundes Unternehmen mit stabilem Wachstum.

Trotz des soliden wirtschaftlichen Rufs hat es in den letzten zehn Jahren immer wieder Versuche gegeben, Ferron in Verruf zu bringen. In Anspielung auf den Firmennamen, der mit dem lateinischen Wort »ferrum« für »Eisen« spielt, bezeichneten Kritiker das Unternehmen als ein Gebilde, das ethisch-moralisch auf tönernen Füßen stehe. Die Kritik zielt dabei hauptsächlich auf die im Dunkeln liegende Gründung der Ferron ab, die auf dem Vermögen Heinrich von Beringsens fußt, einem hohen Amtsträger der Nazizeit, der im Zweiten Weltkrieg ums Leben gekommen ist. Obwohl Albert von Beringsen sich mehrfach öffentlich von seinem Vater distanziert hat, bleibt für Skeptiker die Frage offen, wie der Vater zu seinem Vermögen gekommen ist. Es wird vermutet, dass die Firma ursprünglich den Nazis zur Geldwäsche diente. Eine Untersuchung im vorletzten Jahr wurde jedoch aus Mangel an Beweisen eingestellt.

Im Herbst will von Beringsen die Geschäftsführung an seinen Sohn Rudolf übergeben.

»Ich werde ihm natürlich im Hintergrund beratend zur Seite stehen«, antwortete von Beringsen auf die Frage, ob er sich mit diesem Schritt vollständig aus dem Unternehmen zurückziehen wolle.

Sohn Rudolf wird sich in Zukunft neuen Herausforderungen gegenübersehen. Verschiedene Umweltorganisationen klagen den internationalen Bergbau in Papua-Neuguinea an, ökologischen und sozialen Raubbau im Inselstaat zu betreiben. Die Ferron AG, die auf der Insel New Ireland Eisenerz gewinnt, stößt im Lande zunehmend auf den Widerstand der einheimischen Bevölkerung, die ihre Lebensgrundlage von der deutschen Bergbaugesellschaft bedroht sieht.

»Die Regierung Papua-Neuguineas hat einen sehr hohen Preis für die Schürfrechte festgesetzt, den wir gezahlt haben«, entgegnet von Beringsen dem Vorwurf. »Dieses Geld kommt allen zugute. Durch Straßenbau, durch Schaffung von Arbeitsplätzen. Unser Engagement im südpazifischen Raum bedeutet einen Gewinn für das Land und seine Bevölkerung. Bergbau ist die Zukunft Papua-Neuguineas.«

Papua-Neuguinea, East New Britain, 9. Mai 2010

Katja war so müde, dass ihr Kopf widerstandslos jedes noch so kleine Wackeln der Maschine mitmachte. Wie lange war sie nun schon unterwegs? Dreißig Stunden? Länger? Die Reise war ihr bereits wie eine Ewigkeit vorgekommen, bevor sie in Brisbane in die kleine *Air Niugini*-Maschine gestiegen war, die sie nach Port Moresby gebracht hatte. Von dort ging es nach weiteren zwei Stunden Wartezeit mit einer noch kleineren Propellermaschine weiter nach Tokua, dem Flughafen von Rabaul, Flugzeit sechzig Minuten.

Das monotone Dröhnen der Propeller ließ ihr Bedürfnis nach Schlaf fast übermächtig werden, doch auf den letzten Metern wollte sie nun auch nicht mehr einschlafen. Wenn die Maschine nach Plan flog, wäre sie in einer Viertelstunde endlich am Ziel. Katja beugte sich nach vorne und schaute aus dem zerkratzten Fenster, sah aquamarinfarbene Flecken im dunklen, fast schwarzen Wasser aufleuchten. Ein Sandstreifen blitzte auf, dahinter erblickte sie dichtes Grün und Berge, deren Gipfel von Wolken umwabert waren. Vorfreude und Angst hielten sich die Waage, und Katjas Magen zog sich in Erwartung zusammen, als hätte sie eine Prüfung zu überstehen. Ungefragt schossen ihr wieder die Warnungen ihres Vaters durch den Kopf, und sie fragte sich für einen Augenblick, ob sie diesen Flug nach Papua-Neuguinea nicht hauptsächlich aus Trotz ihrem alten Herrn gegenüber ge-

bucht hatte. Sie atmete durch und klappte ihr Tischchen hoch, als die Ansage für den Landeanflug durchgegeben wurde. Jetzt war es zu spät für derlei Überlegungen, und sie konnte nur hoffen, dass ihr Vater es mit seiner Drohrede am Telefon bloß darauf angelegt hatte, sie einzuschüchtern. Oder war Papua-Neuguinea etwa wirklich so gefährlich? Wann war ihr Vater eigentlich zum letzten Mal dort gewesen? Wahrscheinlich waren seine Eindrücke von Neuguinea genauso hoffnungslos veraltet wie alle seine Ansichten.
Die Maschine begann, gefährlich zu wackeln, während sie sich der Landmasse näherte, und Katja presste die Ellbogen gegen die Lehnen. Die Sonne verschwand plötzlich, die Maschine setzte auf und holperte durch den Bremsvorgang die Landebahn entlang. *Welcome to Papua New Guinea, we hope you enjoy your stay,* sagte eine Flugbegleiterin über die Lautsprecher.
Als die Maschine zum Stehen gekommen war, öffnete Katja den Gurt und stand auf, um die Gepäckablage zu öffnen. Sie griff nach ihrem Rucksack, den sie sich über die rechte Schulter streifte, und wartete geduldig, bis sich die kleine Menschenschlange vor ihr in Bewegung gesetzt hatte. Sie stieg die Gangway hinunter zum Rollfeld und folgte den Handzeichen des Bodenpersonals, das die Passagiere ins Flughafengebäude lotste. Katja blieb kurz stehen, um die warme Luft auf ihrer Haut zu spüren. Eigentlich hatte sie jenseits des Rollfelds irgendetwas Exotisches wie einen Palmenhain erwartet, in dem fremdartige Vogelstimmen miteinander wetteiferten, doch stattdessen breitete sich eine unbewachsene Ebene vor ihr aus, über der grauer Nebel hing. Schwer zu sagen, wo die Landebahn aufhörte und die Natur anfing. Katja verzog angewidert das Gesicht, als ihr

ein penetranter Geruch in die Nase stieg, den sie zum letzten Mal im Chemieunterricht wahrgenommen hatte und der alles andere als angenehm war. Sie suchte nach einem Taschentuch in ihrer Hosentasche, fand aber keines. Eine Frau im Kostüm, die neben ihr ging, hielt ihr ein Kleenex hin.
»Hier, nehmen Sie. Schwefel, der Gestank des Teufels«, sagte sie knapp auf Englisch, als hätte sie Katja die Frage von der Stirn abgelesen. Die Frau, deren dunkler Teint darauf hindeutete, dass sie eine Einheimische war, wies mit dem Kopf nach rechts. »Die Vulkane. Tavurvur ist noch immer aktiv.« Katja antwortete mit einem verständnisvollen Nicken, als sei ein aktiver Vulkan in ihrem Leben die normalste Sache der Welt. Doch obwohl sie kein ängstlicher Typ war, fühlte sie, wie sich Nervosität in ihrem Magen breitmachte.
Nachdem sie ihren Koffer vom Band genommen und problemlos den Zoll passiert hatte, trat sie durch die Schiebetür. Ihre Augen wanderten unruhig über die übersichtliche Gruppe Wartender. Sie hielt nach einem Priestergewand Ausschau, und weil sie nichts dergleichen fand, stieß sie einen leisen Fluch aus.
»Aber, aber junge Frau!«, hörte sie eine angenehm dunkle Männerstimme hinter sich. Als sie sich umdrehte, schaute sie in ein freundliches Gesicht, dessen Furchen Zeugnis von einem ereignisvollen Leben ablegten. Der Mann in Jeans und gemustertem Hemd hielt ihr die Hand entgegen, und nach einem kurzen Moment der Verwunderung reichte sie ihm die ihre.
»Pfarrer Reuter?«
Der schlanke Mann nickte und strich sich eine weiße Strähne, die ihm in die Stirn gefallen war, aus dem Gesicht.

»Ganz recht, der bin ich. Und Sie sind dann aller Wahrscheinlichkeit nach Frau von Beringsen. Hab ich recht?«
Katja schüttelte den Kopf. »Gruner. Katja Gruner, angenehm.«
Er legte seine Linke auf ihre Schulter und drückte sie kurz an sich. »Willkommen in Papua. Ich freue mich, dass Sie meiner Einladung Folge leisten konnten.« Dann griff er nach ihrem Koffer und wies Katja mit der Hand in Richtung Ausgang.
Sie überquerten die Straße zum Parkplatz, und er öffnete den Kofferraum eines Holdens, der vermutlich schon bessere Zeiten gesehen hatte. Die grüne Farbe war größtenteils verblichen. An manchen Stellen hatte die Sonne mit der Zeit dem Lack einen Stich ins Gelbliche verpasst, und er platzte hier und dort ab und ließ das bräunliche Rot von Rost erkennen. Der Pfarrer hievte Katjas Rollkoffer mit einem leisen Ächzen in den Wagen. Nachdem er mehrere Male vergeblich versucht hatte, die Haube hinunterzudrücken, klickte sie endlich ins Schloss. Gespielt galant hielt er Katja die Beifahrertür auf und schloss die Tür, nachdem sie im Auto Platz genommen hatte. Er umrundete den Wagen und setzte sich hinters Steuer.
»Beach Bungalow Resort?«
Katja lächelte ihm zu. »Ja, bitte.«
Reuter startete den Wagen und fuhr zu Katjas Erstaunen mit quietschenden Reifen los.

Die zwanzig Minuten vom Flughafen nach Kokopo kamen Katja wie eine Reise auf einem anderen Planeten vor. Der Geruch von Schwefel hatte seit ihrer Ankunft nicht nachgelassen, doch zu dem beißenden Gestank gesellte sich nun ein

Anblick, bei dem Katja am liebsten wieder umgekehrt wäre. Kein Baum, kein Strauch, der am Wegesrand wuchs. Überall nur grauschwarze Asche, die der Wind in flachen Böen über die Straße trieb. Hin und wieder sah sie die Umrisse eines halb verfallenen Hauses, aber von einem Ort konnte man eigentlich nicht sprechen. Wo waren nur die Menschen? Und das sollte Rabaul sein? Selbst das Meer, dessen Küste linker Hand von ihnen lag, wirkte schwer wie aus Blei. Vielleicht hatte nur ein Unwetter es so schmutzig aufgewühlt, oder sah es etwa immer so aus? Die tief hängenden Wolken und der fehlende Sonnenschein taten ein Übriges, um das Trostlose der Landschaft zu betonen. Wie auf dem Mond, dachte Katja.

Der Priester schien ihre Gedanken zu erahnen.

»Nicht unbedingt die schönste Aussicht, was?«, fragte er und ließ Wasser über die schmutzige Windschutzscheibe spritzen, das von hektisch hin- und herhuschenden Wischblättern übers Glas geschmiert wurde. Katja wollte nicht unhöflich sein und zuckte nur kaum merklich mit den Schultern. »Sie haben doch bestimmt von unserem letzten großen Vulkanausbruch gehört?« Als sie nicht gleich antwortete, sah der Pfarrer sie von der Seite an. »1994?« Es war mehr eine Feststellung als eine Frage, und Katja bejahte zögerlich. Sie hatte im Reiseführer zwar davon gelesen, aber es nach all den Jahren seit der Katastrophe nicht für möglich gehalten, dass die Folgen noch so präsent wären.

»Wieso hat man Rabaul nicht wieder aufgebaut, oder anders gefragt: Warum sieht es hier noch immer so aus?«

Pfarrer Reuter seufzte und fuhr sich mit einer Hand durch sein dichtes Haar.

»Es hätte schlicht zu viel gekostet. Die Asche liegt zum Teil meterhoch auf den Gebäuden. All den Schutt abzutragen und zu entsorgen – der Staat wollte das nicht bezahlen.«

Er nahm die Hand aus dem Haar und deutete nach rechts. »Schauen Sie mal dort drüben. Der erste Eindruck täuscht nämlich. Ganz so tot, wie es zunächst den Anschein hat, ist Rabaul nicht. Zwei, drei Blöcke landeinwärts hat sich wieder so einiges an Leben im Ort gesammelt. Es gibt ein Hotel und zwei *Bed and Breakfasts* und weiter östlich sogar einen Supermarkt.«

Katjas Blick folgte seinem Fingerzeig. Der Pfarrer musste ihren kritischen Gesichtsausdruck bemerkt haben, denn er lachte laut auf.

»Sie fragen sich sicherlich, wer in Gottes Namen hier Urlaub machen will, hab ich recht?« Katja fühlte sich peinlich berührt, der Pfarrer hatte mit seiner Vermutung ins Schwarze getroffen. »Regierungsleute, Handelsmenschen in der Hauptsache, aber auch ein paar historisch interessierte Touristen.« Er beugte sich verschwörerisch zu ihr hinüber. »Man sagt, Rabaul versprühe noch immer diese geheimnisvolle Aura von kolonialem Reichtum.«

»Dann werde ich mich mal näher umschauen. Doch, wenn ich ehrlich bin, macht dieser Ort einen melancholischen Eindruck auf mich.« Reuter nickte zustimmend.

»Was ist denn aus den Leuten geworden, die hier einmal gelebt haben? Wenn ich meinem Reiseführer glauben darf, ist niemand beim Vulkanausbruch ums Leben gekommen. Waren die Häuser denn nicht versichert?«

Der Pfarrer sah sie belustigt von der Seite an. »Versichert? Rabaul liegt mitten in einem gigantischen Krater, umgeben von einem Ring aktiver Vulkane, die ungefähr alle fünfzig Jahre eine Verheerung dieses Ausmaßes anrichten. Welche

Versicherung würde da schon mitspielen?« Katja kam sich mit einem Mal naiv vor und sah verlegen zum Seitenfenster hinaus. Die Sache ließ ihr allerdings keine Ruhe, und nach einer Weile wandte sie sich wieder dem Pfarrer zu.

»Warum haben die Leute sich überhaupt erst hier niedergelassen? Ich meine, wenn sie doch wussten, dass früher oder später die Vulkanasche ihr Heim unter sich begraben würde? Wieso lebten sie nicht einfach woanders? Irgendwo, wo es sicherer ist?«

Die Worte waren nur so aus ihr herausgesprudelt, und sie hoffte, dass sie nicht allzu naiv oder gar besserwisserisch klang. Andererseits drängten sich ihr die Fragen geradezu auf. Der Pastor schaltete vor einer Kurve in den dritten Gang zurück, während er bedächtig den Kopf schüttelte, als wöge er seine Antwort genau ab.

»Gute Frage. Ich will versuchen, es Ihnen zu erklären.« Sein linker Zeigefinger wies aufs Meer hinaus. »Dieses natürliche Hafenbecken hier, der Simpson Harbour, ist eines der tiefsten der Welt. Selbst große Schiffe können problemlos in Küstennähe ankern. Das macht die Blanchebucht zum idealen Handelsschwerpunkt. Nicht umsonst haben sich schon zur Kolonialzeit die großen deutschen Handelsgesellschaften wie *Godeffroy* oder die *Deutsch-Neuguinea-Kompagnie* hier angesiedelt.«

Er warf einen Blick auf Katja, wohl um sich zu vergewissern, ob sie an seinen Ausführungen überhaupt interessiert war.

»Die Kolonialisten legten eine Palmplantage nach der anderen an. Kopra, das getrocknete Fleisch von Kokosnüssen, war weltweit begehrt, und diese Gegend lieferte hervorragende Erträge. Außerdem konnte man die Ware von hier aus gut verschiffen.«

»Gut Krieg führen ließ es sich von hier aus aber auch, oder?«, erwiderte Katja mit hörbarer Ironie.
Der Pfarrer sah sie für einen Moment lang forschend an.
»Sie haben sich also informiert. Sehr gut, dann brauche ich Ihnen ja nichts weiter zu erzählen.« Er konzentrierte sich auf die Straßenführung und schwieg.
Katja fühlte sich wie ein Drittklässler, dem der Lehrer gerade eine Ohrfeige verpasst hatte, und ihr wurde bewusst, dass sie sich zusammenreißen musste, wenn sie mit ihrer Art nicht überall anecken wollte. *Nassforsch* hatte Michael diesen Zug an ihr genannt, der sie immer wieder in Schwierigkeiten brachte. Was sie für aufrichtig und direkt hielt, empfand so mancher als anmaßend oder dreist. Innerlich seufzte sie. Was hatte sie denn nun schon wieder geritten, dass sie ausgerechnet diesen gutwillig wirkenden Pfarrer gegen sich aufbringen musste?
Kein guter Anfang. Sie fuhr sich über die schweren Augenlider.
Wenig später zwinkerte Reuter ihr zu ihrer Erleichterung jedoch von der Seite aus zu und setzte dann den Blinker, bevor er nach links auf den Parkplatz des Hotels abbog.
»Da wären wir also. *Kokopo Beach Resort.* Eine gute Wahl.« Der Holden rollte knirschend auf dem Kies aus. »So ziemlich die beste Unterkunft, die wir Ihnen hier bieten können. Ich hoffe, es gefällt Ihnen.«
»Das wird es bestimmt. Ich danke Ihnen wirklich sehr für Ihre Hilfe.«
»Keine Ursache. Kommt ja nicht jeden Tag vor, dass wir Besuch aus der Heimat bekommen.«
Sie stiegen aus. Reuter ging um den Wagen herum und nahm Katjas Gepäck aus dem Kofferraum. Als sie sich gerade in

Bewegung setzten, kam ihnen von der Rezeption her ein Angestellter entgegen und nahm ihnen den Rollkoffer ab.

»Willkommen im *Kokopo Beach.* Bitte folgen Sie mir.«

Katja legte ihre Hand auf den Arm des Priesters.

»Ich komme schon zurecht, danke.«

»Wie Sie wollen. Die Beerdigung ist ja erst übermorgen. Was halten Sie davon, wenn Sie sich erst mal ordentlich ausschlafen und dann morgen Vormittag bei uns in Vunapope vorbeischauen? Sie sind doch Ärztin, wenn ich mich nicht täusche? Vielleicht interessiert Sie ja unser kleines Missionskrankenhaus, das St. Mary's.«

Erleichtert verzog Katja die Mundwinkel zu einem Lächeln. Insgeheim hatte sie schon befürchtet, mit dem Pfarrer zu Abend essen zu müssen. Im Augenblick fühlte sie sich von der langen Reise wie erschlagen und wollte nach einer heißen Dusche einfach nur ins Bett fallen.

»Sehr gerne. Ich sehe Sie dann morgen.«

»Schön. Ich hole Sie gegen elf ab, wenn Ihnen das passt. Dr. Lambert zeigt Ihnen dann die Krankenstation, und später essen wir gemeinsam zu Mittag. Was halten Sie davon?«

»Klingt gut, einverstanden.« Katja blieb stehen und winkte dem Pfarrer zu, bis dessen bleich-grüner Holden mit einer Staubwolke im Schlepptau aus der Einfahrt verschwunden war. Dann drehte sie sich um und folgte dem Angestellten, der geduldig das Ende ihres Gesprächs abgewartet hatte, den Pfad zur Rezeption hinauf.

Pünktlich um elf saß Katja am nächsten Tag auf den Stufen der Veranda, die zur Rezeption führten, und wartete auf Reuter. Aus den weißen Stöpseln in ihren Ohren sickerte klassische Musik in sie ein. Auf den Knien balancierte sie mit einer Hand ihre Kaffeetasse und schaute aufs Meer hinaus, das sich unterhalb eines sanft abfallenden Hangs glitzernd und blau vor ihr ausbreitete. Lag es daran, dass sie im Gegensatz zu gestern ausgeschlafen war und ihr Sinn für Schönheit allmählich zurückkehrte? Oder erschien ihr der Ausblick nur deshalb so wundervoll, weil Kokopo, wie ihr der Pfarrer erklärt hatte, am anderen Ende der weit geschwungenen Blanchebucht lag und im Gegensatz zu Rabaul von den Folgen des Vulkanausbruchs verschont geblieben war? Ihr Kaffee war lauwarm geworden, und sie schüttelte sich leicht, nachdem sie davon getrunken hatte. Im Grunde, so dachte sie, war es unwichtig, warum es ihr hier gefiel. Sie war entschlossen, den Moment zu genießen, ohne ihn weiter zu hinterfragen, und empfand Dankbarkeit für den friedvollen Ausblick und die wärmenden Sonnenstrahlen auf ihrer Haut. Sie dachte an Michael und fühlte kurz einen Stich in ihrer Brust. Es war schon eine Weile her, seit sie zum letzten Mal etwas unbeschwert genossen hatte.

Die Untertasse schepperte, als sie die Tasse schließlich etwas zu fest auf einem der Sideboards abstellte. Katja warf einen Blick auf ihre Uhr. Viertel nach elf. Sie stand auf, zog eine Zigarette aus der Packung in ihrer Hemdtasche und zündete sie an. Unwillkürlich stieß sie einen leicht verärgerten Laut aus, während sie den Rauch in die klare Luft blies, und begann, die Veranda abzuschreiten. Wann würde sie sich endlich die preußische Disziplin ihres Elternhauses abgewöhnen, die doch in den meisten Fällen nur dazu führte, dass sie sich über das Zuspätkommen anderer ärgerte? Sie hasste es, warten zu müssen, schon von klein auf war sie ein pünktlicher Mensch gewesen. Pünktlichkeit war in ihren Augen eine Frage des Respekts. *Die Höflichkeit der Könige,* wie

ihre Eltern es zu nennen pflegten. Mit einer ungeduldigen Handbewegung schnippte sie Asche über die Veranda und spürte, wie Ärger in ihr aufwallte. Ihr Unmut richtete sich dabei nicht einmal gegen den sich verspätenden Priester, sondern gegen sich selbst. Pfarrer Reuter tat ihr schließlich nur einen Gefallen, und wenn es etwas länger dauerte, bis er aufkreuzte, war das völlig in Ordnung. Nein, er war nur der Auslöser ihrer plötzlich aufkommenden Unruhe.
Katja fragte sich zum wiederholten Male, ob sie die freien Tage nicht eher dazu hätte nutzen sollen, um endlich einmal in sich hineinzuhören. Wäre es nicht besser gewesen, sie hätte irgendeine Pauschalreise in den Süden gebucht, um sich im Liegestuhl am Strand mit den grundsätzlichen Fragen in ihrem Leben auseinanderzusetzen? Stattdessen wandelte sie am Ende der Welt auf den Spuren ihrer Ururahnin und verabredete sich zum Essen mit einem alten Priester. Katja lächelte unwillkürlich, weil sie an ihre Mutter denken musste. Pfarrer Reuter war bestimmt nicht der neue Mann, den sie sich für ihre Tochter wünschte.
Vielleicht, dachte Katja, hatte sie sich diese Phebe Parkinson unbewusst als eine Art Ausweichmanöver in ihren Urlaub eingebaut, um den eigentlich wichtigen Überlegungen aus dem Weg zu gehen. Auf die Dauer konnte sie so nicht weitermachen, das war ihr bewusst. Die Anrufe auf Michaels Handy, ihr Rückzug von den Freunden – das musste bald aufhören, sonst gehörte sie wirklich in psychologische Behandlung, wie Rolf es ihr geraten hatte. Wenn sie sich irgendwann wieder lebendig fühlen wollte, musste sie ihre Umstände radikal verändern. Einen Schnitt machen. Doch allein der Gedanke, die Wohnung aufzugeben, jagte ihr Angst ein. Sie war noch nicht bereit zu größeren Verände-

rungen, und sie war sich auch nicht sicher, ob sich ihre Haltung in absehbarer Zeit ändern würde. Doch was hieß schon »absehbar«? Seit drei Jahren plante sie nicht weiter als von einem Tag zum nächsten, und da kam ihr das geschäftige Treiben in der Klinik gerade recht. Katja stieß eine Rauchwolke in den Himmel wie einen Seufzer. Ein Leben wie im Hamsterrad.

Plötzlich fühlte sie sich elend, ihre Augen brannten noch immer von der trockenen Luft im Flugzeug, dazu kam ein schlechter Geschmack auf der Zunge, weil sie nicht genug gegessen hatte. Auf die Brüstung gelehnt, zog sie an ihrer Zigarette und richtete den Blick zur Auffahrt. Gerade wollte sie zur Rezeption gehen, um nach einem Taxi zu fragen, als ein Kleintransporter in der Parkbucht knirschend zum Stehen kam. Keine zwei Sekunden später entstieg ihm ein großgewachsener Mann, den Katja von weitem auf ungefähr Mitte dreißig schätzte. Der Pfarrer war es jedenfalls nicht. Der Mann warf die Fahrertür zu und kam zielstrebig auf sie zu.

»Warten Sie auf Pfarrer Reuter?«, rief er auf halbem Wege. Sie nickte stumm, doch da sie unsicher war, ob er die Bewegung aus der Entfernung wahrgenommen hatte, hob sie zum Gruß die Hand. »Lambert. Christoph Lambert«, sagte der blonde Mann mit dem struppigen Haar, als er bei ihr war, und ignorierte ihren ausgestreckten Arm.

»Würde es Ihnen etwas ausmachen, wenn wir uns gleich auf den Weg machen?«, fragte er und bemühte sich gar nicht erst um ein Lächeln. »Ich habe es ziemlich eilig.«

»Kein Problem.« Sie ließ die Hand sinken und bemerkte, wie sein Blick kurz die Zigarette in ihrer anderen Hand streifte. Katja beeilte sich, den Glimmstengel im Aschenbecher auszudrücken. Rasch schwang sie den Rucksack über ihre Schulter und achtete darauf, mit Lambert Schritt zu halten, der bereits auf seinen VW-Bus zusteuerte. Er startete den Motor, noch bevor sie die Beifahrertür geschlossen hatte.

»Wo ist denn Pfarrer Reuter? Ist ihm etwas dazwischengekommen?«, fragte sie, als sie auf die Hauptstraße einbogen.

»Herrmann lässt sich entschuldigen. Ein Krankheitsfall in der Gemeinde.«

»Oh, das tut mir leid.«

»Das muss Ihnen nicht leid tun. *Bikman* geht schon stramm auf die neunzig zu.«

»Bikman?«

Lambert lachte kurz auf und warf ihr von der Seite einen Blick zu. Seine hellblauen Augen blickten nicht mehr ganz so kalt wie bei ihrer Begrüßung.

»Sorry. Das können Sie nicht wissen. *Bikman* nennt man die Stammesführer, wie *big man* – großer Mann. Häuptlinge, wenn Sie so wollen.«

Katja schaute Lambert ein wenig genauer an. Zu seinen dünnen Leinenhosen trug er ein kurzärmeliges blaues Hemd, das einigermaßen zerknittert aussah.

»Wir fahren gleich in die Klinik von Vunapope, wenn ich den Pfarrer recht verstanden habe?«, fragte sie nach einer Weile, um das Schweigen zwischen ihnen zu brechen.

»Genau. Ich sagte doch, dass ich's eilig hab.« Er fuhr sich über sein stoppeliges Kinn und brummte etwas, das Katja nicht verstand, doch sie wollte nicht weiter nachfragen. Besonders gesprächig oder auch nur höflich schien dieser Lambert nicht gerade zu sein. Übelnehmen konnte sie es ihm nicht, es passte offensichtlich nicht in sein Programm,

eine deutsche Touristin durch die Gegend kutschieren zu müssen, weil Reuter verhindert war.
»Hören Sie, es tut mir leid, wenn ich Ihnen Unannehmlichkeiten bereite. Das lag nicht in meiner Absicht.«
Eigentlich hatte sie erwartet, dass er ihren Einwand abwiegeln, sich eventuell sogar für sein ungehobeltes Auftreten entschuldigen würde. Er hatte ihr ja noch nicht einmal die Hand geben wollen! Stattdessen schwieg er, und als sie die Stille nicht länger ertrug, hob sie kurz entschlossen die Hand.
»Stopp! Halten Sie bitte an!« Lambert schaute sie verdattert an, doch er trat tatsächlich aufs Bremspedal und lenkte den Wagen auf den Seitenstreifen.
»Was ist? Sie wollen doch nicht etwa aussteigen?« Seine offenen Handflächen zeigten himmelwärts, und er runzelte ungläubig die Stirn, als wolle er andeuten, sie sei nicht ganz bei Trost. Katja schaute sich um. Weit und breit sah sie nichts außer dieser Küstenstraße, deren Verlauf der weichen Kurve der Bucht folgte. Ungefragt meldeten sich in ihrem Kopf die Ermahnungen ihres Vaters. Nein, hier wollte sie wirklich nicht allein unterwegs sein. Sie gab auf. Lambert hatte natürlich recht: Auf offener Strecke in dieser fremden Gegend auszusteigen, das war dumm und unnötig riskant.
»Nein, eigentlich will ich nicht aussteigen, aber offensichtlich falle ich Ihnen zur Last. Vielleicht könnten Sie mir ein Taxi rufen, und ich …«
Noch bevor sie ihren Satz beenden konnte, warf Lambert den Kopf in den Nacken und begann schallend zu lachen, dabei schlug er mit dem Handballen wiederholt gegen das Lenkrad. »Ein Taxi?«
»Ja. Was ist denn daran so komisch?«, fragte sie eingeschüchtert.

»Nichts weiter. Es ist nur so, dass Sie in Papua nicht einfach mal so auf offener Straße nach einem Taxi rufen können.« Er hörte auf zu lachen, als er ihr betretenes Gesicht sah, und atmete laut aus.
»Tut mir leid, wenn ich so gehetzt wirke. Es ist nur so, dass mein Wartezimmer in der Klinik voller Patienten ist. Dabei sollte ich eigentlich längst im OP sein. Das Team ist chronisch unterbesetzt, mein Assistenzarzt ist krank, und ich weiß im Moment wirklich nicht, wo mir der Kopf steht.«
»Ich verstehe. Entschuldigen Sie, ich muss Ihnen wie eine hysterische Touristentusse erscheinen. Bitte, lassen Sie sich nicht aufhalten.«
Da er sie noch immer anschaute, als werde er aus ihrem Verhalten nicht schlau, starrte sie mit weit aufgerissenen Augen zurück.
»Was ist jetzt? Ihre Patienten warten!« Sie machte mit beiden Händen eine Bewegung, als wolle sie den Bus anschieben. Lambert schüttelte irritiert den Kopf und fuhr los.

Katja hatte noch nie ein Missionskrankenhaus besucht. Als sie dem Doktor zu dem Betonflachbau folgte, den ein Wegweiser als das St. Mary's auswies, überkam sie ein seltsames Gefühl, das zwischen Beklemmung und Bewunderung schwankte. Ein grauer, schmuckloser Kasten. Niemand hatte es scheinbar für nötig erachtet, das Gebäude in einem freundlicheren Licht erscheinen zu lassen. Kein einziger Farbklecks, keinerlei schmückende Elemente an der rissigen Fassade. Von außen betrachtet, war das St. Mary's eine Baracke, die sich als eine der Längsseiten in das Rechteck der Missionsstation Vunapope einfügte. Die dazugehörende Verwaltung schloss sich nahtlos auf der kurzen Seite an, die

dem Meer zugewandt war. Gegenüber befand sich das schönste Gebäude: eine weiß gestrichene Holzkirche im Kolonialstil, in deren Vorgarten zwei Nonnen verwelkte Blüten von den hüfthohen Büschen abknipsten. Lambert grüßte die Frauen mit einem Kopfnicken und folgte dem gepflasterten Weg, der in einem kurzen Bogen vom Parkplatz der Angestellten zum Eingang des St. Mary's führte. Die anderen Nutzbauten, die sich um das Viereck mit dem kurz geschnittenen Rasen und dem Rundweg gruppierten, so erklärte ihr Lambert, fielen in Pfarrer Reuters Reich. Es handelte sich dabei um die Missionsschule, in der zukünftige Priester ausgebildet wurden, und um das Waisenhaus samt dazugehöriger Schule. An der Hauswand des Waisenhauses war eine schlichte Gedenktafel angebracht, die den Neubau aus dem Jahr 1982 Phebe »Miti« Parkinson widmete, »der Mutter aller elternloser Inselkinder«, wie es dort auf Englisch geschrieben stand. Katja nickte anerkennend. Der Bau, der nun natürlich nicht mehr so neu war, wirkte zwar gepflegt, aber irgendwie lieblos. Nichts außer dem Schild oder der Gedenktafel wies darauf hin, dass hier Kinder lebten. Katja wandte den Blick dem Hospital zu. *Sik Haus,* las sie auf der einfachen Holztafel über dem Eingang und runzelte verwundert die Stirn.
»Dreimal dürfen Sie raten, was das heißt. Na?«
Katja hob hilflos die Schultern.
»*Sik Haus* ist Tok Pisin für Krankenhaus. *Sik* steht für das englische *sick,* und *Haus* kommt tatsächlich aus dem Deutschen, das Wort stammt also noch aus der deutschen Kolonialzeit.«
Das Kapitel über die einheimische Sprache Tok Pisin mit ihren vielfältigen Einflüssen hatte Katja im Reiseführer nur

grob überflogen, und nun ärgerte sie sich ein wenig über ihre Nachlässigkeit. Dennoch musste sie lächeln.

»*Sik Haus.* Das werde ich mir merken, gefällt mir richtig gut.«

Lambert lächelte jetzt auch. Der schmale Flur, der gleichzeitig als Warteraum diente, war von Patienten geradezu belagert. Die meisten saßen geduldig mit gekreuzten Beinen auf dem grün gestrichenen Waschbeton. Alte Männer in wadenlangen *Lap-Laps* mit bloßem Oberkörper, die verbliebenen Zähne schwarz, das graue Haar starr vom Kopf abstehend. Junge Frauen, die ihre schreienden Babys in den Armen wiegten, und dazwischen Kinder, die von den Eltern angezischt wurden, wenn sie zu wild durch den Gang rannten. Lambert grüßte hier und dort jemanden und machte bei zwei, drei Patienten kurz halt und wechselte ein paar Worte mit ihnen, die Katja nicht verstand. Lambert beherrschte offenbar die Landessprache. Sie war beeindruckt. Er drehte sich nach ihr um und winkte sie mit dem Finger zu sich heran. Sie trat neben ihn und folgte seinem Blick auf eine Frau, die, gegen die kahle Wand gelehnt, einen Säugling in den Armen hielt. Katja schätzte die junge Frau auf Anfang zwanzig. Wie die anderen Frauen, die auf die Untersuchung warteten, trug sie ein buntbedrucktes Kleid mit Blumenmuster, das Haar stand ihr wirr vom Kopf ab.

»Das ist Sunani. Ihr Sohn behält die Muttermilch nicht immer bei sich. An sich kein Problem, sie muss nur gelegentlich von uns hören, dass ihr Sohn ausreichend Nahrung aufnimmt. Sie ist lieber hier als zu Hause.« Katja schaute ihn fragend an. Er hob kaum merklich sein kantiges Kinn in Richtung der Frau. »Sehen Sie die Schwellung unter ihrem Auge?« Er wartete einen Moment, ehe er fortfuhr. »Der liebende Gatte.« Katja runzelte besorgt die Stirn, doch Lambert reagierte nicht darauf. »Wollen Sie Sunani hallo sagen? Es würde sie freuen. Wenn Sie hier arbeiten wollen, sollten Sie mindestens ein paar Brocken Tok Pisin beherrschen, mehr wäre besser. Das ist Ihnen doch hoffentlich klar, oder?«

Katja war wie vom Donner gerührt. Wie kam Lambert nur darauf, dass sie hier arbeiten wollte? Hatte ihm Pfarrer Reuter etwa diesen falschen Eindruck vermittelt? Natürlich, wer sonst. Sie kannte ja niemand anderen hier.

Gerade öffnete sie die Lippen, um zu protestieren, doch noch bevor sie einen Ton äußern konnte, zog Lambert sie am Ellbogen näher zu der jungen Frau. »Sprechen Sie mir fürs Erste einfach nach: *Gude.*«

»Gude?« Wollte er sie etwa hochnehmen?

»Gude heißt *hallo*«, sagte er. *»Mi amamas long mitim yu.* Ich freue mich, Sie kennenzulernen.«

Zögernd wiederholte sie die fremden Worte, und das Gesicht der Frau mit dem Baby hellte sich auf. Katja lächelte zurück. Das klappte besser, als sie erwartet hatte.

»Yu stap gut? Wie geht es Ihnen?«

Vom ersten Erfolg ermutigt, sprach Katja ihm nun ohne weiteres Zögern nach, und als die Frau ihr antwortete, schaute sie Lambert beinahe erschrocken an. Der nickte:

»Mi stap gut. Tenkyu. Mir geht es gut, danke.«

Den Sinn dieser Worte hätte Katja auch ohne seine Hilfe erraten. So langsam fand sie Geschmack an der neuen Sprache, die ihr gar nicht so schwer vorkam.

»Lukim yu«, sagte Lambert und hob zum Abschied die Hand. *»Auf Wiedersehen.«* Dann zog er Katja mit sich fort. Hm, diese Sprache war wohl doch nicht so selbsterklärend,

wie es sich zunächst angehört hatte. Sie nickte der Frau zu und folgte Lambert auf dem Weg durchs Krankenhaus bis zur Tür des OP, wo ihm eine Krankenschwester gleich eine handgeschriebene Liste in die Hand drückte.

»Na, endlich«, konstatierte die Frau mit dem seidig schwarzen Haar, das sie zu einem Pferdeschwanz zurückgebunden trug. Ihre grünen Augen funkelten Lambert vorwurfsvoll an. Katja wollte sich vorstellen, doch dazu kam es nicht. Die attraktive Frau in grüner OP-Kleidung fasste den Arzt bei der Schulter und zog ihn zum anderen Ende des Raumes, ohne sie eines Blickes zu würdigen. Einen Moment lang stand Katja einfach nur da und schaute sich um. In dem schmalen Krankensaal standen ungefähr vierzig Pritschen, und alle waren belegt. Die einfachen Betten waren von Familien regelrecht umlagert, die sich dort häuslich eingerichtet zu haben schienen. Die Papua saßen auf Bambusmatten, nähten oder strickten, vor sich ein paar Schüsseln mit Reis oder Gemüse. Einige hatten Transistorgeräte bei sich, und für Katjas Ohren klang es so, als versuchten die Radios, einander an Lautstärke zu übertrumpfen. Über einigen der Pritschen waren Moskitonetze angebracht, doch die meisten Insassen nutzten die Hängevorrichtung aus Bambusrohr, um zahlreiche Plastiktüten aufzubewahren. Der Geräuschpegel im Raum war enorm. Niemand schien es zu kümmern, ob der Nachbar Ruhe brauchte. Doch so wie es aussah, störte der Lärm nicht einmal die Betroffenen selbst. Kaum einer der Kranken schlief. Entweder saßen die Patienten mit gekreuzten Beinen auf der Spanplatte, die die Matratze ersetzte, oder sie ließen die Beine vom Rand des Bettes baumeln, während sie sich mit ihren Verwandten unterhielten. Wie eine Krankenstation sah es hier nicht gerade aus, was wohl nicht zuletzt an den fehlenden medizinischen Gerätschaften lag. Sie konnte nirgends Infusionspumpen oder Schläuche entdecken und auch kein Gerät fürs EKG-Monitoring. Katja steckte die Hände in die Hosentaschen ihrer Jeans und begann, langsam den Gang hinunterzuschlendern. Der Raum hatte keine Fenster, stattdessen zog sich ein Lüftungsschlitz unterhalb der Decke entlang, dessen Lamellen sich öffnen und schließen ließen. Eine Klimaanlage gab es nicht. Zwei gewaltige Ventilatoren verquirlten die abgestandene Luft zu einem ungesunden Gemisch, und Katja begann zu schwitzen, obwohl es draußen nicht wärmer als 25 Grad sein konnte. Wie es hier wohl erst in der Regenzeit sein musste?

Eine Gruppe Kinder lief auf sie zu. Ein Junge begann, an ihrem T-Shirt zu zupfen, und redete in seiner Sprache auf sie ein. Erst lächelte Katja und hob entschuldigend die Schultern, doch als die anderen Kinder sich von dem Verständigungsproblem ebenfalls nicht abhielten ließen und an ihr zu zerren begannen, wusste sie sich nicht anders zu helfen und riss sich los. Was sollte sie nur tun? Gehen?

Lambert und die Schwester waren verschwunden. Sollte sie nach ihnen suchen? Weit konnten die beiden ja nicht sein, wahrscheinlich waren sie in einem der Räume am Ende des Flurs. Andererseits hatte Lambert den Eindruck erweckt, als würde sie ihn im Augenblick eher von seinen Aufgaben abhalten, vom ablehnenden Verhalten der Schwester mal ganz abgesehen.

Katja fuhr sich mit den Händen übers Gesicht und entschied sich zu gehen. Irgendjemand würde ihr schon den Weg in den Ort weisen können, und von dort aus würde sie sich zurechtfinden. Kokopo war kein Ort, dessen Größe sie einschüchterte. Zweitausend Einwohner, hieß es in ihrem Reiseführer, im Grunde ein Dorf. Der Gedanke, einen ruhigen Tag am Pool im Resort zu verbringen, erschien ihr mit einem Mal mehr als verlockend. Schade nur, dass sie den Pfarrer heute nicht mehr angetroffen hatte, aber sie würde ihn ja spätestens auf der Beerdigung sehen.

»Na dann«, sagte sie halblaut zu sich selbst und wandte sich zum Gehen.

»Warten Sie«, hörte sie plötzlich Lambert hinter sich rufen, als sie schon aus der Tür war. Katja zögerte für einen Moment, ob sie umkehren oder einfach weitergehen sollte. Dann seufzte sie und drehte sich um.

»Ja?«

Lambert stand in grünem OP-Kittel und Haube im Türrahmen des Hinterzimmers. »Kommen Sie bitte!« Zögerlich folgte Katja der Aufforderung. »Nähen Sie diese Schnittwunde für mich? Nebenan wartet eine Hornhautverletzung.«

Katja blickte durch die Tür auf den OP-Tisch, auf dem ein junger Mann lag, dessen rechter Oberschenkel aus einer tiefen Wunde blutete.

»Joy geht Ihnen zur Hand.« Sie schaute Lambert ungläubig an. War seine Frage ernst gemeint?

Doch Lambert ließ ihr gar keine Zeit für eine Antwort. Er band sich den Mundschutz um und verschwand im Nebenraum, aus dem ein leises Stöhnen drang. Die Krankenschwester warf einen Blick auf den Patienten. Dann drehte sie sich zu Katja um und rang sich zu einem dünnen Lächeln durch.

»Hallo«, begrüßte sie Katja knapp und wies auf das Waschbecken in der Ecke. Ein weiterer Blick auf das Bein des

Mannes überzeugte Katja von der Notwendigkeit, schnell zu handeln. Ohne länger zu überlegen, wusch sie sich die Hände und streifte Kittel und Latexhandschuhe über, die die Schwester für sie bereithielt.
Eine halbe Stunde später zog Katja sich Haube und Mundschutz vom Kopf, warf die blutverschmierten Handschuhe in den dafür bereitstehenden Eimer, befreite sich vom Kittel und fuhr sich mit dem Unterarm über die feuchte Stirn. Joy schob den versorgten Patienten ins Krankenzimmer zurück. Lambert war nicht wieder aufgetaucht, und Katja linste in den Nebenraum, wo sie ihn zuletzt gesehen hatte, doch der war mittlerweile verwaist.
Sie ging zum Waschbecken zurück und drehte den Hahn auf, als sie eine Hand auf der Schulter spürte. Erschrocken fuhr sie herum.
»Dr. Lambert, Sie haben mich fast zu Tode erschreckt.«
Der Arzt lachte und klopfte ihr mit der Hand auf die Schulter.
»Sollte man gar nicht meinen, dass eine erfahrene Ärztin wie Sie so schreckhaft sein kann.«
Katja knabberte verlegen an ihrer Unterlippe. Lambert deutete mit dem Daumen Richtung Krankensaal.
»Unser verletzter Krieger kann Ihnen jedenfalls dankbar sein. Hervorragende Arbeit!«
Gegen ihren Willen lief Katja dunkelrot an. Verdammt, sie war doch nicht mehr im Praktikum!
»Danke. Wie lief es mit der Hornhaut?«
Lambert verschränkte seine Finger und ließ die Gelenke knacken. Katja zog wegen des Geräuschs eine Grimasse, und Lambert ließ die Hände sinken.
»Sorry – eine dumme Angewohnheit. Die Verletzung ist zu

schwer, da war nicht mehr viel zu machen. Nicht mit unseren Mitteln jedenfalls.«

»Und was geschieht nun mit dem Patienten?«

»Nichts. Ich hab dem Mann geraten, zu beten, und ihn nach Hause geschickt.«

»Sie haben *was* getan?«, fragte Katja ungläubig. Ihr war natürlich bewusst, dass sie sich in einer kirchlich getragenen Klinik befand, aber als Arzt dem Patienten zu raten, sich besser an den lieben Gott zu wenden anstatt ärztlicher Hilfe zu vertrauen, das fiele ihr nicht einmal im Traum ein. Lambert musste ihren Gedankengang erraten haben.

»Mehr als neunzig Prozent der einheimischen Bevölkerung sind Christen. Da hilft es eigentlich immer, wenn die Patienten das Gefühl haben, mit dem Beten selbst etwas bewirken zu können.«

»Und das ist alles, was Sie für Ihren Patienten tun konnten?«, fragte Katja mit erhobenen Brauen.

Lambert zuckte die Schultern.

»Das ist alles.«

»Könnten Sie ihn denn nicht in die Hauptstadt fliegen lassen? Dort wird es doch sicherlich eine Augenklinik geben.«

Der Arzt wirkte ungeduldig, fuhr sich mit der Hand über den verschwitzten Nacken und sah sie ernst an.

»Hören Sie. Vielleicht hatten Sie noch keine Zeit, um es zu bemerken, aber dies ist nicht Mitteleuropa. Hier ticken die Uhren anders.« Seine Stimme klang schneidend. »Von einem funktionierenden Gesundheitssystem kann in Papua-Neuguinea nicht mal im Ansatz die Rede sein, zumindest nicht auf dem Land. Sie müssen mir schon glauben, dass ich für die Leute hier alles tue, was in meiner Macht steht.«

Katja schoss das Blut ins Gesicht. Die scharfe Zurechtweisung hatte sie peinlich berührt. Sie kam sich vor wie ein Schulmädchen, das einen einfachen Test verbockt hat. Gleichzeitig ärgerte sie sich, denn immerhin hatte sie Lambert gerade erst aus der Patsche geholfen. Unentgeltlich und auf eigenes Risiko. Wie konnte er sich da erlauben, sie wie eine Idiotin hinzustellen? Sie wollte schon scharf antworten, rief sich aber zur Vernunft. Schließlich war Lambert nicht der erste Kollege, mit dem sie im Lauf ihrer Karriere aneinandergeriet, und er würde ganz sicher nicht der letzte sein. Der Klinikbetrieb – das war noch immer ein Sammelbecken für Machos aller Art. Was sollte sie sich da unnötig über einen mehr aufregen, zumal sie ja gar keine Kollegen waren? Für die Dauer ihres Urlaubs würde sie diesem unangenehmen Zeitgenossen Lambert samt seiner zickigen Krankenschwester einfach aus dem Weg gehen.

»Ich habe nicht im Geringsten an Ihrem Einsatz gezweifelt«, sagte sie endlich und bemühte sich um einen nüchternen Tonfall. Wenn dennoch ein Hauch von Überheblichkeit in ihren Worten mitschwang, sollte ihr das recht sein. Sie wechselte das Thema: »Können Sie mir sagen, wie ich am besten zurück ins Resort komme?«

»Wie? Wollen Sie etwa schon gehen?« Lambert klang erstaunt.

»Ja, wenn Sie nichts dagegen haben.« Sie glaubte nicht, dass Lambert ihren ironischen Unterton herausgehört hatte.

»Ah, der Jetlag! Wie Sie wollen. Sie können unseren Fahrer nehmen, wenn er gerade Zeit hat.«

»Gibt es denn keine andere Möglichkeit? Einen Bus oder ein Taxi?«

»Die öffentlichen Verkehrsmittel würde ich einer Fremden nicht empfehlen. Das gilt auch für die Taxis. Unzuverlässig

und mitunter gefährlich. Gehen Sie bis zum Ausgang, der Fahrer sieht Sie dann schon.« Lambert winkte einen Jungen heran, der sich als Besucher vor einem der Krankenbetten zu langweilen schien, drückte ihm eine Münze in die Hand und sagte etwas auf Tok Pisin zu ihm. Der Junge nickte eifrig, sprang auf und rannte davon.
»Das Stationstelefon ist kaputt«, erklärte Lambert. »Der Junge gibt am Empfang Bescheid.«
»Danke.« Katja drehte sich um und trat aus der Tür. Er rief ihr noch ein »Bis morgen!« hinterher. Sie stutzte kurz. Aus irgendeinem Grund nahm Lambert an, sie würde demnächst in der Klinik anfangen. Sollte sie dieses Missverständnis nicht schleunigst ausräumen? Andererseits: Mochte dieser selbstgefällige Kerl doch denken, was er wollte!

Als sie im *Bungalow Beach Resort* nach ihrem Zimmerschlüssel fragte, gab ihr der Angestellte stattdessen einen Briefumschlag.
»Nachricht vom Pfarrer. Der hat Sie heute ganz schön sitzenlassen, was?« Katja zog die Stirn in Falten und schaute den Rezeptionisten fragend von der Seite an. Woher wusste er von ihrer geplatzten Verabredung, und was kümmerte es ihn überhaupt? Der junge Kerl mit dem wüst vom Kopf abstehenden Haar schien ihren Unmut zu bemerken, denn er kratzte sich verlegen am Hinterkopf.
»Sorry. Das geht mich natürlich überhaupt nichts an«, sagte er in einwandfreiem Englisch.
»Ganz meine Meinung. Wie kommen Sie denn an diese Information?«
»Wie erkläre ich Ihnen das jetzt am besten?« Er kratzte sich noch immer am Kopf. »Wissen Sie, in Kokopo kennt man

sich nun mal, und gestern, nachdem Sie in Ihrem Bungalow verschwunden waren, habe ich noch mit dem Pfarrer geplaudert. Über dieses und jenes, Small Talk eben. Dabei hat er mir von seinen Plänen für heute erzählt, und als er dann am Morgen nicht aufgetaucht ist und später diese Nachricht hat abgeben lassen, da hab ich eins und eins zusammengezählt. Das ist alles. War echt dumm, meine Bemerkung von eben. Verzeihen Sie mir?« Er blickte kurz nach links und rechts, schob dann den Oberkörper über den Tresen. »Sie wollen sich doch nicht etwa beim Boss über mich beschweren, oder? Könnte mich um den Job bringen.«
Katja, die gerade dabei war, die Nachricht von Pfarrer Reuter zu lesen, sah vom Brief auf und schaute den jungen Mann, der einfach nicht still sein wollte, etwas genauer an. Ein Schild auf seiner hellblauen Uniformjacke, auf der als Firmenlogo der Umriss eines seltsamen Vogels aufgestickt war, wies ihn als Junior Manager aus. Er hieß Takari und sah sie aus großen Augen an, als hinge sein Leben von ihrer Antwort ab. Sein dunkles Haar, das in den Spitzen blondiert zu sein schien, wippte im Takt seines nervös wackelnden Fußes. Katja steckte die Entschuldigungsnotiz von Reuter in ihre Hosentasche. Eine Auseinandersetzung mit dem Hauspersonal hatte ihr heute gerade noch gefehlt. Sie seufzte laut.
»Nein, ich werde mich nicht über Sie beschweren. Anscheinend werden Sie mich ja morgen zum Friedhof bringen. Ist das richtig, was Reuter da schreibt?« Takari strahlte sie an wie eine Tausend-Watt-Birne.
»Da können Sie drauf wetten, Missus.«
»Bitte nennen Sie mich nicht Missus. Sie sind doch nicht mein Sklave. Kann ich jetzt bitte meinen Schlüssel haben?«

Genervt hielt sie ihm die geöffnete Hand hin. Seit dem Frühstück hatte sie nichts mehr zu sich genommen, denn aus dem geplanten Mittagessen mit dem Pfarrer war natürlich nichts geworden. Eigentlich kein Wunder, dass sie sich mit einem Mal verdammt wackelig auf den Beinen fühlte. Sie nahm den altmodischen Schlüssel mit dem grob gezackten Bart und ging in Richtung ihres Bungalows. Sie würde sich ein Sandwich und Bier aufs Zimmer bestellen und den Rest des Tages am Pool verbringen.

Schon von weitem hatte Katja die Trommeln gehört. Als sie auf den Parkplatz einbogen, war er bereits voll belegt. Takari hielt an, sprang von seinem Sitz, umrundete den himmelblauen Transporter des Resorts und öffnete Katja die Tür. Mit dem Kinn deutete er auf einen verschlungenen Pfad. Er war so schmal, dass es aussah, als wolle der dichte Urwald ihn verschlingen. Wohin der Weg führte, war von Katjas Position aus nicht zu erkennen. Sein Ziel musste sich hinter einer Biegung verbergen. Dort, wo sie rhythmisches Trommeln durchs Grün dringen hörte.

»Gehen Sie den Pfad bis zum Ende, Sie können den *Matmat* nicht verfehlen. Falls Sie sich im Wald oder auf Kuradui verlaufen sollten, wird Ihnen der Buschfunk den Weg weisen.«

Als er Katjas irritierten Gesichtsausdruck bemerkte, beeilte er sich, beruhigend nachzusetzen: »Keine Sorge. Es besteht keine Gefahr, dass Sie die Orientierung verlieren. Das war nur ein Scherz.«

Katja setzte ihren Strohhut auf, den sie im Hotelshop erworben hatte.

»Aber lassen Sie die Finger von den *Kwila*«, sagte er plötzlich.

»Wer oder was soll das denn sein?«

Takari zeigte auf den Wald. »Die großen Bäume dort drüben.«

»Und wieso soll ich die nicht anfassen?«

»Weil sie unheimlich sind. Wenn man an ihnen vorbeigeht, sprechen sie zu einem, aber nicht wie ein Mensch.«

Katja runzelte die Stirn. Wenn Takari sie nicht verschaukelte, handelte es sich bei seiner Geschichte wohl um eine mythische Erzählung der Papua.

»Gibt es denn einen Grund dafür, warum sie reden?«

Takari nickte. Sein Gesicht war ungewohnt ernst. »Der *Kwila* ist ein Urzeitwesen, das vor den Menschen existierte und sich dann in den gefährlichen Baum verwandelte. Es kommuniziert auch heute noch mit uns und erteilt Ratschläge.«

»Interessant. Aber er ist nicht vielleicht giftig?« Die Wissenschaftlerin in ihr suchte nach einer logischen Erklärung hinter der seltsamen Geschichte.

»Giftig nicht, doch wenn man ihn berührt, bricht er einem das Rückgrat, und die Bauchhöhle füllt sich mit Blut.«

Katja machte große Augen.

»Das erzählen sich zumindest die Alten«, setzte Takari nach und kletterte auf den Fahrersitz zurück.

»Kommen Sie denn nicht mit?«, fragte Katja perplex, weil ihr von Takaris Gerede nun doch ein wenig mulmig zumute geworden war. »Ich dachte, ganz Kokopo sei zu dem Zeremoniell geladen.«

»Leider nein, ich muss arbeiten. Ich hole Sie in anderthalb Stunden hier ab. Falls Sie früher zurückwollen, rufen Sie bitte das Resort an.« Er drückte ihr eine Karte in die Hand.

»Sie lassen mich tatsächlich allein durch Ihren gefährlichen Wald laufen?«

»Es ist ja nicht weit zum Friedhof, und wenn Sie den Stamm nicht anfassen, kann Ihnen auch nichts passieren.«
Katja schluckte.
»Bis dann.« Er tippte sich mit dem Finger an eine imaginäre Hutkrempe, setzte den Minibus schwungvoll zurück und brauste davon. Katja schaute ihm eine Weile ratlos nach, dann wedelte sie sich den aufgewirbelten Staub aus dem Gesicht und machte sich auf den Weg.
Der Schatten der hohen Baumkronen malte weiche Flecken auf die rötliche Erde, die vor ihren Füßen zu tanzen schienen, sobald eine Brise in das Geäst fuhr. Diese *Kwila*-Bäume waren ihr vollkommen unbekannt. Sie hatten eine Höhe von ungefähr zwanzig Metern, ihr Stamm war bis auf die letzten oberen Meter astfrei. Der durchdringende Schrei eines Vogels ließ Katja zusammenzucken. Der Ruf erschien ihr übertrieben laut, so als wolle das Tier ein für alle Mal klarstellen, wer hier Herr im Hause war. Während sie noch versuchte, die Quelle des Lärms auszumachen, flatterte etwas ganz dicht neben ihr durchs Unterholz. Sie trat erschrocken zurück, und für einen Moment sah sie einen prächtigen Vogel mit langen, schwarz und gelb glänzenden Schwanzfedern davonfliegen. Dabei wirbelte das Tier aufgeregt Blätter vom Boden auf. Das trockene Rascheln, der hektische Flügelschlag und die fremdartigen Laute des wunderschönen Vogels ließen Katja innehalten. Ob sie da gerade ein Exemplar des legendären Paradiesvogels erspäht hatte? Fasziniert blickte sie dem in schillernden Farben gezeichneten Vogel nach.
Wenige Minuten später trat Katja auf eine Lichtung. Ganz unverkennbar der Friedhof, den die Einheimischen *Matmat* nannten, wie Takari ihr erklärt hatte. Die Feierlichkeiten

schienen bereits begonnen zu haben, denn ein dürrer alter Mann mit übergroßer Sonnenbrille und in kurzärmligem Hemd schritt vorsichtig auf eine Grube zu, an deren Kopfende ein Grabstein stand. Die Inschrift konnte Katja aus der Entfernung nicht entziffern. Der Mann balancierte einen Kindersarg auf der Schulter, der offenbar nicht sonderlich schwer war. Ein Kindersarg? Katja blieb am Waldrand stehen. Es war ihr ganz lieb, sich abseits der großen Trauergemeinde zu halten. In der Deckung des Dschungels konnte sie ungestört das Geschehen beobachten, ohne sich gleich wie ein Eindringling zu fühlen.

Der alte Mann stellte den schlichten Sarg auf einem Holztisch ab, zog aus seiner Hose ein Taschentuch hervor und wischte liebevoll über die dunkle Maserung. In der anderen Hand hielt er einen kleinen Bilderrahmen, den er daneben aufstellte. Sein knochiger Zeigefinger strich über den Silberrahmen, als wolle er eine unsichtbare Schicht Staub abtragen.

Katja war zu weit entfernt, um das Foto hinter dem Glas zu erkennen, aber zweifelsohne handelte es sich um ein Bild von Phebe Parkinson. Eine Gruppe schwarzer Nonnen in knielanger, taubengrauer Tracht legte Blumen auf den Sarg und bekreuzigte sich. Auf ein Zeichen hin setzten sich zwei Einheimische in europäischer Kleidung in Bewegung. Sie legten zwei Seile unter den Sarg, eins vorne, eins hinten. Anschließend trugen sie ihn zur Grube und seilten ihn langsam in die Erde hinab. Neben dem Grabstein stand Pfarrer Reuter. Er räusperte sich und sagte kurz etwas auf Tok Pisin. Dann streckte er die Hand nach dem Greis aus, der nun neben ihm stand, und klopfte ihm auf die Schulter, bevor er zur Seite trat.

»Danke für die freundlichen Worte, Pfarrer!« Der Alte wandte sich an die Trauergemeinde, nahm die Sonnenbrille ab und steckte sie in die Hemdtasche. »Ich danke euch allen für euer Erscheinen. Ich sehe viele bekannte Gesichter.« Sein Blick wanderte langsam über die Gemeinde, dem ein oder anderen nickte er zu und lächelte. »Es ist schön, euch nach all den Jahren wiederzusehen.« Er stockte, räusperte sich ein Kratzen aus dem Hals. In der Pause, die durch sein Schweigen entstand, konnte Katja hören, wie der Wind vom Pazifik her durch die Blätter fuhr. Die Hände des alten Mannes zitterten leicht, als er eine einladende Geste in Richtung der Gäste machte. »Willkommen auf Kuradui. Ich danke der Familie von Beringsen für die Erlaubnis, diese Feier auf ihrem Grundstück abzuhalten. Es ist lange her, und für diejenigen, die mich nicht kennen: Ich bin Paul Ütersen, Phebes Enkel. Doch lasst mich zunächst die einheimischen Gäste begrüßen.«

Ab da sprach er auf Tok Pisin weiter, und Katja konnte außer einzelnen Wörtern, die an die deutsche Sprache erinnerten, nichts verstehen. Doch sie spürte, wie vom Klang der Worte eine Art Sog ausging. Sie kannte Papua nicht, und ihr wurde erst jetzt richtig bewusst, dass sie durch diese unbekannte Frau, die hier begraben wurde, mit dem Land und seinen Leuten verbunden war. Dieser Gedanke erschien ihr genauso fremd wie verlockend.

Katja atmete durch und schloss für einen Moment die Augen. Sie war klug genug, um zu wissen, woraus sich dieser Wunsch, woanders hinzugehören, speiste. Deutschland war für sie ein Ort voller Schmerz und Trauer. Sie öffnete die Augen und ließ den Blick über die bunte Gesellschaft schweifen. Einige der Nonnen weinten. Die Stimme von

Paul Ütersen riss sie aus ihren Gedanken. Er sprach nun wieder deutsch.
»Lasst uns das Werk von Phebe Parkinson feiern. Einer Frau, die von tiefem Respekt für das Leben durchdrungen war. Ihr Sinn für die Einbeziehung anderer, ihre Aufmerksamkeit für die Bedürfnisse ihrer Mitmenschen sind nur zwei der Werte, die Phebes Wirken zugrunde lagen. Wer das Glück hatte, sie kennenzulernen, kann von so viel mehr berichten. Ich danke den Hütern des *Matmats* von Kuradui für ihre Gastfreundschaft. *Thank you, Your Highness* Malietoa. Danke, dass wir die Erneuerung von Phebes Geist hier feiern dürfen.« Der angesprochene Stammesführer nickte anerkennend zurück.
»Heute erfüllt sich der letzte Wunsch meiner Großmutter. Sie wollte neben ihrem geliebten Mann Richard im Familiengrab beigesetzt werden. Es hat siebzig Jahre gedauert, ehe wir ihr diesen Wunsch erfüllen konnten. *Rest in Peace, dearest Phebe!*«
Sichtlich bewegt fuhr sich Ütersen mit beiden Händen übers Gesicht. Auf ein Zeichen von Malietoa begann eine Gruppe einheimischer Männer mit gelb angemalten Gesichtern, roter Körperbemalung und einem Kopfschmuck aus buschigen Vogelfedern, vor dem Grab zu tanzen. Die Trommeln setzten wieder ein, und einige Gäste begannen zu singen.
»Beeindruckende Vorstellung, finden Sie nicht?« Lamberts sonore Stimme erschreckte Katja beinahe zu Tode, so versunken war sie in das ungewöhnliche Schauspiel, das sich vor ihren Augen entfaltete.
»Schleichen Sie sich immer so hinterrücks an?«, schnaubte sie ihn an.
Lambert lächelte. »Das hört sich ja so an, als betrachteten

Sie sich als Beute.« Er kreuzte die Arme vor der Brust und musterte sie amüsiert.

Katja hätte sich mit Leichtigkeit auf den Schlagabtausch einlassen können, unterließ es aber. Sie war schließlich auf Phebes Beerdigung und nicht auf einer Party. Lambert schien auf eine Antwort zu warten, doch Katja schwieg beharrlich. Schließlich rieb sich der Arzt den Nacken, verlagerte sein Gewicht aufs andere Bein.

»Hören Sie, ich hab vorhin mit dem Pfarrer gesprochen. Wegen Ihrem Job im St. Mary's. Scheint so, als hätte ich da was falsch verstanden.«

Katja bemerkte seine Unsicherheit und musste sich beherrschen, um nicht breit zu grinsen. Stattdessen hob sie eine Braue und sah ihn fragend an. Sie hatte nämlich nicht die Absicht, ihm die bevorstehende Entschuldigung leichter zu machen. Sollte er sich ruhig ein wenig winden.

Lambert steckte die Hände in die Hosentaschen seiner hellen Leinenhose. Katja schaute ihn herausfordernd an und bemerkte, wie er unruhig wurde.

»Ich weiß auch nicht, wie ich darauf gekommen bin, aber ich dachte, Sie wären die junge Ärztin, die bei uns anfangen wollte. Erst heute habe ich eine E-Mail von ihr erhalten. Sie hat es sich anders überlegt. Pfarrer Reuter hat mich dann aufgeklärt, dass Sie wegen Phebe Parkinson hier sind.«

Sein Blick fixierte den eigenen Fuß, mit dem er jetzt in der trockenen Erde zu scharren begann. »Ist mir sehr unangenehm«, raunzte er. »Sind Sie mir böse?«

Er schaute ihr von unten in die Augen und löste damit ein merkwürdiges Gefühl in ihr aus. Wieso reagierte sie nur so? Sicher, dieser Lambert war objektiv betrachtet ein recht attraktiver Mann, aber das waren andere auch. Und was diese

Sache für sie noch unerklärlicher machte: Sie fand ihn vom Wesen her unsympathisch, hielt ihn für eitel und arrogant. Und dennoch schien Lambert irgendetwas in ihr anzurühren, und das verstörte Katja und ärgerte sie auch.
»Nein, ist schon gut«, wiegelte sie daher ab. »Ich frage mich nur, ob Sie immer so harsch mit Ihrem Personal umgehen.«
»Sie finden, ich war harsch?«
»Na ja, wenn man bedenkt, dass Sie mich ohne Einführung gleich in den OP geschickt haben …«
»Das war nicht eben höflich, oder?« Lambert rieb sich mit Daumen und Zeigefinger die Nase. Irrte sie sich, oder grinste er unter der verdeckenden Hand?
»Was halten Sie davon, wenn ich Sie zum Ausgleich für mein Betragen auf eine kleine Spritztour einlade?«
Katja war überrascht. »Eine Spritztour? Wohin denn?«
»Das lassen Sie mal meine Sorge sein. Darf ich Sie morgen früh um sechs abholen?«
»Ja, warum nicht.«
»Falls Sie welche dabei haben, packen Sie Wanderschuhe ein. Und Ihr Badezeug.«
»Okay«, sagte Katja überrascht und stellte dann mit einem Anflug von Ungläubigkeit fest, dass sie sich auf den Ausflug mit Lambert freute.
Pfarrer Reuter stieß zu ihnen. Er war in Begleitung von Malietoa, dem Häuptling.
»Ah, hier haben Sie sich also versteckt. Ich nehme an, der gute Christoph hat Ihnen seinen Irrtum bereits gestanden?«
Katja lächelte. »Das hat er. Er will sogar Buße tun.«
»So lob ich mir das. Mit tut es auch leid, ich hätte mich wohl genauer ausdrücken müssen.«
»Keine Ursache, wirklich.«

Reuter wies auf den Häuptling. »Das ist der Führer der Tolai, Malietoa. Nachdem ich ihm von Ihnen und Ihrer langen Reise hierher erzählt habe, wollte er Sie gerne in seinem Land willkommen heißen. Paul Ütersen bittet auch noch um ein Wort, falls Sie nichts dagegen haben.«
»Sehr gern. Ich weiß gar nicht, womit ich diese Ehre verdient habe.« Katjas Wangen röteten sich vor Aufregung.
»Genau so wenig oder so viel, wie wir im Gegenzug die Ehre Ihrer Anwesenheit verdienen.«
Lambert verabschiedete sich, und Malietoa trat einen Schritt auf sie zu. Er sah Katja an und begann, in seiner Sprache auf sie einzureden. Katja verstand kein Wort, und der Häuptling schaute sie so ernst an, dass sie begann, sich unwohl zu fühlen. Malietoa machte eine Pause und warf Reuter einen Blick zu. Der nickte und wandte sich an Katja.
»Malietoa sagt, er fühle sich geehrt, dass Sie sein Land und sein Volk besuchen. Er möchte, dass Sie wissen, wie sehr er und sein Volk Phebe verehren.«
Katja nickte. »Sagen Sie ihm, dass ich mich über seine Worte freue und seinen Willkommensgruß sehr schätze.«
Der Pfarrer übermittelte die Botschaft, und Malietoa nickte wiederholt.
Jetzt trat Paul Ütersen hinzu und legte einen Arm um den Häuptling, den anderen um Reuter. Er zog die beiden an sich.
»Es ist schön, wieder hier zu sein, bei euch. Herrmann, wolltest du mir nicht die junge Dame aus Deutschland vorstellen?« Er ließ von den Männern ab und streckte die Hand aus. »Paul Ütersen.«
Sie ergriff seine Hand, die sich wie Pergament anfühlte. »Katja Gruner. Angenehm.«

»Ich bitte Sie, seien Sie nicht so förmlich. Wir sind doch nicht zu Hause.«
Katja lächelte. »Das stimmt, aber ich kenne mich mit den örtlichen Gepflogenheiten noch nicht aus.«
»Entschuldigen Sie, wenn ich so direkt frage, doch Ihr Name sagt mir leider gar nichts. Würden Sie mir auf die Sprünge helfen? Wie sind Sie mit Phebe verwandt?«
»Soweit ich weiß, ist Phebe Parkinson meine Ururgroßmutter.«
»Darf ich fragen, wer Ihre Eltern und Großeltern sind? Sie müssen meine Unkenntnis entschuldigen, aber Phebe hatte so viele Kinder und Enkel, dass es wahnsinnig schwierig ist, den Überblick zu behalten.«
»Kein Problem. Also, mein Vater ist Rudolf von Beringsen, meine Mutter heißt Margarete. Ihr Mädchenname ist Weidmann. Mein Großvater väterlicherseits ist Albert von Beringsen.« Sie bemerkte ein feines Zucken um seine Mundwinkel.
»Albert? Und war Ihr Urgroßvater Heinrich von Beringsen?«, fragte Ütersen, und seine Stimme klang urplötzlich kalt. Katja wunderte sich. Warum hatte sich Ütersens Ton ihr gegenüber verändert? Und woher wusste er von ihrem Urgroßvater?
»Ja«, erwiderte Katja erstaunt, »weshalb fragen Sie?«
Ütersen hob die Schultern und schüttelte den Kopf. »Ach, nichts weiter. Ich dachte nur, den Namen schon mal gehört zu haben.«
Der Häuptling zog Ütersen am Ärmel und redete aufgeregt auf ihn ein. Der versuchte, ihn zu beruhigen, legte ihm die Hand auf den Arm und sprach mit ruhiger Stimme zu ihm. Dann sah der Häuptling Katja mit weit aufgerissenen Augen

an und wurde plötzlich laut. Verunsichert wich sie ein paar Schritte zurück. Hilfesuchend schaute sie Ütersen an, doch der war damit beschäftigt, den aufwallenden Zorn des Häuptlings im Zaum zu halten.
»Was redet er denn da nur?«, fragte Katja und klang verängstigt.
Ütersen schluckte hart und schaute ihr fest in die Augen.
»Er sagt, *der Teufel, der verfluchte Teufel ist zurück.*«

Takari sprang aus dem Kleinbus, um Katja die Beifahrertür zu öffnen. »Wenn es Ihnen nichts ausmacht, begleite ich Sie zum Bungalow. Liegt auf dem Weg zur Vorratskammer, die ich überprüfen muss.« Er folgte ihr die Veranda hinauf, und schweigend gingen sie hintereinander den Holzweg entlang, der sie zu Katjas Bungalow führte. Als Katja den Schlüssel zückte, um aufzuschließen, stieß sie plötzlich einen schrillen Schrei aus und wich zurück. Vögel flatterten erschrocken aus den Ästen und flogen aufgeregt krächzend davon. Mit einem Satz war Takari bei ihr.
Über der Klinke der Bungalowtür hing eine Schlange.
»Weg da!«, befahl Takari und schob Katja hinter sich. Er griff nach einem welken Palmwedel, der über dem Verandageländer hing, und berührte das Tier mit der Spitze. Er wiederholte die Aktion. Als sich die Schlange noch immer nicht regte, ließ er den Wedel fallen, ging zur Tür und hob das Tier mit beiden Händen hoch.
»Kommen Sie ruhig näher. Die ist mausetot.«
Katja zögerte zunächst, doch dann siegte die Neugier. Die Schlange war braun und ungefähr zwei Meter lang.
»*Brown tree snake.* Kommt in unserem Regenwald ziemlich häufig vor. Wir nennen sie auch *doll's eye.* Sehen Sie das

Gelb um ihre Augen? Das lässt sie riesengroß erscheinen, wie bei einer Puppe.«

»Ist die giftig?«

»Jetzt nicht mehr«, scherzte Takari. »Auf Menschen hat sie allerdings sowieso keinen Appetit. Steht mehr auf Frösche.« Er wog den toten Schlangenkörper in der Hand. Dann wandte er sich wieder Katja zu.

»Irgendjemand hat was gegen Sie, Ma'am. Irgendeine Ahnung, wer das sein könnte?«

»Meinen Sie etwa, jemand hat mir absichtlich eine tote Schlange über die Klinke gehängt?«

»Damit dürften Sie goldrichtig liegen, Ma'am. Von Schlangen, die sich zum Sterben über Türklinken werfen, hab ich jedenfalls noch nie gehört.« Er musste über den eigenen Witz grinsen.

Katja ließ ihn stehen und öffnete rasch die Tür. Sie ging in den Bungalow hinein und prüfte, ob etwas fehlte. Auf den ersten Blick sah es nicht danach aus. Ein zweiter Rundgang bestätigte ihren Eindruck. Wer immer sie mit der toten Schlange erschrecken wollte, hatte offenbar nicht vorgehabt, sie auszurauben. Diese Tatsache erleichterte sie allerdings keineswegs. Warum wollte irgendjemand sie einschüchtern? Sie drehte sich um und ging zu Takari, der noch immer mit der Schlange in der Hand vor ihrer Tür stand.

»Tote Schlangen. Ist das eine Art Warnung oder Drohung? Oder drücken Einheimische so ihre Gefühle für Fremde aus?« Katja klang jetzt wütend.

»Wir haben jede Menge grausamer Bräuche auf Papua. Aber tote Schlangen über Türklinken ...« Er begann zu kichern, und Katja wurde ungehalten.

»Takari! Mir ist nicht zum Spaßen zumute. Jemand will

mich einschüchtern. Jetzt sagen Sie mir bitte, ob das einer von Ihren Leuten war.«

»Sorry, Ma'am. Ich wollte mich bestimmt nicht über Sie lustig machen.« Katja sah ihn streng an. Takari räusperte sich. »Über ein Schlangen-Ritual ist mir wirklich nichts bekannt. Das will aber nicht unbedingt etwas heißen. Es gibt so viele Stämme auf Papua, und alle haben sie ihre eigenen Bräuche und Zeichen. Ich kann Ihnen leider nur raten, wachsam zu sein. Nur zur Sicherheit.«

Katja erinnerte sich an das Gespräch mit ihrem Vater. Vielleicht hatte er mit seinen Warnungen vor den dunklen Seiten Papua-Neuguineas gar nicht übertrieben. Im Moment würde sie tatsächlich am liebsten ihre Koffer packen und zurückfliegen. Sie hatte sich nicht auf den langen Weg hierher gemacht, um sich wie ein verängstigtes Kind zu fühlen. Katja überlegte, ob sie den Rückflug umbuchen sollte.

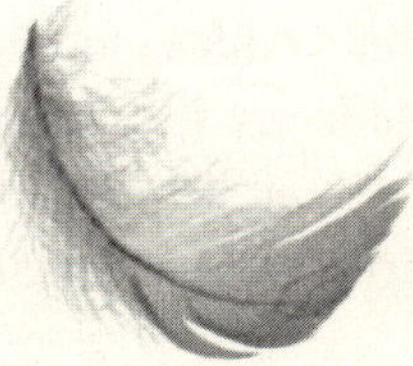

Deutsch-Neuguinea,
Januar 1905

Fast ein halbes Jahr war seit dem Baining-Massaker vergangen, das Johanna den Mann und ihrem Sohn Martin den Vater geraubt hatte. Manchmal wunderte sie sich, dass sie noch hier war, an diesem Ort fernab der Heimat, der so grausam und gleichzeitig so wundervoll war. Hätte Phebe sich nicht ihrer angenommen, hätte sie mit Martin vielleicht schon mit dem nächsten Dampfer die Gazelle-Halbinsel verlassen. Je eher, desto besser, hatte sie zunächst gedacht. Phebe in ihrer mütterlichen Art nahm ihr allerdings jede weitere Überlegung ab, indem sie darauf bestand, Martin und Johanna auf unbestimmte Zeit bei sich aufzunehmen. So lebte Johanna jetzt mit ihrem Sohn bei den Parkinsons auf deren Plantage Kuradui.

Sie saß auf der Veranda und schaute zu, wie die Dorfmädchen, auf den Stufen sitzend, einander die Haare schnitten. Wie oft hatte sie ihnen schon angeboten, ihre Schere zu benutzen. Aber nein, die Mädchen lehnten jedes Mal ab und benutzten stattdessen eine Glasscherbe, mit der sie Krauslöckchen um Krauslöckchen absäbelten, was eine halbe Ewigkeit dauerte und ziemlich gefährlich aussah.

Johanna trank einen Schluck Tee und ließ ihren Blick über die Mädchen hinweg zum Meer wandern. Wie lange kann eine Mutter ihr Kind vor der Welt beschützen? Nicht für lange und schon gar nicht für immer, das war Johanna klar.

Martin war ihr größtes Glück und zugleich ihre größte Sorge. Gehen oder bleiben – wie auch immer sie sich entschied, sein Wohl stand bei allen Überlegungen, die sie anstellte, im Vordergrund. Sie blickte auf ihren Sohn, der neben ihr auf einer Decke schlief.

Während Johanna sich in den ersten Tagen nach dem Unglück im abgedunkelten Zimmer die Augen ausweinte und abwechselnd ihr Leben und die Mörder ihres Gatten verfluchte, war Martin inmitten der anderen Kinder gut aufgehoben und bekam von Johannas Trauer und Wut nur das Unvermeidlichste mit. Dafür war Johanna Phebe sehr dankbar.

Nach zwei Tagen nahm sie zum ersten Mal wieder Nahrung zu sich. Phebe hatte sich neben sie aufs Bett gesetzt, während Johanna zögernd die Suppe löffelte, und bat sie darum, zu bleiben.

»Ich hab mit Bender gesprochen. Er sagt, er kann die Lücke, die Ludwigs Tod gerissen hat, nicht schließen. Euch fehlen die Leute.«

Johanna schnaubte bitter. Allein der Gedanke, Bender und Haller könnten Ludwig ersetzen, erschien ihr abwegig. Phebe nahm ihre Hand.

»Du bist doch Lehrerin. Warum unterrichtest du nicht gemeinsam mit Bender eure Missionsschüler und bildest die Begabteren unter ihnen zu Hilfslehrern aus?«

»Ich? Ludwigs Schule? Das ist doch lächerlich.«

Miti erwiderte nichts, klopfte ihr nur wohlwollend auf die Schenkel, nahm das Tablett mit dem zur Hälfte leer gegessenen Teller Kürbissuppe und wandte sich zum Gehen. Im Türrahmen drehte sie sich noch einmal um.

»Überleg es dir. Wenn du nicht unterrichten willst, bleibt immer noch die Arbeit im Waisenhaus.«

»In eurem *katholischen* Waisenhaus, meintest du.«
Phebe zuckte mit den Schultern.
»Ja und? Es gibt nun mal kein anderes. Welchen Unterschied macht das? Die Kinder brauchen jede Hilfe. Woher sie kommt, kümmert die Kleinen herzlich wenig. Ich bitte dich, überleg es dir!«
Sie schloss die Tür hinter sich. Johanna sank in ihre Kissen zurück. Phebes Worte hallten in ihr nach.
Was sollte sie nur tun? Sie sehnte sich nach dem Schoß ihrer Familie in Deutschland, doch den Eltern fiele sie mit Martin womöglich zur Last. Wie sie deren letzten Briefen entnommen hatte, sah es mit Verdienstmöglichkeiten in der Heimat nicht eben rosig aus.
Außerdem, wenn sie jetzt zurückging, kehrte sie als Gescheiterte zurück. Als eine, die im Leben nichts erreicht hatte und ein willfähriges Opfer der Umstände geworden war. Trotz ihres Kummers widerstrebte Johanna diese Sicht auf sich selbst. Sie war kein schwächliches Frauenbild, sie war kein Opfer. Sie war in Trauer, mitunter verzweifelt, das ja, aber dennoch war sie eine patente Person, die ihr Leben in die Hand nehmen konnte und wollte.
Johanna befand, sie musste zu ihrem praktischen Denken zurückfinden. Der HERR hatte sie nach Deutsch-Neuguinea geführt, und dafür würde er seine Gründe gehabt haben. Auch wenn Ludwig nicht länger an ihrer Seite war, konnte sie jetzt nicht einfach die Segel streichen, nur weil sich die Dinge nicht so entwickelt hatten wie erhofft. Der HERR hatte sie an diesen Ort geleitet, damit sie half, sein Wort zu verbreiten. Sie durfte das Feld nicht kampflos den zahlenmäßig überlegeneren Katholiken überlassen. Der HERR prüfte sie; und sie musste vor seinem Urteil bestehen. Nein,

so sah Johanna auf einmal ganz klar, sie durfte diejenigen, die an sie glaubten, nicht enttäuschen. Phebe hatte vollkommen recht. Sie, Johanna, konnte mehr, als sie sich im Moment zutraute. Vor allen anderen musste sie ihrem Sohn Martin ein Vorbild sein und ihm durch ihr Handeln zeigen, dass sie für die Ziele seines Vaters einstand. Ludwig durfte nicht vergebens gestorben sein. Und wie sollte sie ihrem Sohn das geistige Erbe des Vaters glaubwürdig vermitteln, wenn sie vor ihren Problemen nach Deutschland floh?

Martin und sie würden bleiben.

Auszüge aus dem Tagebuch von Johanna Schubach, Eintrag vom 5. Juli 1904, Kopie, Phebe-Parkinson-Archiv, Archivnummer 015

Phebe und Ludwig haben mich gedrängt, Emmas Feier zum amerikanischen Nationalfeiertag beizuwohnen. Der vierte Juli ist ein großer Feiertag für Emma und Phebe, deren Vater Amerikaner ist. Um der guten Phebe und meinem lieben Gatten einen Gefallen zu tun, willigte ich schließlich ein. Ob das ein Fehler war? Seither bin ich unruhig, innerlich aufgewühlt. Bilde ich mir alles nur ein? Sicherlich, und ich fühle mich schlecht, dass ich überhaupt einen Verdacht hege. Ludwig darauf anzusprechen, wage ich nicht. Ach, wäre ich doch besser zu Hause geblieben!

Emma genoss es natürlich sehr, wie wir Deutschen ihr uneingeschränkt huldigten. Dafür bekamen die Gäste im Gegenzug französischen Champagner, Kaviar und Zigarren aus Kuba. Emma trinkt angeblich täglich zwei Flaschen Champagner und raucht eine Unmenge dieser selbstgedrehten Zigaretten, die hier so beliebt sind.
Ich habe mich als Gast nicht sonderlich wohl gefühlt. Pompöse Partys liegen mir nicht. Das Übermaß an Speisen und Alkohol widerstrebt mir genauso wie das spitze Gelächter oder die Freizügigkeit der jungen samoanischen Nichten, die Emma aus Apia hierhergebracht hat. Deren Verhalten ist

zutiefst unanständig, und ich kann diese Art der Brautschau nicht gutheißen. Spätestens um Mitternacht wollte ich daher wieder verschwunden sein.

Ich trug das mauvefarbene Kleid, das ich vor Monaten zum letzten Mal anhatte. Ludwig sagt, es steht mir ausnehmend gut.

Der Salon füllte sich schon mit Gästen, als wir ankamen. Emma entschuldigte sich gleich wieder und schwirrte in ihrem weißen Seidenkleid zu einer größeren Gruppe um Dr. Hahl, der soeben eingetroffen war. Es duftete wunderbar nach exotischen Gewürzen. Ich freute mich auf Phebes samoanische Kochkünste, auch wenn ich deswegen auf die Anwesenheit der Freundin verzichten musste. Phebe beaufsichtigte ein wahres Heer an Helfern. Ich war beeindruckt, wie sie alles unter Kontrolle hat, als ich sie in der Küche kurz begrüßte. Das Essen schmeckte, wie erwartet, ausgesprochen delikat. Emmas Diener von den Salomonen, diese rabenschwarzen Buka, *trugen eine hochgeschlossene Livree mit weißem Kragen und servierten die Speisen auf goldenen Tellern!*

Emmas Kleid hatte eine Schleppe so lang wie die eines Brautkleids, getragen von einem halben Dutzend pechschwarzer Mädchen. Diese steckten in phantastischen Vogelkostümen, manche waren als Paradiesvögel verkleidet und trugen die originalen Federn als Kopfschmuck, andere gingen als rote oder grüne Papageien, wieder andere als Kasuare. Emma trug eine diamantene Tiara im schwarz gefärbten Haar, eine Kette aus Rubinen schmückte ihr ausladendes Dekolleté. Die Schleppenträgerinnen stammen wie Emmas Diener von den nahegelegenen Salomonen, von wo die Queen, *wie Emma meist nur genannt wird, auch vorzugsweise ihre Ar-*

beiter für die Plantagen rekrutiert. Die Papua zeigen wenig Neigung zu bezahlter Arbeit. Sie handeln lieber und lassen sich gegen Muschelgeld ihre selbstproduzierte Kopra, das getrocknete Fleisch von Kokosnüssen, billig abknöpfen.

Im Laufe des Abends stritten der Bischof und Emma sich mal wieder, aber im Grunde sind die beiden die besten Freunde, und der Bischof steht Emma als Geschäftsmann in nichts nach. Er scheffelt für den Popen dermaßen viel Geld mit seinen Plantagen, dass wir Vunapope hinter seinem Rücken nur Sacred Heart & Co. *nennen.*

Ludwig und ich gingen auf die Veranda, denn mir war ein wenig schwindlig vom Cocktail, den Emma uns aufgenötigt hatte. Ludwig entschuldigte sich aber nur wenig später, er wolle sich drinnen mit jemandem unterhalten. Ich ließ ihn gehen und lauschte dem Gesang der Vögel. Die Frangipani dufteten betörend. Die meisten Gäste auf der Veranda kannte ich zwar, aber ich nickte ihnen nur freundlich zu. Als die leichte Übelkeit verflogen war, ging ich auf der Suche nach Ludwig zurück in den Salon, wo ich ihn vertieft in ein Gespräch mit einer von Emmas Nichten fand. Ich habe das Mädchen schon früher gesehen. Sie kann höchstens siebzehn, achtzehn Jahre alt sein. Ihr Haar trug sie nach europäischer Art kunstvoll aufgesteckt, das hochgeschlossene Kleid war mit filigraner Brüsseler Spitze besetzt. Emma scheint für die liebe Verwandtschaft keine Kosten zu scheuen.

Ich blieb hinter dem Türbogen zum Salon stehen, wo der wehende Vorhang mich halb verhüllte, und beobachtete die beiden. Ein Stich fuhr mir durch die Brust, und erst wusste ich gar nicht, warum. Das Mädchen war sehr hübsch, eine Augenweide. Doch das war es nicht. Eifersucht liegt mir nicht im Blut. Soll ich mich etwa wegen jedes hübschen Mädchens verrückt machen, das sich mit meinem Mann unterhält? Doch irgendetwas stimmte nicht, das habe ich gespürt, und der Gedanke verfolgt mich bis jetzt. War es die vertraute Art, die sich in der Haltung der jungen Frau ausdrückte? Wie sie sich flüchtig über das seidige Haar fuhr und dabei für einen Moment die Hand auf dem Hinterkopf ruhen ließ, als sie Ludwig zuhörte? Die Unterhaltung wirkte eindringlich auf mich und schien alle Umstehenden auszuschließen. Wie eine Einheit, die nicht gestört werden wollte.

Brief von Arnold Kerbau an Friedrich Rohloff vom 10. Juli 1904, Phebe-Parkinson-Archiv, Archivnummer 041

Herbertshöhe, Deutsch-Guinea,
den 10. Juli 1904

Lieber Friedrich,

zurzeit geht es mir nicht gut. Ich habe hohes Fieber, und mein ganzer Körper schmerzt, so dass ich mich kaum bewegen kann. Ich nutze aber die Zeit, in der ich ans Bett gefesselt bin, um Dir von Gunantambu zu erzählen. Alter Freund, in meinen kühnsten Träumen hätte ich mir nicht ausmalen können, was ich in der Südsee erleben durfte!
Von Queen Emma hast Du ja bereits gehört. Sie ist halb Amerikanerin, halb Samoanerin und durch ihre Heirat mit Kolbe auch Deutsche. Da sie sich den Vereinigten Staaten sehr verbunden fühlt, hatte sie anlässlich des amerikanischen Unabhängigkeitstages eingeladen. Das Fest dauerte volle drei Tage, und keinen einzigen davon werde ich jemals vergessen!
Emma Kolbes Schwester Phebe Parkinson hat sich um das Festmahl gekümmert. Sie ist um einiges jünger als ihre berühmte Schwester, die mittlerweile über fünzig sein muss. Doch um die beiden geht es mir gar nicht, sondern um die jungen Frauen aus Samoa, die mit ihnen verwandt sind und

bei Queen Emma leben. Bei Tisch saß ich neben Marnia, dem schönsten Mädchen, das ich jemals gesehen habe. Das seidig schwarze Haar trug sie offen, hinter dem Ohr eine Hibiskusblüte. Friedrich, ihre dunklen Augen leuchten so warm, ihr Lächeln ist so bezaubernd, dass jedem im Herzen unweigerlich die Sonne aufgeht. Aber Marnia ist nicht nur wunderschön, sie ist auch gebildet, wie offenbar alle Mädchen in Queen Emmas Haus. Sie hat mir den alten Goethe zitiert, ist das zu glauben?

Nach dem Essen blieb die Queen mit uns Männern bei Cognac und Zigarre (ja, sie raucht Zigarre wie ein Mann!), um die Weltpolitik zu diskutieren. Später spielte sie Klavier für uns, und Marnia sang. Die Stimme einer Nachtigall!

Ich komme selbst jetzt aus dem Staunen nicht heraus. Wenn ich bedenke, dass unsereiner zu einer der zivilisiertesten Nationen der Welt gehört … Und doch strahlen diese Halbblut-Schönheiten eine solche Unabhängigkeit des Geistes aus, wie sie mir bei weiblichen Geschöpfen daheim nur ganz selten untergekommen ist.

Am nächsten Tag aßen wir im Garten, auf dem Boden sitzend. Das Essen garte auf einem Umu, *das ist die traditionelle Art der Samoaner, zu kochen. Hierbei wird ein Feuer entfacht, und Steine werden daraufgelegt. Wenn die Flammen heruntergebrannt sind, werden die Speisen auf die heißen Steine gelegt. Grüne Bananen, Brotfrucht, Taro (eine stärkehaltige Knolle), Fisch und eine Speise, die sie* Palusami *oder* Lu'au *nennen. Das ist Taro, vermischt mit Kokosnuss, und schmeckt absolut göttlich. Vielleicht auch nur, weil ich von Marnias Händen damit gefüttert wurde …*

Die Samoaner hatten sich zu dieser Gelegenheit traditionell gekleidet. Wie soll ich Dir nur beschreiben, wie wundervoll meine Marnia aussah? Ich konnte vor Entzücken kaum sprechen, als sie sich zu mir ans Feuer setzte. Sie trug einen Rock aus Gras, die Schultern und Brüste nur vom langen Haar und von bunten Blütenkränzen bedeckt. Als es dunkel zu werden begann, wurden Fackeln entzündet, und Musik erklang. Plötzlich erschien Emma Kolbe, ebenfalls im traditionellen Grasrock, und eröffnete den Tanz, in den die Mädchen einfielen. Queen Emma in ihrer Körperfülle hielt nicht lange durch und überließ die Tanzfläche bald den jüngeren Frauen. Der Tanz heißt Siva, *und man muss ihn gesehen haben, um zu glauben, in welch anziehender und einladender Weise die Mädchen ihre Hüften schaukeln und mit den Armen wedeln. Es kann keinen Zweifel darüber geben, dass diese Art von Tanz eine Einladung zu mehr ist.*

Zu diesem Zeitpunkt bemerkte ich, dass die kirchlichen Würdenträger und die Missionare sich von unserer Gastgeberin verabschiedeten. Phebe Parkinson schien auf diesen Moment gewartet zu haben, denn sobald der Bischof gegangen war, gesellte sie sich zu den tanzenden Mädchen. Ich kannte sie bisher nur als das ruhige und würdige Gegenbild zu ihrer Schwester, aber mit einem Mal verwandelte sie sich in ein Wesen voller Leidenschaft und Lebensfreude.

Ich hatte allerdings nur Augen für Marnia und bildete mir ein, sie tanze nur für mich. Plötzlich hob ein Mann (ich kenne ihn, nenne aber lieber keinen Namen. Er ist in Berlin verheiratet!) eines der Mädchen hoch und trug es zur Veranda, auf der nun eine Badewanne stand. Besagter Mann zog der jungen Samoanerin den Rock von den Hüften und hievte sie unter dem Johlen der Gäste in den Zuber. Und vier Diener befüllten diesen zur Hälfte mit Emmas Champagner! Als wäre das nicht schon Aufregung genug, zogen sich drei wei-

tere Mädchen aus, darunter meine Marnia! Eine nach der anderen stiegen sie nun in das prickelnde Nass. Danach ließen sie sich in der lauen Nachtluft trocknen und erlaubten den Männern, vom Bad zu trinken. Ich gestehe, dass auch ich einen Schluck dieses köstlichen Champagners genossen habe.
Mein Freund, mehr kann und will ich nicht erzählen, auch wenn der Abend noch lang war. Für deutsche Ohren hört sich meine Beschreibung wohl eh schon ungeheuerlich an, aber so habe ich es gar nicht empfunden. Natürlich war es aufregend, doch gleichzeitig war es eben der Fa Samoa, *die Art und Weise, wie Polynesier das Leben zelebrieren. Die Tatsache, dass ausgerechnet die katholische Phebe mit dem Tanz begonnen hatte, haben ich und all die anderen als Erlaubnis zur Teilnahme begriffen. Und so war es wohl auch gemeint.*

Ich liebe Marnia mehr, als ich mit Worten beschreiben kann, und doch weiß ich nicht, was aus uns werden soll. Ich hoffe natürlich, bald zu genesen. Phebe und Marnia kümmern sich ganz rührend um mich. Ich frage mich allerdings, wo ich mit meiner Marnia leben soll. In Deutschland würde meine Südseeblüte eingehen, daran habe ich keinen Zweifel. Vielleicht werde ich mich für einige Zeit hier niederlassen, und dann sehen wir weiter. Jedenfalls bin ich sehr glücklich und wollte mir dieses Glück einmal vom Herzen schreiben. Ich hoffe, es geht Dir gut! Jetzt dauert es gar nicht mehr lange, bis Deine Expedition nach Afrika beginnt. Ich wünsche Dir dafür alles Gute, alter Freund!
Es grüßt Dich herzlich

Dein Arnold

Eine Randbemerkung in Phebes Handschrift:

Arnold Kerbau. Der arme Bursche ist am Schwarzwasserfieber gestorben. Wir haben ihn im Juli 1904 auf dem Friedhof von Kokopo begraben. Er war 25 Jahre alt.

Kokopo, Juni 2011

Die ersten Sonnenstrahlen brachen durch den Nachthimmel, als Katja auf der Veranda vor der Hotelrezeption ihren Kaffee trank. Sie saß in einem tiefen Korbsessel, die Füße gegen die Brüstung gestemmt. Sie war müde. Die noch immer ungewohnten Dschungelgeräusche hatten sie in der Nacht wiederholt aus dem Schlaf hochschrecken lassen. Das Einschlafen fiel ihr ohnehin schwer, stiegen doch jedes Mal Gedanken an Michael in ihr auf. Sie erinnerte sich an ihren letzten gemeinsamen Urlaub auf dem Segelboot in der Ägäis. Im Nachhinein erschienen ihr die unbeschwerten Ferienbilder wie aus einem Traum, aus dem sie am liebsten nicht mehr erwachen wollte.

Nervös schaute sie auf die Uhr, entspannte sich aber gleich wieder. Zehn vor sechs. Noch genügend Zeit für eine Zigarette. Sie war froh über den geplanten Ausflug mit Lambert, der sie hoffentlich ein wenig von ihrer Trauer ablenken würde. Noch während Katja die Zigarette anzündete, fragte sie sich schuldbewusst, ob sie nicht auf dem besten Weg war, wieder zur Raucherin zu werden. Aber dann sagte sie sich trotzig, dass sie jetzt Urlaub hatte. Wenn sie erst wieder in der Heimat war, konnte sie sich immer noch mit diesem Problem befassen.

Was Lambert wohl heute mit ihr vorhatte? Wie von ihm gewünscht, trug sie leichte Wanderschuhe; Badesachen samt Flossen und Taucherbrille waren im Rucksack verstaut. All-

mählich begann sie sich auf ihren ersten Ausflug in Papua-Neuguinea zu freuen.
Noch immer kreiste die Erinnerung an den gestrigen Tag in ihrem Kopf. Die Reaktion dieses Häuptlings und auch die von Paul Ütersen, nachdem sie den Männern die Frage nach ihrem Mädchennamen und ihrem Verwandtschaftsverhältnis zu Phebe beantwortet hatte, war äußerst merkwürdig. Sie war so verblüfft darüber gewesen, dass sie gar nicht daran gedacht hatte, nachzufragen. Was mochte den Häuptling so aufgeregt haben, und warum wurde der höfliche Paul Ütersen mit einem Mal derart abweisend?
Und nicht nur diese beiden hatten ihr plötzlich die kalte Schulter gezeigt. Pfarrer Reuter stellte sie anschließend weiteren Honoratioren des Ortes vor, und jedes Mal, wenn das Gespräch auf Katjas Herkunft gekommen war, gab es lautes Palaver zwischen den Einheimischen und dem Pfarrer, oder es entstand peinliches Schweigen.
Vielleicht, so überlegte Katja, hing es damit zusammen, dass ihre unrühmliche Familiengeschichte in Papua-Neuguinea keineswegs unbekannt war. Ihr Urgroßvater, Heinrich von Beringsen, war schließlich eine bekannte Nazigröße gewesen, der im Dritten Reich den Grundstock für das heutige Familienvermögen gelegt hatte. Ohne dieses schmutzige Geld, dessen Herkunft nie einwandfrei geklärt werden konnte, hätte es keine Ferron AG gegeben. Auch wenn ihre Familie immer behauptet hatte, dieser Makel spiele in Papua-Neuguinea keine Rolle – vielleicht tat er das ja doch?
Katja blies den Rauch in die morgendliche Dämmerung und schnippte die Asche über die Brüstung. Verübeln könnte sie es niemandem, wenn er sie deshalb anfeindete – eher im Gegenteil.

Eine andere Erklärung konnte in der Eisenerzmine der Ferron AG liegen. Die Arbeit dort war zum Teil gefährlich. Mehrere Arbeiter waren in den letzten Jahren verunglückt, gottlob keiner davon tödlich. Außerdem galt die Mine von Anfang an als Dreckschleuder. Die Rückstände der Förderung vergifteten die Fische im Fluss, die Hauptnahrungsquelle für die lokale Bevölkerung. Katja hatte sich schon als Teenager mit den Umweltsünden ihrer Familie auseinandergesetzt, und es war zu Hause deswegen oft zum Streit gekommen, doch geändert hatte es nichts. Die Ferron AG nahm nur solche Veränderungen vor, die sich absolut nicht umgehen ließen. Und mit ein wenig Bakschisch hier und da, das der Vorstand an die jeweils zuständige Person vor Ort zahlen ließ, war bislang noch jede Auflage zu größeren Investitionen, die zu einer wesentlichen Verbesserung der Umwelt- und Arbeitsbedingungen geführt hätten, verhindert worden. Beweise gab es natürlich nicht. Dazu war ihr Großvater viel zu geschickt vorgegangen. Ihre Familie ekelte Katja oft an.

Wie auch immer sie die Erlebnisse des vergangenen Tages in Gedanken drehte und wendete, irgendetwas ging hier vor sich, das ihr höchst seltsam vorkam. Wieso traute man sich nicht, Tacheles mit ihr zu reden? Lag das möglicherweise in der Kultur der Papua begründet? Trug man Konflikte auf eine andere Art aus? Oder hatte es etwas damit zu tun, dass sie eine Frau war?

Ein Motorengeräusch schreckte Katja auf, und sie wendete den Blick in Richtung Auffahrt. Hastig drückte sie die Zigarette im Aschenbecher aus, den sie auf ihrem Bauch balanciert hatte, und ließ ihn unter dem Sessel verschwinden.

Dann nahm sie die Beine vom Geländer, schulterte ihren Rucksack und ging auf den Landrover zu, dessen Lichtkegel ihr mitten ins Gesicht schienen. Sie zog eine Grimasse und hielt sich die Hand vor die Augen. Ein Schatten beugte sich vom Fahrersitz zu ihr herüber und öffnete die Tür.

»Guten Morgen«, sagte Lambert mit verschlafener Stimme.

»Guten Morgen«, erwiderte Katja. Sie kletterte auf den Beifahrersitz und zog die Tür zu. Den Rucksack verstaute sie zu ihren Füßen. Sie sah Lambert an, der sich übers stoppelige Kinn fuhr und dabei kritisch sein Gesicht im Rückspiegel betrachtete.

»Ich hoffe, es macht Ihnen nicht allzu viel aus, dass Ihr Reiseleiter es nicht mehr unter die Dusche geschafft hat.« Er versuchte, sein zerzaustes Haar mit den Händen zu glätten, schaute wieder in den Spiegel und winkte dann ab, als sich das gewünschte Ergebnis nicht einstellen wollte. Katja lachte, Lambert legte den Gang ein und fuhr los.

»Sie wollen mir nicht zufällig verraten, wohin die Reise geht?« Katja hatte ihren *Lonely Planet*-Reiseführer aus dem Rucksack geangelt und hielt ihn aufgeschlagen in der Hand.

»Wenn Sie sich unbedingt die Überraschung verderben möchten …«

Katja klappte das Buch wieder zu. Sie hatte einen *Tourguide,* warum sollte sie sich da während der Fahrt mit Kleingedrucktem herumschlagen?

»Schon gut, lassen Sie nur. Ich bin privat zwar nicht der allergrößte Fan von Überraschungen, aber ich gehe mal davon aus, dass Sie mich schon nicht umbringen werden.«

Lambert lachte kurz auf.

»Sind Sie da sicher?« Er schaute sie von der Seite an, und ihr wurde unangenehm bewusst, dass sein Blick zu lange auf ihr ruhte. Eine Pause entstand, während der sich Katja unsicher mit der Hand über den Nacken strich. Endlich wandte Lambert den Blick von ihr ab und sagte: »Sie sind doch sicherlich einigermaßen fit, oder?« Er musterte sie erneut recht unverhohlen, und reflexartig zog sie den Bauch ein, der zwar noch keinen Speck angesetzt hatte, den sie allerdings auch schon länger nicht mehr trainierte. Früher war sie zweimal pro Woche die große Runde im Park gelaufen oder, wenn dort nicht so viel los war, gleich an der Rheinpromenade vor dem Haus. Doch in den letzten Jahren hatte sie sich zu größeren sportlichen Aktivitäten nicht aufraffen können. Früher war sie mit Michael am Wochenende gerne zum Tennis gegangen, aber seit seinem Tod hatte sie den Schläger nicht mehr aus dem Keller geholt. Zunächst hätte sie sich einen neuen Partner suchen müssen, und sie wusste nicht, wie sie damit klarkommen sollte, einen weiteren Teil von Michael zu ersetzen. Die Erinnerung an ihn schien ihr eh fast unmerklich und wie in Zeitlupe zu entgleiten. Das Vergessen war ein unaufhaltsamer Prozess, das wusste sie, aber noch war er schleichend, und sie hatte nicht vor, ihn zu beschleunigen.

»Sind Sie nun fit oder eher nicht?« Lamberts Stimme riss Katja aus ihren Gedanken. Verlegen fuhr sie sich übers Gesicht.

»Doch, doch, ich bin so weit ganz okay. Keine Sportskanone, aber solange Sie mich nicht gleich im Laufschritt einen Berghang hochjagen, sollte ich eigentlich mithalten können.« Sie fuhren die Küstenstraße entlang in Richtung Rabaul. Katja blickte auf die Blanchebucht hinaus. Lambert zeigte mit dem Finger auf einen der Vulkane am gegenüberliegenden Ende der Bucht.

»Das ist Mount Tavurvur, der 1994 Rabaul in Schutt und Asche gelegt hat. Sehen Sie das? Er ist noch immer aktiv.«
Jetzt sah sie es auch. Weißer Rauch, der über dem Kegel aufstieg. Sie nickte Lambert zu. Dieser setzte den Blinker, um einen Pick-up zu überholen, auf dessen Ladefläche sich viel zu viele Arbeiter drängten.
Katja nutzte seine Konzentration auf den Verkehr, um ihn sich etwas genauer anzuschauen.
Das Morgenlicht hatte einen bläulichen Schatten auf sein unrasiertes Kinn gelegt. Tropengebleichtes Haar, das Gesicht gebräunt, aber nicht übermäßig. Nicht wie die Urlaubshaut eines Touristen. Nein, Lambert sah eher so aus wie einer, der es nicht vermeiden konnte, mitunter in der Sonne zu sein. Wie lange er wohl schon hier lebte? Die Sonneneinstrahlung hatte bereits erste aggressive Spuren auf seinem Gesicht hinterlassen. Bei hellen Hauttypen ging das verdammt schnell. Feine Linien unter den Augen, die in wenigen Jahren zu tiefen Falten werden würden. Auch die Nasolabialfalten, die beiden Linien zwischen Nase und Mundwinkel, waren schon ziemlich ausgeprägt. Zusammen mit seinem kantigen Kinn und dem strähnigen Haar, das gut mal wieder eine Schere vertragen konnte, verlieh ihm der Dreitagebart einen leicht verlebten Eindruck. Ein wenig mehr Pflege würde an diesem Mann wahre Wunder bewirken.
Katjas Blick wanderte bemüht unauffällig von Lamberts Gesicht den Körper hinunter. Er trug ein verwaschenes T-Shirt mit irgendeinem Werbeaufdruck, knielange Shorts, ein Paar knöchelhoher Arbeitsstiefel. Lamberts Look ging deutlich in Richtung Macho, urteilte Katja. Doch der herbe Charme des Nachlässigen kleidete ihn. Eine Art verwilderter James Bond, und es würde sie kein bisschen wundern, wenn Lam-

bert wie dieser auch in Badehose eine gute Figur abgäbe. Die Tatsache, dass er sie aufgefordert hatte, ihre Badesachen auf den Tagesausflug mitzunehmen, gab ihr Grund zu der Annahme, dass sie es schon bald herausfinden würde.
Lambert beendete das Überholmanöver und scherte vor dem Pick-up ein, dessen Fahrer träge die Hand zum Gruß hob. Eine Geste, die Lambert erwiderte. Katja richtete ihren Blick auf die schmale Straße vor ihnen.

»Ist das Ihr Ernst? Sie wollen, dass ich einen Vulkan hochklettere?« Lambert ließ sich von dem panischen Unterton in Katjas Stimme nicht aus der Ruhe bringen. Er schloss den Wagen ab, warf sich seinen Rucksack auf den Rücken und bedeutete ihr mit dem Finger, in welche Richtung es ging. Widerwillig schulterte sie den eigenen Rucksack, beschirmte die Stirn mit der Hand vor der Sonne und sah nach oben, den Berg hinauf und wieder hinunter. *Mount Kombiu* las sie auf dem Schild am Parkplatz. Der Vulkan lag siebenhundert Meter über dem Meeresspiegel und war damit der höchste Berg von *New Britain.* Aus dem Kegel schmauchte es. Lambert, der ihrem Blick gefolgt war, ahnte ihre Besorgnis.
»Die Einheimischen nennen ihn nur *Mother.* Hört sich doch beruhigend an, finden Sie nicht?«
»Mother?«
Lambert setzte sich in Bewegung, Katja folgte ihm zögernd.
»Ich glaube, der Name rührt daher, dass Mother zuerst da war und die kleineren Vulkane neben ihr erst später aus dem Ozean gewachsen sind. Wie Pilze oder wie Kinder eben«, sagte er über die Schulter hinweg.
»Wenn dieser Vulkan angeblich so harmlos ist, warum qualmt er dann wie dieser Tavurvur, von dem Sie eben sag-

ten, er hätte Rabaul in Schutt und Asche gelegt und sei noch aktiv?«

Lambert blieb stehen, klemmte die Daumen auf Brusthöhe unter die Schulterriemen seines Rucksacks und seufzte tief. Dann drehte er sich erneut zu ihr um.

»Jetzt machen Sie sich mal locker. Haben Sie denn gar kein Vertrauen in das Wissen der Einheimischen? Mount Kombiu gilt als harmlos, weil er harmlos *ist.* Ich selbst war bestimmt schon ein halbes Dutzend Mal dort oben, ohne dass es eine einzige brenzlige Situation gegeben hätte.« Katja blickte noch immer skeptisch drein. »Also was nun? Wollen Sie oder wollen Sie nicht?« Lamberts Stimme klang ungeduldig, fast schon genervt. Dann aber trat er ein paar Schritte auf sie zu und legte begütigend die Hand auf ihren Oberarm. »Es lohnt sich, glauben Sie mir. Die Aussicht wird Sie für den mühsamen Aufstieg mehr als entlohnen.«

Katja blinzelte gegen die Sonne.

»Also gut. Gehen wir.« Sie hielt sich dicht hinter Lambert, konnte aber nach einer Weile nicht länger Schritt halten.

»He, könnten Sie vielleicht ein bisschen vom Gas gehen? Ich habe Ihnen doch gesagt, dass ich kein Sportass bin.« Lambert drehte sich um. Im selben Augenblick wurde ihr bewusst, dass er in ein vor Anstrengung rot geflecktes Gesicht blickte, und sie beeilte sich, auf den Boden zu schauen. Lambert stemmte die Fäuste in die Hüften. Er wartete, bis sie zu ihm aufschloss. Bei ihm angekommen, fand sie zum ersten Mal Gelegenheit, sich umzuschauen. Der Vulkan war tiefgrün bewachsen, nur der Wanderpfad schlängelte sich durch die Vegetation und gab den Blick auf vulkanisches Gestein frei. Katja schaute aufs Meer hinaus. Der Pazifik glitzerte endlos unter ihnen. Nicht weit entfernt, wo ein Riff die Oberfläche brach, kräuselte sich die See in winzigen Wellen und ließ weiße Gischt aufspritzen. Weiter hinten sah sie eine Inselgruppe, die *Duke of York Islands,* wie Lambert ihr erklärte. Als sie sich umdrehte, blickte sie auf die Berge. Hoch, dicht mit riesigen Bäumen bewachsen und von milchigem Dunst umgeben. Als sie nach unten schaute, blieb ihr Blick an dem staubigen Grau haften, unter dem Rabaul verborgen lag. Sie verzog den Mund, denn sie meinte selbst hier oben den unangenehmen Geruch von Schwefel in der Nase zu spüren.

Lambert starrte unbewegt in die Weite, aufs Wasser hinaus. Katja beobachtete ihn. Er schien abwesend, war mit den Gedanken meilenweit entfernt.

»Wollen wir weiter?«, forderte Katja ihn schließlich auf. Lambert fuhr leicht zusammen.

»Ja, natürlich.« Ohne ein weiteres Wort wandte er sich wieder dem Weg zu und ging voran, bis sie oben am Kegel angelangt waren. Lambert hielt Katja zurück, als sie zum Kraterrand gehen wollte, um hineinzuschauen.

»Seien Sie vorsichtig. Sie wären nicht die Erste, die der Schwindel gepackt hätte.« Katja blieb stehen. Sie war tatsächlich nicht schwindelfrei und nahm dankbar die Hand, die Lambert ihr reichte. Sie trat hinter ihn und schaute über seine Schulter in die Tiefe hinab. Fast war sie ein bisschen enttäuscht. Dort unten brodelte keine glühende Lava, sie sah überhaupt nichts Bedrohliches, nur hier und dort stieg ein wenig Dampf aus der wie mit grünem Vlies bedeckten Erde.

»Da wären wir also. Am Rande des Vulkans. Na, wie gefällt Ihnen das?«, fragte Lambert, als erwarte er nichts weniger als pure Begeisterung.

Katja schoss die Frage durch den Kopf, wie viele Frauen er wohl schon hier hochgeschleppt haben mochte, die sich entsprechend enthusiastisch gezeigt hatten.
»Nicht schlecht«, entgegnete sie daher leicht unterkühlt, um ihm keine weitere Steilvorlage für sein, wie sie fand, ohnehin großes Ego zu liefern. Der Arzt hob die Brauen.
»Nicht schlecht?«, hakte er ungläubig nach. Katja hob die Schultern. Lambert schürzte amüsiert die Lippen und legte den Rucksack ab.
»Hungrig?«, fragte er sie mit einem Seitenblick.
»Ich könnte einen Bären verdrücken.«
Lambert schmunzelte. »Damit kann ich leider nicht dienen. Wie wäre es mit einem Hühnchen-und-Avocado-Sandwich als mickrigem Ersatz?«
Gegen ihren Willen musste Katja lächeln.
»Hört sich gut an. Wenn ich gewusst hätte, was mir heute bevorsteht, hätte ich selbst etwas mitgebracht.«
»Machen Sie sich mal keinen Kopf. Das gehört zum All-Inclusive-Service.«
Wieder kam Katja die Frage in den Kopf, wie viel von dem, was sie heute von Lambert zu hören bekam, möglicherweise Teil einer Verführungsroutine war. Wollte er etwa was von ihr? Lambert ging in die Knie und öffnete seinen Rucksack, aus dem er zwei in Wachspapier eingewickelte Sandwiches hervorholte. Eines davon reichte er Katja, die sich neben ihn ins Gras gesetzt hatte und auf das Meer hinausblickte.
»Stapisi.«
»Wie bitte?«
»*Stapisi*, das heißt so viel wie *enjoy.*«
Katja nickte abwesend. »Ja, danke, das werde ich. Sie haben nicht zufällig auch etwas zu trinken eingepackt, oder?«

Lambert reichte ihr eine Flasche Wasser.

»Hier, rein zufällig.« Er ließ sich neben ihr ins Gras fallen und wickelte sein Sandwich aus. Sie tat es ihm gleich und biss herzhaft hinein.

»Hm, gut.« Noch bevor sie ihren Bissen runtergeschluckt hatte, nahm sie einen großen Schluck Wasser. Sie fühlte, dass Lambert sie beobachtete, und wischte sich fahrig mit dem Handrücken über den Mund, als sie den Verschluss der Plastikflasche wieder zugeschraubt hatte. Sie stellte die Flasche neben sich. »Wie haben Sie eigentlich Zeit für diesen Trip gefunden? Hatten Sie nicht erwähnt, Sie hätten fürchterliche Engpässe mit dem Personal?«

Lambert streckte die Beine aus. Etwas wie ein Klagelaut entrang sich seiner Brust.

»Mein Assistenzarzt ist wieder zurück.«

»Das freut mich für Sie.« Lambert schüttelte sorgenvoll den Kopf.

»Danke, aber leider hat er gleichzeitig seine Kündigung eingereicht.«

»Oh.«

»Er geht mit seiner Familie nach Sydney.« Lambert sah sie mit seinen hellen Augen an. »Ich kann es ihm nicht einmal verübeln. Dabei hat er sich bei der Kündigung gewunden wie ein Fisch auf dem Trockenen, weil er denkt, dass er als Papua eigentlich seinem Land dienen müsste.«

»Das tut mir leid. Was wollen Sie denn jetzt tun?«

Lambert massierte sich mit den Fingerspitzen die Lider. Er wirkte mit einem Mal sehr müde.

»Gute Frage. Warten, bis sich ein anderer Idealist für den Job erwärmen kann? Ach, ich weiß es nicht. Manchmal bin ich einfach nur noch müde.« Er legte sich ins Gras und ver-

schränkte die Hände hinter dem Kopf. Ein paar Vögel kreisten über ihnen und gaben krächzende Laute von sich, die in der Weite verhallten. Sie schwiegen eine Weile.
»Haben Sie sich jemals gefragt, ob die Richtung, die Sie irgendwann einmal voller Selbstvertrauen eingeschlagen haben, Sie auf den falschen Weg geführt haben könnte?« Er blickte unverändert in den Himmel, als Katja ihm überrascht das Gesicht zuwandte.
Sie war sich nicht sicher, ob Lambert tatsächlich eine Antwort auf seine Frage erwartete. Auf ein Gespräch mit Tiefgang war sie nicht vorbereitet, sie kannte diesen Mann doch gar nicht. Wieder hörte sie die merkwürdig verloren klingenden Schreie der Vögel. Katja entschied sich, den Ball zurückzuspielen.
»Wie steht es denn mit Ihnen? Sind Sie im Leben schon mal falsch abgebogen?« Sie umfasste ihre Knie mit den Händen, blickte kurz zu Lambert hinüber.
»Ja, ich habe Fehler gemacht. Grobe Fehler, die sich nicht mehr ausbessern lassen.« Er drehte ihr den Kopf zu. Katja nickte kaum merklich, obwohl ihr nicht klar war, worauf dieses Gespräch hinauslaufen sollte.
»Und jetzt bereuen Sie eine frühere Entscheidung«, sagte Katja vorsichtig, und es klang eher wie eine Frage.
»Im Nachhinein ist man immer klüger, nicht wahr? Wer weiß schon, wie unser Leben verlaufen wäre, wenn wir an einer Weggabelung die andere Richtung gewählt hätten? Wir sind die Summe der Entscheidungen, die wir in unserem Leben getroffen haben. Ob sie richtig waren oder falsch, spielt irgendwann keine Rolle mehr. Wir müssen damit leben.«
»Da haben Sie wohl recht.« Katja lächelte, um der Unterhal-

tung die Schwere zu nehmen. »Zurück auf Los zu gehen, um nochmals von vorne anzufangen, funktioniert im richtigen Leben leider nicht. So schön es manchmal auch wäre.« Lambert lächelte zurück, und für einen kurzen Moment trafen sich ihre Blicke. Katja hörte dem rhythmischen Brausen der Brandung zu, schmeckte das Salz in der Luft. Plötzlich richtete sich Lambert auf, packte seine Sachen zusammen und nahm den Rucksack auf.

»Wollen wir wieder? Wir haben noch einiges vor.«

»Haben wir das?« Leicht benommen folgte Katja seinem Beispiel, stand auf und klopfte sich das Gras von den Beinen. »Wird der nächste Programmpunkt ähnlich anstrengend? Falls ja, bin ich mir nämlich nicht so sicher, ob ich nicht doch lieber in Streik treten sollte.«

Lambert legte ihr die Hand auf den Rücken und schob sie vor sich auf den Pfad, der nach unten führte.

»Sie haben doch nicht etwa schon die Nase voll von Ihrem *Tourguide,* oder?«, fragte er mit leichtem Schalk in der Stimme.

»Da bin ich mir nicht so ganz sicher.« Katja drehte sich nach ihm um. »Kommt es mir nur so vor, oder unterziehen Sie mich hier einer Art Prüfung?«

»Einer Prüfung?« Lambert wirkte überrascht.

»Na, so etwas wie ein Härtetest.«

Lambert lachte laut auf. »Wieso sollte ich das denn tun?«

Katja zuckte mit den Achseln und ging weiter. Sie kam sich albern vor, weil ihr die Frage rausgerutscht war.

Sie fuhren die Küste entlang in Richtung Rabaul. Als sie die Landzunge umrundet hatten, bog Lambert ab und parkte den Wagen nahe am Meer.

»Ich lasse Sie für einen Moment allein.« Er bemerkte ihren fragenden Blick. »Zum Umziehen im Auto, es gibt hier keine andere Möglichkeit«, erklärte er und kletterte aus dem Wagen. »Verriegeln Sie sicherheitshalber die Türen.« Er warf den Schlüssel auf den Fahrersitz und ging hinunter zum Strand.

Katja drückte auf die Zentralverriegelung und nahm ihren Bikini aus dem Rucksack. Während der Umkleideaktion entfuhr ihr ein halblauter Fluch, weil sie sich den Hinterkopf am Dach anstieß. Als sie fertig war, stieg sie aus, schnappte sich Handtuch und Schnorchelausrüstung und schloss den Wagen hinter sich ab. Sie fand Lambert, im Sand sitzend, den Blick auf die Bucht gerichtet.

»Fertig.« Sie hielt ihm den Schlüssel hin. Lambert verstaute ihn in einem wasserdichten Behälter, den er an einer Kette um den Hals trug. Es war früher Nachmittag, die See lag glatt wie ein Spiegel vor ihnen. Ein Dunstschleier weiter draußen verwischte die harte Linie zwischen Wasser und Himmel, die das harsche Sonnenlicht sonst zeichnete. Katja stand neben Lambert und folgte seinem Blick. Zwei winzige Inseln ragten steil aus der Meeresbucht, ein paar Kanus glitten gemächlich an ihnen vorüber. Einer der Ruderer hob die Hand, um jemanden zu grüßen, der auf den Felsen stand und sein Netz einholte. Der Dunst zeichnete das Bild weich, wie mit Kreide gemalt.

»Geradezu paradiesisch ist es hier«, sagte Katja und beschirmte ihre Augen vor den grellen Reflexionen, die auf der Wasseroberfläche tanzten.

»Wenn Sie wüssten, was sich in der Tiefe des Hafenbeckens so alles angesammelt hat, sähen Sie das anders.« Lambert stand auf und strich sich den Sand von den Händen.

»Was liegt denn dort unten?«
»Jede Menge Wracks. Flugzeuge aus dem Zweiten Weltkrieg, Schiffe, sogar ein Panzer.« Er deutete mit dem Kinn nach rechts, wo das Riff an einer Stelle das Wasser kräuselte und einen weißen Strich auf das Blau malte. »Da drüben ist die ehemalige *Submarine Base.* Die Japaner haben dort am Rand des Riffs ihre U-Boote geparkt. Heute ist das für Taucher ein Paradies, aber selbst uns Schnorchlern wird einiges geboten. Worauf warten wir?«
Katja hob die Schultern. »Ich will ja nicht undankbar erscheinen, aber, ehrlich gesagt, bin ich nicht sonderlich scharf auf versenktes Kriegsgerät.«
»Das kann ich verstehen, aber lassen Sie sich noch einmal von mir überraschen. Sie werden es nicht bereuen. Versprochen.«
Zusammen wateten sie ins Wasser, hielten sich rechts, bis es tief genug war zum Schwimmen. Sie setzten die Brille auf und nahmen den Schnorchel in den Mund. Katja streifte sich die Flossen über und schwamm an Lamberts Seite zu der Stelle, die er als Submarine Base bezeichnet hatte. Die Berührung mit dem warmen Wasser tat ihr gut. Sich vom Meer tragen zu lassen, das Salz zu schmecken, die Sonne auf der Haut zu spüren. Sie bewegten sich so dicht über dem Riff, dass Katja aufpassen musste, um sich nicht an den Korallen zu verletzen. Der unerwartete Anblick eines Clownfisches versetzte sie in helle Aufregung. Erst nach zwei, drei Minuten hob sie den Kopf wieder aus dem Wasser, um Lambert auf ihre Entdeckung hinzuweisen, da bemerkte sie, dass sie ihn aus dem Blick verloren hatte. Er war nirgends zu sehen, doch sie entschied sich, dem possierlichen Fisch für eine Weile zu folgen. Verzückt verweilte sie über einer Weichko-

ralle, in deren Verästelungen es Nemo zu gefallen schien. Dann war er plötzlich verschwunden.
Katja wartete, doch als er nicht wieder auftauchte, hielt sie erneut Ausschau nach Lambert. Erschrocken stellte sie fest, wie weit sie schon vom Strand entfernt war. Hektisch drehte sie sich zur Meerseite um, den Horizont nach Lambert absuchend. Ihr Herz begann, schneller zu schlagen. Außer ihr kein Mensch weit und breit. Verdammt, wo war der Kerl bloß abgeblieben? Gab es in dieser Gegend eigentlich Haie? Ihr rechtes Knie streifte etwas Spitzes, und sofort zog sich ein brennender Schmerz bis in den Oberschenkel. Panik stieg in ihr auf. Was war das? Sie trug eine Taucherbrille, hätte gleich nachsehen können, brachte aber den Mut nicht auf. Stattdessen war ihr Fluchtinstinkt aktiviert. Nur weg von hier, zurück zum rettenden Ufer. Als sie sich gerade entschlossen hatte umzukehren, nahm sie aus den Augenwinkeln zwei helle Punkte war, die sich rhythmisch auf- und niederbewegten. Lamberts neongrüne Flossen!
Ohne weiteres Nachdenken machte sie sich daran, ihn einzuholen, obwohl ihr Gefühl sie eigentlich in die entgegengesetzte Richtung zog, zum Land hin. Als ihr vor Anstrengung schon ein wenig übel wurde, drehte Lambert sich endlich nach ihr um und winkte ihr zu. Erleichtert hob sie die Hand und schwamm, auf dem Rücken liegend, weiter.
»Alles in Ordnung mit Ihnen?« Lambert klang besorgt.
Katja nickte. »Gut. Sehen Sie diesen helleren Streifen hier?«
Er zeigte auf eine hellblaue Linie, die sich wie mit dem Lineal gezogen ungefähr bis zu den *Beehives* erstreckte, wie Lambert die felsigen Inseln nannte. »Dort, wo der Streifen verläuft, ist das Riff ganz nah unter der Oberfläche. Jenseits davon befindet sich eine gigantische Steilwand. Es geht

fünfundsiebzig Meter tief hinunter. Ein Traum für erfahrene Taucher, aber auch für Schnorchler ein unvergessliches Erlebnis.«

»Hört sich spannend an. Gibt es irgendetwas, worauf ich achten sollte?« Katjas Atmung hatte sich beruhigt, ihre Panik gelegt.

»Eigentlich nicht. Bleiben Sie immer mit einer Schulter am hellen Streifen, und wenn Sie einen dunklen Schatten sehen, bitte nicht gleich panisch werden.«

»Dunkler Schatten? Sie meinen Haie, oder?«

»Ja. Aber seien Sie unbesorgt. Zu dieser Tageszeit jagen die Tiere im Allgemeinen nicht.«

Katja war von Natur aus nicht übermäßig ängstlich, aber auf eine Begegnung mit einem Hai konnte sie verzichten.

»Na, Sie machen mir Spaß mit Ihrem *im Allgemeinen nicht.* Soll mich das etwa beruhigen?«

Lambert schmunzelte. »Ich wollte Ihnen lediglich einen realistischen Eindruck vom Risiko geben. Sie können selbst entscheiden, ob Sie es eingehen wollen oder nicht.«

In Katjas Ohren hatte Lambert wieder diesen Unterton in seiner Stimme, ironisch bis sarkastisch, der sie zur Weißglut brachte. Verdammt! Warum hatte er sie nicht *vor* dem Schnorcheltrip vor den Gefahren gewarnt? Wenn sie jetzt aus Angst umkehrte, machte sie sich in seinen Augen vollkommen lächerlich. Diesen Gefallen wollte sie ihm nicht tun. Sie musste ihm Paroli bieten. Wieder kam ihr in den Sinn, dass er sie irgendeiner lächerlichen Art von Test unterzog, dessen Sinn sich ihr nicht erschließen wollte. Doch sie würde ihm keinesfalls den Gefallen tun und zurück ans Ufer paddeln. Sie schluckte schwer.

»Ich denke, ich kann mich Ihnen anvertrauen. Den Vulkanaufstieg habe ich schließlich auch überlebt.« Sie nahm den Schnorchel in den Mund und reckte den Daumen in die Luft, um Lambert anzuzeigen, dass es von ihr aus losgehen könne. Lambert schüttelte kurz den Kopf und machte sich ebenfalls bereit. Gemächlich glitt er dann an der hellen Linie entlang. Hin und wieder schoss sein Finger ins Wasser und deutete auf etwas Sehenswertes, eine Riesenmuschel, eine farbenprächtige Koralle oder eine Schildkröte. Katja folgte ihm begeistert, auch als er die vom Riff gezeichnete Linie verließ und sich über die Steilwand hinwegbewegte.

Lamberts Worte hatten sie in keiner Weise auf dieses Erlebnis vorbereitet. Der Wechsel vom flachen Korallenbett zur düsteren Tiefe traf sie wie ein Schlag. Eben noch war sie ganz vertieft in den Anblick eines Korallenbaums, der von bunten Fischen umkreist wurde, und im nächsten Moment starrte sie in einen Abgrund. Sie sah die Steilwand, als sich ihr Körper über die Klippe schob. Plötzlich begann alles um sie herum sich zu drehen, und nach wenigen Sekunden konnte sie nicht mehr sagen, wo oben und wo unten war. Die Tiefe unter ihr riss ihr Bewusstsein mit sich wie ein Strudel, aus dem sie sich nicht zu befreien vermochte. Sie schwamm wie ferngesteuert immer weiter aufs offene Meer hinaus. Und als sie versuchte, den Impuls zu unterdrücken, erbrach sie sich. Ein Schwarm winziger Fische schien sich darüber zu freuen und nibbelte an den Bröckchen, die sich auf der Oberfläche verteilten und langsam nach unten schwebten. Katjas verletztes Knie schmerzte wieder, doch es kümmerte sie nicht.

Sie wollte nur weiter, immer weiter. Sie sah den dunklen Schatten im gleichen Moment, als Lambert sie an der Schulter packte.

»Sind Sie verrückt geworden? Eine Schulter immer an der Linie, das hatte ich Ihnen ausdrücklich gesagt. Schon vergessen?« Lambert hörte sich zornig an, Katja hielt inne. »Los, zurück jetzt, aber ruck, zuck!« Er schob sie neben sich und behielt den Arm auf ihrer Schulter, um sie anzutreiben und ihr Halt zu geben. Widerspruchslos folgte Katja seinen Anweisungen. Sie war noch immer verwirrt, fühlte sich schwach. Als sie die helle Linie hinter sich gelassen hatten, gab Lambert ihr ein Signal anzuhalten. Er nahm die Brille ab und wischte sich mit einer Hand erschöpft über die Augen. Katja tat es ihm gleich.

»Sie sind ja kreidebleich.«

»Ich musste mich übergeben. Das ist alles. Es geht mir schon besser.«

»Sind Sie etwa vertiginös?«

Sie hob die Schultern. Sie hatte es zwar schon immer mit Höhenangst zu tun gehabt, der Blick in den Vulkankegel heute Vormittag hatte ihr dies auch wieder bestätigt, aber sie hatte nicht erwartet, dass ihr derlei beim Schnorcheln passieren könnte.

»Hören Sie, es tut mir leid. Ich hätte Sie besser auf den Drop-off vorbereiten müssen.« Lambert wirkte jetzt regelrecht zerknirscht.

»Schon gut. Es geht ja wieder.«

Lambert atmete sichtlich erleichtert auf. Er schüttelte noch immer den Kopf. »Das hätte auch anders ausgehen können. Ich hab fürs Erste genug. Kommen Sie, raus aus dem Wasser! Ich hab noch ein paar Dosen gekühltes Bier im Wagen. Klingt das verlockend?«

Katja wischte sich unwillkürlich mit dem Handrücken über die salzigen Lippen. »Klingt richtig gut.«

Zurück am Strand, besah Katja ihr Knie. Die Verletzung musste wohl von den Korallen herrühren. Lambert kniete sich vor sie hin.

»Das sieht nicht gut aus. Die Korallen haben ziemlich tief ins Fleisch geschnitten. Das kann eine böse Entzündung geben. Am besten, Sie schauen morgen in der Klinik vorbei.«

Katja verzog das Gesicht. Ihr Knie sah tatsächlich übel aus.

»Die Verletzung erklärt wahrscheinlich auch das Auftauchen der Haie«, erklärte Lambert jetzt.

»Dieser Schatten draußen am Riff, das war tatsächlich ein Hai?«

»Einer? Das waren drei, wenn nicht sogar vier. Tigerhaie. Echt aggressive Burschen. Ich will Sie ja nicht noch im Nachhinein verschrecken, aber das war wirklich haarig. Hab ich so noch nie erlebt.«

»Alles eine Frage der Risikoabwägung, richtig?« Katja konnte sich die Bemerkung einfach nicht verkneifen. Und noch während sie sprach, wurde ihr bewusst, dass sie bereits Lamberts sarkastischen Ton angenommen hatte. Dieser musste lächeln.

»Ganz richtig.«

Lambert ging zum Wagen und kehrte mit zwei Dosen Bier und einer Erste-Hilfe-Box zurück.

»Hier. Zuerst die Flüssigkeit.« Er reichte ihr das Bier und kniete sich wieder vor sie hin. Nachdem er die Wunde behandelt hatte, setzte er sich neben ihr in den Sand.

»Danke«, sagte Katja und knackte mit dem Zeigefinger den Aluring nach oben. Kalter Schaum zischte durch die Öffnung. Sie trank einen großen Schluck und behielt die Dose in der Hand.

»Haben Sie jetzt die Nase voll von Papuas Unterwasserwelt?«, fragte Lambert.
»Ganz im Gegenteil. Was ich gesehen habe, war absolut faszinierend.« Katja sah aufs Meer hinaus. Die Dunstschleier hatten sich verzogen. Die Männer in ihren Kanus hatten inzwischen auf der kleineren Insel angelegt und betrachteten den Fang des Fischers.
»Sag ich doch, dass es sich lohnt.« Lambert schaute auf die Uhr. »Wir sollten zurückfahren.«

Lambert half Katja gerade auf, da sahen sie von weitem drei junge Männer, die sich ihnen rasch näherten.
»Stellen Sie sich hinter mich! Sofort!«, befahl Lambert. Erschrocken gehorchte sie. Die Männer schienen es eilig zu haben, die Entfernung schrumpfte zusehends. Katja erkannte, dass es sich um Halbstarke handelte. Sie ähnelten einander. Alle drei waren schlank und trugen alte Jeans und löchrige T-Shirts; ihr drahtiges Haar war raspelkurz. Sie redeten miteinander, doch als sie bei Lambert und ihr angekommen waren, verstummten sie und blieben stehen, die Arme vor der Brust verschränkt. Sofort dachte Katja an *Raskols,* die gefürchteten Banden, vor denen ihr Vater sie gewarnt hatte und denen ein Menschenleben angeblich nichts bedeutete. Sie blieb ganz dicht hinter Lambert, ihr Puls begann zu rasen.
Lambert sprach die jungen Männer in ihrer Sprache an, und Katja sah sich durch den aggressiven Ton ihrer Antwort darin bestätigt, dass die Lage gefährlich war. Lambert drückte ihr hinter seinem Rücken die Plastikkapsel mit dem Autoschlüssel in die Hand, die er vor einer Weile vom Hals genommen hatte.

»Gehen Sie langsam zum Wagen, und schließen Sie sich ein!«, zischte er ihr zu.
»Und Sie?«, flüsterte sie mit unsicherer Stimme. Alles in ihr sträubte sich dagegen, die Deckung hinter seinem breiten Rücken aufzugeben.
»Ich komm schon zurecht. Hauen Sie schon ab!« Sein Ton ließ keinen Widerspruch zu. Katja atmete tief ein und nahm all ihren Mut zusammen. Das Herz hämmerte jetzt so hart gegen ihre Brust, dass es schmerzte. Was blieb ihr anderes übrig, als auf Lambert zu vertrauen? Sie nahm all ihren Mut zusammen, drehte sich um und setzte sich betont langsam in Bewegung, genau wie er ihr geraten hatte. Den *Raskols* schien das nicht zu gefallen, ihr Ton wurde schärfer und aggressiver. Jeden Augenblick fürchtete sie, dass man sie von hinten angriff. Katjas Rücken versteifte sich vor Anspannung, sie atmete schnell und flach. Sie hörte, wie Lambert versuchte, beruhigend auf die Jungen einzureden, doch die schienen davon unbeeindruckt. Katja begann, panisch zu werden; ungewollt beschleunigten sich ihre Schritte, bis sie fast ins Laufen verfiel. Sie wollte sich gerade zur Ruhe zwingen, da hörte sie dumpfe Geräusche wie von einem Kampf. Unwillkürlich drehte sie sich um und blieb stehen. Einer der Burschen hatte Lambert den Arm auf den Rücken gedreht, ein anderer trat ihm brutal vors Bein. Er verlor das Gleichgewicht und landete mit dem Gesicht nach unten im Sand.
»Lambert!«, rief sie und biss sich auf die Lippen, als einer der Kerle den Kopf hob und sie ansah. Nervös suchten ihre Augen die nähere Umgebung nach möglicher Hilfe ab, doch da war niemand. Der Strand lag einsam und verlassen unter der Mittagssonne. Verzweiflung stieg in ihr auf, als sie bemerkte, dass Lambert sich nicht bewegte.

»Lasst ihn los!«, schrie sie. Der Wagen war jetzt keine fünfzehn Meter mehr von ihr entfernt. Die Jungen schauten einander an und lachten. Katja hatte keine Ahnung, was sie tun sollte, und stand wie eingefroren, den Blick auf Lambert gerichtet. Der hob den Kopf und spuckte eine Ladung Sand aus. Gott sei Dank! Er war nicht bewusstlos.
»Laufen Sie, schnell!« Ein Tritt in die Seite brachte ihn zum Schweigen. Der mittlere Typ kam nun plötzlich in großen Schritten auf Katja zu, und sie begriff, dass er in wenigen Sekunden bei ihr sein würde. Ruckartig drehte sie sich um und begann, in Richtung Auto zu rennen, den Schlüssel fest in der Faust umklammert. Sie rutschte im Sand aus, stolperte, fiel hin und raffte sich keuchend wieder auf. Sie blickte nach hinten. Der Kerl hinter ihr hatte sie fast schon eingeholt. Höchstens zehn Meter trennten sie noch von ihrem Angreifer. Ihr Knie schmerzte wie die Hölle, sie lief humpelnd weiter. Endlich erreichte sie die Wagentür, fingerte ungeschickt an der Kapsel herum, bis sie sich endlich öffnete. Wieder schaute sie sich um. Verdammt. Sie griff nach dem Schlüssel, war gerade im Begriff, den elektrischen Türöffner zu drücken, als sich eine dunkle Hand fest um ihr Handgelenk schloss. Katja wollte schreien, aber sie war starr vor Angst. Der Kerl beugte sich zu ihr und flüsterte bedrohlich klingende Worte in ihr Ohr. Katja drehte den Kopf weg, denn er roch widerlich nach Schweiß. Er hörte nicht auf zu reden, sein Gesicht nahe an ihrem. Katja schloss die Augen, erwartete das Schlimmste. Hatten die drei vor, sie zu vergewaltigen und zu töten? War dies das Ende? Sie wollte nicht sterben, nicht jetzt, nicht so. Instinktiv begann sie, sich zu wehren, trat dem Kerl mit Wucht vors Schienbein, dass er vor Schmerz aufjaulte. Sie versuchte, sich loszureißen, doch

es wollte ihr nicht gelingen. Stattdessen wurde der Typ immer wütender, er schrie sie an und drehte ihr mit Gewalt die Arme auf den Rücken. Katja hielt den Atem an. War es aus? Plötzlich hörte sie von der Straße her das Kreischen einer alten Frau. Sie drehte sich nach ihr um und sah, wie eine rundliche Einheimische, gekleidet in leuchtendem Gelb, zornig die Arme hob und senkte. Der größte der Jungen, er hatte den Fuß auf Lamberts Rücken, reagierte. Er schien ihr Widerworte zu geben, was die Alte scheinbar noch mehr aufbrachte. Sie kam rasch näher und schimpfte nun in einem fort mit Katjas Angreifer, der sich ihr Gezeter wortlos anhörte.

Katja war verwirrt. Wer war die Alte? Gehörte sie zu der Bande, oder war es eine mutige Bürgerin, die gerade ihr Leben für Katja aufs Spiel setzte? Erstaunt und erleichtert nahm sie wahr, wie der Angreifer ihren Arm losließ und unter Murren mit den anderen zurück in Richtung Straße trottete. Katja atmete auf. Lambert stand auf, bewegte sich gleichzeitig mit der Alten auf sie zu. Die Bande war schon nicht mehr zu sehen. Katja ließ sich erschöpft in den Sand fallen. Was war hier gerade geschehen? Sie war völlig verwirrt und verängstigt. War es endlich vorbei mit dem Überfall, oder holten die Jungs nur Verstärkung? Sie wollte den Strand so schnell wie möglich verlassen. Doch Lambert fing an, der Frau Fragen zu stellen. Sie antwortete, wandte dabei aber den Blick nicht von Katja und verunsicherte sie immer mehr. Warum glotzte diese Frau sie nur so an? Plötzlich machte die Alte kehrt und ging davon.

Katja sah Lambert entsetzt an.

»Sind Sie in Ordnung?«

Lambert nickte.

»Und Sie?«
»Ja. Wer war das? Was wollte die Frau?«
»Sie sagt, das war eine Warnung. Und zwar an Sie.«
»Eine Warnung an mich?« Katja schnürte es die Kehle zu. Erst die Schlange, dann der Angriff. Sie hatte Angst.
»Aber warum, was habe ich denn getan?«
»Ich bin mir nicht sicher, ob ich es richtig verstanden habe, doch es hörte sich so an wie: *Deine Familie ist böse.*«

Brief des Polizeichefs von Rabaul, Paul Herbert Reicher, an Emma Kolbe, aus dem Jahre 1910, teilweise unleserlich, Phebe-Parkinson-Archiv, Archivnummer 043

Hochverehrte Frau Kolbe,

ich bedauere, Ihnen mitteilen zu müssen, dass eine junge Person, die sich in Ihrer Obhut befindet, uns Anlass zur Besorgnis gibt. (…)

Kapi Kula, ein sechsjähriger einheimischer Junge, wurde schwer verletzt aufgefunden, an Händen und Füßen gefesselt. Er blutete stark aus tiefen Schnittwunden im Bauch- und Brustbereich. In Anbetracht der Tatsache, dass das Opfer schon eine Weile so gelegen haben muss, grenzt es unserer Einschätzung nach an ein Wunder, dass der Junge diesen brutalen Angriff überhaupt überlebt hat. (…)

Er behauptet, er sei von einem älteren Jungen gefoltert worden, der ihm unter Androhung von Gewalt verboten habe, seine Identität zu offenbaren. Die einzige Information, die wir aus ihm herausgebracht haben, ist, dass der Täter aus einer einflussreichen Familie stammen muss. (…)

Zusammenfassend möchte ich Sie bitten, sämtliche Kinder in Ihrer Obhut angemessener Aufsicht zu unterstellen, damit gewährleistet ist, dass sich ähnliche Vorkommnisse in der Zukunft nicht wiederholen. (...)

Ich möchte Sie außerdem nachdrücklich darauf hinweisen, dass sich der vermeintliche Täter in großer Gefahr befindet. Ich gehe davon aus, dass Sie um das einheimische Gesetz der unmittelbaren Vergeltung wissen. Obwohl ich die betreffende Partei strikt angewiesen habe, jeglichen Gewaltakt zu unterlassen, sehe ich mich außerstande, zu garantieren, dass meiner Anweisung Folge geleistet wird.

Hochachtungsvoll

Paul Herbert Reicher
Polizeimeister des deutschen Schutzgebietes
zu Neuguinea

Papua-Neuguinea, Juli 2011

Nach dem Überfall der drei jungen *Raskols* am Strand hatten Lambert und Katja den Angriff auf der Polizeistation gemeldet, was mehr Zeit in Anspruch nahm, als Katja gehofft hatte. Danach brachte Lambert sie auf ihre Bitte hin sofort zurück ins Resort. Sein Angebot, vorher ihr Knie im Krankenhaus ordentlich zu versorgen, hatte sie abgelehnt. Sie wollte endlich an einem Ort sein, über den sie Kontrolle hatte. In ihrem Bungalow konnte sie zumindest entscheiden, wen sie sehen wollte, und notfalls die Rezeption um Hilfe bitten, wenn ihr jemand in ihrer Nähe verdächtig erschien. Ihr war bewusst, dass sie sich auch dort nicht an einem sicheren Ort befand, aber sicherer als im Krankenhaus war es im Resort allemal.

Der Schock über den Vorfall saß ihr tief in den Knochen. Sie begriff noch immer nicht so recht, was ihr da gerade passiert war. Die Polizei war in dieser Hinsicht auch keine Hilfe gewesen. Deren Verbrecheralbum hatte nichts hergegeben. Sie wollte nur noch zurück nach Deutschland und hatte vor, sich gleich um einen vorzeitigen Rückflug zu kümmern.

Lambert trug ihren Rucksack, den rechten Arm hatte er um Katjas Hüfte gelegt, um sie auf dem Weg vom Auto zur Rezeption zu stützen. Das Knie war mittlerweile so angeschwollen, dass sie es nicht mehr belasten konnte. Takari stand hinter dem Tresen, von ihnen abgewandt, und legte gerade verärgert das Telefon auf seine Station zurück, als Katja ihn ansprach.

»Takari, ich müsste Sie um einen Gefallen bitten.« Er zuckte zusammen, als er Katjas Stimme hörte, und fasste sich theatralisch ans Herz.

»*Jesus, Miss.* Sie hätten mich fast zu Tode erschreckt.« Katja machte eine entschuldigende Geste in seine Richtung.

»Womit kann ich dienen?« Takari lehnte sich beflissen nach vorne. Sein Lächeln erstarb, als er sie genauer ansah. »Was ist denn mit Ihnen passiert?« Katja warf einen Blick auf Lambert und sah dann an ihnen beiden herunter. Lambert sah am übelsten aus. Die Verbrecher hatten ihm während des Kampfs das Hemd zerrissen. An der Seite schimmerten blaue Flecken durch, die von den Fußtritten der Angreifer stammten. Abgesehen von ihrer Tauchverletzung am Knie, war Katja mit einer Schürfwunde über dem linken Auge davongekommen, aber genau wie Lambert war sie dreckig und verschwitzt. Das Haar hing ihr in Strähnen ins Gesicht.

Sie berichteten knapp vom Überfall, und Takari gab seiner Bestürzung darüber Ausdruck.

»Was kann ich für Sie tun? Brauchen Sie etwas?«

»Ich möchte meinen Rückflug umbuchen. Können Sie mir dabei helfen?«

Takari schüttelte entnervt den Kopf. Er zeigte auf Computer und Telefon. »Tut mir leid. Stromausfall. Da ist nichts zu machen.«

»Auch das noch«, sagte Lambert. »Irgendeine Idee, wie lange es dieses Mal wieder dauert?«

»Nein. Kann jederzeit wieder funktionieren oder auch nicht. Ausgerechnet jetzt, da unser Generator zur Reparatur ist.«

»Kommen Sie, ich nehme Sie mit ins Krankenhaus«, wandte sich Lambert an Katja. »Wenn eine Sache im St. Mary's funktioniert, dann ist das unser Generator – zumindest, solange es Benzin gibt.«

Doch Katja war zu erschöpft. Lieber wollte sie warten, aber sie bedankte sich für Lamberts Angebot.

»Wollen Sie denn wirklich gleich nach Deutschland zurück?«, fragte dieser nach. »Ich verstehe, dass der Überfall Sie aufgewühlt hat, aber glauben Sie mir: In unserer Gegend kommt das eigentlich nur sehr selten vor. Das hat die Polizei ja auch bestätigt.«

Sie zog die Brauen hoch. »Soll ich mich darüber jetzt freuen?«, fragte sie in bitterem Ton. Lambert hob abwehrend die Hände. »Nein, natürlich nicht.«

Katja wandte sich an Takari.

»Die Leute hier … Wie soll ich sagen? Sie scheinen etwas gegen mich zu haben, und ich komme beim besten Willen nicht darauf, woran das liegen könnte. Haben Sie eine Idee?«

Takari runzelte die Stirn. Er presste die Zeigefinger aneinander und legte sie nachdenklich an seine Lippen. »Sanguma«, flüsterte er schließlich und nickte eindringlich vor sich hin, bevor er in Katjas fragendes Gesicht sah. »Sanguma, das ist ein böser Geist, der vom Menschen Besitz ergreift. Er ist leicht zu erkennen. Oft hat er eine faltige Haut und geht am Stock, weil er alt ist. Vor allem aber hat er gerötete Augen. Richtig fies, diese Augen. Sie erkennen den Sanguma immer an den Augen.«

Katja zog die Augenbrauen zusammen und sah skeptisch drein.

»Ich verstehe nicht, was Sie mir sagen wollen. Ich soll verhext sein? Aber von wem? Und vor allen Dingen, warum?«

Aus den Augenwinkeln nahm sie wahr, wie Lambert eine Grimasse zog, und beschloss, ihn für den Moment zu ignorieren.

»Ja, *verhext* ist das richtige Wort«, bestätigte Takari. »Ich habe selbst gesehen, wie einmal drei besessene Frauen verbrannt wurden, weil sie Ehebruch begangen hatten. Als die Frauen starben, kamen Schlangen aus ihrem Mund. Leider ist es uns nicht gelungen, die Schlangen zu erschlagen. Der Sanguma konnte entkommen und in den nächsten Menschen einfahren. Verdammt, wir hätten ihn töten sollen …«

Die letzten Worte hatte er mehr zu sich selbst als zu Katja gesagt. Seine Augen trafen ihren ungläubigen Blick, als er aufschaute.

»Sie glauben mir wohl nicht? Hier, ich habe noch eine Geschichte für Sie: Als wir in unserem Dorf einmal eine Hexe an einem Baum aufknüpfen wollten, floh sie in den Dschungel. Ich habe mit eigenen Augen gesehen, wie sie sich in einen Vogel verwandelt hat und davonflog. Wir gingen sofort ins Dorf zurück und brannten ihre Hütte nieder. Dann war der Sanguma endlich aus ihr gewichen. Aber er kehrt zurück. Er kehrt immer zurück.«

Katja atmete durch. Meinte der junge Mann das wirklich? Bisher war er ihr als recht vernünftig erschienen, und jetzt redete er von Geistern wie von realen Personen? Sie hatte nie den geringsten Zweifel gehegt, er könnte *nicht* in der westlichen Kultur zu Hause sein. Und nun erzählte er von Hexenverbrennungen, als sei dies das Normalste von der Welt?

»Glauben Sie etwa an Hexen?«, fragte sie ihn.

»Ja, natürlich. Sie sind ein Teil von uns. Bei allem Bösen haben sie ihre Finger im Spiel. Bei Missernten, Krankheiten oder plötzlichen Todesfällen.«

Lambert stand neben Katja und berührte sie kurz an der Schulter.
»Entschuldigen Sie, wenn ich mich einmische.« Er richtete seinen Blick auf den jungen Papua. »Takari, wie oft haben wir schon darüber gesprochen? Diese Beschreibung, die du von den angeblich Besessenen gibst, die passt doch auf nahezu jeden alten und kranken Menschen.«
Er ließ Takari keine Gelegenheit zu antworten, richtete seine Worte gleich an Katja: »Das nämlich ist genau das Problem. Andauernd werden harmlose Menschen in Papua verdächtigt, verhext und von irgendwelchen Geistern besessen zu sein. Dabei trifft es immer die Schwachen. Leute, die sich nicht mehr wehren können. Aidskranke zum Beispiel – in einem Land, das laut Amnesty International die höchste Aidsrate im pazifischen Raum aufweist. Tragisch, dass in den Dörfern des Hochlands kaum einer von dieser Krankheit weiß, geschweige denn etwas darüber, wie sie übertragen wird. Stattdessen werden böse Geister für alles Leid oder Unerklärliche verantwortlich gemacht.«
»Danke für den Vortrag, Doktor. Zu einer anderen Gelegenheit wäre er mir auch sehr willkommen, aber jetzt will ich eigentlich nur wissen, warum keiner auf dieser Insel mit mir spricht.« Katja klang ironisch, und Lambert hörte auf zu reden.
»Okay, wollen Sie wissen, was ich denke?«, fragte Takari. »Im Prinzip stimmt, was der Doktor sagt. In Papua-Neuguinea sind sehr viele Menschen vom Sanguma befallen.«
Lambert schüttelte den Kopf, so als wäre Takari ein hoffnungsloser Fall.
Takari sprach unbeeindruckt weiter: »Manchmal sogar von mehr als nur einem bösen Geist. Bis zu sieben können in

einem einzigen Körper hausen. Das sind die ganz schweren Fälle. Wir nennen sie *Spirit Queens.*«

Katja wurde langsam ungeduldig, denn Takari tat nichts anderes als Lambert. Er dozierte. »Das hört sich alles ungemein interessant an, aber was hat das mit mir zu tun?«

Takari wackelte unschlüssig mit dem Kopf, so als müsse er sorgfältig abwägen, wie viel an Information er der weißen Frau zumuten könne.

»Besessenheit«, sagte Takari schließlich, den Blick auf den Boden geheftet, »Besessenheit wird auch vererbt.« Langsam, wie in Zeitlupe, schaute er auf, so als fürchte er Katjas Reaktion. Diese sog scharf die Luft ein und richtete sich kerzengerade auf.

»Wollen Sie mir weismachen, dass einer meiner Vorfahren von bösen Geistern besessen war? Und weil er nie von ihnen befreit wurde, trage ich sie noch in mir?«

Takari schwieg beharrlich.

»Wenn das alles nicht so traurig wäre, könnte ich mich die ganze Nacht hindurch darüber amüsieren«, fuhr Katja in scharfem Tonfall fort. »So aber frage ich mich, was das heißen soll. Was macht ihr denn mit so einer …«

»Spirit Queen«, half Takari aus und kam hinter der Rezeptionstheke hervor.

»Genau. Was stellt ihr mit ihr an?« Sie lachte auf, doch im Grunde war ihr unheimlich zumute. Sie war zwar nicht abergläubisch, doch sie konnte diese Zauberei auch nicht ganz so leicht abtun wie Lambert.

»Einer *Spirit Queen* kann man nur beikommen, indem man der Besessenen einen glühenden Eisenpfahl in die Scheide rammt. Dann fliegen die Geister durch den Mund nach draußen.«

Katja wurde blass. Lambert trat Takari vors Schienbein, der sogleich aufheulte und sich ans Bein fasste.
»Was soll das, Mann?«, fragte er mit gequältem Gesichtsausdruck. Lambert funkelte ihn an.
»Genug, Takari!« Dann wandte er sich an Katja. »Hören Sie doch nicht auf diesen vorsintflutlichen Unsinn. Nur weil die Papua an diese Dinge glauben, heißt es noch lange nicht, dass sie auch nur im Ansatz wahr sind.«
Katja verschränkte die Arme vor der Brust und schenkte Lambert einen eindringlichen Blick.
»Wie kommen Sie eigentlich darauf, dass ich diesem Aberglauben aufsitzen könnte? Ich bin Wissenschaftlerin genau wie Sie. Schon vergessen?«
»Natürlich nicht. Aber Papua ist eine andere Welt. Sie wären nicht die Erste, die sich dem Sog dieser Kultur nicht entziehen könnte.«
»Nicht ganz so schnell, bitte. Takari hat mir noch nicht auf meine Frage geantwortet.« Sie beugte sich vor, um Takari besser ins Gesicht sehen zu können. »Glauben Ihre Leute etwa, ich sei eine *Spirit Queen?*«
Takari räusperte sich und hielt sich die Faust vor den Mund. »Ich weiß es nicht. Da müsste ich erst ein paar Leute fragen, denen ich vertraue.«
»Warum diese Geheimnistuerei?«
»Ich will keine schlafenden Hunde wecken, das ist alles.«
Eine Reisegruppe näherte sich der Rezeption, und Takari entschuldigte sich. Lambert schob Katja am Ellbogen zur Sitzgruppe hinüber. Sie ließen sich in die Sessel sinken.
»Katja, Sie dürfen nicht zu nachsichtig sein, was diesen Aberglauben der Papua anbelangt. Jährlich werden mehr als hundert Menschen, zumeist Frauen, allein aufgrund des

Verdachts der Hexerei von ihren eigenen Angehörigen getötet. Allesamt unschuldige Opfer.«

Katja lehnte sich in ihrem Sessel zurück, die Lehne knarzte. »Sie meinen, Papua töten ihre Mitmenschen einfach so, ohne jeden Beweis?«

»So ungefähr. Sie nennen es *law of compensation,* Gesetz der Vergeltung, und das kann sogar zu einem Krieg zwischen den Stämmen führen.«

»Was bedeutet das genau?«

Lambert seufzte. »Schadensersatz zahlt man hier für vieles. Sei es dafür, dass man versehentlich ein Huhn überfahren hat oder dass man beim Ehebruch erwischt wurde. Oder dafür, dass man ohne Erlaubnis das Gebiet eines anderen Stammes durchquert oder ein Schwein gestohlen hat. Und eben auch dann, wenn man den Fluch des Sanguma übers Dorf gebracht hat.«

»Ich verstehe. Nur, damit Sie's wissen: Ich bin nicht nachsichtig mit diesen Bräuchen. Mir geht es nur darum, zu erfahren, was die Leute über mich denken.«

»Ich wollte es auch nur gesagt haben. Sie haben ja keine Ahnung, wie frustrierend für uns Ärzte Zauberei und Hexenglauben sind. Wenn wir einen todkranken Patienten nach Hause schicken, wird oft eine Nacht später ein anderer, meist schwerverletzter Patient aus demselben Dorf eingeliefert, denn man sucht hier immer einen Sündenbock.«

Katja hörte aufmerksam zu. *»Law of compensation?«*

Lambert nickte. »Das Krankenhaus hat für solche Fälle sogar ein eigenes Formular entworfen, das Angehörige von Kranken mit in ihr Dorf nehmen. Darauf bestätige ich als behandelnder Arzt, dass die Krankheit dieses Patienten eindeutig nicht durch Hexerei verursacht worden ist. Manchmal hilft es, wenn die Leute so etwas schwarz auf weiß sehen.«

»Das glaub ich nicht. Dieses Formular gibt es tatsächlich?« Ein amüsiertes Lächeln umspielte Katjas Mundwinkel.

»Ich zeig es Ihnen, wenn Sie morgen ins Krankenhaus kommen.«

»Ins Krankenhaus?«, fragte Katja verwundert.

»Denken Sie etwa, ich lasse Sie mit diesem Knie allein? Ich bitte Takari, dass er Sie morgen früh ins Hospital fährt. Danach können Sie immer noch einen Flug buchen, wenn Sie unbedingt wollen.«

Lambert begleitete sie noch zu ihrem Bungalow und verabschiedete sich dann. Katja schloss von innen ab und legte die Türkette vor. Sie zog die Holzlamellen des Fensters zu und fiel erschöpft aufs Bett. Langsam ließ die Anspannung nach. Was für ein Tag! Sie richtete sich zur Hälfte auf, um ihr T-Shirt über den Kopf zu ziehen, und streifte dabei die Kette mit dem Ring. Sie dachte an Michael. Seltsam. Den ganzen Tag über hatte sie nicht an ihn gedacht, nicht einmal während des Überfalls. Dafür hatte sie erstmals wieder einen anderen Mann interessiert betrachtet.

Katja drehte sich zur Seite, dachte nach. Wenn sie jetzt mit der nächstmöglichen Maschine in die Heimat zurückflog, hätte sie die Chance vertan, die Absturzstelle in Tasmanien zu besuchen. Doch im Augenblick war sie viel zu erschlagen und verwirrt, um über ihre nächsten Schritte nachzudenken. Morgen würde sie hoffentlich klarer sehen.

Wie Lambert vorausgesagt hatte, entzündete sich die Schürfwunde an Katjas Knie, das schmerzhaft brannte. Der Grund für die langsame Wundheilung war ein Eiweißstoff, der in den Nesselkapseln der Korallen enthalten ist. Lambert untersuchte ihre Lymphknoten auf mögliche Schwellungen, schien aber insgesamt nicht allzu besorgt. Dennoch bestand er darauf, sie einen Tag lang unter Beobachtung zu halten. Das gab Katja die Möglichkeit, sich mit Patienten und Personal im Krankenhaus zu unterhalten. Es fiel ihr nicht leicht, die Kultur der Papua auch nur im Ansatz zu begreifen – all die Geister und den Aberglauben –, doch diese Andersartigkeit faszinierte sie auch. Katja bestand darauf, auf der allgemeinen Station zu liegen, um den Krankenhausalltag beobachten zu können. Eine freundlich lächelnde Frau bot ihr sofort von ihrem Essen an. Katja wollte nicht unhöflich erscheinen und nahm ein wenig vom Reis aus der verbeulten Blechschüssel. Dr. Sepuk, der einheimische Arzt, der gekündigt hatte, um mit seiner Familie nach Sydney zu gehen, schaute während seiner Schicht zweimal bei ihr vorbei und ließ sich auf einen Schwatz ein. Von ihm erfuhr sie, dass die Herausforderung im St. Mary's vor allem darin bestand, mit sehr begrenzten Mitteln die gesamte Bandbreite des medizinischen Spektrums abzudecken.

»In vielen Fällen erreichen wir mehr, als man angesichts der Ausstattung erwarten würde«, sagte der Arzt auf Englisch. »Wir behandeln eigentlich alles. Vom Ulcus der Cornea bis zur HIV-Infektion, vom Hämatopneumothorax über die Neugeborenen-Sepsis bis hin zur zerebralen Malaria. Tuberkulose ist leider sehr weit verbreitet, auch die selteneren Formen wie Knochentuberkulose. Alles im Angebot und noch vieles mehr. Zusätzlich gibt's natürlich noch die landestypischen Besonderheiten wie Schlangenbisse, Schädel-Hirn-Trauma durch herabfallende Kokosnüsse oder Verbrennungen dritten Grades.«

»Was ist an Verbrennungen denn landestypisch?«, fragte Katja.

»Das liegt an den Feuerstellen, die hier in jeder Hütte brennen. Häufig fallen Kleinkinder hinein und ziehen sich schlimmste Verbrennungen zu.«

Katja verzog das Gesicht. »Das ist ja schrecklich. Kann man denn nichts daran ändern?«

Das Gesicht von Dr. Sepuk hellte sich auf.

»Können Sie aufstehen? Dann zeige ich Ihnen etwas.« Katja schwang ihre Beine über die Bettkante und folgte Dr. Sepuk in einen der Vorratsräume, der hinter dem Schwesternzimmer lag. Im Vorübergehen grüßte sie Joy und deren Kollegin, die gerade eine Kaffeepause machten. Sepuk schaltete das Licht ein und ging zu einem der Wandregale, auf dem sich ungefähr dreißig Kartons gleicher Größe stapelten. Er stellte einen davon auf den kleinen Seitentisch, öffnete ihn und beförderte eine Kiste zutage, deren Deckel er aufklappte. Neugierig war Katja näher gekommen und betrachtete die mit Blech ausgeschlagene Holzbox.

»Das ist eine Solarkochkiste.« Sepuk klopfte auf eine der Seitenwände. »Sie ist isoliert und hat hier außen einen Sonnenspiegel. Er ist schwenkbar und kann damit dem jeweiligen Sonnenstand angepasst werden. Der innere Isolierglasdeckel der Kochkiste lässt die Wärmestrahlung hinein, aber keine erwärmte Luft wieder heraus. Dies macht die Solarkochkiste zu einem ausgesprochen günstigen, ökologisch sinnvollen Herd. Und zu einem kinderfreundlichen dazu. Kein Holz, kein Feuer. Keine Verbrennungen mehr, kein giftiger Rauch in Kinderlungen. Na, was sagen Sie?« Dr. Sepuks dunkle Augen leuchteten vor Enthusiasmus, als er ihr stolz die Kiste präsentierte, und Katja konnte sich mit einem

Mal vorstellen, wie schwer ihm die Entscheidung gefallen sein musste, nach Australien zu gehen.
»Eine tolle Idee. Wo haben Sie diese Kochkisten denn her?«
»Ich habe sie vor zwei Jahren bei einer Projektarbeit in Afrika gesehen und dachte mir: Die wären auch etwas für mein Land. Ich habe mit Dr. Lambert darüber gesprochen, und der hat sich bei der Diözese dafür starkgemacht. Jetzt müsste ich nur noch die Zeit finden, die Einheimischen von diesen Zauberkisten zu überzeugen. Keine leichte Aufgabe, das können Sie mir glauben.«
Katja musste lachen. Nach allem, was sie über Hexerei und schwarzen Zauber auf der Insel gehört hatte, konnte sie sich Dr. Sepuks Problem lebhaft vorstellen.
Am Nachmittag stand Lambert an ihrem Bett. Ihr Knie schien so weit in Ordnung zu sein. Er setzte sich neben sie auf die Bettkante und schaute ihr ernst ins Gesicht. Als er sie schließlich fragte, ob sie nicht bleiben und mit ihm arbeiten wolle, war sie überrascht. Die Frage wirkte auf sie mehr wie eine Herausforderung als ein Angebot. Sie wurde das unbestimmte Gefühl nicht los, ihm beweisen zu müssen, dass weder die örtlichen Verhältnisse noch die Aussicht auf eine relativ ungesicherte Existenz, die sie als Ärztin im St. Mary's erwarten würde, schrecken konnte. Auch wenn sie nicht so ganz dahinterkam, was Christoph Lambert in ihr geweckt hatte, es machte ihr etwas aus, dass er annehmen könnte, sie sei eine dieser karrieregeilen Ärztinnen, denen ein üppiges Einkommen und die gesellschaftliche Stellung wichtiger waren als eine berufliche Herausforderung, die für die Menschen vor Ort lebenswichtig sein konnte.
Sie dachte an den Überfall und biss sich in die Wange. Das Erlebnis hatte ihr große Angst gemacht, aber sie war bereit,

Lamberts Einschätzung der Lage zu vertrauen. Papua-Neuguinea sei kein sicheres Land, keine Frage, hatte er ihr gesagt. »Aber ich versichere Ihnen, dass Sie nirgends besser aufgehoben sind als hier.« Ob er sich der Zweideutigkeit seiner Worte bewusst war?

»Ich freue mich auf unsere Zusammenarbeit«, hatte er schlicht bemerkt, als hätte er nichts anderes als ihre Zusage erwartet, und stellte sie dem Klinikpersonal nun offiziell als neue Kollegin vor.

Sie wunderte sich, wie einfach es doch gewesen war zu bleiben, als sie sich einmal dazu entschlossen hatte. Michael hätte ihre Entscheidung gutgeheißen, das wusste sie. Er würde ihr zugeraten haben, hätte sich sogar für sie gefreut. Wenn er noch am Leben wäre, hätte er wahrscheinlich nicht lange gezögert und wäre mitgekommen. Das alles half Katja, als sie das Für und Wider dieser Entscheidung gegeneinander abwog. Und es half auch, dass die Uniklinik Köln so überraschend positiv auf ihre Kündigung reagiert hatte. Ihr Vertrag wäre zwar ohnehin ausgelaufen, aber die Erneuerung hätte, wie in den Jahren zuvor auch, im neuen Arbeitsjahr automatisch stattgefunden. Allerdings fragte sie sich, weshalb ihr Chef sie nicht zum Bleiben überreden wollte. War er am Ende froh über ihr Ausscheiden? Sie kannte den Professor lange genug, um mit ihrem Befremden hinsichtlich seiner widerspruchslosen Hinnahme ihrer Kündigung nicht hinterm Berg zu halten. Doch Professor Mockheimer lachte sie wegen ihrer Bedenken nur aus.

»Jetzt seien Sie nicht so schrecklich eitel! Natürlich werden wir Sie vermissen. Viele Ärzte durchlaufen während ihrer Karriere dieses Stadium von Selbstlosigkeit. Und glauben

Sie mir, das sind nicht die schlechtesten. Manche gehen für ein Jahr zu *Ärzte ohne Grenzen* oder nehmen wie Sie eine Stelle in einer Missionsklinik an. Danach kommen sie zurück und machen mit einem besseren Gewissen Karriere. Gehen Sie ruhig, meine Liebe! Meinen Segen haben Sie, auch wenn Sie gar nicht danach gefragt haben.«

Auszug aus einem Brief von Phebe Parkinson an einen unbekannten Empfänger, datiert auf den 2. November 1911, Phebe-Parkinson-Archiv, Archivnummer 042

(…) Meine Arbeit wird immer schwerer. Die verschiedenen Häuptlinge verlassen sich in ihren zahlreichen (!) Auseinandersetzungen immer öfter auf mich als Vermittlerin. Manchmal denke ich, ich sollte mich dabei mehr fürchten. Schließlich leben einige dieser Stämme noch als Kannibalen. Ich fange tatsächlich jedes Mal an zu zittern, wenn ich aus der Ferne die aufgespießten Schrumpfköpfe sehe, aufgereiht am Tabuhaus.

Gemeinsam mit Richard habe ich vor Jahren einmal mit ansehen müssen, wie so ein gruseliger Schopf gemacht wird. Wir waren zufällig im Dorf, als eine Gruppe von Jägern unter Triumphgeheul zum Stamm zurückkehrte.

Einer der Männer hielt den Kopf eines Feindes an den Haaren. Sofort wurde ein Rauchritual abgehalten, dessen Zweck es laut Richard war, den Rachegeist des Getöteten zu besänftigen. Im Anschluss schnitt der Jäger die Kopfhaut auf der Rückseite unterhalb des Halswirbelansatzes auf und löste sie von Knochen und Muskelgewebe. Dann vernähte ein älterer Krieger die Augenlider und den Nackenschnitt von innen. Schließlich nähte er auch noch den Mund zu, um das Ausfahren des Rachegeistes des Toten zu verhindern. Richard sagte

mir, dass sie manchmal auch Bambusnadeln durch die Lippen stechen, um den Mund zu verschließen. Grässlich!
Dieser Anblick hat mir schon mehr als einen Alptraum beschert, obwohl ich weiß, dass ich selbst nichts zu befürchten habe. Sie verzehren nur ihre Feinde, um sich deren Kräfte einzuverleiben. Mich aber behandeln sie so ehrfurchtsvoll, als sei ich eine Königin.
Aber lass mich Dir lieber vom Waisenhaus berichten. Leider sind es nicht weniger Kinder geworden, die auf unsere Hilfe angewiesen sind, eher noch mehr als früher. Ich überlege ernsthaft, ob ich dem Bischof nicht ein zweites Schlafhaus für die älteren Kinder abringen soll. Brauchen könnten wir es! Bei den Mädchen geht es gerade noch so, vor allem die Jungen liegen wie die Sardinen beieinander. Die Frage wäre nur, wer sich um das alles kümmern soll. Jetzt, da ich um die Hüften ein paar Kilo zugelegt habe, wie es sich für mein Alter gehört, bin ich nicht mehr so beweglich wie einst, und die Katholische Mission hat noch immer mit einem Rückgang an Freiwilligen zu kämpfen. (...)

Papua-Neuguinea, August 2011

Katja hatte den familieneigenen Friedhof von Kuradui auf der Beerdigung bereits zu sehen bekommen, doch weil er etwas abseits lag, war ihr das dicht umwucherte Haus verborgen geblieben.

Lambert hatte angeboten, mit ihr rauszufahren, damit sie es sich näher anschauen konnte. Seit drei Wochen spielte sie nämlich mit dem Gedanken, dort zu wohnen. Bevor sie jedoch weitere Schritte in diese Richtung unternahm, musste sie ihre Eltern anrufen. Zum einen, weil sie ihnen den Entschluss, künftig in Papua-Neuguinea zu leben, möglichst schonend mitteilen wollte. Zum anderen brauchte sie das elterliche Okay, wenn sie auf Kuradui einziehen wollte. Wie sie vermutet hatte, war insbesondere ihre Mutter über keinen der beiden Punkte begeistert, doch schließlich fügten sich ihre Eltern in das Unvermeidliche und gaben ihr die Erlaubnis, frei über Kuradui zu verfügen.

Als sie und Lambert sich nun dem halb verfallenen Holzhaus näherten, fühlte Katja sich in eine andere Zeit versetzt. Rechts und links der Einfahrt standen hohe Palmen in einem verwilderten Garten. Abgeworfene Palmwedel lagen bräunlich verfärbt kreuz und quer auf dem Grundstück. Riesige Spinnennetze glänzten im nachmittäglichen Licht, wo die verrottenden Zweige einen neuen Lebensraum für die Krabbeltiere geschaffen hatten. Das große einstöckige Haus lag auf einer Anhöhe, umgeben von prächtiger Vege-

tation und einer umlaufenden Terrasse. In die hohen Verandapfosten waren kunstvolle Muster geschnitzt, die trotz des Verfalls noch gut erkennbar waren. Der ursprüngliche Anstrich war nahezu gänzlich abgeblättert. Nur an einigen Stellen konnte Katja noch gelbliche Farbflecke ausmachen, die lose auf dem morschen Holz hafteten. Die Fensterlaibungen und der Sturz lagen tief und wurden wiederum von Schnitzereien umfasst, die auf Katja wunderbar exotisch wirkten. War das die Kunst der Samoaner, die Phebe als Erbe von ihrer Südseeinsel Samoa nach Papua mitgebracht hatte, oder war dies das Werk der einheimischen Papua?
Ein Schild untersagte Unbefugten den Zutritt zum Haus. Haustür und Fenster waren vor langer Zeit notdürftig mit Holzlatten vernagelt worden. Katja ärgerte sich, dass sie vergessen hatte, ihren Vater nach dem Verwalter zu fragen. Jetzt war sie ohne Schlüssel hier und konnte sich das Haus nicht von innen ansehen. Der äußere Zustand war jedenfalls bedenklich. Sie würde schon eine Menge Zeit und Geld investieren müssen, um das marode Holzhaus wetterfest zu machen. Dennoch: Die Lage am Rand des Dschungels mit Blick aufs Meer hatte es Katja angetan. Einen schöneren Ort konnte sie sich kaum vorstellen. Insgeheim sah sie sich schon nach einem langen Arbeitstag auf der großzügigen Veranda sitzen und zusehen, wie die Sonne im Meer versank.
Sie versuchte, durch ein Fenster in das Haus hineinzuschauen, doch die Ritzen zwischen den vorgenagelten Balken waren zu schmal, um etwas erkennen zu können. Sie wollte unbedingt ins Haus, denn ob sie Kuradui renovieren konnte oder nicht, war zum großen Teil davon abhängig, wie es drinnen aussah.

Katja ging um das Gebäude herum, Lambert folgte ihr. Vor einem der Fenster hing eine Latte lose herab. Katja entfernte sie problemlos und kletterte über den Sims ins Haus hinein.
»Hey, was machen Sie denn da?«
»Jetzt haben Sie sich mal nicht so. Das ist das Haus meines Vaters.« Lambert zögerte. »Na, kommen Sie schon!« Lambert stieg ebenfalls über das Fensterbrett.
Etwas huschte dicht an Katja vorüber, sie unterdrückte einen Schrei, wich aber unwillkürlich einen Schritt zurück. Ratten? Eine Eidechse? Das Innere des Farmhauses bot einen ähnlich verwahrlosten Anblick wie der Garten und die Veranda. Doch ein alter Tropenholztisch auf drei Beinen zeugte von ehemaliger Grandezza, genau wie die goldgrüne Stofftapete, die an einigen Stellen in Fetzen von den Wänden hing. Katja zog an einer Ecke, und ein breiter Streifen löste sich. Sie ließ ihn fallen und steckte die Hände in die Taschen, während sie den Raum durchwanderte. An einem alten Flügel blieb sie stehen, berührte die Tasten. Lohnte sich ein Engagement für dieses Haus? Katja kannte sich gut genug, um zu wissen, dass sie die Sache nicht halbherzig angehen würde, sobald sie sich einmal dazu entschlossen hatte. Die Frage war also, ob sie sich mit ihrer Begeisterung für diesen Ort nicht in etwas verrannte, das sie früher oder später bereuen würde. Ein verstimmter Ton entrang sich dem Instrument. Sie ging weiter zum Kamin am anderen Ende des Raumes. Sie drehte sich zu Lambert um, der begonnen hatte, auf dem Instrument herumzuklimpern.
»Was soll denn der Kamin hier? Wir sind doch in den Tropen«, fragte sie.
Lambert zuckte mit den Schultern. »Keine Ahnung. Wahrscheinlich gehörte er in bestimmten Schichten einfach zur

Grundausstattung. Genau wie dieser Bechstein.« Er sah sie fragend an. »Na, wie gefällt Ihnen Kuradui?«
»Ich weiß noch nicht, ich muss es mir erst noch etwas genauer anschauen.« Neugierig, aber auch nachdenklich schlenderte sie durch die angrenzenden Zimmer, die vom Hauptraum abgingen, und sah sich um. Lambert folgte ihr. In jedem der fünf kleineren Zimmer sah es ähnlich trostlos aus. Unter allerlei Schutt verbargen sich morsche Holzdielen, so dass sie aufpassen mussten, wohin sie traten. Sie fanden Löcher in der Wand und schwarzen Schimmel in den Ecken. Dunkle Spuren an der Decke, verkokelte Dielenbretter und Fensterrahmen im hinteren Raum legten den Schluss nahe, dass es dort vor langer Zeit einmal gebrannt hatte.
Katja drehte sich seufzend zu Lambert um. »Ich werde eine Menge Arbeit und Geld reinstecken müssen, um mich hier wohl zu fühlen.«
»Und? Werden Sie es tun?«

Die kommende Woche verbrachte Katja fast ausschließlich auf Kuradui, um das Haus zunächst einmal auszumisten. Wenn es erst besenrein wäre, so hoffte sie, könnte sie endlich eine genauere Vorstellung davon gewinnen, wie ihr neues Zuhause einmal aussehen sollte. Darüber war sie sich nämlich noch immer nicht klargeworden. Mit Schubkarre und Besen bewaffnet, machte sie sich daran, Raum für Raum von Dreck und altem Zeug zu befreien, das sich nun, da sie einmal mit dem Aufräumen angefangen hatte, in jedem noch so kleinen Winkel zu finden schien. Ein mit Kordel verschnürter Packen vergilbter Zeitungen unterbrach ihre Arbeit am dritten Tag für Stunden, in denen sie durch die von der Luftfeuchtigkeit gewellten Seiten blätterte und sich in den Artikeln festlas. Dabei ging es eigentlich um nichts, was von allgemeinem Interesse gewesen wäre, doch dieser Blick in eine vergangene Zeit zog Katja unweigerlich in ihren Bann. Auch die anderen Fundstücke ließen sie jedes Mal innehalten, wenn auch nicht ganz so lange wie die alten Ausgaben des »Neuguinea Observer«. Phebes Leben innerhalb dieser Wände blitzte bei diesen Entdeckungen vor Katjas innerem Auge auf, und sie konnte nicht anders, als sich dann ganze Alltagsszenen der Parkinsons und ihrer Kinder auszumalen. Zuerst hatte sie einen alten gusseisernen Topf in der Küche gefunden, der schon ganz verrostet und schwer wie ein gefüllter Wassereimer war. Wenn sie daran dachte, wie beschwerlich die Zubereitung der täglichen Mahlzeit an diesem Ort damals gewesen sein musste, schüttelte sie nur mit dem Kopf. Ohne Klimaanlage und mit diesem Kochgeschirr auf einem mit Holz befeuerten Ofen zu kochen, das nötigte Katja noch im Nachhinein Respekt ab. Unter dem Herd entdeckte sie halb verrottete Noten zu Schuberts Liederzyklus »Winterreise«. Wie die nur dahingekommen waren? Ob sich die Kinder einen Spaß erlaubt hatten und sie dort versteckt hatten? In den Notenblättern fand Katja handschriftliche Eintragungen zum Tempo des Klavierparts, und weil sie einige der Lieder ganz gut kannte, fing sie an, auf dem verstimmten Bechstein herumzuklimpern.

Einmal fand sie unter einem schmutzigen Laken vier Fotos mit Stockflecken. Eines davon zeigte Phebe und ihren Mann bei der wissenschaftlichen Arbeit. Unter einem mächtigen Baum saß sie, die Schreibkladde auf dem Schoß, einem Einheimischen gegenüber und schien mit ihm zu sprechen. Zwischen den beiden stand Richard Parkinson, der sich (für die Kamera?) den Hut richtete. Die anderen drei Bilder zeigten irgendwelche Leute in feierlicher Aufmachung, die Katja nichts sagten.

Neben all diesen Schätzen entdeckte Katja auch Überraschungen, auf die sie gerne verzichtet hätte, wie die drei Dutzend riesiger Küchenschaben, die sich blitzschnell über den Boden verteilten, als sie im Bad eine Holzkiste angehoben hatte. Die Ratte, die sie bei ihrem ersten Besuch auf Kuradui gesehen hatte, tauchte zwar nicht wieder auf, vielleicht hatte sie sich die auch nur eingebildet, doch sicherheitshalber legte sie ein paar Fallen aus. Sie hatte sich entschieden und wollte auf Kuradui bleiben, dem Ungeziefer zum Trotz. Für den Anfang benötigte sie nicht mehr als ein Schlafzimmer, eine schlichte Küche, in der sie sich morgens einen Kaffee kochen konnte, und das Bad, das aus einem Waschtisch und einer freistehenden Emaille-Badewanne bestand, die Katja nach einer Stunde Schrubben ins Herz geschlossen hatte. Wer darin wohl alles gebadet hatte? Im Geiste sah sie eine ganze Schar Kinder, denen Phebe unter heftigem Protest mit einer Bürste den Rücken schrubbte.

Wenn sie nicht gerade über einem alten oder vergammelten Gegenstand ins Träumen geriet, verbrachte Katja ihre Zeit mit Putzen und der Organisation von Matratze, Bettwäsche, Küchengeschirr und Vorhängen. Es kostete sie einen ganzen Tag, um das Geländer der Veranda abzuschleifen und neu zu beizen. Sie fand, dass diese kleine Veränderung ihr neues Heim bereits in einem besseren Licht erscheinen ließ. Ein weiterer Vormittag war für die Beseitigung abgefallener Palmwedel draufgegangen, wobei ihr der Gärtner des Resorts behilflich gewesen war; anschließend hatte er noch auf einem fahrbaren Mäher den Rasen geschnitten. Am Nach-

mittag sank Katja erschöpft und zufrieden in ihren neu erworbenen Korbsessel, der in einer der Terrassenecken mit Blick auf den Regenwald stand, und dachte über den Beginn ihres neuen Lebens nach. Sie nippte an ihrem Weinglas und verzog das Gesicht. Dabei hatte Lambert sie noch vor dem billigen australischen Shiraz gewarnt, dem einzigen Rotwein, den der Minimarkt von Kokopo im Angebot hatte. Mangels Alternativen und auch, weil sie noch keinen Strom für den Kühlschrank besaß, hatte sie die Warnung in den Wind geschrieben. Offensichtlich ein Fehler.
Katja legte die Füße auf die frisch bearbeitete Brüstung, ohne darauf zu achten, dass die Beize auf ihre alten Jeans abfärbte. Zum ersten Mal seit Michaels Tod fühlte sie sich wieder lebendig. Lag es daran, dass sie zu spüren glaubte, was er an ihrer Stelle getan hätte? Kuradui hätte ihm mit Sicherheit gefallen. Wahrscheinlich hätte er sie sogar gefragt, weshalb sie nicht schon früher auf die Idee gekommen sei, einen solchen Job anzunehmen – als er noch lebte. Er wäre bestimmt mitgekommen.

Ihre Renovierungsarbeiten auf Kuradui dauerten länger, als Katja geplant hatte, und zu Beginn der zweiten Woche hatten sich Lambert und Takari ungefragt bereit erklärt, ihr zu helfen. Sie waren ihr bei der Beschaffung von Mobiliar, Geschirr und anderen Haushaltsdingen behilflich und packten selbst mit an. Außerdem organisierten sie zwei Einheimische, die im Haus fürs Grobe zuständig sein sollten. Katja hatte sich nämlich dafür entschieden, drei der Zimmer zu vergrößern. Lambert schaute am Wochenende vorbei, weil Katja dann einen ersten Teil der Wände durchbrechen wollte und sich nicht sicher war, ob die angeheuerten Papua sie

auch richtig verstehen würden. Nun stand sie mit Lambert im kleinen Zimmer zwischen Küche und Schlafzimmer und zeigte ihm, wo sie sich den Durchbruch vorstellte. Lambert begann, wie schon bei zwei Räumen davor, die Holzwand nach tragenden Pfeilern abzuklopfen.
»Auf dieser Seite wäre es schon mal machbar. Aha, hören Sie das? Hier ist ein Pfeiler. Den lassen Sie lieber mal stehen.«
Katja markierte die Stelle mit mehreren Kreuzen, während Lambert weiterklopfte. »Merkwürdig.« Er klopfte ein zweites Mal auf dieselbe Stelle und lauschte. »Das klingt hohl. Fast wie ein Echo.« Jetzt schlug auch Katja mit der Faust dagegen.
»Stimmt. Was kann das sein?«
Anstatt zu antworten, begann Lambert, die Wand genauer zu inspizieren, fand aber nichts Ungewöhnliches. Er zuckte mit den Schultern.
»Vielleicht ist der guten Phebe das Holz ausgegangen«, sagte er. »Wollten Sie denn hier einen Durchbruch?«
»Eigentlich schon.«
»Na, dann werden wir es ja gleich erfahren«, sagte er.
»Jetzt haben Sie mich aber neugierig gemacht.« Katja bedeutete den beiden Papua, mit den Arbeiten in diesem Zimmer zu beginnen. Lambert erklärte, wo die Arbeiter mit den Vorschlaghämmern Vorsicht walten lassen sollten, und wies sie an, besonders auf die hohle Stelle achtzugeben. Dann verließen Lambert und Katja den Raum. Wenige Minuten später rief der ältere Arbeiter sie jedoch wieder herein. Er zeigte auf das Loch in der Wand, hinter dem man tatsächlich einen Hohlraum erkennen konnte. Nicht größer als ungefähr zwanzig mal zwanzig Quadratzentimenter und nicht tiefer als zehn. Darin stand hochkant eine Holzkiste, die

sich allerdings nicht greifen ließ, weil das Loch zu klein war. Lambert bat um einen normalen Hammer und begann damit vorsichtig die Ränder des Durchbruchs zu erweitern, bis es Katja, die die ganze Zeit neugierig daneben gestanden hatte, gelang, die dunkelbraune Kiste zu fassen. Sie kniete sich hin, um den Fund zu untersuchen.

»Was haben wir denn da?« Lambert beugte sich über sie.

»Ich weiß es nicht. Ich krieg das Ding nicht auf. Abgeschlossen. Der passende Schlüssel liegt wohl nicht zufällig noch in der Wand?« Lambert stand auf und sah gründlich nach.

»Sieht nicht danach aus.«

»Wäre ja auch zu schön gewesen. Dann eben mit Gewalt. Besorgen Sie mir einen Schraubenzieher?«

Lambert tat, wie ihm geheißen. Katja schaffte es beim dritten Versuch, das Schloss aufzuhebeln, und öffnete die Kiste.

»Sieht aus wie ein Bündel alter Briefe, die jemand vorm Feuer gerettet hat.«

Nach all den Hinweisen auf Phebes Leben, die Katja in den letzten Tage aufgestöbert und sozusagen unter Schutt und Asche begraben gefunden hatte, erschien ihr dieser Fund aus einem geheimen Versteck nun als äußerst aufregend. Die Zeitungen, die Notenblätter, der Topf, ja sogar die Fotos – dies alles wäre jedem zugänglich gewesen, der sich dafür interessiert hätte oder der, wie in ihrem Falle, einfach nur aufräumen wollte. Aber dies hier bedeutete etwas anderes! Vorsichtig schob Katja die angekokelte Kordel über das am unteren Ende und an der Seite verbrannte Bündel und griff nach dem obersten Umschlag. Alte Briefe, die jemand in der Wand versteckt hatte, das war nun tatsächlich ein erregender Fund. Würde sie vielleicht Dinge über Phebe erfahren, die noch keiner kannte? Die Anschrift war teilweise leserlich.

Der Brief war an ihre Ururgroßmutter adressiert. Vorsichtig schaute sie den kleinen Stapel durch.

»Alles Briefe an Phebe Parkinson«, erklärte sie dann. »Was meinen Sie? Ob ich die wohl lesen darf?«

Lambert lachte auf. »Sie wären die erste Frau, die ich kenne, deren Neugier nicht über ihre moralischen Skrupel gesiegt hätte.« Katja schaute ihn mit gerunzelter Stirn an. »Also, los. Machen Sie schon. Ich verrate es auch niemandem.«

Katja konnte sich ein Grinsen nicht verkneifen.

»Jetzt tun Sie mal nicht so! Sie sind mindestens ebenso neugierig wie ich.«

»Also gut. Ich gebe es zu. Pandoras Büchse hätte ich sicherlich auch irgendwann geöffnet. Was ist jetzt?« Katja gab den Arbeitern ein Zeichen, dass sie weitermachen konnten.

»Gehen wir nach draußen, da ist es ruhiger.«

Sie setzten sich an den kleinen Tisch auf der Veranda. Katja legte die Briefe zur Seite und untersuchte zunächst die Kiste. Außer den Briefen war sie leer. Sie klappte den Deckel zu und griff erneut nach dem obersten Brief. Nachdem sie den Umschlag geöffnet hatte, zog sie vorsichtig zwei beschriebene Bögen hervor, die an den Rändern verbrannt, aber dennoch recht gut leserlich waren. Den Anfang und das Ende des Schreibens hatten die Flammen allerdings vernichtet, und zwischendurch machten Stockflecken einige Textstellen unleserlich. Katja las laut:

(...) wünschte, Du könntest selbst sehen, wie wir in Mt. Isa leben. Alles ist so ganz anders als auf Kuradui. Das Land ist harsch, Phebe, Du machst Dir keinen Begriff! Die australische Sommerhitze ist trocken und sengend, wie ich es auf Raluana nie erlebt habe. Mein geliebter Gemüsegarten muss

ständig gewässert werden, und es gibt Wochen, in denen ich Bill gar nicht zu sehen bekomme, weil er das Vieh zu den wenigen Wasserlöchern treibt, die es im Umland noch gibt. Wie anders mein Alltag in Papua doch war!

Wahrscheinlich schüttelst Du den Kopf, wenn Du diese Zeilen liest. Ja, ich weiß, dass ich in Papua spätestens im Februar, wenn die Luftfeuchtigkeit und die Hitze am schlimmsten waren, aus dem Fluchen nicht mehr herausgekommen bin. Und Du hast mich deshalb jedes Jahr aufs Neue ausgelacht und ermahnt. »Finde dich endlich mit den Gegebenheiten ab! Du lebst jetzt in den Tropen!«, hast Du gesagt. »Achte die Schöpfung des Herrn, und beschwere Dich nicht länger!«

Natürlich hattest Du recht. Doch Du hast gut reden. Schließlich stammst Du aus Samoa und kennst gar kein anderes Klima.

Aber weißt Du was? Nun vermisse ich gelegentlich sogar diese fürchterliche Regenzeit. Kannst Du Dir das vorstellen? Ich denke tatsächlich mit einer gewissen Sehnsucht daran zurück, wie mir der Schweiß von der Stirn tropfte, wenn ich mich auch nur im Geringsten bewegte. Daran, wie mir das Wasser den Rücken hinablief und mein Kleid im Laufe des Nachmittags schwerer und schwerer wurde, bis ich es schließlich wechseln musste, um weiterarbeiten zu können. Und all die prächtigen Vögel, die nur in Eurem Klima zu gedeihen scheinen. Wie ich sie vermisse!

Stattdessen ärgern mich hier die Fliegen. Sie kleben am Auge, am ganzen Körper, wenn es längere Zeit nicht geregnet hat. Und dann der Staub! Phebe, Du machst Dir (…)

(…) will nicht wieder nur jammern. Es gibt nämlich auch so manchen Vorteil im Vergleich zu Papua. So haben wir weder

Zecken noch Blutegel! Na, klingt das nicht verlockend? Aber dich kriegen ja wohl (...)

Lambert hatte ihr über die Schulter geschaut, während Katja den Brief vorlas. Sie faltete die Blätter sorgfältig zusammen und schob sie in den Umschlag zurück, den sie dann umdrehte. Sie war enttäuscht, weil sie nichts Neues über Phebe erfahren hatte, und von der Verfasserin der Briefe hatte sie auch noch nie gehört.

»Absender ist eine Johanna Hunter aus Mount Isa in Queensland, Australien.« Sie legte den Brief auf den Tisch zurück.

»Das nenn ich mal einen interessanten Fund«, kommentierte Lambert. Katja zuckte mit den Schultern. »Sind die anderen Briefe von derselben Frau? Darf ich mal?« Er wartete gar nicht erst auf ihre Antwort, sondern griff gleich neugierig nach den Briefen, um sie sich genauer anzusehen. »Sieht ganz danach aus. Ein Absender, eine Adressatin«, sagte er, ohne den Blick zu heben. »Die beiden müssen gute Freundinnen gewesen sein.« Er gab Katja die Briefe zurück. »Haben Sie schon irgendeine Idee, was Sie mit Ihrer Entdeckung anstellen wollen?«

Sie schob den kleinen Stapel vorsichtig zusammen. »Was sollte ich Ihrer Meinung nach denn damit tun?«

»Vielleicht übergeben Sie die Briefe an Phebes Enkel. Wie hieß der noch gleich? Der alte Herr, der die Grabrede gehalten hat.«

»Ütersen. Stimmt, das wäre wahrscheinlich das Beste.«

»Wenn Sie wollen, nehme ich Sie mit zurück nach Kokopo.«

»Ich kann die Arbeiter doch nicht allein lassen.«

»Doch, das können Sie. Die beiden sind zuverlässig. Lassen

Sie uns fahren. Sie können die restlichen Briefe auch noch im Auto lesen.«

Auf der Fahrt fielen Katja einige Fragen zu den gerade entdeckten Briefen ein. Sie sprach zu Lambert, doch eigentlich führte sie ein Selbstgespräch.

»Wer die Briefe wohl ins Feuer geworfen hat? Phebe selbst? Aber warum? Es ist doch nur ein harmloser Briefwechsel zwischen zwei Freundinnen.«

Lambert setzte den Blinker und bog aus Kuraduis Auffahrt nach links auf die Landstraße.

»Sie haben bislang doch nur einen einzigen gelesen. Vielleicht waren die beiden Frauen ja gar nicht so harmlos, wie es den Anschein hat. Wer weiß? Vielleicht hatte die angeblich so herzensgute Phebe in Wirklichkeit eine Leiche im Keller?«

»Wollen Sie mich verschaukeln?« Katja war viel zu müde, um Lambert Paroli zu bieten. Der setzte eine Unschuldsmiene auf.

»Wie Sie meinen. Ich gebe nur zu bedenken, dass es immerhin möglich wäre, dass diese Johanna eine andere Phebe kannte als die, um die man hier allerorts trauert.«

Nach einer weiteren Woche war Katja so weit, dass sie Lambert und Takari als Dank für ihre Hilfe zu einem Abendessen auf ihrer Veranda einladen konnte. Es gab würzige Fleischbällchen in Tomatensauce, dazu selbstgebackene Brotfladen. Die Männer schaufelten das Essen nur so in sich hinein. Katja trank Wein, für Lambert und Takari hatte sie Bier besorgt. Nach einer Weile unterhielten sich die beiden über Sport, und sie klinkte sich aus dem Gespräch aus. Ein

plötzliches Knacken im Unterholz ließ sie zusammenfahren. Die Nacht war stockdunkel. Am bewölkten Himmel waren nur der Mond und ein paar verlorene Sterne zu sehen.
»Keine Angst, das war nichts. Höchstens ein *Bushturkey*, der nach Würmern scharrt, oder eine Fledermaus, deren Radar versagt hat«, sagte Takari.
»Ja, sicher. Entschuldigen Sie, ich bin einfach kaputt.« Katja strich sich mit Daumen und Zeigefinger über die Augenlider. Es war wieder ein langer Tag gewesen. Lambert verstand.
»Zeit aufzubrechen, Takari! Es ist schon spät.« Takari erhob sich umständlich aus dem alten Sessel und reichte Katja die Hand. »Danke für das leckere Essen. Schlafen Sie gut!« Dann drehte er sich zu Lambert, der noch saß. »Kommen Sie denn nicht auch?«
»Gleich. Fahr ruhig schon mal! Ich hab noch was mit Frau Gruner zu besprechen.«
Takari nickte und verabschiedete sich. Katja wartete, bis er in der Dunkelheit verschwunden war.
»Was haben Sie denn mit mir zu besprechen?«, fragte sie neugierig.
Lambert leerte den Rest seiner Bierflasche und stellte sie auf dem Tisch ab.
»Katja, auch auf die Gefahr hin, dass ich mich schon wieder wie ein Besserwisser anhöre, aber lassen Sie mich Ihnen einen Rat geben: Sie können auf der Farm nicht allein leben. Nicht so weit draußen. Stellen Sie eine Haushaltshilfe ein, eine Köchin oder von mir aus auch einen *Haus Boi*. Wenn es sich nämlich erst einmal herumgesprochen hat, dass eine Weiße mutterseelenallein auf Kuradui lebt, kann kein Mensch für Ihre Sicherheit garantieren. Bitte, hören Sie auf mich! Wollen Sie mir das versprechen?«

Katja hob die Hände. »Schon gut, schon gut. Pfarrer Reuter hat mich auch schon mehr als eindringlich vor Überfällen gewarnt. Ich werde jemanden einstellen. Zufrieden?«
»Ja, da bin ich sehr erleichtert.« Lambert stand auf und begann, auf der Veranda auf und ab zu gehen.
»Ist sonst noch was?«
Lambert zog sich am Ohrläppchen, räusperte sich.
»Ich lasse Sie heute Nacht nur sehr ungern allein. Sie können ja noch nicht einmal die Haustür abschließen, bis die alte ausgetauscht ist.«
Katja fragte sich, worauf dieses Gespräch hinauslief. Hatte Lambert sich etwas wegen ihrer Sicherheit überlegt?
»Danke, dass Sie so besorgt sind. Was schlagen Sie vor?«, fragte sie.
Lambert zögerte eine Sekunde, ehe er antwortete.
»Ja, also ... Was halten Sie davon, wenn ich hier übernachte? Zu Ihrer Sicherheit.« Er machte eine Kopfbewegung in Richtung Wohnzimmer. »Wie ich sehe, haben Sie noch die alte Couch.«
»Stimmt. Aber darauf können Sie nicht schlafen. Haben Sie zufällig mal daran gerochen? Die ist total verrottet.«
»Wenn Sie noch ein paar Decken haben, lege ich mich auf den Boden. Also, was meinen Sie?«
Katja strich sich eine Strähne hinters Ohr. Wenn sie in sich hineinhorchte, musste sie zugeben, dass sie über das Angebot erleichtert war. Für Einbrecher wäre sie hier draußen tatsächlich leichte Beute. Jedes Kind könnte sie in dieser Einsamkeit überwältigen. Nachdem Reuter ihr diesbezüglich ins Gewissen geredet hatte, war sie schon drauf und dran gewesen, ihren Auszug aus dem Resort zu bereuen. Stimmte es denn, was Reuter sagte? Lauerte auf Papua wirk-

lich an jeder Ecke Gefahr? Sie konnte aber doch nicht auf Dauer in einem Hotel wohnen, wenn sie vorhatte, in Papua zu leben.

»Gut«, sagte sie und klang trotz ihrer Müdigkeit entschlossen. »Irgendwo muss ich noch ein zweites Kopfkissen haben.« Sie machte Anstalten aufzustehen, doch Lambert legte sachte seine Hand auf die ihre.

»Lassen Sie nur. Ich brauche nichts. Vorausgesetzt, es gibt einen Kaffee morgen früh. Den haben Sie doch, oder?«

Katja lächelte. »Klar.«

Sie sah ihm in die Augen, doch es war schon zu dunkel, um zu erkennen, was er wirklich dachte. Katja stand auf.

»Lassen Sie uns schlafen gehen. Mir fallen die Augen beim Reden zu.«

In dieser Nacht schlief Katja tief und fest. Nur einmal wachte sie kurz auf, als ein ungewohntes Geräusch sie weckte. Als sie feststellte, dass es nur Lambert war, der leise vor sich hin schnarchte, kuschelte sie sich erneut in ihr Laken und schlief gleich wieder ein.

Die Tage vergingen wie im Flug. Wie lange war sie schon hier? Vier Wochen, fünf? Katja besaß nun ein Prepaidhandy, und Takari hatte einen gebrauchten Holden Barina für sie aufgetrieben. Der Preis erschien ihr zwar überteuert, denn der Kleinwagen rostete bereits an einigen Stellen, und die Schaltung klemmte mitunter, doch ohne Auto hätte sie nicht auf Kuradui bleiben können. Eine öffentliche Verkehrsanbindung nach Kokopo gab es nämlich nicht. Takari hatte sich angeboten, für die nächsten zwei Wochen bei ihr zu wohnen, denn die gewünschte Haushaltshilfe hatte sie noch nicht gefunden.

»Gibt das denn kein dummes Gerede in Ihrem Dorf?«, hatte sie ihn besorgt gefragt, doch Takari konnte sie beruhigen: »Und wenn schon! Das ist nur Neid, denn etwas Besseres, als bei Weißen angestellt zu sein, kann sich kein Papua vorstellen. Aber bilden Sie sich darauf nichts ein! Es geht nur ums Geld.«
Katja musste lächeln. Es war tatsächlich nicht wenig, was Takari für seine Dienste verlangte. Als sie sich schließlich einig geworden waren, quartierte er sich gleich im Wohnzimmer ein, wo er auf einer geflochtenen Matte auf dem Boden schlief.
Mit jedem neuen Tag fühlte sich Katja etwas sicherer. Ohne fremde Hilfe hatte sie in den darauffolgenden zwei Tagen einen Kühlschrank erworben, eine Quelle für Weißwein aus Neuseeland aufgetan und sich aus der bescheidenen Stadtbücherei mit Literatur über Papua versorgt. Nachdem die erste Enttäuschung über den unspektakulären Brieffund abgeklungen war, entzündete sich Katjas Interesse an Phebe aufs Neue. Wie hat Phebe einst auf Kuradui gelebt? Wie spielte sich der Alltag in der deutschen Kolonie ab?

Gleich an ihrem ersten Arbeitstag im St. Mary's gab es so viel zu tun, dass Katja gar keine Gelegenheit hatte, sich zu fragen, ob sie etwas falsch machen könnte. Für eine förmliche Einarbeitung in ihrem neuen Bereich blieb sowieso keine Zeit. Katja stellte schnell fest, dass Dr. Sepuk recht gehabt hatte, was die Herausforderungen des Klinikalltags anging. Das Team um Dr. Lambert erwies sich als wahrer Meister in Sachen Improvisation. Die fünf Ärzte und fünfzehn Schwestern hatten lernen müssen, mit den einfachsten Mitteln die kompliziertesten Operationen durchzuführen. Katja lief ein

Schauder über den Rücken, als Lambert ihr erzählte, wie er einmal ohne ausgebildeten Anästhesisten eine Schädeldecke hatte anbohren müssen. Gottlob, räumte er ein, war dies bislang der einzige Fall dieser Art.

Was hingegen mit einiger Regelmäßigkeit vorkam, waren diese Stromausfälle. Obwohl das St. Mary's natürlich über einen Generator verfügte, blieb es bei andauernden Regenfällen nicht aus, dass das Team hin und wieder ohne Strom operieren musste. In solchen Notsituationen, sagte Lambert, konnte sich die Taschenlampenfunktion eines geladenen Handys als wahrer Segen erweisen. Katja beschloss, sich seinen Rat zu Herzen zu nehmen und während ihrer Schicht immer ein geladenes Handy dabeizuhaben. Noch war die Regenzeit nicht da, aber Katja ahnte bereits, wie unangenehm es werden würde, in der schwülen Hitze ohne Klimaanlage im OP zu stehen. Ihr Kittel war ja schon jetzt binnen zwei Stunden durchgeschwitzt.

Nach nur einem halben Arbeitstag entwickelte sie allmählich ein Gefühl dafür, welchen Herausforderungen sie sich würde stellen müssen, wenn sie nicht auf dem Absatz kehrtmachen wollte. Letzteres war ihr kurz durch den Sinn gegangen, als eine Frau sie ohne ersichtlichen Grund anschrie und mit dem Finger auf sie zeigte. Ging es dabei etwa wieder um ihre Familie? Katja schüttelte resigniert den Kopf. Wie konnte sie als Ärztin in dieser Klinik arbeiten, wenn die Einheimischen sie für verflucht hielten? Doch dann rief sie sich zur Ordnung. Sie war schließlich kein kleines Mädchen mehr, das bei der ersten Schwierigkeit weinend die Schaufel in den Sandkasten warf und davonlief. Außerdem machte sie auch ganz andere Erfahrungen. Allein wegen der zutraulichen Kinder lohnte es sich für Katja schon, hier zu sein.

Ein kleines Mädchen von vielleicht fünf Jahren hatte sie sogar umarmt und ihr übers Haar gestreichelt, nachdem sie ihr mangels Erfahrung in Sachen Zahnmedizin mit Hilfe eines Lehrbuchs einen eitrigen Milchzahn gezogen hatte. Seit neuestem war sie nämlich auch Zahnärztin.

Auf der Visite am Nachmittag wies Lambert Katja endlich in ihren Bereich ein.

»Sie werden sich vor allem um die Behandlung von Krankheiten wie Tuberkulose, HIV, Lungenentzündungen, Malaria und Krebs kümmern. Zivilisationskrankheiten wie Bluthochdruck, Diabetes oder Schlaganfall sind hier eher selten.«

Joy schloss sich an und erklärte ihr im Schnelldurchlauf, wie der Klinikalltag funktionierte.

»Das Bettzeug bringen die Verwandten der Patienten mit, die auch kochen, waschen und ihre Kranken pflegen. Die Angehörigen schlafen auf dem Boden.«

Sie deutete mit dem Daumen nach draußen. »Die Küche befindet sich im Hof, ist aber nur für die Kranken gedacht. Wenn Sie einen Tee oder einen Kaffee möchten – der Wasserkocher steht im Gang vor dem Schwesternzimmer. Für ein paar Kina holen Ihnen die Kinder etwas zu essen von der Bar gegenüber. Oder Sie treffen mit dem Besitzer eine Vereinbarung, falls die Kinder Sie nerven. Dann bringt er Ihnen was vorbei. Das ist natürlich schlecht für die Kinder, die dann wiederum einen Weg finden, Sie ihren Unmut spüren zu lassen.«

»Und was ist, wenn ich kein Fleisch …?« Joy ließ Katja nicht ausreden.

»Mehr Auswahl gibt es nicht. Das Essen ist ganz in Ordnung, Sie gewöhnen sich schon dran. Sie sind doch nicht etwa Vegetarierin?«

Joy schloss zu Lambert auf und kümmerte sich im weiteren Verlauf der Visite nicht mehr um Katja. Die blieb kurz stehen, schaute sich um und schüttelte den Kopf. Das alles für 800 Euro Monatsgehalt, die Giftspritze Joy inklusive. Obwohl sie die Nachteile klar erkannte, fühlte sie sich seltsam gut. Besser zumindest als all die Zeit davor.

Katja setzte sich in Bewegung, um den anderen zu folgen.

Auf der chirurgischen Abteilung angekommen, schüttelte Lambert einem kleinen Jungen die Hand, der mit ausgestreckten Beinen auf dem Bett saß. Über den Bettrand hingen mit Wasser gefüllte Plastikflaschen herab.

»Für Oberschenkelbrüche sind eigentlich Colaflaschen besser geeignet«, erklärte Lambert Katja. »Keine Ahnung warum, aber die halten länger. Eigentlich hätte ich dem Kleinen eine Metallplatte einsetzen müssen, aber über solche Materialien verfügen wir in Vunapope nun mal nicht.«

»Wie haben Sie die Fraktur denn stattdessen versorgt?«, fragte Katja interessiert.

»Ich hab ihm einen Nagel unterhalb des Knies gesetzt, um den Oberschenkel zu strecken.« Lambert machte eine Bewegung, als hämmere er einen Nagel in die Wand. Katja verzog kurz das Gesicht. Sie sah den Nagelkopf, den ein Geflecht von Schnüren mit den Plastikbehältern verband. »Die Flaschen strecken das Bein. Ganze sechs Wochen dauert das.«

»Armer Kerl«, sagte Katja bedauernd.

Lambert seufzte. »Wäre der Kleine in Deutschland behandelt worden, hätte er gleich nach der OP aufstehen können.« Er wandte sich an den Jungen und kniff ihm freundschaftlich die Wange. »Du fällst mir nicht mehr so schnell vom Baum, was?« Der Kleine grinste breit.

Die ersten Tage im Missionskrankenhaus verliefen besser, als Katja anfangs gedacht hatte. Bis auf die Spitzen von Joy, die mit solcher Regelmäßigkeit auf sie niederprasselten, dass es sie fast schon zu amüsieren begann, herrschte ein kollegiales Verhältnis im Krankenhaus. Katja führte dies auf die dünne Personaldecke und die mangelhafte Ausstattung zurück: Für Stutenbissigkeiten, Kollegenschelte oder gar Intrigen blieb einfach keine Zeit im St. Mary's. Joy war da nur die berühmte Ausnahme von der Regel. Jeder schien froh zu sein, wenn er den langen Arbeitstag bewältigen konnte und am Ende seiner Schicht die Patienten versorgt wusste. Dazu bedurfte es eines eingespielten Teams, das reibungslos funktionierte. Der Ton war rauh und direkt. Katja schätzte diese Umgangsweise. Sie konnte Lambert und seine Art nun besser verstehen.

Am Ende ihrer ersten Arbeitswoche lud er sie in den Deutschen Club nach Rabaul ein.

»Ein Überbleibsel aus der deutschen Kolonialzeit«, sagte er, während sie an einem der blindgescheuerten Resopaltische Platz nahmen.

»Nicht gerade viel los«, bemerkte Katja, als sie den Stuhl zurückschob, um sich hinzusetzen.

Das unangenehm kratzende Geräusch von Stahlfüßen auf Beton hallte durch den leeren Raum. Sie blickte sich um. Außer ihnen und dem Barkeeper, einem Weißen um die sechzig, war niemand da. Ein schmutzstarrender Ventilator drehte sich an der hohen Decke und klapperte in seinem eigenen Rhythmus. Kaum saßen sie, stand auch schon das Bier vor ihnen. Falls es jemals eine Schaumkrone getragen hatte, war sie dem Keeper auf dem Weg zu ihrem Tisch abhandengekommen.

»Woher wusste er, was ich trinken möchte?« Verwundert blickte sie von der apathischen Bedienung zu Lambert. Der zuckte mit den Schultern.

»Was sollte man im Deutschen Club sonst schon trinken wollen?«, antwortete er und nahm einen großen Schluck. Katja beobachtete, wie ihm das Kondenswasser über den Handrücken lief. Er wischte die Hand an seiner Hose ab. »Was meinen Sie? Halten Sie es eine Weile bei uns aus?« Seine Worte klangen leicht dahingesagt, doch seine Augen schauten forschend. Katja kratzte sich nachdenklich die Stirn. Um Zeit zu gewinnen, nahm sie ebenfalls einen Schluck. Das Bier war so kalt, dass es an den Zahnwurzeln schmerzte. Sie verzog das Gesicht, schüttelte die Empfindung dann weg.

»Ja, ich denke schon. Es gefällt mir im St. Mary's. Außerdem will ich noch ein paar Dinge über mich und meine Familie herausfinden.«

Lambert nickte befriedigt, prostete ihr zu. »Freut mich, dass Sie bleiben! Wie gesagt, wir können Sie schon jetzt kaum noch entbehren.«

»Ich kann mich zwar nicht erinnern, dass Sie das jemals gesagt hätten, aber ich nehme das Kompliment gerne an.«

Sie legte den Kopf schief und lächelte. Lambert rieb sich verlegen den Nacken. Sein Kinn war heute rasiert, was ihn gleich viel jungenhafter aussehen ließ. Er drehte sich in Richtung Bar und hob den Zeigefinger, um zu bestellen. Dann wandte er sich ihr zu: »Für Sie auch Schnitzel mit Pommes und Jägersoße?«

»Eigentlich esse ich kaum Fleisch. Was gibt es denn sonst noch?« Sie schaute sich suchend um.

»Vergessen Sie's. Eine Speisekarte gibt's hier nicht. Sie sind

Vegetarierin?«, fragte er nuschelnd. Katja verneinte lächelnd, doch Lambert ignorierte sie. »Pommes mit Soße also?«
Sie zuckte mit den Schultern. »Meinetwegen«, sagte sie.

Lambert wischte sich den Mund mit einer Papierserviette ab, legte sie auf dem leer gegessenen Teller ab und schob ihn beiseite.

»Darf ich Sie etwas Persönliches fragen?«, setzte er plötzlich an.

»Schießen Sie los!«, entgegnete Katja forsch, obwohl sie fühlte, wie sich Beklommenheit in ihrer Magengrube breitzumachen begann. Lambert räusperte sich.

»Eine Frau wie Sie mit einer derart stellaren Karriere … Was hat die hier zu suchen?« Er spielte mit dem Salzstreuer, während er sie von unten ansah.

Katja gefror. Lamberts Frage hatte sie eiskalt erwischt. Unbewusst legte sie die Hand auf den Ehering, der unter ihrem T-Shirt an der Silberkette baumelte. Ihre Finger spürten dem Rund nach, es gab ihr ein wenig Sicherheit zurück. Lambert sah auf einmal bestürzt drein. Er fasste sie am Handgelenk und beugte sich zu ihr vor.

»Tut mir leid, wenn ich Ihnen zu nahe getreten bin, ehrlich. Das war ganz und gar nicht meine Absicht.«

Katja befreite sich aus seinem Griff. Sie legte die Hände in den Schoß und blickte ihn aus traurigen Augen an. Sie hob das Kinn, nahm sich zusammen, wirkte nun seltsam entschlossen.

»Schon gut.« Katja sprach mit fester Stimme. »Früher oder später würden Sie es ja sowieso erfahren.« Sie schob sich eine Strähne aus dem Gesicht. »Ich bin hier, weil ich nichts zu verlieren habe. Das heißt, nicht mehr.«

Lambert runzelte die Stirn, unterbrach sie aber nicht.
»Ich habe vor drei Jahren meinen Mann bei einem Hubschrauberunglück verloren«, erklärte Katja und bemühte sich um einen sachlichen Ton.
Lambert hob kaum merklich die Brauen. Seine rechte Hand drehte den Salzstreuer zwischen Daumen und Zeigefinger, während er Katja musterte.
»Ich verstehe«, sagte er nach einer Weile leise, dann schwieg er. Er stellte den Salzstreuer außer Reichweite und faltete seine Hände. »Lassen Sie mich raten«, fuhr er schließlich fort und sah sie an. »Sie haben probiert, nach dem Unglück in Ihrer alten Umgebung zurechtzukommen, aber es hat nicht funktioniert, und jetzt ist die Zeit gekommen, neue Wege zu gehen. Hab ich recht?«
Katja konnte ihr Erstaunen nicht verbergen. »Ja, aber woher wissen Sie …?«, fragte sie verwirrt.
Statt einer Antwort drückte er sie sanft am Oberarm.
»Lassen Sie uns gehen. Es war ein langer Tag.«

Am nächsten Tag während der Mittagspause hörte Katja die Mailbox ihres Handys nach neuen Nachrichten ab. Sie musste sich setzen, als sie die Stimme ihres Vaters erkannte, der seinen baldigen Besuch ankündigte. Warum konnte er sie nicht einfach in Ruhe lassen? Musste er ausgerechnet jetzt hier auftauchen, wo sie gerade dabei war, sich in ihrem neuen Leben einzurichten? Sicher wollte er sie überreden, ihre Zelte auf Papua abzubrechen und wieder nach Köln zu kommen. Falls das tatsächlich der einzige Grund seiner Reise war, hätte er sich den weiten Weg sparen können.
Wusste er nicht, dass sie mittlerweile geradezu allergisch auf seine Ratschläge reagierte?

Natürlich wusste er es. Sie mochte ihren Vater nicht, aber an seiner Intelligenz hatte sie nie gezweifelt.
Insgeheim war sich Katja darüber im Klaren, dass ihr Vater nicht so naiv war anzunehmen, er könne sie zum Abbruch ihres Abenteuers bewegen. Wahrscheinlicher war, dass es mal wieder Ärger mit der Eisenerzmine auf New Ireland gab, einer Insel, die New Britain vorgelagert war. Seit zehn Jahren kam es dort immer wieder zu Auseinandersetzungen zwischen den traditionellen Landbesitzern und dem Betreiber. Katja hätte wetten mögen, dass es dieses Mal nicht anders war.

Katja atmete tief durch, als sie auf der Anzeigetafel in der Ankunftshalle las, dass die Maschine aus Port Moresby gelandet war. Ihr Vater hatte darauf bestanden, sich bei ihr auf Kuradui einzuquartieren, was Katja unter Druck setzte, doch sie konnte ihrem Vater schlecht die Unterkunft in seinem eigenen Haus verbieten. Sie hatte Takari daher beauftragt, ein zusätzliches Bett zu besorgen und eine Haushaltshilfe einzustellen. Sie sollte das Zimmer neben ihrem Schlafzimmer so weit herrichten, dass man dort notdürftig schlafen konnte.
Takari machte viel Aufhebens um die Angelegenheit. Ein Bett, sagte er, sei gar nicht so einfach zu besorgen. In Port Moresby wäre das vielleicht kein Problem, meinte er und runzelte die Stirn. Aber hier in der Provinz, im abgelegenen East New Britain?
»Mögen uns die Götter, die Heim und Herd beschützen, gewogen sein!« Takari bekreuzigte sich und küsste das goldene Kreuz, das an einer Kette um seinen Hals hing.
Katja hatte kaum mehr daran zu glauben gewagt, als am

Abend vor der Ankunft ihres Vaters doch noch so etwas wie ein Bett angeliefert wurde. Takari lobte den eigenen Erfolg über den grünen Klee, dabei war der Rahmen vollständig in der Gewalt von Holzwürmern, und die Matratze roch nach Moder. Da hätte sie auch gleich das alte Sofa behalten können. Sie fuhr sich mit beiden Händen erschöpft übers Gesicht. Nachdem sie eine Weile nachgedacht hatte, wurde sie ruhiger. Schließlich hatte sie ihren Vater nicht darum gebeten, sich bei ihr einzunisten. Wenn es ihm auf Kuradui nicht gefallen sollte, musste er eben wieder ausziehen.

Als er die Ankunftshalle betrat, umarmten sie einander ungeschickt. Ein Blinder hätte bemerkt, wie unwohl sich Katja dabei fühlte.

Bereits im Auto ging der unvermeidliche Streit los. Wie erwartet, drehte er sich um Katjas neues Leben. Als sie sich Kuradui näherten, entschloss sie sich kurzerhand, die Farm links liegen zu lassen und ihren Vater am Resort abzuliefern. Wem wollte sie etwas vormachen? Früher oder später wäre es ohnehin so gekommen.

Ihr Vater wunderte sich zwar kurz, schien dann aber mit ihrer Entscheidung einverstanden. Er verspürte nach dem langen Flug wohl kein Bedürfnis auf eine in jeder Hinsicht unbequeme Nacht.

»Gut«, sagte er knapp. »Morgen ist auch noch ein Tag. Aber ich bestehe darauf, dass wir zumindest gemeinsam zu Abend essen.« Diesen Vorschlag konnte Katja schlecht ablehnen, und nachdem Takari einen Bungalow für Rudolf von Beringsen arrangiert hatte, nahm sie im Restaurant Platz, um auf ihren Vater zu warten, der sich gerade frisch machte. Takari nutzte die Gelegenheit. Er näherte sich ihrem Tisch, schaute sich verstohlen um und beugte sich dann zu ihr hin-

unter, um zu fragen, ob ihr Vater etwa ein Problem mit dem Bett hätte. Zum ersten Mal an diesem Abend lächelte Katja.
»Mach dir keine Gedanken. Mein Vater und ich, wir verstehen uns einfach nicht besonders. Jedes Mal, wenn wir uns sehen, streiten wir.«
»Das ist gut«, sagte Takari und strich gedankenverloren die Tischdecke glatt.
»Wie bitte?«, fragte Katja irritiert. Takari schüttelte den Kopf.
»Sorry, bitte verstehen Sie mich nicht falsch. Natürlich ist es schlimm, wenn Eltern und Kinder sich nicht verstehen. Familie ist schließlich alles, oder?« Er blickte in Katjas unbewegtes Gesicht und räusperte sich nach einer Weile.
»Also, Sie wollten doch wissen, weshalb meine Leute nicht mit Ihnen reden?«
Katja richtete sich sofort gespannt auf.
»Es war ein ziemlicher Aufwand, aber ich habe jemanden gefunden, der bereit ist, mit Ihnen zu sprechen. Sie heißt Maile, eine alte Frau vom Stamm der Tolai. Sie ist eine Freundin meiner Großmutter. Wenn Sie wollen, fahren wir morgen zu ihr. Was die Alte zu sagen hat, wird Sie interessieren, versprochen.«
Er hatte hastig gesprochen, so als könne er jede Sekunde entdeckt werden. Jetzt bewegte er sich mit schnellen Schritten zurück in Richtung Rezeption.

Irgendwie überstand Katja den Abend mit ihrem übellaunigen Vater. Sie aßen fangfrischen Fisch und tranken dazu eiskaltes Bier aus der Dose. Es half, dass sich das Restaurant im Lauf des Abendessens mit Gästen füllte. Das zwang beide, sich kultiviert zu verhalten. Katja vermied es ganz bewusst, ihren Vater auf die Mine anzusprechen. Im Grunde war längst schon alles gesagt: dass die Fische im Fluss starben, dass das Wasser und die Uferbänke von Abbaurückständen derart verschmutzt waren, dass es nach Expertenmeinung dreihundert Jahre dauern würde, bis sich die Gifte abgebaut hätten. Alte Kamellen. Kriegsschauplätze, die sie schon viel zu oft besucht hatten. Sie war es leid. All die Energie, die sie in Auseinandersetzungen mit ihrem Vater vergeudet hatte. Wofür? Was hatte es gebracht? Nichts, dachte sie bitter. Absolut nichts.

Katja tupfte sich den Mund mit der Serviette ab und rückte mit dem Stuhl zurück. Ihr Vater sah überrascht auf, legte sein Besteck auf dem Tellerrand ab.

»Wie? Willst du schon gehen?« Er wirkte enttäuscht. Katja sah ihm an, dass er bemüht war, seine Gefühle unter Kontrolle zu halten. Nichts hatte sich in all den Jahren geändert.

»Sei mir nicht böse, aber ich habe noch etwas zu erledigen. Sehen wir uns morgen?«

»Höchstens zum Frühstück. Gegen Mittag geht mein Flug zur Mine. Tust du mir den Gefallen und rufst deine Mutter an? Dein Bruder wartet übrigens auch schon länger auf einen Rückruf von dir.« Nichts als Vorwürfe.

»Sicher, mach ich. Fliegst du gleich von der Mine aus nach Deutschland, oder kommst du noch einmal zurück nach Kokopo?«

»Kann ich noch nicht sagen. Wahrscheinlich fliege ich direkt von der Mine zurück, es sei denn, du möchtest, dass ich zurückkomme.« Er betonte den Satz wie eine Frage, etwas wie Hoffnung schwang in seiner Stimme mit.

Katja ignorierte den Unterton. Zu viel war in den letzten Jahren zwischen ihnen vorgefallen. Es war an der Zeit, dass

ihr Vater begriff, dass sie keine Freunde waren und es auch niemals sein würden.
Ehe Katja etwas erwidern konnte, schüttelte er den Kopf. »Bemühe dich nicht. Wir telefonieren dann.« Er warf die Serviette auf seinen Teller, stand auf und ging.
Eine Traurigkeit kroch plötzlich in Katja hoch. Sie seufzte halblaut und ging zur Rezeption.

Takari hielt sein Versprechen. Am nächsten Tag nahm er Katja mit ins Dorf. Der leuchtend blaue Transporter des Resorts hielt vor einer schmucklosen Halle. Takari stieg aus und hielt ihr die Wagentür auf. Er bat sie, ihm zu folgen. Katja war noch immer aufgewühlt wegen des vergangenen Abends mit ihrem Vater, und sie war sich nicht sicher, ob ausgerechnet dieser Tag geeignet sei, um über Geister und ihre verfluchte Familie zu reden. Da Takari jedoch diese Begegnung nun einmal organisiert hatte, wollte sie nicht absagen. Mit einem bedrückenden Gefühl in der Brust folgte sie Takari ins Innere des trostlosen Baus.
Die Frau mit den fast schwarzen Zähnen kam Katja gleich bekannt vor. Es war die Alte vom Strand, die nun mit gekreuzten Beinen vor ihr saß. Ein Schauder lief Katja über den Rücken. Diese Frau war ihr zutiefst unheimlich, und sie hatte keine Ahnung, welche Rolle die Alte während des Überfalls am Strand gespielt hatte. War sie ein Teil der Bande oder im Gegenteil eine Autoritätsperson, der selbst diese Halbstarken nicht zu widersprechen wagten?
Genüsslich kaute die Alte auf der Betelnuss-Mischung herum, wie es anscheinend jeder auf Papua tat, und sah Katja ungeniert an. Es hieß, das Zeug hätte eine leicht betäubende Wirkung, was erklärte, weshalb die Leute so entspannt wa-

ren. Hin und wieder spuckte Maile schleimige Fasern aus, die sich als hässliche rote Flecken auf dem Zementboden des Gemeindehauses vor ihr verewigten.

»Setzen Sie sich!«, wies Takari Katja an. Die schaute sich um, und weil kein Stuhl in Sicht war, setzte sie sich ebenfalls auf den Boden. Takari tat dasselbe.

»Maile, wenn Pfarrer Reuter sieht, wie du hier rumspuckst, verdonnert er dich zu einem Monat schrubben. Reiß dich zusammen, ja?« Maile zeigte keine Reaktion.

»Also gut«, sagte Takari, »Maile, kannst du meiner Freundin erklären, warum alle schweigen? Wieso redet keiner mit ihr?« Maile hob die Hände zum Himmel und begann völlig unvermittelt, im Stakkato auf Takari einzureden. Katja verstand kein Wort, doch sie hielt es für besser, auf Takaris Erklärung zu warten.

Katja fragte sich zum wiederholten Male, was sie hier eigentlich tat. Sie saß vor dieser Alten, die sie nicht verstand und die sie auf eine Art einschüchterte, der sie nicht zu begegnen wusste. Sie wollte nur noch weg.

Plötzlich zuckte sie zusammen, als sie Takaris Stimme hörte. »Also, wollen Sie wissen, was Maile gesagt hat?« Maile betrachtete derweil ihre Fingernägel und begann, auf einem davon herumzukauen. Takari sah Katja an. Diese bejahte.

»Okay. Da ist zum einen die Mine. Die Leute sind unglücklich darüber, dass der Fluss verschmutzt ist und die Fische sterben. Die Mine ist das eine. Aber es gibt noch eine andere Geschichte, und die hat etwas mit einem Fluch zu tun.«

Katja griff sich entnervt an den Kopf. »Entschuldigen Sie, Takari. Aber so langsam kann ich's nicht mehr hören. Könnte die Freundin Ihrer Großmutter eventuell ein klein wenig konkreter werden? Was hat es mit diesem Fluch auf sich?«

Takari ignorierte den sarkastischen Unterton und tätschelte Maile beruhigend das Knie, da sie Katjas Worte aufgeregt zu haben schienen. Die Alte rutschte unruhig auf dem Boden umher und spuckte in immer kürzeren Intervallen ihren Betel-Schleim von sich.

»Maile sagt, Ihre Familie ist von einem Sanguma besessen. Mehr kann ich Ihnen auch nicht sagen. Seien Sie vorsichtig, Katja. Der böse Geist verfolgt Sie.«

Deutsch-Neuguinea 1907

In den drei Jahren, die seit Ludwigs Tod vergangen waren, hatte sich Johanna mit aller Kraft in die Missionsarbeit gestürzt. Gumbos Unterstützung war ihr dabei von unschätzbarem Wert. Er wusste, wie er gegenüber seinesgleichen zu predigen hatte, und den Katechismus verstand er, so kam es Johanna vor, sogar besser als mancher daheim im Deutschen Reich. Sie lernte mit der Zeit, ihm vollkommen zu vertrauen, wenn er in seinem Kauderwelsch den Eingeborenen die frohe Botschaft überbrachte, denn er tat es mit außerordentlichem Erfolg: Allein im ersten halben Jahr in seinem neuen Amt als Hilfsprediger hatte Gumbo es geschafft, ein Dutzend Papua zum Christentum zu bekehren – mehr, als Ludwig in den letzten zwei Jahren seines Lebens für ihre Kirche hatte gewinnen können!

Angesichts dieser Tatsache dachte Johanna darüber nach, ob sie in der Mission nicht generell mehr auf Einheimische setzen sollten. Gemeinsam mit Bruder Bender überlegte sie, wer unter den Getauften geeignet sein könnte, Gumbo in seiner neuen Aufgabe zu unterstützen. Sie war erstaunt, denn Gumbo nahm die Herausforderung mit einem Eifer an, wie sie ihn bei einem Eingeborenen gar nicht für möglich gehalten hätte. Zumindest hatte er diese Art von Ehrgeiz vermissen lassen, als er noch in ihrem Haushalt tätig war. Montags war er oft gar nicht erst aufgetaucht. Es dauerte eine Weile, ehe Johanna den Grund dafür begriffen hatte.

Der Montag war nämlich der beschwerlichste Wochentag, da wurde die Wäsche erledigt. Gumbos Aufgabe bestand darin, den großen Waschzuber mit Wasser zu befüllen und es anschließend zum Kochen zu bringen. Dazu musste er einige Male mit den Wassereimern zwischen Tank und Zuber hin- und herlaufen und zwischendurch immer wieder dafür sorgen, dass das Feuer für die Kochwäsche nicht plötzlich erstarb. Es war eine schweißtreibende Arbeit, die niemand gern erledigte. Doch auch die leichteren Arbeiten wurden ihm schnell zu viel, wie der Frühjahrsputz, wenn Johanna unter anderem alle Töpfe reinigen ließ. Gumbo schien sich dann absichtlich dumm zu stellen. Manchmal dachte Johanna, dass ihm das Predigen vielleicht deshalb besser gefiel, weil das ohne größere Schweißausbrüche vonstattenging. Die eigentliche Missionsarbeit wusste sie bei ihm auf jeden Fall in guten Händen. Viel mehr konnten sie eh nicht tun, bis man einen neuen Missionar aus der Heimat schicken würde.

Größeres Kopfzerbrechen bereitete Johanna da schon die Organisation der Schulklassen. Außer ihr und Bender gab es niemanden, der die Kinder im Lesen und Schreiben hätte unterrichten können, und so entschieden sie sich, die verschiedenen Klassen zu einer einzigen zusammenzulegen. Bender wählte außerdem zwei Jungen und ein Mädchen aus, die sie nach und nach zu Hilfslehrern ausbildeten.

Natürlich gab es auch Rückschläge. So scherte einer der ausgewählten Schüler kurz vor seinem ersten Klasseneinsatz aus, um Verwandten in die Berge zu folgen, und alles gute Zureden konnte an dieser Entscheidung nichts ändern.

Ihre finanziellen Mittel waren so knapp bemessen, dass Bender, Haller und Johanna kaum wussten, wovon sie sich ernähren sollten. Wäre Johanna nicht mit Martin von Phebe aufgenommen worden, hätte sie es sich im Grunde gar nicht leisten können, weiterhin auf Raluana zu arbeiten. Wahrscheinlich hätte sie bei Queen Emma nach einer bezahlten Tätigkeit in ihrer Küche fragen müssen. Doch sie fühlte sich verantwortlich. Raluana war schließlich auch Ludwigs Vermächtnis. Mit einem neuen Pastor war seitens der Rheinischen Mission jedenfalls so schnell nicht zu rechnen. Dafür würden die Berichte der deutschen Zeitungen über das Baining-Massaker schon gesorgt haben.

Es gab viele Gründe, zu verzweifeln, aber Johanna war entschlossen, der Hoffnungslosigkeit zu trotzen. Bruder Benders Humor blieb auch in diesen Zeiten unverwüstlich, und er munterte Johanna auf, wenn sie die Mutlosigkeit überkam. Die gute Schwester Haller kümmerte sich darum, die Missionsgebäude und die Kirche in Ordnung zu halten.

Phebe weigerte sich nach wie vor beharrlich, Konfessionsgrenzen anzuerkennen, und überredete Johanna tatsächlich, auch im katholischen Kinderheim auszuhelfen. Obwohl Johanna feste Überzeugungen hatte, was ihren Glauben anbelangte, und sich nie mit Katholiken hatte gemein machen wollen, konnte sie nicht umhin, Phebes Argumentation zu folgen. Kinder waren Kinder. Sie brauchten ein Heim, Nahrung, Kleider und eine Schule – ob sie nun katholisch waren oder nicht.

Johanna saß auf der Veranda von Kuradui und sah den Kindern zu, die am Strand spielten. Die Sonne ging schon unter, es war Zeit für die Abendvorbereitungen. Sie stand auf und rief nach ihnen. Wie gewohnt, würde es eine Weile dauern, ehe sich der Trupp in Bewegung setzte, um nach Hause zu laufen. Ein Lächeln spielte um Johannas Lippen. Kinder würden sich wohl nie ändern.

Sie ging in die Küche und machte sich mit zwei der Hausmädchen an die Zubereitung des Abendbrots. Nach einer Weile stieß Miti geräuschvoll die Fliegentür auf, die hinter ihr ins Schloss knallte. Sie nahm den Strohhut ab und wischte sich mit dem Arm über die verschwitzte Stirn. Dann schenkte sie sich aus der Karaffe Wasser ein und leerte ihr Glas in einem Zug. In der Rechten hielt sie das Notizbuch, in dem sie für Richard die Ergebnisse seiner verschiedenen landwirtschaftlichen Projekte festhielt. Mit einem tiefen Seufzer warf sie es auf die Sitzbank und ließ sich gleich daneben fallen.

»Der Weizen ist kaputt. Ich hab Richard mehrfach gesagt, dass es bei uns für den Anbau zu feucht ist, aber er wollte ja nicht hören. Ich wünschte, ich hätte meine Kraft in ein anderes seiner Projekte gesteckt. Die Erfassung der einheimischen Dialekte zum Beispiel. Sprache und Kultur liegen mir sowieso viel mehr als das dämliche Grünzeug.« Sie klang erschöpft.

»Ärgere dich nicht! Komm, ruh dich aus! Soll ich ein Glas vom eingekochten Schweinebraten aufmachen? Was meinst du? Ich hätte große Lust drauf, von den Kindern gar nicht zu reden.«

Der Vorschlag ließ ein Lächeln über Phebes Gesicht huschen.

»Ja, mach das. Richard müsste auch bald kommen, und er wird nicht erfreut sein, wenn ich ihm vom traurigen Zustand seines heiligen Weizens berichte.« Phebe stieß einen Stoßseufzer aus. »Wenn nur alles auf dieser vermaledeiten Insel so gedeihen würde wie die Ferkel – oder die Kinder.«

Die Frauen lachten.

Die Fliegentür öffnete sich erneut, Jungen und Mädchen verschiedenen Alters strömten ins Haus. Martin hatte Tränen in den Augen und flog sofort in die Arme seiner Mutter.
»Was ist denn los? Ist etwas passiert?« Johanna strich ihm über den Kopf.
»Bibi ist gemein. Ich will nie wieder mit ihm spielen!«
»Wieso? Was hat er denn getan?« Johanna blickte eines der größeren Mädchen fragend an.
»Er hat Martin untergetaucht«, sagte Dolly.
»Das war doch sicher nur Spaß.«
»War es nicht!«, erklärte Phebes Tochter. »Bibi hat gar nicht mehr losgelassen.«
Es war nicht das erste Mal, dass sie so etwas über Bibi zu hören bekamen. Johanna fühlte sich schuldig. Eigentlich sollten sie die Kinder nicht mehr ohne Aufsicht mit ihm spielen lassen. Noch heute Abend würde sie mit Phebe sprechen. So ging es jedenfalls nicht weiter.
Johanna tätschelte Martin den Arm und ging dann auf Bibi zu, der jetzt erst durch die Tür trat. Sie ging vor ihm in die Hocke.
»Was hast du nur wieder angestellt, Bibi? Du darfst anderen Kindern nicht weh tun, ist das denn so schwer zu begreifen?« Sie hielt ihn bei den Schultern. Bibi sagte nichts, schaute sie nur aus unruhigen Augen an, die mehr denen eines gehetzten Tiers als eines Jungen glichen. »Wenn du so weitermachst, möchte keiner mehr mit dir spielen. Das willst du doch nicht, oder?«
Phebe stand auf und ging zu ihr. »Lass ihn in Frieden! Es hat keinen Sinn, er versteht dich nicht.«
Erbost drehte sich Johanna zu der Freundin um. Langsam reichte es. Wie lange wollte Phebe Bibi denn noch verteidi-

gen? Musste er erst ein Kind umbringen, bevor Miti verstand, dass dieser Junge Grenzen brauchte?
Sie trat einen Schritt auf Phebe zu und stemmte die Fäuste in die Hüften. »Was soll das denn heißen, er versteht mich nicht? Nur weil er nicht sprechen kann? Ist es wirklich so unverständlich, wenn ich ihm sage, er soll aufhören, andere Kinder zu quälen?«
»Bitte, Johanna, lass uns ein andermal darüber reden. Ich bin wie erschlagen.«
»Wie du willst. Dies ist dein Haus, und Bibi ist dein Kind.«
»Bibi ist nicht mein Kind«, erwiderte Phebe scharf. »Ich habe ihn aufgenommen wie einen Sohn, aber er ist *nicht* mein Kind.«
»Natürlich. Du hast recht«, lenkte Johanna ein. »Entschuldige, bitte.« Sie schenkte sich ein Glas Wasser ein. Aus dem Augenwinkel linste sie zu Phebe hinüber, die sich erschöpft auf die Eckbank sinken ließ. Zu ihren Füßen vergnügten sich die Kinder mit einigen Kreiseln. Nur Bibi saß etwas abseits von den anderen allein auf dem Boden und starrte die Wand an. Johanna tat es jetzt leid, dass sie Phebe kritisiert hatte. Wie grau das Haar der Freundin in der letzten Zeit geworden war! Phebes Leben war schon anstrengend genug, und jetzt mäkelte auch sie noch an der Freundin herum.
»Wir sind nicht mehr wir selbst, wenn wir erschöpft sind. Leg die Beine hoch!«
Phebe folgte Johannas Anweisungen. Sie streifte sich die Schuhe von den Fersen und streckte sich auf der Bank aus. Während Johanna das Abendessen vorbereitete, sprach Phebe mit den Kindern und schickte sie dann ins Bad, um Hände und Gesicht zu waschen. Bibi hielt sie am Ärmel zurück.

Als die anderen Kinder außer Hörweite waren, richtete sie das Wort an ihn: »Hör mir gut zu, junger Mann! Wenn du bei uns bleiben willst, musst du lernen, dich zu beherrschen. Ich lasse nicht zu, dass irgendjemand auf Kuradui verletzt wird. Haben wir uns verstanden?« Sie musterte ihn eindringlich. »Ob du verstanden hast, will ich wissen!«, wiederholte sie, und der schneidende Ton ihrer Stimme ließ keinen Zweifel am Ernst ihrer Aussage. Endlich nickte Bibi, riss sich los und folgte den anderen Kindern. Phebe schüttelte entmutigt den Kopf. Als sie aufsah, stand Johanna neben ihr und drückte ihr einen Scotch in die Hand.

»Auf bessere Zeiten«, sagte sie und hob ihr Glas. Phebe lächelte und stieß mit der Freundin an.

»Auf bessere Zeiten!«

»Beug dich mal vor, ich massiere dir den Rücken.«

Phebe trank ihren Scotch aus und stellte das Glas ab. Dann rutschte sie vor, damit Johanna sich hinter sie setzen konnte, um ihre Schultern zu bearbeiten.

Plötzlich stieß jemand die Tür auf. Sulai, Richards *Tracker*, stolperte in den Raum. Keuchend stand er vor ihnen. Johanna nahm die Hände von Mitis Schultern, beide starrten den Mann an.

»Was ist los? Wo ist Richard?«, fragte Phebe.

Sulai schlug die Hände vors Gesicht und stieß einen langgezogenen Klagelaut aus. Phebe war mit einem Satz aufgesprungen und fasste ihn bei den Handgelenken. Langsam ließ er die Hände sinken und schaute sie aus geröteten Augen an.

»*Masta* Richard … Pferd … tot«, stotterte Sulai wie unter Schock.

»Was redest du da für einen Unsinn? Wo ist Richard?«

Sulai schüttelte nur den Kopf und brach wieder in seinen jammervollen Wehlaut aus. Johanna ließ die beiden stehen und lief nach draußen. Im Dämmerlicht des späten Nachmittags sah sie Richards braunen Wallach vor dem Haus grasen. Das Pferd schüttelte die Mähne, um die lästigen Fliegen loszuwerden; sein Hals glänzte vor Schweiß. Richard lag mit dem Gesicht nach unten schräg über dem Sattel und rührte sich nicht.

»Phebe!«, rief Johanna in Richtung Tür. Miti kam aus dem Haus gerannt.

»Oh, mein Gott, Richard!« Mit wenigen Schritten war sie bei ihrem Mann, gefolgt von Sulai, der den Frauen half, den leblosen Körper vom Pferd zu heben und auf die Erde zu legen. Phebe kniete sich hin, zog Richards Kopf auf ihren Schoß. Seine Augen waren geschlossen. Sie strich ihm kurz übers Gesicht, suchte dann am Hals nach seinem Puls.

»Sulai, geh und ruf nach dem Arzt!«, befahl Johanna.

»Richard ist tot«, sagte Phebe leise. Sie nahm seine Hand und presste sie an ihre Wange. Johanna nickte wissend. Sie bedeutete Sulai, ihr ins Haus zu folgen, und bat ihn dort, in der Küche zu warten, während sie nach den Kindern schaute. Sie hoffte inständig, dass die Kleinen nichts von der schaurigen Ankunft ihres Vaters mitbekommen hatten.

Als sie sah, wie die freche Dolly ihrem Bruder einen nassen Schwamm ins Gesicht klatschte und ihr Sohn vor Freude jauchzend auf dem Boden saß, war sie erleichtert. Sie wies die Bande an, auf ihre Zimmer zu gehen. Ausnahmsweise würde sie ihnen heute das Abendbrot im Bett servieren, aber nur, wenn sie sich von ihrer großen Schwester brav etwas vorlesen ließen, bis es mit dem Essen so weit wäre. Die Kindergesichter leuchteten vor Freude. Ein Abendessen auf dem Kinderzimmer hatte es auf Kuradui noch nicht gegeben.

Johanna zog die Badezimmertür hinter sich zu. Für einen Moment lehnte sie sich mit dem Rücken dagegen und atmete tief durch. Dann lief sie nach draußen und blieb auf der Veranda stehen.

Phebe schien sie nicht zu bemerken. Sie saß noch immer auf der Erde, Richards Kopf auf dem Schoß. Johanna biss sich auf die Unterlippe, unsicher, was sie als Nächstes tun sollte. Sie entschied, Phebe noch eine Weile mit Richard allein zu lassen, und wandte sich zur Tür, um in der Küche gemeinsam mit Sulai zu warten, als sie plötzlich auf den Holzdielen einen Schatten wahrnahm. Sie schaute nach links und sah, wie Bibi den Eckpfosten umfasst hielt. Sein Kopf lugte seitlich hervor, und er blickte unbewegt auf Phebe und Richard hinab. Johanna war überrascht. Wie war der Junge hierhergekommen? War er nicht mit den anderen im Badezimmer gewesen, als sie die Tür hinter sich geschlossen hatte? Sie konnte sich nicht erinnern. Sie beachtete Bibi nicht sonderlich, wenn er gerade mal keinen Ärger verursachte. Für einen Moment fühlte sie sich deshalb schuldig, und der Junge tat ihr mit einem Mal schrecklich leid. Er sollte Richard nicht so sehen.

Johanna ging auf Bibi zu, um ihn zu trösten, doch er duckte sich unter dem Geländer hindurch und rannte, wie besessen, zum Strand hinunter.

Brief von Dr. Declan Partik, Rabaul, an Phebe Parkinson, datiert auf den 7. April 1907, Phebe-Parkinson-Archiv, Archivnummer 035

Sehr verehrte Frau Parkinson,

ich bin noch immer in Sorge über den gesundheitlichen Zustand Ihres Sohnes Bibi, obwohl ich einige Hoffnungen hege, was seine Unfähigkeit zu sprechen anbelangt. Vereinzelt gibt es Anzeichen, dass er der Behinderung in den kommenden Jahren entwachsen wird. Eine Garantie dafür kann ich Ihnen leider nicht geben.

Aus seinen Zeichnungen, so brutal sie auch erscheinen mögen, wird deutlich, dass er den Wunsch nach Verständigung hat. Er ist intelligent und geistig wach. Dennoch wird er weiterhin ärztlicher Behandlung bedürfen, zumindest bis er die Sprache zurückgewonnen hat.

Ich habe bei meinen Untersuchungen festgestellt, dass Bibi seinen Geschwistern nicht nahezustehen scheint, dennoch glaube ich, dass er zu diesem Zeitpunkt seiner Entwicklung bei Ihnen gut aufgehoben ist.

Leider scheint der Tod Ihres Gatten Bibis Verfassung verschlechtert zu haben. In welcher Weise, ist zu diesem Zeitpunkt noch nicht genau abzusehen. Ich bin allerdings überzeugt, dass sein letzter Gewaltausbruch, von dem Sie mir

berichtet hatten, in direkter Verbindung zu seiner Trauer und einem Gefühl von Verlassenheit steht, das er seit dem Tod seines Vaters empfindet.
Ich will Ihnen kurz seine Prognose schildern. Die Gewalt gegen Tiere, von der Sie mehrfach berichtet haben, wird sich wahrscheinlich im Laufe der Zeit etwas abmildern. Bibi zeigt Anzeichen von Hysterie, und sein grausames Verhalten ist Ausdruck dieser Störung. Es ist jedoch zu hoffen, dass sich dieser Zustand mit dem Eintritt ins Erwachsenenalter bessert.
Ich empfehle, ihm jeden Tag frisches Obst mit Kokosmilch zu verabreichen. Bibi sollte sich viel im Freien aufhalten, er bedarf des Sonnenscheins. Falls die Behandlung in absehbarer Zeit nicht anschlägt, empfehle ich Ihnen, weiteren ärztlichen Rat einzuholen.
Ich kenne einen Spezialisten, den ich Ihnen empfehlen möchte, allerdings nicht in Deutsch-Neuguinea. Es handelt sich um Dr. Westley in Sydney, dessen spezielles Interesse ungewöhnlichen Gemütsstörungen gilt. Ihr Einverständnis vorausgesetzt, würde ich mit ihm Bibis Fall besprechen, sobald ich kommenden Monat nach Australien reise.

Hochachtungsvoll,
Dr. Declan Partik

Mount Isa, 2011

Katja war in aller Frühe aufgebrochen, um nach Cairns zu fliegen, das auf halbem Weg zu ihrem Reiseziel im australischen Outback lag. Sie hatte sich endlich einen Ruck gegeben. Wenn sie einen Schlussstrich unter die Vergangenheit ziehen wollte, musste sie nach Tasmanien. Sie war es Michael schuldig. Und als Nebeneffekt wäre sie dann nicht mehr in Papua, wenn ihr Vater von der Mine zurückkam. Aber noch etwas anderes trieb sie zu dieser Reise. Seit diese irgendwie unheimliche Maile davon gesprochen hatte, ihre Familie sei verflucht, hatte Katjas Wunsch, mehr über ihre Familiengeschichte zu erfahren, eine gewisse Dringlichkeit angenommen. Und in Australien bot sich ihr die einmalige Chance, nach den Wurzeln ihrer Familie zu graben, ohne dass ihr Vater oder Großvater sie daran hätten hindern können.

Einige Tage nachdem sie mit Takari bei Maile gewesen war, konnte sie noch immer kaum glauben, wie gut es mit ihren Nachforschungen in Australien bislang gelaufen war. Dabei hatte sie als Ausgangspunkt nur über die Adresse jener Johanna verfügt, der Absenderin der Briefe aus Kuradui. Auf gut Glück googelte sie diese Information und wurde auf Anhieb fündig. Die Adresse existierte noch, auf Google Earth fand sie sogar ein Foto des betreffenden Farmhauses. Falls, wie Katja hoffte, die gegenwärtigen Bewohner oder

Besitzer der Farm Nachkommen oder Verwandte von Johanna waren, wollte sie unbedingt mit ihnen reden. Möglicherweise wussten sie etwas, das Katja bei ihrer Recherche weiterhalf.

Sie schickte einen Eilbrief an die Adresse in Mt. Isa, den sie mit *Dear Mr. and Mrs.* überschrieb und ein Fragezeichen dahintersetzte. Sie schilderte ihr Anliegen möglichst knapp und präzise, bemüht, nicht wie ein Stalker oder ein afrikanischer Brief-Scam zu klingen. Neben ihrer Anschrift und Telefonnummer hatte sie ihre E-Mail-Adresse beigefügt.

Sie könne damit rechnen, dass der Brief bereits am übernächsten Tag zugestellt würde, sicherte ihr die Frau auf der Poststelle zu. Katja hoffte, innerhalb von fünf Tagen Antwort zu bekommen. Mehr Zeit hatte sie nicht, wenn sie ihren Arbeitsbeginn im St. Mary's nicht noch weiter aufschieben wollte. Falls sie bis dahin nichts hörte, würde sie direkt nach Hobart fliegen.

Die Antwort erreichte sie jedoch schon nach drei Tagen in Form einer E-Mail und kam praktisch einer Einladung gleich. Ein gewisser Gary teilte ihr darin mit, dass er sich über Katjas Interesse an seiner Familie freue und dass sie jederzeit auf der Farm willkommen sei.

In Cairns nahm Katja die Propellermaschine nach Mount Isa. Nach nur wenigen Flugminuten begann die tropische Vegetation Far North Queenslands sich in die karge rostrote Landschaft zu verwandeln, wie sie für das australische Outback typisch war. Die DHC-8 flog nicht hoch, und Katja hatte einen guten Ausblick auf schroffe Schluchten, die kaum Wasser führten, und auf eine Straße, die sich endlos durch das Land zu fressen schien. Sie blickte von oben in die riesigen Löcher des Tagebaus, wo gigantische Bagger die Erde aufgerissen hatten, und vereinzelt konnte sie eine Farm ausmachen, wie zufällig dahingewürfelt in dem weitläufigen Land. Die zahlreichen Rinder, die das Land zu bevölkern schienen, zeigten sich vom Propellerlärm unbeeindruckt und rührten sich nicht vom Fleck. Mitunter spendete ein Eukalyptus Schatten, dann standen die Tiere dicht gedrängt beieinander.

Am Flughafen von Mt. Isa angekommen, nahm Katja einen Mietwagen, um zur Farm hinauszufahren. Sie kündigte ihren Besuch mit einem Telefonanruf an, und Gary hatte nur herzlich gelacht, als sie danach fragte, ob sie ein GPS benötige, um zu ihm zu finden.

»Alles, was du brauchst, ist 'ne Uhr und ein Tacho, Darling. Du nimmst die Hauptstraße landeinwärts, und nach fünfundvierzig Minuten biegst du am Wasserturm ab. Von dort aus siehst du uns dann schon. *Easy-peasy.*«

Jetzt rief Katja ihn an, um ihre Ankunft zu bestätigen, doch nachdem jemand am anderen Ende abgenommen hatte, hörte sie nur ein kurzes Knacken in der Leitung, dann waren sie getrennt. Katja probierte es erneut, aber die Verbindung blieb tot.

Sie runzelte besorgt die Stirn. Alles, was sie hatte, war also eine Wegbeschreibung, wie sie unbestimmter nicht hätte ausfallen können. Nach fünfundvierzig Minuten abbiegen? Was wusste dieser Gary denn, wie schnell sie fuhr? Sie sah sich schon, halb verdurstet und von Geiern umkreist, durchs Nirgendwo kurven. Plötzlich zweifelte sie, ob es notwendig gewesen war, hierherzufliegen. Vielleicht hätte sie auch am Telefon klären können, was Gary über Johanna wusste. Sie seufzte. Aber jetzt war sie nun einmal hier und würde es auch noch bis zur Farm schaffen. Sie hielt an einem Laden, um vier Flaschen Wasser und ein paar Tüten Chips zu kaufen. Dort fand sie heraus, dass sich die Minutenangabe von Garys Wegbeschreibung auf die erlaubte Höchstgeschwindigkeit bezog. Das leuchtete ihr ein. Mit neu erwachtem Mut machte sie sich auf den Weg und fand die Farm auf Anhieb.

Gary reichte ihr einen Becher Tee und setzte sich zu ihr an den Küchentisch.

»Danke.« Katja spielte mit dem Papieretikett am Teebeutel, steckte dann Johannas Briefe wieder ein, die sie Gary zuvor gezeigt hatte. Sie schätzte ihn auf ungefähr sechzig. Er war der Enkel von George, dem Bruder von Johannas Mann Bill, so hatte er sein Verhältnis zum früheren Farmbesitzer bereits in der E-Mail erklärt. Nach dem plötzlichen Tod von Johannas Mann habe dieser George die Farm übernommen und schließlich weitervererbt.

»Wissen Sie zufällig, wann Bill gestorben ist?«

Gary verzog die Mundwinkel zu einer Grimasse, während er in Gedanken versunken an seinem Ohrläppchen spielte.

»Nich so genau. Warte mal, Johanna hat auch ’nen Brief an meinen Pop geschrieben.«

»Pop?«

»Sorry, an meinen Großvater George. Sie ist wohl ziemlich bald nach Bills Tod wieder zurück nach Neuguinea, zu dieser Miti eben. Am besten, ich hol die Briefe, bevor ich noch was Falsches sage. Deshalb bist du ja hier, oder nicht, *Darl?*«

Katja nickte lächelnd, zog den Teebeutel aus dem Becher und legte ihn zur Seite. Sie trank in kleinen Schlucken und schaute durch die Fenster ins Freie. In der Hitze flirrte der

Himmel über dem Land und ließ den Horizont verschwimmen, wie mit rotblauen Pinselstrichen gemalt. Für einen Augenblick stellte sie sich vor, wie es für Johanna gewesen sein musste, an diesem einsamen Ort zu leben, doch bevor sie lange darüber nachdenken konnte, kam Gary zurück.
»Hier, das sind sie.« Er reichte ihr eine große Kladde. Katja wollte sie sofort öffnen, doch dann hielt sie sich zurück.
»Entschuldigung. Darf ich?«
»Na, sicher, mach nur! Ich bin so lange hinten auf'm Hof.«
»Vielen Dank, sehr freundlich von Ihnen.«
»No worries, love.« Gary setzte einen zerlöcherten Schlapphut auf, der vor Schmutz nur so starrte, und ging durch die Hintertür nach draußen.
Katja stellte den Becher auf den Tisch, öffnete die Kladde und zog ein Bündel leicht vergilbter Umschläge hervor. Sie streifte den Gummiring ab, der diese zusammenhielt, und sortierte die Briefe nach dem Datum ihres Stempels. Sie stammten aus den Jahren 1920 bis 1928. Dann öffnete sie den ältesten davon und begann zu lesen.

Kuradui, im August 1920

Meine liebe Johanna,
Du fehlst mir sehr. Erst jetzt, da Du nicht mehr hier bist, bemerke ich, wie reibungslos Du mein Leben organisiert hattest. Ohne Dich bin ich ständig verwirrt, wann was zu erledigen ist. In der Schule und im Kindergarten geht es noch so einigermaßen, weil die Abläufe dort geregelt sind, aber ansonsten regiert das fröhliche Chaos. Ob ich je ordentlicher werde?

Letzte Woche war ich oben in den Bergen, um mich mit den Ältesten vom Pomio-Stamm zu treffen, die wegen Landrechten im Streit mit den Sulka liegen. Ich wollte mal wieder vermitteln. Zuvor war ich bei den Sulka und habe dort all meine Aufzeichnungen vergessen, auf die ich mich dieser Tage so sehr verlassen muss. Du kannst Dir vorstellen, wie verärgert die Ältesten waren, und fast wären all meine Bemühungen um Frieden umsonst gewesen. Aber am Ende wurde eine Ehe gestiftet, und mehrere Schweine wechselten den Besitzer – Du kennst das ja. Ich bin mal gespannt, wie lange der Frieden dieses Mal hält. (…)

Phebes Schrift war gut leserlich. Trotzdem überflog Katja einige Stellen, die für ihre Recherche nicht von Interesse waren. Sie legte den Brief zur Seite und nahm den nächsten zur Hand.

Kuradui, im Februar 1921

Liebe Johanna,
nach allem, was Du schreibst, kann ich mir vorstellen, wie anders Dein Leben in Australien im Vergleich zu dem auf Kuradui sein muss. Deine Leute auf der Farm haben es jedenfalls gut. Wie ich Dich kenne, ist ihr Leben nun vollständig durchgeplant. Kein Müßiggang, kein Schlendrian, nicht wahr, meine deutsche Freundin? (…)
Letzte Woche hatten wir eines dieser heftigeren Erdbeben, und danach hat es eine ganze Woche lang ununterbrochen geregnet. Erst die Asche, jetzt überall Schlamm und Dreck. Die Wagen bleiben ständig stecken, und es ist kaum noch ein Durchkommen. Es lohnt sich gar nicht, die Wäsche zu ma-

chen. Ich bin mal gespannt, ob und wann dieser Brief es auf das Schiff zu Dir schafft. (…)

Wieder ging es in Phebes Schreiben nur um Alltägliches, das Katja für ihre Zwecke wenig hilfreich erschien. Ungeduldig geworden, griff sie nach dem nächsten Brief vom Juli 1923. Der erste Absatz bezog sich auf einen gewissen Lücker und seine Frau, diese Namen sagten ihr nichts und erschienen ihr unwichtig. Katja übersprang die Zeilen, bis es wieder um Johanna ging.

(…) Es freut mich, dass Dein Sohn sich so gut macht. Ein ruhiger, besonnener junger Mann mit mehr Hirn als die meisten. Biologe will er also werden. Ich wünsche ihm alles Gute, bitte richte ihm das aus! Richard wäre so stolz! Martin hat mich immer schon an meinen lieben Mann erinnert, und nun tritt er sogar in seine Fußstapfen. Das rührt mich, wirklich.
Es hat mir damals nahezu das Herz im Leibe zerrissen, als Bibi Martin schikanierte und ihn verletzte. Ich konnte den Kerl einfach nicht kontrollieren. Gut, dass Emma ihn mit nach Europa genommen hat! Was hätten wir in Neuguinea schon für ihn tun können? Nicht viel, fürchte ich. Wenn ihm die europäischen Ärzte nicht helfen können, wer dann?

Zum ersten Mal erwähnte Phebe ihren Mann Richard Parkinson. Katja wusste, dass er ein Forscher gewesen war, und Großvater besaß eine antiquarische Ausgabe von seinem Hauptwerk, das »Dreißig Jahre in der Südsee« oder so ähnlich hieß. Von diesem Bibi, von dem hier die Rede war, hatte Katja allerdings noch nie gehört. War das Phebes Sohn? Wie alt war er damals? War er schwer krank, oder warum konnte man ihm in Neuguinea nicht helfen? Katja las weiter.

Das alles ist sehr verstörend, aber ich denke oft daran, was Bibi als Kind durchmachen musste. Es ist der Fa Samoa, die Fehler der anderen zu akzeptieren, sie so zu lieben, wie sie sind, und sie auf diese Weise für sich zu gewinnen. Daher glaube ich einfach nicht, dass jemand von Grund auf böse ist. Die Einheimischen haben das immer über Bibi gesagt, aber ich meine, es war richtig, dass der Junge eine zweite Chance erhalten hat. Jeder sollte das (…)

Katja verstand nicht, warum dieser Bibi so ein Problem gewesen sein sollte, schließlich war er doch nur ein Kind. Was konnte ein Junge denn schon so Schlimmes verbrochen haben, dass Phebe darüber nachgrübelte, ob es richtig sei, ihm eine zweite Chance zu gewähren? Und worin bestand die? Darin, dass Emma ihn mit sich genommen hatte? Langsam fragte sich Katja, ob die Papua jeden Weißen per se als böse aburteilten. Immerhin waren sie ungebildet, kannten nichts außerhalb ihres unmittelbaren Erfahrungsbereichs und schienen daher alles Fremde gleich als bedrohlich zu empfinden. Sie selbst hatte schließlich am eigenen Leib erfahren, wie seltsam sich diese Menschen Außenstehenden gegenüber verhalten konnten.

Phebe begann den folgenden langen Brief aus dem Juli 1925 mit einer ausführlichen Beschreibung, wie Richards wissenschaftliche Arbeit in Deutschland aufgenommen worden war. Katja legte diese erste, für ihre Zwecke uninteressante Seite schnell unter die zweite und las weiter. Phebe erging sich in der ausführlichen Schilderung einer Hochzeit. Dann machte sie sich über eine Offiziersgattin lustig, die – gerade erst in der Kolonie angekommen – mit der tropischen Umgebung und ihren Bewohnern überhaupt nicht zurechtzukommen schien. Alles ganz amüsant, aber es half Katja nicht weiter. Auf der dritten Seite verfiel Phebe ins Sinnieren über alte Zeiten. Ob sie sich am Ende ihres aktiven Lebens gewähnt hatte und deshalb, wie viele alte Menschen, mehr der Vergangenheit als der Zukunft zugewandt war?

(…) Ich denke viel zu oft über Vergangenes nach. Vielleicht liegt es daran, dass nichts mehr so ist, wie es war, seit Emma unsere Insel verlassen hat. Mit ihr hat es uns nie an etwas Materiellem gemangelt. Sie wusste einfach, wie man Geschäfte macht. Trotzdem bin ich froh, dass ich ihrer Bitte, sie zu begleiten, nicht gefolgt bin. Ich bin wie ein alter Baum, den man nicht mehr verpflanzen kann. Was brauchen meine Kinder und ich denn schon? Es ist warm, das Meer schenkt uns Nahrung ebenso wie das Land. Die Tolai sind uns wohlgesinnt, und alles in allem könnte es das Leben sehr viel schlechter mit uns meinen. Sicher, früher war das Leben wesentlich unbeschwerter, auf jeden Fall luxuriöser als heute. Wenn ich an Emmas Partys denke, du meine Güte. Aber uns bleibt immer noch die Erinnerung. Nicht wahr, meine liebe Freundin?
Ich erinnere mich zum Beispiel noch, wie die australischen Digger mit ihren Pferden durch Emmas Wohnzimmer geritten sind. Nie wieder hab ich Deinen Bill so wütend auf seine Männer gesehen. Er war solch ein Gentleman und so verliebt in Dich! Bestimmt wirst Du jetzt rot, hab ich recht? Er ist einfach wie für Dich gemacht! (…)

Im letzten Schreiben von Phebe ging es wieder um ihren Alltag auf Kuradui. Es klang irgendwie wehleidig, und Katja fragte sich, ob dieser Brief einer der Auslöser war, weshalb Johanna später nach Neuguinea zurückkehrte. Hatte sie sich für Phebe verantwortlich gefühlt?

Kuradui, im Januar 1928

(…) Ach, liebe Freundin, es wäre wunderbar, wenn Du uns irgendwann besuchen könntest! Es wäre gleich wie früher. Meine Kinder würdest Du zwar kaum wiedererkennen, so groß sind sie mittlerweile geworden, aber ich würde für Dich all Deine Lieblingsgerichte kochen, und dazu würden wir den Champagner trinken, den ich noch von Emma habe. Ich bin fest entschlossen, ihn aufzuheben, bis wir uns wiedersehen. Wahrscheinlich schmeckt er schon gar nicht mehr, aber das ist mir gleich! (…)
Die Farm ist ein bisschen heruntergekommen. Ich kann mir ja keine Gärtner mehr leisten, aber meine Jungen helfen, wo sie nur können. Sie haben die Veranda erneuert, auf der ich jetzt während der Nachmittagshitze im großen Korbsessel sitze und Dir schreibe. (…)

Danach folgte ein Bericht übers Wetter und Phebes Gemüsegarten.
Der letzte Brief stammte von Johanna und war an George gerichtet. Er war auf den November 1928 datiert.

Lieber George,
ich schreibe Dir, um Dich wissen zu lassen, dass ich gut in Neuguinea angekommen bin. Die Fahrt hat länger gedau-

ert, als ich es in Erinnerung hatte. In Cooktown kamen etliche Passagiere an Bord, so dass ich mir Sorgen machte, ob das gutgehen würde. Es war kaum Platz für alle. (…)
Aber nun bin ich endlich bei Phebe, und es geht mir gut, obwohl ich mich noch immer jede Nacht in den Schlaf weine. Warum hatte es ausgerechnet Bill treffen müssen? Diese Frage wird mir wohl nie jemand beantworten können, und ich muss, wie schon zuvor, auch dieses Mal auf Gottes Weisheit vertrauen. Es ist wahrlich nicht leicht.
Bitte grüße unseren braven Vormann von mir und auch all die anderen auf der Farm! Und würdest Du den Blue Heelers einen Knochen geben und für mich streicheln?
George, ich hoffe, die Dinge laufen gut für Dich und die Farm, und ich danke Dir nochmals sehr herzlich für Deine Hilfe, ohne die ich ganz sicher zusammengebrochen wäre. (…)

Ich umarme Dich,
der HERR sei mit Dir,
Johanna

Katja hob den Kopf, faltete die Briefe zusammen und schob sie wieder in die Umschläge. Sie klopfte das Bündel in Form, streifte den Gummiring darüber und steckte es in die Kladde zurück. Es sah ihr nicht danach aus, als wären dies alle Briefe, die Miti an Johanna während ihrer Zeit in Australien geschrieben hatte. Sie würde Gary danach fragen. Relativ klar war, dass dieser Bill aller Wahrscheinlichkeit nach im Jahre 1928 ums Leben gekommen war – vorausgesetzt, Garys Aussage stimmte, dass Johannas Abreise nach Neuguinea mit dem Tod ihres Ehemannes zusammenhing. Woran er so plötzlich gestorben war, ließ sich auf Basis der Briefe nicht sagen. Aber war das wichtig? Katja hob unwillkürlich die Schultern. Für ihre Recherche eigentlich nicht. Sie interessierte sich ja hauptsächlich für Johanna, weil diese Frau Phebe offenbar sehr nahe gewesen war und die beiden über lange Jahre so engen Kontakt gehalten hatten. Jedenfalls war Katja froh, die Briefe gelesen zu haben. Sie zeichneten ein lebendiges, warmes Bild von Phebe.

Katja schob den Stuhl zurück, dessen Metallbeine über den Holzboden scharrten, und stand auf, um nach Gary zu suchen. Sie fand ihn auf der anderen Seite des Hofes vor dem Stall, wo er und ein dunkelhäutiger Mann zwei Pferde striegelten, die mit Seilen an einem Pfosten angebunden waren. Die Fliegentür fiel hinter ihr zu und machte die Männer auf sie aufmerksam. Der Aborigine musterte sie einen Moment lang und wandte sich dann wieder seinem Pferd zu. Gary legte die Pferdebürste ab und tat einen Schritt auf sie zu.

»Und, *Sweetheart*? Hast du gefunden, wonach du gesucht hast?«

»Ich denke schon. Sagen Sie, sind das alle Briefe an Johanna, die Ihnen geblieben sind?«

»Ja, mehr hab ich nicht. Kommt schon mal was weg in all den Jahren.«

Katja gab ihm recht. Sie steckte die Hände in ihre Hosentaschen und kam näher.

»Diese Geschichte mit Bill. Wissen Sie, was damals passiert ist?«

»Ich nicht, aber JoJo weiß da mehr.« Er drehte sich nach seinem *Stockman* um und stieß einen Pfiff aus. »Hey, Jo, komm mal zu uns rüber.« JoJo wischte sich die Hände an seinen Jeans ab und kam heran. Gary stellte die beiden einander vor, JoJo nickte.

»War nicht auch dein Onkel da, als es Bill erwischt hat? Du weißt schon, diese Sache damals.«
JoJo rieb sich das Kinn, bevor er antwortete.
»Ja, da war so ein Typ, der Bill an den Kragen wollte, und keiner weiß, warum. Vielleicht ein Überfall oder so. Keine Ahnung. Jedenfalls gibt's 'nen Kampf, und der Kerl haut Bill einfach so um. Na ja, und der stirbt dann. Mein Onkel, also der *Stockman* von Bill, rennt dem Typen hinterher. Wollte ihn stellen, aber der Typ entkommt. Jahre später taucht dann noch so ein seltsamer Vogel auf, und den hat Onkel dann erwischt. O Mann, Onkel war echt happy.«
Katja dankte freundlich für die Auskunft, wusste aber nicht, was sie damit anfangen sollte. JoJo ging auf einen Wink von Gary zu den Pferden zurück. Gary nahm seinen komischen Hut ab und wischte sich den Schweiß aus der Stirn.
»Das mit dem Onkel darfst du übrigens nicht so ernst nehmen. Die Schwarzen nennen alle Männer in ihrem Stamm Onkel.«
Katja nahm die Hände aus den Taschen und verabschiedete sich. »Danke. Ich mach mich dann mal auf den Weg.«
Gary nickte.
»Gut. Fliegst du heute noch zurück, *Darl?*«
»Nein. Ich will noch für ein paar Tage nach Tasmanien, bevor ich wieder zurück nach Rabaul muss.«
»Tassie. Da war ich noch nie. Zu weit weg von meiner Farm. Na dann, viel Spaß!«
Er schüttelte kräftig ihre Hand. Katja ging ums Haus herum zu ihrem Wagen und stieg ein. Als sie den Motor startete und den Rückwärtsgang einlegen wollte, sah sie, wie Gary an ihr Fenster klopfte. Sie öffnete die Scheibe.
»Ist mir gerade eingefallen. Wo du doch schon mal nach Tas-

sie rübermachst: Der Sohn von Johanna hat dort gelebt, Martin. Seine Tochter soll da noch wohnen. Irgendwo im Westen. Wie hieß das Kaff noch gleich? Strahan. Genau.«
Katja fragte sich, was sie bei Martins Tochter sollte, erkundigte sich aber aus Höflichkeit dennoch nach dem Namen.
»Rosie. Mehr weiß ich nicht. Hat mal 'ne Weihnachtskarte an die Vormänner geschickt.«
»Alles klar. Danke.« Katja schloss die Scheibe und fuhr los. Der grobe Sand knirschte unter den Reifen. Sie hob die Hand zum Abschied und schüttelte sachte den Kopf. Eine Rosie in Strahan. Was war denn das schon wieder für eine seltsame Angabe?
Katja wusste noch nicht, ob sie etwas mit Garys Information über diese Frau anfangen wollte, aber darüber konnte sie auch später noch nachdenken. Jetzt wollte sie sich innerlich auf den Besuch der Absturzstelle vorbereiten. Beim Gedanke an den Unglücksort zog sich Katja der Magen zusammen, doch sie war entschlossen, sich ihrer Angst vor jenem Ort zu stellen.

Auszug eines Briefes von Phebe Parkinson an Johanna Hunter, undatiert, Phebe-Parkinson-Archiv, Archivnummer 051

(...) Letzte Woche habe ich einen Brief von Bibi erhalten. Es scheint ihm gut zu gehen. Weil ich weiß, dass es Dich interessiert, zitiere ich einige Stellen:

> *Man sorgt hier gut für mich, es fehlt mir an nichts. Ich habe mich entschlossen, die Universität abzubrechen, um eine Karriere in der Reichswehr anzustreben. Die Zeiten in Deutschland sind zu aufregend, um in einer verstaubten Bibliothek zu versauern. Habt Ihr in der Ferne vom Hitlerputsch gehört? Die Putschisten um Adolf Hitler sind zwar niedergeschlagen worden, und seine Partei, die NSDAP, hat man verboten, aber sie erhalten trotzdem mehr und mehr Zulauf aus ganz Deutschland. Ich bin an diesen neuesten politischen Entwicklungen in der Heimat meines Vaters sehr interessiert. (...)*
> *Vor einigen Tagen habe ich die Zusage für die Armee erhalten. Drückt mir die Daumen, dass ich bald in die Offiziersschule aufgenommen werde! Ihr seht, mir geht es gut. Bitte grüßt alle, die ich kenne!*

Ich bin jedes Mal aufs Neue erleichtert, wenn ich einen Brief wie diesen von Bibi erhalte. Der Junge hört sich mittlerweile vollkommen normal an, findest Du nicht? Wieder einmal denke ich, wie richtig es war, Bibi nach Europa zu schicken. Mein schlechtes Gewissen, als er damals mit Emma an Bord ging, hat mich noch lange Zeit geplagt. Ich wusste nicht, ob ich die richtige Entscheidung getroffen hatte, ihn gehen zu lassen. Doch nun zu hören, wie er sich unter den neuen Umständen gemacht hat, lässt mir das Herz aufgehen. Ich hoffe nur, er bereut es nicht irgendwann, ohne akademischen Titel zu sein. Von einem Herrn Hitler habe ich noch nie gehört. Du vielleicht? Hauptsache, der Junge begeistert sich für etwas. Warum also nicht für diese Reichswehr? Es ist gut, dass er nicht an eine Rückkehr denkt, denn die Leute hier erinnern sich noch gut an ihn und leider nicht im positiven Sinne. Umso besser, wenn sich die Dinge für ihn in Deutschland so glücklich fügen. (…)

Deine Miti

Cradle Mountain,
Tasmanien, 2011

Die Entscheidung, nach Tasmanien zu fliegen, war Katja unglaublich schwergefallen. Als sie Gary gegenüber erklärt hatte, dass sie vorhabe, dorthin zu reisen, war dies eigentlich noch gar nicht hundertprozentig entschieden gewesen. Es war ihr selbst nicht ganz klar, weshalb sie vor Gary überhaupt davon gesprochen hatte, doch da hatte er ihr auch schon diesen Hinweis auf Rosie gegeben.

Die Briefe von Johanna an Phebe, Garys Bemerkung über Johannas Sohn Martin, dessen Tochter angeblich in Tasmanien lebte – allmählich hatte Katja das Gefühl, dass sich die Sterne zu formieren begannen, um ihr den Weg nach Tasmanien zu leuchten.

Schon als sie dies dachte, musste sie sich schütteln. Was für ein kitschiger Gedanke! Sie war schließlich Akademikerin!

Dennoch, wenn sie jetzt nicht den Mut aufbrächte, um zu Michaels Absturzstelle zu fahren, dann würde sie es nie tun. *Spring über deinen Schatten!*, redete sie sich selbst Mut zu, und damit war die Sache endgültig entschieden.

Noch aus Mt. Isa rief sie Rolf an, Michaels besten Freund und Kollegen, um ihn nach den notwendigen Details über die Absturzstelle zu befragen. Erst zeigte sich Rolf überrascht über ihren Schritt, dann schien er sich aber für sie zu freuen und versorgte sie ausführlich mit Tipps für Anreise, Unterkunft und Kontakte.

Katja lag wie erschlagen auf ihrem breiten Bett und starrte an die rustikale Decke aus schweren, dunklen Balken, die sie an bayerische Almhütten erinnerten. Sie war im Morgengrauen von Cairns über Melbourne nach Hobart geflogen. Von dort aus hatte sie mit dem Leihwagen fast fünf Stunden bis zur *Cradle Mountain Lodge* gebraucht, die ihr Rolf als Ausgangspunkt für ihre traurige Expedition ans Herz gelegt hatte. Von dort aus war die Film-Crew damals zu ihrem letzten Flug aufgebrochen.

Die Autofahrt hatte Katja durch Orte mit so wohlklingenden Namen wie Zeehan, Roseberry und Tullah geführt. Im Gegensatz zum Norden Queenslands war es auf Tasmanien eiskalt. Im künstlichen Kamin brannte ein Gasfeuer, dessen bläuliche Flammen ein falsches Holzscheit umzüngelten. Katja verschränkte die Arme hinterm Kopf und schloss für einen Moment die Augen. Würde sie das durchstehen? Die intensiven Wochen in Papua-Neuguinea hatten sie von Michael abgelenkt, und das hatte ihr gutgetan, wie sie sich eingestehen musste. Gleichzeitig meldete sich wieder ihr schlechtes Gewissen. Brauchte es tatsächlich nur Zeit und ein wenig Ablenkung, um zu vergessen? Wollte und durfte sie das?

Das Telefon auf dem Nachttisch klingelte, und sie zuckte zusammen.

»Katja? Der Ranger ist jetzt da. Er wartet in der Vorhalle.«

Dass einen in Australien selbst das Hotelpersonal duzte, fand sie gewöhnungsbedürftig. Im gleichen Moment schalt sie sich für diesen überheblichen Gedanken und richtete sich auf. »Danke.«

Die Hand des drahtigen Kerls in Outdoor-Kluft schoss geradewegs auf sie zu. »Brian. Hi!«
Katja wich einen halben Schritt zurück, ergriff dann zögerlich seine Hand.
»Katja, angenehm.«
»Rolf hat mich angerufen. Sie wollen raus zur Unfallstelle?«
»Ja, gleich morgen früh, wenn das möglich ist.«
»Kein Problem. Sie wissen grob Bescheid, ja?«
Katjas Brauen hoben sich. Was meinte er damit? Sicherheitshalber verneinte sie.
»Hat Ihnen Rolf denn nichts gesagt?« Brian sah leicht verärgert aus. Er strich sich mit der Hand über den sehnigen Hals, während er sie von Kopf bis Fuß musterte. Dann seufzte er. »Das ist ein Hike von drei Stunden. Nur was für Geübte.« Sein Blick verweilte auf ihren Oberschenkeln, worüber sich Katja dermaßen ärgerte, dass sie rot anlief. Nur weil sie nicht jeden Tag zehn Kilometer durch die Pampa joggte, waren ihre Beine noch lange nicht aus der Form. Sah sie etwa unsportlich aus? Katja riskierte einen Blick an sich hinab. Na ja, vielleicht ein wenig. Verglichen mit diesem Goliath hier auf jeden Fall, doch der war ja wohl kein Maßstab, und darum ging es jetzt auch überhaupt nicht.
»Ja, und?«, gab sie sich selbstbewusst und kreuzte die Arme vor der Brust. Brian kräuselte die Lippen und hob gleichmütig die Schultern.
»Ich wollte es nur gesagt haben. Gute Wanderschuhe haben Sie dann ja sicherlich mitgebracht.« Hatte sie nicht, aber die Berge Tasmaniens waren nicht gerade die Alpen, und was war nicht in Ordnung mit ihren Turnschuhen? Brian besprach mit ihr in aller Kürze den morgigen Tag. »Ich hole Sie Punkt fünf Uhr dreißig ab. Bestellen Sie sich von der

Küche das große Tour-Paket, und vergessen Sie nicht Ihre Wasserflasche! Bis dann.«

Der *Dove Canyon Track* führte sie erst an einem Fluss entlang, bevor er in den Regenwald abbog. Die Umgebung war geprägt von Berggipfeln, Tälern, Schluchten und Mooren. Nahe des Graslandes um einen kleinen See begegneten sie ein paar Wallabys, zahlreiche Wildvögel flogen über die ursprüngliche Landschaft hinweg. Mit ein wenig Glück könne man sogar das seltene Schnabeltier beim Planschen im Fluss entdecken, meinte Brian.
Schließlich führte sie ihr Weg durch den Regenwald. »Gemäßigter Regenwald, kein tropischer«, wie Brian erklärte, obwohl sich diese Tatsache bei den kühlen Temperaturen eigentlich von selbst verstand. Katja fand die ungeheuerlich großen Bäumen und Farne, die aussahen, als wären sie tausend Jahre alt, mehr als beeindruckend. Überhaupt schien dies eine Region voller seltsamer Pflanzen zu sein, die ihr Brian bereitwillig erklärte, wie zum Beispiel die sechs Meter hohen Pandani, die aussahen wie dicke Palmen, aber zu Katjas Überraschung Verwandte unserer Erika sein sollten. Es gab auch sogenannte Scheinbuchen, die einzigen laubabwerfenden Bäume Australiens, und außerdem Pinien, die eigentlich Zypressen waren. Die Landschaft mochte auf den ersten Blick zwar an die deutsche Alpenregion erinnern, doch bei näherer Betrachtung erwies sich dieser Eindruck als trügerisch.
Katja schaute auf die Uhr. Schon über eine Stunde unterwegs, und sie war noch kein bisschen ermüdet. Sie empfand eine gewisse Genugtuung. Brian hatte eindeutig übertrieben, was den Schwierigkeitsgrad des Tracks anbelangte. Die

Freude über die Leichtigkeit der Strecke und die Schönheit der Natur vertrieben ein wenig von der klammen Angst, die sich seit dem frühen Morgen wie ein glitschiges Tier in ihren Eingeweiden breitgemacht hatte. Bald würde sie sehen, wo Michael gestorben war. Hatte er noch Zeit gehabt, um einen Gedanken zu fassen, oder waren die Explosion im Hubschrauber und der Tod der Insassen nahezu eins gewesen? Ein letzter Atemzug, Gedankensplitter?
Katja begann zu frieren und knöpfte sich die Jacke bis zum Hals zu. Der Wind blies eisig vom Hügel herab, als sie aus dem Wald traten und Katja die schroffen Felswände vor sich sah. Ein winziger Pfad führte gefährlich steil hinauf. Brian drehte sich nach ihr um. Sie schluckte und nickte. Das hatte er also mit »nur für Geübte« gemeint.
»In die Wand lehnen und ordentlich Hände und Arme einsetzen, okay?«
»Okay«, sagte sie mit dünner Stimme und folgte ihm verkrampft und mit deutlichem Abstand auf dem Weg zur Spitze des Dove Canyon.
Oben angekommen, ließ sie sich rücklings aufs Plateau fallen und schnappte keuchend nach Luft. Ein paarmal wäre sie fast ausgerutscht. Feuchtes Moos und glitschige Steine gingen nicht gut mit ihren Turnschuhen zusammen, und schon gar nicht mit ihren Kletterkünsten. Hätte Brian sie nicht auf halber Höhe zu sich hochgezogen und vorkraxeln lassen, um sie im Notfall halten zu können, sie wusste nicht, wie diese Kletterpartie ausgegangen wäre. Doch jetzt hatte sie es geschafft. Brian reichte ihr die Hand. Sie nahm die Hilfe an und stand auf, noch immer nach Atem ringend.
»Da wären wir.« Seine Geste umfasste das Panorama, das sich jenseits des Berghangs vor ihnen ausbreitete. Katja

stemmte die Hände in die Hüften und sog die klare Sicht auf das Valley und den Cradle Mountain in sich ein. Eine Berglandschaft, die ihr bekannt und zugleich völlig fremd vorkam. Nach dem Unglück hatte sie sich ein paar Bilder vom Unfallort angesehen und ungefähr ein Jahr danach auch einen Fernsehbericht, den eine Freundin für sie aufgenommen hatte, für den Zeitpunkt, an dem sie dazu bereit wäre. Der Reporter musste ungefähr hier gestanden haben, wo sie jetzt ins Tal hinunterschaute, überlegte Katja. Sie schluckte und drehte sich langsam um. Sie wusste, was sie nun erwartete. Brian hatte auf sie gewartet und deutete auf eine kaum bewachsene Stelle auf dem Plateau.

»Hier ist es. Aus ungeklärten Gründen ist der Heli mit hoher Geschwindigkeit in diese Felswand gestürzt und sofort explodiert. Außer dem Motor hat man praktisch nichts mehr gefunden.« Katja fasste instinktiv nach dem Ring an der Kette, drehte ihn und befühlte zärtlich die Delle. *Für immer.* Wieder kam es ihr wie ein Wunder vor, dass man Michaels Ehering gefunden hatte. »Zu sehen ist nichts mehr. Die größeren Wrackteile hat man geborgen, und den Rest hat die Natur besorgt.« Er machte eine Pause. »Wenn Sie im Moment keine Fragen haben, lasse ich Sie einen Augenblick allein.« Er deutete mit dem Kinn zu einer Felsgruppe, die rechts von ihm lag. »Sie finden mich dahinten, wenn Sie zur Rückkehr bereit sind.«

»Danke, Brian.« Er nickte ihr zu, wandte sich um und ging. Katja schritt die Unglücksstelle ab. Sie kniete sich hin, fasste in eines der spärlich wachsenden Grasbüschel, strich mit der Hand über den nackten Felsen. Dann stand sie auf und schaute zum Cradle Mountain hinüber, zu dessen Füßen der spiegelglatte Lake St. Clair lag. Michael hatte die Natur geliebt. Je unberührter, desto besser. Dieser Berg, der See. Das waren wohl die letzten Bilder, die er von dieser Welt gesehen hatte. Michaels Freund Rolf hatte ihr oft versichert, dass alles ganz schnell gegangen sein musste, dass Michael fast zeitgleich mit dem Aufprall und der darauffolgenden Explosion den Tod gefunden hatte. Hatte es Zeit für Angst, für Schmerzen gegeben? Keiner konnte ihr eine befriedigende Antwort auf diese Fragen geben.

Sie setzte sich mit Ausblick über den See auf die Erde und umfasste ihre Beine mit beiden Armen. Plötzlich wurde sie ganz ruhig, als hätte sie unverhofft eine Art inneren Frieden gefunden. *So ist das also, wenn die Trauer zu einem Ende kommt.* Sie fühlte die Worte mehr, als dass sie sie dachte. Tränen stiegen in ihr auf, doch dieses Mal war es nicht der Kummer um Michaels Verlust, der sie zum Weinen brachte. Es war das Wissen um das Ende eines bedeutsamen Abschnitts in ihrem Leben. *Auf Wiedersehen, Michael.* Die Erinnerung an ihre gemeinsame Zeit ging ihr nicht verloren, aber von nun an, das spürte Katja überdeutlich, würde sich die Vergangenheit anders anfühlen. Nicht mehr wie ein Pfeil, der sich jedes Mal in ihr Herz bohrte, wenn sie an Michael dachte. Nicht mehr wie ein Gift, das sie betäubte, bis sie innerlich ganz kalt wurde. Eher wie ein wehmütiger Gedanke, ein leiser Schmerz, unter dem sie lächeln konnte und der für immer zu ihr gehören würde. Sie blickte auf den See hinaus, dessen Oberfläche sich zu kräuseln begann. Wind war aufgekommen, kühlte ihre heißen Wangen. Sie strich sich das Haar aus dem Gesicht und stand auf, um nach Brian zu sehen. Sie war bereit zu gehen.

Zurück in der Lodge, bedankte sie sich herzlich bei Brian, der es entschieden ablehnte, Geld von ihr anzunehmen. »Ehrensache«, beteuerte er und sah fast ein bisschen beleidigt aus. Als er gegangen war, wollte Katja nur noch auf ihr Zimmer. Sie war hundemüde und wartete an der Rezeption auf ihren Schlüssel.

»Irgendwelche Nachrichten für mich?«

»Ein Anruf von einem Herrn Lambert. Er will sich wieder melden. Es sei aber nichts Dringendes.« Sie schüttelte unwillkürlich den Kopf. Ihr Handy hatte keinen Empfang, und Lambert musste sich ganz schön ins Zeug gelegt haben, um herauszufinden, wo sie in Tasmanien logierte, denn das hatte sie ihm nicht verraten. Ein Gefühl von Schuld stach ihr kurz ins Herz. Wie konnte sie sich über Lamberts Anruf freuen? An dem Ort, wo sie Michaels letzten Sekunden nachgespürt hatte.

»Danke.« Katja nahm den Schlüssel und wandte sich zum Gehen, als der junge Mann sie erneut ansprach.

»Entschuldigen Sie meine Frage, aber sind Sie nicht die Witwe des Kameramanns, der hier vor einigen Jahren verunglückt ist?«

Wie ertappt hielt sie inne. »Ja. Wieso?«

Der Rezeptionist richtete sich die Krawatte und hüstelte in seine Faust. »Es ist schon eine Weile her. Trotzdem: Herzliches Beileid.« Katja nickte. »Ich frage deshalb, weil dies hier in seinem Zimmer aufgetaucht ist.« Er hob einen schmalen Kulturbeutel hoch und reichte ihn ihr über den Tresen. »Sehen Sie? Seine Initialen. Den haben wir erst gefunden, als die Ermittlungen bereits abgeschlossen waren. Ich hab ihn dann an die von ihrem Mann angegebene Adresse geschickt, doch das Päckchen kam wieder zurück. Adressat unbekannt. Tja, und da haben wir den Beutel aufgehoben. In der Hoffnung, dass einmal jemand käme, der Ihren Mann gekannt hat. Nochmals: Es tut uns sehr leid.« Er reichte ihr den karierten Stoffbeutel, und wie mechanisch griff sie danach.

»Ich verstehe nicht. Wie kann das denn sein?« Ungläubig betrachtete sie die Tasche. »Wieso ist mir das nicht mit den anderen Sachen meines Mannes zugeschickt worden?« Der Hotelangestellte wechselte unruhig von einem Bein auf das andere.

»Das ist uns auch sehr unangenehm. Es war wohl so, dass der Kulturbeutel hinter die Heizung gerutscht sein muss, wo man ihn erst gefunden hat, als die Heizkörper routinemäßig überprüft wurden.«

Katja nickte wie betäubt und löste sich allmählich aus ihrer Starre. »Muss ich irgendetwas unterschreiben? Den Erhalt bestätigen?«

»Nein, natürlich nicht. Ihr Aufenthalt bei uns geht im Übrigen selbstverständlich auf unsere Kosten. Ich bitte im Namen unseres Hauses nochmals um Entschuldigung.«

Katja ging auf ihr Zimmer und setzte sich aufs Bett, den Kulturbeutel auf dem Schoß. Natürlich war das Päckchen zurückgekommen. Michael hatte sich immer einen Spaß daraus gemacht, fürs Anmeldeformular im Hotel Adressen zu erfinden, weil er keine Lust hatte, mit Werbung zugemüllt zu werden. Um das Reisegepäck hatte sich die Produktionsfirma gekümmert.

Sie zog den Reißverschluss auf. Zu ihrer Überraschung fand sich weder Zahnbürste noch Kamm darin. Katja hielt die Luft an. Seine geliebte Fujifilm-Kompaktkamera! Katja war davon ausgegangen, dass er sie beim Unfall in der Hosentasche gehabt haben musste, weil er sie immer mit sich führte und sie nicht bei seinen Sachen gewesen war. Wieso steckte sie in diesem billigen Kulturbeutel, den sie noch nie gesehen hatte und der eigentlich überhaupt nicht zu Michael passte? Mit fahrigen Bewegungen nahm sie die handliche Digitalkamera heraus. Sie öffnete die Kammer an der unteren Schmalseite und fummelte den Chip heraus. Als sie ihn endlich in der Hand hielt, sprang sie auf und fuhr ihren Laptop hoch, der auf dem Schreibtisch stand. Während sie wartete, begann sie so heftig zu zittern, dass sie kaum in der Lage war, die Karte in den Chipreader zu stecken. Das Fenster des Fotoprogramms erschien auf dem Bildschirm, und Katja klickte den neu geladenen Inhalt an. Unbewusst griff sie nach dem Ehering, drehte ihn nervös zwischen Daumen und Zeigefinger. Zweiundvierzig Bilder. Die letzten Aufnahmen von Michael. Sie holte tief Luft und klickte auf das erste Foto.

Weinflaschen in einem Regal. Das war nicht bei ihnen zu Hause. Sie vergrößerte einen Ausschnitt, um die Etiketten lesen zu können. Auf Tasmanien war das auch nicht, die Label waren auf Deutsch. Sie zuckte mit den Schultern. Die Fujifilm war zwar Michaels Privatvergnügen, doch Katja wusste, dass er sie häufig beim Dreh benutzte, um sich einen ersten Eindruck von Perspektiven und Bildausschnitten zu verschaffen. Das Weinregal sagte ihr jedenfalls nichts.

Klick. Das nächste Bild zeigte eine gewöhnliche Zitronenpresse aus Plastik, eine Schüssel voller frischer Kräuter und ein iPad mit dem Foto eines Krabbenrezepts. Ein natürlich angeordnetes Stillleben, wie Michael es liebte. Wo war das? Der Ausschnitt war zu nah, sie konnte die Küche nicht erkennen.

Klick. Das dritte Bild zeigte eine halb fertige Alaskabombe,

ein kompliziertes Dessert aus Eiscreme mit Biskuitteig, umhüllt von Baiser. Nach einem professionellen Arbeitsplatz sah das eigentlich nicht aus. Aber wer sonst machte sich heutzutage noch die Mühe, eine Alaskabombe selbst herzustellen?
Klick. Das vierte Bild zeigte eine Frau in Jeans und geringeltem Pullover. Ein Geschirrtuch hing ihr über der rechten Schulter, während sie lächelnd das Baiser auf dem Halbrund mit einer Lötlampe bräunte. War das nicht Mara, Michaels Producerin, die mit ihm verunglückt war? Ja, natürlich!
Das fünfte Bild konzentrierte sich ganz auf Maras Lächeln. Sie schaute halb in die Kamera, die Augenbrauen leicht angehoben. Das nächste Bild zeigte ihre Hände, die der Kamera das Tablett mit der fertigen Eisbombe präsentieren.
Klick. Das siebte Bild gab Katja endlich mehr Aufschluss über Ort und Anlass der kleinen Bilderserie. Ein klobiger Holztisch, darauf Schüsseln mit Essen. Das nun fertiggestellte Krabbengericht vom iPad, Salat, Pasta, eine kleinere Schüssel mit Sauce oder Ragout. Halb volle Weingläser, offene Flaschen. Um den Tisch saßen die Eisbombenbauerin Mara, Rolf und seine Freundin. Ein Vierter machte das Bild. Michael natürlich.
Etwas schnürte Katja die Kehle zu. Sie lehnte sich zurück und schloss die Augen. Ein bedrohliches Gefühl machte sich in ihr breit. Das musste Maras Wohnung sein. Rolf und Simones Wohnung kannte sie ja, bei Mara war sie noch nie gewesen. Wieso war sie zu dieser kleinen Feier nicht eingeladen gewesen? Hatte sie an jenem Abend Nachtschicht gehabt? Sie konnte sich gar nicht daran erinnern, mit Michael je über eine Einladung von Mara gesprochen zu haben. Wann war das gewesen? Die Datei verfügte über keinerlei

Informationen, wann die Bilder aufgenommen worden waren. Rolf und Simone, Mara und Michael. Zwei Paare. Ein Stich fuhr ihr durch die Brust. Unsinn! Wahrscheinlich hatte sie mal wieder vor lauter Arbeitsstress nur mit halbem Ohr zugehört, als Michael von der Einladung seiner Producerin berichtet hatte. Katja hatte es dann vergessen, und Michael war allein zur Feier gegangen. *No big deal.* So etwas war leider immer wieder vorgekommen.

Sie fuhr sich kurz über die Augen, bevor sie weiterklickte. Die folgenden Aufnahmen stammten alle schon aus Tasmanien. Viele Landschafts- und Tieraufnahmen, hin und wieder Bilder vom kleinen Team. Von Mara, von Shane, dem australischen Kameraassistenten, von dem Fahrer und von Declan, dem Piloten. Mara, Shane, Declan, Michael. Alle tot.

Katja rieb sich mit den Fingerspitzen die Schläfen, brach plötzlich in Tränen aus. Sie sah sich die restlichen Bilder an. Mara im Bett. Nackt. Katja zog die Stirn kraus. Erst begriff sie nicht.

Klick. Maras nackter Arm greift nach dem Fotografen, sie lächelt kokett in die Kamera.

Klick. Nahaufnahme von Maras Bauch. Die Hand des Fotografen liegt zärtlich darauf, darüber Maras schlanke Finger.

Klick. Michael von der Seite, über Maras Brust gebeugt. Er küsst sie. Sie hat den Kopf in den Nacken gelegt, die Augen geschlossen, den Mund leicht geöffnet.

Das nächste Motiv war einigermaßen verwackelt. Dennoch erkannte Katja Michaels Kopf zwischen Maras gespreizten Beinen. Michael musste sich für diese Aufnahme die Kamera über den Kopf gehalten haben.

Klick. Der Monitor blieb schwarz.

Katja drückte die Maustaste wieder und wieder, doch nichts

geschah. Es gab keine weiteren Bilder. Katja bewegte sich nicht, ihr Atem ging flach. Angewidert schob sie die Maus von sich. Letzte Aufnahmen eines großartigen Kameramanns. Ihr wurde schlecht, und sie rannte aufs Klo, um sich zu übergeben. Dann putzte sie sich die Zähne, öffnete die Minibar und goss sich einen Scotch ein. Sie trank das Glas auf ex, nahm sich anschließend die Miniflasche Gin vor, den sie mit einem Fingerbreit Tonic auffüllte. Danach ging sie zum Telefon und wählte Rolfs Nummer. Es war ihr egal, ob er schon wach war oder noch schlief.

Noch im Morgengrauen brach sie auf. Sie hatte die Nacht über kein Auge zugetan, denn der Gedanke, dass Michaels letzte Aufnahmen in diesem Hotel gemacht worden waren, hatte sie vor Wut und Kummer fast um den Verstand gebracht. Womöglich war es dasselbe Zimmer, dasselbe Bett? Sie versuchte, diesen Gedanken von sich zu weisen. Ihr erster Impuls war abzuhauen, diesen schrecklichen Ort sofort zu verlassen. Doch mitten in der Nacht? Sie kannte die Strecke nicht und hatte die halbe Minibar geleert. Und überhaupt: Warum sollte sie denn noch zu dieser Rosie? Was ging sie die ganze Geschichte eigentlich an? Was interessierte sie überhaupt noch irgendetwas? Aber nun war sie schon einmal hier. So aufgewühlt und verwirrt, wie sie war, hielt Katja es für das Beste, dem ursprünglichen Plan zu folgen.

Nach Strahan war es gar nicht so weit, wie sie zunächst vermutet hatte. Sie fuhr zurück, über Roseberry und Zeehan, und gelangte nach Queenstown. Dort trank sie einen *Flat White*, wie man Milchkaffee hier offenbar nannte, und machte sich gleich wieder auf den Weg. Bis zu ihrem Ziel waren es laut Karte noch vierzig Kilometer. Dazwischen gab es kein Dorf oder sonstige nennenswerte Siedlungen. Unter anderen Umständen hätte Katja ein Auge für den rauhen Charme der einsamen Westküste gehabt und sich sogar daran erfreut: zerklüftete Küstenlandschaften, abgelöst von dichtem Regenwald, uralten Seen und wilden Flüssen. Jetzt sah sie allerdings nichts weiter als eine fremdartige Kulisse, in die sie nicht hineingehörte.

Ihr Kopf war voll von Michaels letzten Bildern, die ungefragt vor ihren Lidern aufzuckten.

Seit einer Viertelstunde regnete es stark, und Katja war kalt. Sie drehte die Heizung ihres Mietwagens auf, was ihren übernächtigten und verheulten Augen nicht guttat. Als der Regen horizontal auf die Windschutzscheibe prasselte, konnte sie kaum noch etwas sehen. Sie drehte die Wischer auf volle Stärke. Mit Mühe nahm sie durch die Schlieren hindurch noch den Verlauf der Straße wahr. Die Hoffnung auf eine öffentliche Toilette am Wegesrand hatte sie aufgegeben und fuhr nun links ran, um den Kaffee loszuwerden, der auf ihre Blase drückte. Sie verschwand im Graben neben dem Auto, zog sich die Hosen runter und ging in die Hocke. Der Regen platschte in dicken Tropfen auf sie nieder, während sie sich erleichterte. Zurück im Auto stellte sie die Lüftung auf Anschlag. Die Scheibenwischer schabten hektisch übers Glas, Katja stellte den Hebel auf »Aus«. Einen Moment ausruhen, einen klaren Gedanken fassen, dann weitermachen. Irgendwie.

Katja fuhr sich mit festem Druck übers nasse Haar, strich es dann aus dem Gesicht. Rolfs Worte dröhnten ihr noch immer im Ohr: »Er wollte sich von dir trennen. Mara war schwanger.« Es hatte bestimmt über eine Stunde gedauert, ehe sie Rolf diese zwei Sätze hatte abpressen können. Zuvor hatte sie geheult, geschrien, auf ihn eingeredet und ihn am Ende angefleht, um nur endlich die Wahrheit zu erfahren. Irgendwann hatte Rolf aufgegeben. Danach hörte sie nur noch sein leises Schluchzen in der Leitung, und sie legte auf. Mara und Michael waren ein Paar gewesen, schon ein Dreivierteljahr vor dem Unfall. Sie hatten geplant, demnächst zusammenzuziehen, und freuten sich auf ihr Kind. Nach dieser Doku in Australien, nach ihrer Rückreise aus Tasmanien hatte Michael es ihr erzählen wollen.

Katja schnallte sich an, legte den Gang ein und trat ein wenig zu fest aufs Gaspedal. Das linke Hinterrad drehte durch, und der Kia Rio schlitterte durch den Schlamm nach vorne, bis er schließlich auf die unbefahrene Straße ruckelte. Ein Unfall käme ihr jetzt wie gerufen, schoss es ihr durch den Kopf. Wenn sie es sich hätte aussuchen können, dann ein Koma auf Zeit. Besinnungslos sein. Ohne Schmerzen, ohne Bewusstsein. Und erst aufwachen, wenn es nicht mehr so weh tat. Oder wenn man alles vergessen hatte. Doch da war weit und breit kein anderes Auto, und den Kia hatte sie längst wieder unter Kontrolle. Bei ihrem Pech wäre ein Unfall sowieso anders ausgegangen, als sie sich das jetzt ausmalte. Katja stellte die Scheibenwischer wieder auf die höchste Stufe, schaltete das Radio ein und fuhr nach Strahan.

Strahan sah genau so einsam und verlassen aus, wie ihr zumute war. Kaum ein Mensch auf der Hauptstraße, was bei dem Sauwetter allerdings auch nicht weiter verwunderlich war. Katja steuerte den Wagen in eine Haltebucht vor dem lokalen IGA, einer kleinen Supermarktkette. Gary hatte ihr den nicht sehr viel versprechend klingenden Tipp gegeben, im örtlichen Laden nach Rosie zu fragen. Sie schlug die Wagentür zu und hastete zum Eingang. Der Regen fiel noch immer in schweren Schnüren vom eisgrauen Himmel. Der kräftige Seewind schien sie nur an sich zu reißen, um sie Katja mitten ins Gesicht zu spucken. Als sich die Schiebetür des IGA hinter ihr geschlossen hatte, schüttelte sie sich wie ein Hund das Wasser aus dem Haar. Ziellos schlich sie durch die engen Gänge, nahm schließlich einen Karton Orangensaft aus dem Kühlregal und ging damit zur Kasse. Sie legte den Saft aufs Band und hielt der Kassiererin das Geld hin. Es kostete sie Überwindung, doch dann erinnerte sie sich daran, dass Garys seltsame Methoden schon einmal funktioniert hatten.

»Können Sie mir sagen, wo ich im Ort eine Rosie finde?«, hörte sie sich sagen.

Die übergewichtige Mittvierzigerin öffnete die Registrierkasse und klaubte geräuschvoll das Wechselgeld zusammen. »Rosie McDonnell? Yep. Die betreibt den Caravan Park am Ortsausgang. *Hell's Gate.* Kannste nicht verfehlen, *Sweetheart.*« Sie drückte ihr die Münzen in die Hand, ohne von der Kasse aufzuschauen. Halb ungläubig über diesen schnellen Erfolg bedankte Katja sich und lief zurück zum Wagen. Sie trank einen Schluck vom Orangensaft, schraubte den Deckel wieder zu und legte den Karton auf den Beifahrersitz. Ihre Gedanken kamen von den Erkenntnissen der letzten Nacht nicht los, kreisten immer wieder um die gleichen Bilder, ließen sich einfach nicht abstellen. Genauso wenig wie der Schmerz, den sie auslösten. Katja öffnete den Verschluss ihrer Kette und ließ den Ring auf ihre Hand gleiten.

Aus alter Gewohnheit fuhr ihr Finger die Einbuchtung nach, die der Hubschrauberabsturz verursacht hatte. *Für immer.* Sie schnaubte verbittert.
Wenig später lenkte sie den Wagen auf die Hauptstraße und parkte an der verlassenen Hafenpromenade. Wellen wie aus schwarzem Tee klatschten an die Kaimauer, drängten sich am Beton nach oben, nur um wütend zurückzufallen. Der Regen kam jetzt mit Wucht von der Seite und schlug Katja wie eine Ohrfeige ins Gesicht, als sie sich in großen Schritten dem Pier näherte. Die Knöchel ihrer rechten Hand, die den Ring fest umklammert hielt, zeichneten sich weiß von der vor Kälte geröteten Haut ab. Außer einem alten Mann, der sich in seinem schaukelnden Boot mit einer Plane abmühte, war keine Menschenseele zu sehen.
Zielstrebig stapfte sie auf das Pierende zu. Dort angekommen, schob sie die zu Fäusten geballten Hände in die Hosentaschen und schaute auf die wütende See hinaus. Sie wusste nicht, wie viel Zeit vergangen war, als sie endlich ihre Hand herauszog und Michaels Ring mit aller Kraft ins Wasser schleuderte. Ohne den Blick vom Meer zu wenden, zog sie dann ihren Ehering vom Finger und warf ihn hinterher. Ihre Arme hingen schlaff herab.
Wer war sie jetzt eigentlich? Sie biss die Zähne aufeinander. Jedenfalls nicht mehr die Frau, die Michael geliebt hatte. Katja Gruner. Sie trug den Namen des Mannes, mit dem sie den Rest ihres Lebens hatte verbringen wollen. Dass sie seinen Familiennamen angenommen hatte, war ihr Bekenntnis zu ihm gewesen. Sie gehörte so viel mehr zu ihm als zu ihrer Familie, es war ihr ein Leichtes, diesen Schritt zu tun. Mehr noch, sie hatte sich geradezu übertrieben auf diese formelle Änderung gefreut, die damit verbundene Ämterrennerei

machte ihr überhaupt nichts aus. Sie hatten die Namensfrage vor der Hochzeit natürlich besprochen.

»Willst du nicht lieber deinen Namen behalten?«, hatte Michael sie gefragt. »Ohne Not ein schnödes *Gruner* gegen das elegante *von* tauschen? Das würde ich mir an deiner Stelle gut überlegen.«

Katja hatte nur gegrinst. Nein, kein *von Beringsen* mehr und auch kein alberner Doppelname. *Gruner* erschien ihr für den neuen Lebensabschnitt gerade richtig. Ein Name, der so selbstverständlich klang, dass man gar nicht erst auf den Gedanken kam nachzufragen, woher der eigentlich kam. Bis gestern hatte sie ihre Entscheidung von damals nie angezweifelt oder gar bereut. Jetzt war alles anders.

Sie trug den Namen eines toten Mannes, der sie zuletzt nicht mehr gewollt hatte. Der drauf und dran gewesen war, sich wegen einer anderen von ihr zu trennen, und den nur der Tod daran hindern konnte, Vater einer anderen Familie zu werden.

Wer also war sie?

Sie atmete heftig ein und aus, machte kehrt und ging zum Wagen. Erschöpft sank sie in den Sitz, lehnte sich mit geschlossenen Augen zurück. Dicke Tropfen lösten sich von ihrer Stirn und liefen Katja wie Tränen übers Gesicht. Sie fuhr sich mit dem Oberarm über Augen und Stirn, startete den Motor und machte sich auf den Weg zum *Hell's Gate.*

Eine schlanke Frau mit grauer Kurzhaarfrisur lehnte sich aus dem Fenster der Holzhütte, hinter der die Eingangsschranke für den Caravan Park lag. Katja öffnete das Fenster der Beifahrerseite und beugte sich quer über den Sitz.

»Rosie McDonnell?«

»Und wer will das wissen?« Die Augen der Frau blickten misstrauisch, als sie den Kopf schräg legte.
Katja seufzte innerlich auf. Wahrscheinlich war sie in einem dieser Nester gelandet, wo man Fremden grundsätzlich mit Misstrauen begegnete. Ihr Ansinnen ließ sich aber nicht in zwei Sätzen erklären. Sie versuchte es trotzdem.
»Gary aus Mt. Isa in Queensland hat mich geschickt. Es hat mit Ihrem Vater Martin zu tun.« Rosies Neugier schien geweckt.
»Können Sie fünf Minuten warten?«, fragte sie. »Dann löst mich meine Cousine ab.« Sie musterte Katja unverhohlen. Diese schob eine tropfende Strähne hinters Ohr und versuchte zu lächeln. Ihre Mundwinkel zitterten, als sie zustimmend nickte. Sie war sich bewusst, dass sie ein Bild des Elends abgab.
»Wenn Sie wollen, fahren Sie mir dann einfach nach. Ich lade Sie auf 'ne Tasse Tee ein. Oder von mir aus auch auf was Stärkeres«, setzte sie nach, als Katja in die Faust nieste.

Rosies Haus stand auf einer Anhöhe direkt über dem Meer. Sie saßen in der Küche, mit Blick auf die stürmische See. Katja rubbelte sich das Haar mit dem Handtuch trocken, das Rosie ihr aufgenötigt hatte. Sie hängte es über die Stuhllehne und umfasste den dampfenden Becher vor sich mit beiden Händen. Rosie kehrte mit einer Flasche Bundaberg Rum aus der Küche zurück und goss erst einen ordentlichen Schluck in Katjas Becher, dann in ihren eigenen. Mit einem Ächzen ließ sie sich auf den Stuhl fallen, drehte die Flasche zu und hob den Becher.
»Cheers, auf die gute alte Farm in Queensland. Ich war als Kind in den Ferien dort. Gute Erinnerungen. Die Pferde,

die *Stockmen.* Ein großer Spaß für ein kleines Mädchen. Bis auf den Staub und die Fliegen natürlich.« Sie schüttelte den Kopf und lachte. Katja trank einen Schluck. Die Wärme des Rums breitete sich wohlig in ihrem Körper aus. Gleichzeitig übermannte sie eine bleierne Müdigkeit, und sie setzte sich aufrecht hin, um sich wach zu halten. Sie hatte Rosie bereits erzählt, dass sie wegen ihrer Großmutter Johanna hergekommen war. Schneller als erwartet schien die ältere Dame Vertrauen zu fassen, denn jetzt verschwand sie in einem der Zimmer, um kurz darauf mit einem Notizbuch aufzutauchen. Rosie legte es zwischen ihnen auf den Küchentisch. Ihre dürren Finger mit den knotigen Gelenken trommelten auf den zerschlissenen Ledereinband, als würde sie darüber nachdenken, wie viel sie der Fremden anvertrauen könnte.

»Hat Ihr Vater in diesem Haus hier gelebt?«, fragte Katja, um das Schweigen zu brechen.

»Ja, es ist mein Elternhaus. Gefällt es Ihnen?«

Katja nickte. Alte Steinmauern, ein Kamin, heulender Wind und das wilde Meer. Was gab es daran nicht zu mögen?

»Schwer zu glauben bei dem Regen heute, aber 1952 ist das gesamte Haus bis auf die Grundmauern abgebrannt. Brandstiftung. Bis heute weiß man nicht, wer es war. Gott sei Dank hat die Versicherung trotzdem gezahlt, und Vater konnte unser Heim wieder aufbauen.«

»Das tut mir leid. Sicherlich haben Sie viel verloren, was keine Versicherung der Welt ersetzen kann.«

»Das können Sie laut sagen. Eine Schande ist das, aber leider nicht zu ändern.« Rosie nahm einen kräftigen Schluck und stellte den Becher so hart ab, dass ein paar Tropfen über den Rand schwappten. Sie wischte sich die Finger an ihrer Hose ab, griff zum Notizbuch und stellte es hochkant vor sich auf den Tisch. Dann tippte sie mit dem Zeigefinger auf den Einband. »Glücklicherweise hat das Tagebuch von Johanna das Feuer überlebt. Es muss meinem Vater einiges bedeutet haben, sonst hätte er es bestimmt nicht so sicher versteckt. Er hatte es in der Scheune vergraben. Ich habe es nur durch Zufall gefunden, als wir vor ungefähr zehn Jahren angebaut haben.«

Katjas Brauen stiegen in die Höhe. Ein Tagebuch?

»Und er hatte Ihnen nie davon erzählt?«

Rosie schüttelte traurig den Kopf. »Leider nein. Aber ich glaube, er hätte es irgendwann getan, wenn er noch gekonnt hätte. Er ist im Alter dement geworden.«

»Das tut mir leid.«

Rosie machte eine wegwerfende Bewegung und schob das Buch über den Tisch. »Lesen Sie ruhig, wenn Sie wollen. Sie müssen das allerdings hier tun. Ich lasse nicht zu, dass das Tagebuch dieses Haus verlässt.«

Katja nickte stumm. Das war eine großzügige Geste. Wenn sie nur nicht so verdammt müde gewesen wäre! Außerdem musste sie sich noch eine Bleibe für die Nacht suchen. Anscheinend konnte Rosie ihre Gedanken lesen. Sie stand auf und zog Katja sachte am Arm zu sich hoch.

»Kommen Sie. Ich zeige Ihnen Ihr Zimmer. Nehmen Sie eine schöne heiße Dusche, und legen Sie sich dann mit Johannas Tagebuch ins Bett. Ich stelle Ihnen inzwischen was zu essen hin, und wir sehen uns dann morgen beim Frühstück pünktlich um sieben.« Katja wollte gerade widersprechen, da kniff ihr Rosie in den Oberarm und sah sie streng an.

»Und keine Widerrede. Klar?«

»Klar«, gab Katja klein bei und hätte vor Dankbarkeit heulen mögen.

Auszug aus dem Tagebuch von Johanna Kiehl vom 12. Juni 1903, Phebe-Parkinson-Archiv, Archivnummer 016

(…) bin sehr froh darüber, dass ich in den letzten Wochen mehr Zeit zum Malen gefunden habe. Diese Beschäftigung ist eine Oase in meinem arbeitsreichen Alltag, und ich mache große Fortschritte. Besondere Freude habe ich daran, Menschen zu malen. Den Tolai gefällt es in der Regel, mir Modell zu sitzen, und ich muss sie nicht erst lange bitten. Letzte Woche durfte ich Old Manus porträtieren, den Bikman *von Raluana. Er ist steinalt und eine imposante Erscheinung, was vor allem an der besonderen Art liegt, wie er sein Haar trägt. Sein Pony ist rotgefärbt, das restliche Haar ist zu einem Dutt aufgerollt, der mit Federn am Hinterkopf festgesteckt und mit Hibiskusblüten, Hundezähnen und einem farbigen Holzkamm geschmückt ist. Während ich die Vorzeichnung anlegte, bewegte er sich keinen Millimeter und war zweifellos bemüht, überaus ernst und würdevoll dreinzuschauen. (…)*

Ich male ausschließlich in der freien Natur. Dabei erlebe ich manchmal die merkwürdigsten Dinge.

*Gestern saß ich in der kleinen Bucht im Schatten eines großen Seemandelbaums (*Terminalia catappa *ist sein lateinischer Name, so hat mir Herr Parkinson erklärt. Ich will es nicht vergessen!). Die Aussicht vor mir reichte über das schim-*

mernde Riff hinaus, gerahmt von dem dunklen Stamm und der überhängenden Baumkrone eines anderen Baums, unter dessen Blätterdach das Licht eine hübsche purpurfarbene Linie in den Sand zeichnete.

Ich war schon immer fasziniert von diesen ausladenden, großblättrigen Schattenriesen, die für unsere tropische Küste so typisch sind. Barringtonia asiatica *heißen sie und haben faustgroße, laternenförmige Früchte. Die Einheimischen zermahlen sie, um ein Fischbetäubungsmittel daraus zu gewinnen. Aus den Blüten wächst eine Bürste aus langen rosafarbenen Staubfäden, die, wenn sie zu Boden fallen, einen wunderschönen Teppich bilden. Ich mischte auf meiner Palette gerade Zinnober mit Purpur für die Rottöne im Bild und überlegte, wie viel Weiß ich später für die Blüten dazugeben werde, da sah ich aus dem Augenwinkel, wie sich auf der anderen Seite des Flussufers etwas bewegte.*

Erschrocken sprang ich auf und fragte eine Tolai, die unter dem Nachbarbaum mit ihren Kindern Schatten gesucht hatte und mir beim Malen zusah, ob es hier Krokodile gäbe und ob ich mir Sorgen machen müsste. Die Frau schüttelte den Kopf.

Ich war verwirrt, konnte ich das Vieh doch mit eigenen Augen sehen. Gott sei Dank war es eine gute Strecke von uns entfernt. Trotzdem raffte ich panisch vor Angst meine Malsachen zusammen. Hektisch zeigte ich auf das Krokodil. »Du lügst!«, rief ich erbost auf Tok Pisin. Da stand sie auf und stemmte wütend die Fäuste in die Hüften. »Mi no giaman! Puk puk i stap long wara. Em i save kaikai mipela, tasol. I no save kaikai waitman!« (Ich habe nicht gelogen. Es gibt Krokodile im Fluss, aber sie haben noch niemals einen Weißen gefressen.)

Ich war so verdutzt, dass ich darauf nichts erwidern konnte, doch im Nachhinein muss ich gestehen, dass ihre Erklärung eine gewisse Logik hatte. Bevor ich nach Hause lief, bat ich die Frau, sie demnächst im Dorf besuchen zu dürfen, um ihre Kinder beim Spielen zu malen. Sie hat es mir erlaubt.

Papua-Neuguinea 2011

Katja war bereits seit zwei Wochen aus Tasmanien zurück und hatte sich in ihrer gewohnten Art in den Arbeitsalltag des St. Mary's gestürzt. Es gab mehr als genug zu tun, um die Bilder von Michael und Mara in den Hintergrund zu drängen. Wie schon die Jahre zuvor in Köln betäubte ihr unermüdlicher Einsatz den Schmerz. Tagsüber ging es ihr ganz gut. Solange sie beschäftigt war, fiel ihr das Vergessen leicht. Doch nachts kehrten die Dämonen zurück. Dann kamen die Träume und mit ihnen die Bilder von Michael und Mara, eng umschlungen im Liebesakt. Oft wachte sie schweißgebadet auf. Wie hatte sie sich nur so in Michael täuschen können? Manchmal kam ihr die Entdeckung seiner Beziehung zu Mara wie ein Trugbild vor, wie ein Alptraum, aus dem sie nur endlich erwachen musste. Manchmal ertappte sie sich am frühen Morgen, wenn sie ihren Schutzschild noch nicht hochgefahren hatte, wie sie sich in der altvertrauten Weise an Michael erinnerte. So, als hätte sie die Fotos aus der Lodge auf Tasmanien nie gesehen. Es schmerzte sie jedes Mal physisch, wenn sie sich in Erinnerung rief, dass Michael ihr etwas vorgemacht hatte. Sie besaß noch immer den Digitalchip, es gab keinen Zweifel. Außerdem hatte Rolf die Affäre zwischen Michael und Mara bestätigt. Wie lange ging das schon so? Wahrscheinlich schon länger, als Rolf zugab. Er wollte sie ja nicht mehr verletzen als unbedingt notwendig. Das hatte er ihr am Telefon gestanden, wobei sie ihm die Wahrheit aus der Nase ziehen musste. Was war eine notwendige Verletzung? Wer bestimmte, wie viel Wahrheit man einem Menschen zumuten konnte oder musste, bevor er begriff, dass seine Erinnerungen falsch waren? Dass sein Leben auf der Lüge eines anderen aufgebaut war?

Katja wollte ihre Wut nicht ersatzweise an Rolf auslassen, hatte es dann aber im ersten Schmerz doch getan, auch weil er sie dazu ermuntert hatte. Das Schlimmste war Maras Schwangerschaft. Sie wusste von Michael, dass er sich Kinder wünschte, seit sie ihn kannte. Er wollte – und das hatte er ihr bereits im ersten Jahr ihres Zusammenseins gesagt – so bald wie möglich eine richtige Familie. Das wollte sie auch, nur nicht so schnell. Ihr Plan war, einige Jahre Vollzeit an ihrer Karriere zu arbeiten und erst dann Mutter zu werden, wenn sie sich in der Klinik ein Standing erarbeitet hätte, das ihr erlauben würde, für ihre Zeit des familiären Rückzugs ein paar Bedingungen zu stellen. Wie oft hatte sie sich mit Michael über den rechten Zeitpunkt, um Kinder zu haben, gestritten! Mehr als einmal war ihre Beziehung wegen dieses Themas bis zum Zerbersten gespannt gewesen. Und nun das. Welch eine Ironie des Schicksals!

Dabei hatte sie sich zwei Monate vor seinem Tod dazu entschlossen, die Pille abzusetzen, war bereit gewesen, Mutter zu werden. Sie hatte nur noch keine Gelegenheit gefunden, es Michael zu sagen. Diesen wichtigen Moment in ihrer Ehe wollte sie mit ihm feiern, wollte ihn mit ihrer Entscheidung überraschen. Doch weil sie beruflich wie so oft sehr eingespannt gewesen war, hatte sie es wieder und wieder aufgeschoben. Und dann hatte ihr diese Frau dazwischengefunkt. Ein Techtelmechtel hatte ihr offenbar nicht gereicht, sie

musste sich auch noch schwängern lassen. Was war das nur für eine Frau? Wie tickte eine, die einer anderen den Mann wegnahm? Der es scheinbar gleichgültig war, dass dieser Mann gebunden und nicht mehr zu haben war?
Vielleicht sollte sie doch noch einmal Rolf anrufen und ihm diese Fragen stellen, die sie seit ihrem letzten Gespräch immerzu quälten: Wieso? Wieso hatte Michael ihr das angetan? Liebte er sie nicht mehr? War es das? Und wer war diese Mara, dass sie sich ausgerechnet ihren Mann schnappen musste, um ihre verdammten Bälger zu kriegen?
Damit war es ja nun nichts geworden, stellte Katja beinahe hämisch fest und erschrak noch im selben Moment über die eigene Kälte. Doch sie konnte eine gewisse Genugtuung über diese letzte Wende nicht leugnen. Sie lebte noch, und diese Frau war tot.

Lambert zeigte sich seit ihrer Rückkehr aus Australien von seiner rücksichtsvollen Seite. Besorgt nahm er zur Kenntnis, wie sie sich in die Arbeit stürzte. Es war offensichtlich, dass sie sich überarbeitete, aber darüber reden konnte er mit ihr nicht. Katja mauerte schon beim geringsten Versuch, sie auf ihre Überstunden hinzuweisen, die allmählich ein beängstigendes Ausmaß annahmen. Einmal redete Lambert ihr nach einer gemeinsamen OP vor Joy und zwei weiteren Schwestern ins Gewissen.
»Wenn Sie so weitermachen, klappen Sie demnächst zusammen. Haben Sie sich in letzter Zeit mal im Spiegel angeschaut?«
Katja drehte ihm das Gesicht zu. Unter ihren Augen zeichneten sich dunkle Ringe ab.
»Bin ich Ihnen etwa nicht schön genug?«, reagierte sie scharf.

Lambert schüttelte resigniert den Kopf und ließ sie stehen. Doch Katja spürte nichts. Keine Erschöpfung, keine Trauer, keine Wut. Sie wollte einfach nur vergessen. Nichts half ihr dabei mehr als die Arbeit. Wie eine alte Freundin, auf die in der Not Verlass war.

Nach zwei Wochen erhielt sie einen Brief von der Krankenhausleitung, der Pfarrer Reuter vorstand. Aus arbeitsrechtlichen Gründen habe man ihr Arbeitsverhältnis überdenken müssen, hieß es darin. Unvorhersehbare Änderungen im Visa-Abkommen zwischen Deutschland und Papua-Neuguinea nötigten die Leitung des St. Mary's, sie zur sofortigen Einstellung ihrer Tätigkeit aufzufordern.
Reuter warf sie raus? Hatte das etwas mit ihren Überstunden zu tun? Katja war perplex, Lambert außer sich vor Wut. Er stürmte Reuters Büro und ließ seinem Zorn freien Lauf. Reuter ließ sich von Lamberts Beschimpfungen nicht provozieren und erklärte ihm in aller Ruhe die Sachlage, die ihn und die Leitung zu diesem Schritt gezwungen hätte. Das Problem lag darin, dass Katja Papua-Neuguinea verlassen hatte und nach Australien geflogen war. Damit hatte sie gegen die Auflagen ihres Arbeitsvisums verstoßen, weshalb die örtlichen Behörden es mit sofortiger Wirkung aufhoben. Sosehr Lambert auch tobte, Reuter beharrte darauf, dass Katja zunächst nach Deutschland zurückkehren müsse, wenn sie weiterhin bei ihnen arbeiten wolle. Katja beschwichtigte Lambert, versicherte ihm, dass sie sich, zurück in Deutschland, unverzüglich um die Angelegenheit kümmern und, sobald sie das neue Visum in Händen hielte, sich wieder auf den Rückweg zum St. Mary's machen würde.

Katja buchte einen Flug nach Deutschland. Die verbleibenden drei Tage bis zu ihrer Abreise, in denen sie bereits nicht mehr arbeiten durfte, wollte sie nutzen, um mehr über Johanna und Miti herauszufinden. Sie brauchte sowieso einen Ersatz für die Krankenhausarbeit, um sich abzulenken, um keine Leere aufkommen zu lassen, um nicht wieder endlose Stunden über Mara und Michael nachzugrübeln. Johannas Tagebuch hatte die Missionarsfrau so lebhaft aus Katjas Vorstellung heraustreten lassen, als stünde sie leibhaftig vor ihr. Es musste noch mehr über sie zu entdecken geben. Katja bat Takari, ihr dabei zu helfen.

Johanna hatte gemalt, das wusste Katja aus dem Tagebuch. Es müsste doch möglich sein, einige ihrer Zeichnungen oder Gemälde auf der Insel zu finden! Vielleicht hatte sie Miti porträtiert, möglicherweise auch ihren Alltag und den der Einheimischen. Ein lebendiges Bild der Vergangenheit. Was es auch war: Katja wollte es aufstöbern!

Kuradui konnte sie als möglichen Aufbewahrungsort allerdings gleich ausschließen. Während der Renovierungsarbeiten hatte sie das Haus vollkommen auf den Kopf gestellt. Wenn dort auch nur ein einziges Blatt Papier versteckt gewesen wäre, hätte sie es längst gefunden.

Mit Takaris Hilfe führte sie daher Gespräche mit Stammesmitgliedern der Tolai, zunächst mit ihrem Gärtner. Der wusste nichts von irgendwelchen alten Bildern, die eine Weiße vor langer Zeit vor Ort gemalt haben sollte. Auch die anderen Tolai, zu denen Takari sie brachte, zuckten nur mit den Schultern. Von einer Johanna, die manche ihrer Vorfahren gezeichnet haben sollte, hatten sie noch nie gehört.

Am Ende eines ergebnislosen Tages beschloss Katja, ihre Suche anders aufzuziehen. Es müsste doch mit dem Teufel zugehen, dachte sie, wenn Johanna weder die Geschwister Emma und Phebe noch irgendwelche zeitgeschichtliche Honoratioren porträtiert hätte. Wenn ihre Bilder nicht bei den Tolai zu finden waren, dann vielleicht an einem Ort, der mit der deutschen Kolonialgeschichte Kokopos verbunden war. Auf Gunantambu, Queen Emmas ehemaliger Villa, brauchte es Katja gar nicht erst zu versuchen. Vom Anwesen hatte der Krieg nicht mehr als die steinerne Treppe übrig gelassen. Auch die anderen Regierungsgebäude, allesamt ebenfalls aus Holz erbaut, waren von den japanischen Bombern zerstört worden. An deren Stelle standen längst neue Häuser.

Blieb noch die Stadtbibliothek, doch auch dort konnte Katja nach einem halben Tag Recherche nicht einmal ein einziges Skizzenblatt finden, das von Johanna stammte.

Am Abend überlegte Katja frustriert, ob sie eine Möglichkeit übersehen hatte. Es war doch schlicht unmöglich, dass sämtliche Bilder von Johanna wie vom Erdboden verschluckt waren! Sicher, das feuchte Klima war Leinwänden und Papier nicht gerade zuträglich, aber dennoch … Johanna hatte viele Jahre ihres Lebens hier verbracht und war an diesem Ort gestorben. Wo sonst könnten ihre Bilder also stecken? Auf Tasmanien? Doch wenn Martin die Bilder seiner Mutter an sich genommen hätte, dann wären sie wohl seinerzeit dieser Brandstiftung in Strahan zum Opfer gefallen.

Um sicherzugehen, rief sie Rosie an. Rosie freute sich über Katjas Anruf und hörte sich in Ruhe an, um was es ging. Sie ließ sich Zeit mit einer Antwort, überlegte lange, ob sie sich auch an alles richtig erinnerte. Rosie wusste vom Hobby ihrer Großmutter und hatte einige ihrer Werke auf der Farm in Mt. Isa gesehen, aber in Strahan selbst hätten sie nur zwei

Landschaftsskizzen von Kokopo und Kuradui besessen, und die seien tatsächlich 1952 in den Flammen verbrannt. Falls Johannas Bilder die Zeit überdauert hätten, dann müssten sie wohl in Kokopo zu finden sein, stimmte Rosie ihr zu. Katja war frustriert. Sie wusste nicht, wo sie noch nachsehen konnte. Wahrscheinlich hatte sie sich ohnehin nur so lange an dieser Suche festgebissen, um Ablenkung zu haben. Selbst wenn sie fündig geworden wäre, hieße das ja noch lange nicht, auch auf etwas Interessantes zu stoßen. Wie im Tagebuch beschrieben, hatte Johanna wahrscheinlich nur die Landschaft und alltägliche Szenen festgehalten.

Katja hatte sich mit diesem Ergebnis schon fast abgefunden, als Takari ihr vorschlug, noch einmal die alte Maile aufzusuchen. Er erinnerte sich daran, dass deren Urgroßvater auf der Mission angestellt gewesen war. Es war möglich, ja sogar wahrscheinlich, dass Johanna ihn gekannt hatte.

»Eine gruselige Geschichte«, sagte Takari und schüttelte sich, »noch viel gruseliger als die Alte selbst.« Auf Katjas Nachfrage hin erzählte Takari, dass Maile die letzte Nachfahrin eines Tolai namens Gumbo sei, der es am Ende seines Lebens zu trauriger Berühmtheit gebracht hatte. Er war der erste Getaufte seines Stammes gewesen, wurde später Hilfsprediger der Lutheraner. Gumbo hatte sich offenbar viele Jahre lang zwischen den Kulturen bewegt, was manche unter den Tolai ihm gründlich verübelten, zumal er im fortgeschrittenen Alter begonnen hatte, dem Glauben der Weißen ernsthaft nachzueifern, und sein Dorf mit nicht geringem Erfolg immer wieder beschwor, es ihm gleichzutun. Unmut und Misstrauen ihm gegenüber wuchsen, besonders unter den Älteren, und als man Gumbo eines Tages mit dem Gesicht nach unten in der von Blut rot gefärbten Blanchebucht treiben sah, sprachen die Einheimischen erleichtert von befriedigten Rachegeistern. Die weißen Christen jedoch waren entsetzt. Die grausame Tatsache, dass man dem alten Mann Hände und Füße abgetrennt hatte und seine Brust von sieben tiefen, langen Schnitten zerfetzt war, ließ Gerüchte aufkommen. Manche hielten die schreckliche Verstümmelung für eine Anspielung auf die vier apokalyptischen Reiter und das Buch mit den sieben Siegeln. Die Täter dieses feigen Mordes wurden nie gefasst, weshalb Gumbos Familie sich auf das einheimische Gesetz der Vergeltung berief und in den darauffolgenden Jahren viel Blut vergossen wurde. Irgendwann war von Gumbos Familie nur noch Maile übrig, die selbst keine Kinder hatte. Sie wurde als weise Frau akzeptiert, was sehr ungewöhnlich für die patriarchale Gesellschaft der Papua war. Dieser Status war nicht zuletzt ihrem unbeugsamen Mut geschuldet. Maile mochte oder verstand die Weißen nicht mehr und nicht weniger als alle anderen Tolai, doch das Andenken an Gumbo verbat es ihr, zuzulassen, dass Fremde bedroht wurden, nur weil sie den falschen Göttern huldigten. Diese Überzeugung war auch der Grund, weshalb die Alte Katja während des Überfalls am Strand verteidigt hatte.

Katjas Neugierde war geweckt, sie sah die Alte plötzlich in einem neuen, vertrauenswürdigeren Licht.

Takari führte Katja zu Mailes Hütte. Katja beschlich ein merkwürdiges Gefühl, als sie daran zurückdachte, wie die Alte ihr erzählt hatte, Katjas Familie sei verflucht. Ihre Drohungen hatten sich Katja tief eingeprägt. Weder die Arbeit mit einheimischen Patienten im St. Mary's noch die Tatsache, dass schon seit mehreren Wochen nichts Bedrohliches mehr vorgefallen war, hatten Katja in dieser Hinsicht zu beruhigen vermocht. Das Gefühl, einer unbestimmten Gefahr ausgesetzt zu sein, war immer noch da, und bis sie nicht herausgefunden hatte, was genau sich dahinter verbarg, würde sich daran auch nichts ändern. Doch wenn es stimmte, was Takari über Maile zu erzählen wusste, brauchte sie die Alte wohl wirklich nicht zu fürchten.

Statt eines gelben Kleides trug Maile heute ein leuchtend grünes, und wie bereits beim letzten Treffen beachtete sie Katja so gut wie gar nicht. Sie sprach ausschließlich zu Takari, und sobald der für Katja zu übersetzen begann, heftete sie ihren Blick ins Leere, unablässig den roten Betelbrei kauend. Ab und zu spuckte sie die schleimigen Fasern geräuschvoll aus oder kratzte sich am Schopf. Eine Weile später hörte es sich für Katja so an, als würden Takari und Maile ein Streitgespräch miteinander führen, das gar nicht mehr enden wollte. Die Worte flogen nur so hin und her. Takari wies mit dem Daumen auf Katja, und verblüfft nahm sie zur Kenntnis, dass Maile sie zum ersten Mal richtig ansah. Plötzlich stand Maile auf und begann, die Deutsche am Ärmel zu zerren. Katja erhob sich langsam und schaute Takari verwirrt an. Der sagte irgendetwas zu Maile, das die alte Frau urplötzlich innehalten ließ.

»Sie möchte, dass wir mit ihr gehen«, sagte er. Ehe Katja nachfragen konnte, wohin, hatte Maile schon die Hütte verlassen und bedeutete den beiden mit einer Kopfbewegung, ihr zu folgen. Erst als Takari nickte, setzte sich Katja ebenfalls in Bewegung.

Maile führte sie zu Namata, einer Nachfahrin der *Fuzzy Wuzzy Angels,* wie die Australier die Papua nannten, die ihnen während des Zweiten Weltkriegs halfen, die Japaner zurückzudrängen. Maile, die wieder angefangen hatte, auf Takari einzureden, wandte sich abrupt der jüngeren Einheimischen zu. Die Frauen unterhielten sich, wirkten dabei sehr ernst. Immer wieder warf die eine oder die andere Katja einen verstohlenen Blick zu. Als Katja wissen wollte, um was es ging, forderte Takari sie mit einer Geste zum Schweigen auf. Katja war angespannt. Sie presste die Lippen aufeinander und wartete ungeduldig, bis Takari endlich auf sie zukam.

»Ein gutes Zeichen. Maile hat Namata überzeugt, dass sie Ihnen vertrauen kann.« Katja sah ihn mit gerunzelter Stirn an. Was war denn hier los? Wie war es auf einmal zu diesem Stimmungswechsel ihr gegenüber gekommen? Was hatte Maile und jetzt auch eine andere Papua davon überzeugt, dass Katja offensichtlich doch keine Ausgeburt des Teufels war?

»Sie dürfen sich dafür gerne bei mir bedanken«, sagte Takari mit einem Lächeln.

»Bei Ihnen? Wieso das denn?«, fragte Katja verblüfft.

»Ich habe die Frauen daran erinnert, dass Sie es waren, die dem Enkelkind von *Bikman* den Sanguma ausgetrieben hat.« Katja hob die Brauen. Sie konnte sich beim besten Willen nicht daran erinnern, jemals als Teufelsaustreiberin tätig geworden zu sein.

»Die kleine Gamira aus Raluana. Erinnern Sie sich? Sie wurde am Mittwoch aus dem St. Mary's entlassen«, schob er nach. Jetzt begann es Katja zu dämmern, wovon er sprach.

»Ah, die akute Appendizitis! Das war aber gar nicht ich, die operiert hat, sondern Dr. Lambert.« Takari legte seinen Finger an die Lippen und beugte sich leicht nach vorne.

»Pst. Das müssen Sie ja nicht unbedingt an die große Glocke hängen. Lassen Sie Maile und Namata ruhig den Glauben an

Ihre weiße Magie. Sie werden sehen, die gute Tat wird sich in Windeseile herumsprechen.«
Katja schüttelte den Kopf. »Mit Zauberei und Aberglauben habe ich nichts zu tun.«
»Sind Sie sich da so sicher?« Katja wollte ihm gerade widersprechen, als sie hörte, wie Maile mehrmals Martins Namen erwähnte.
Katja fuhr herum und sah, wie Namata begann, in einem fort zu nicken. Plötzlich stand sie auf und wies Katja und Takari an, ihr zu folgen. Sie führte die Besucher in den hinteren Teil ihrer Hütte, wo sie unter geflochtenen Matten einige zusammengerollte Leinwände aufbewahrte. Namata winkte Katja zu sich, bat sie, sich hinzusetzen, und entrollte vor ihren Augen eine Leinwand nach der anderen. Schließlich legte sie die Bilder auf den Boden. Katja war aufgeregt. Die Leinwände wirkten älter, waren teilweise porös, einige zeigten Spuren von Schimmel. Waren das Bilder von Johanna?
Die ersten drei Gemälde stellten Alltagsszenen aus einem einheimischen Dorf dar. Eine Gruppe von knienden Frauen beim Kochen, Männer, die in ihren Booten aufs Meer zum Fischen hinausfuhren, spielende Kinder. Katja bemerkte, dass die Künstlerin Talent gehabt hatte, insbesondere für Lichtstimmungen. Das goldene Glühen am Himmel kurz vor Sonnenuntergang, die farbigen Schatten der Mittagshitze, die Vielfalt von Grüntönen im gleißenden Sonnenlicht. Katja war keine Kunstexpertin, doch sie meinte zu erkennen, dass Johanna keine ausgebildete Malerin gewesen war. Die Perspektive stimmte nicht ganz, und auch die Proportionen erschienen ihr nicht immer richtig. Katja erinnerte sich an einen Eintrag aus dem Tagebuch, in dem Johanna beschrieb, wie ihr eine Gruppe von Frauen begegnet war,

die ihre Kinder auf traditionelle Art in ihren Bilums trugen – und genau so eine Szene fand sich auch auf einer der Leinwände.
Gemeinsam mit Namata entrollte Katja nun das größte Bild. Sie bat Takari, das obere Ende vorsichtig festzuhalten, während die Frauen das untere hielten. Dieses Bild war ganz anders als die friedvollen Szenen aus dem alltäglichen Leben der Eingeborenen, die sie sich gerade angesehen hatten. Es zeigte einen großgewachsenen Mann, sein Gesicht war vor Hass entstellt, sein Mund zum übergroßen Maul verzerrt, mit Reißzähnen wie von einem Raubtier. In seiner rechten Hand hielt er eine Figur: einen jadegrünen Vogelmann. Katja blieb für einen Moment die Luft weg.
»Oh, mein Gott!«, rief Takari. »Wer ist das? Der Teufel?« Er wechselte einen Blick mit Namata, die gleichmütig die Schultern hob. Katjas Herz pochte. War das auf diesem Bild wirklich der Vogelmann ihres Großvaters? War dies hier der Grund, weshalb man sie auf der Insel gemieden hatte? War die hässliche Fratze die Verkörperung des Fluchs, der angeblich auf den von Beringsens lastete? Sie konnte sich nicht von dem Motiv lösen, bis Takari sie auf die Schrift auf der Rückseite aufmerksam machte. Vorsichtig drehten sie das Bild um. Nachdem sie die hastig hingekritzelten Worte gelesen hatten, sahen Takari und Katja einander mit fragendem Blick an.

Wie viel Hass kann ein Mensch in sich tragen? Das Böse kommt aus Papua, und es nahm mir Bill. Emma ist in ihrem Grab sicher, wir sind es nicht. Keiner ist es. Gott steh uns bei!

Meldung im Berliner Abendblatt vom 13. September 1914, Phebe-Parkinson-Archiv, Archivnummer 083

Deutsch-Neuguinea von Australien eingenommen

(Herbertshöhe - Neuguinea) Nachdem die australische Flotte bereits am 12. August vergeblich versucht hatte, die deutsche Funkstation in Rabaul zu erstürmen, erfolgte nun ein neuer Angriff. Die Station konnte zunächst durch die kleine Polizeitruppe und die von den Deutschen gebildete Wehrabteilung (50 Mann) verteidigt werden. Am 11. September 1914 musste der Ort Bitapaka bei Herbertshöhe allerdings aufgegeben und der Funkturm vernichtet werden. Rabaul, der Gouvernementssitz von Neuguinea, wurde von den Australiern eingenommen, nachdem es zuvor zu Gefechten mit der Polizeitruppe kam, bei denen die Australier Verluste zu beklagen hatten. Der deutschen Polizeitruppe von wenigen hundert Einheimischen und einigen Deutschen standen mehr als 3000 Australier gegenüber, die unter dem Schutz ihrer Kriegsschiffe gelandet waren.

Deutsch-Neuguinea, 1914

Sergeant Bill Hunter ging es nicht anders als jedem seiner Männer. Nachdem die Marineboote sie vor Rabaul samt Pferden ausgespuckt hatten, kämpften sie drei Tage lang gegen die zahlenmäßig unterlegenen Deutschen und ihre melanesischen Helfer. Es wurde wild durch die Gegend geschossen. Die Digger wussten noch nicht einmal, wie eine deutsche Uniform aussah, und erkannten manchmal nicht, wer Freund und wer Feind war. Die von den Deutschen angeheuerten Einheimischen starben wie die Fliegen, weil sie für den Kampf nicht ausgebildet waren. Nach drei Tagen war alles vorbei. Die Deutschen hatten sich ergeben, ihre Funkstation war von den Australiern eingenommen.
Bill war zwar davon ausgegangen, dass es früher oder später so kommen würde, aber so bald? Kapitulation nach drei Tagen? Er schüttelte noch eine ganze Weile ungläubig den Kopf, nachdem ihn die gute Nachricht erreicht hatte.

Der Kapitulationsvertrag war seit einer Woche unterschrieben. Nun saßen die Australier auf dieser gottverlassenen Insel und wussten nicht recht, was sie mit sich anfangen sollten. Sicher, es gab administrative Aufgaben zu bewältigen. Die Abreise der deutschen Zivilbeamten musste beaufsichtigt und zum Teil organisiert werden. Andere Deutsche wollten bleiben, was ihnen in der Regel auch gestattet wurde, nachdem sie einen Neutralitätseid geleistet hatten. Hunter und seine Jungs sollten ein wachsames Auge auf diese Gruppe werfen, aber das war es im Grunde schon an Pflichten.

Bill Hunter saß an diesem drückend heißen Vormittag mit seinen Männern im Gras vor dem Hotel Bismarck. Eigentlich sollte er froh sein, dass die Begegnung mit den Deutschen so glimpflich ausgegangen war. Trotzdem dachte er an seine Farm in Queensland und wie gut sie ihn dort jetzt brauchen könnten, während er untätig hier herumsaß. Nach einer Weile stand er auf, klopfte sich das Gras von der Uniform und ging ins Hotel, in der Hoffnung, dort auf einen Verantwortlichen der Administration zu treffen, der ihm etwas zu tun geben würde. Entweder dies, oder er würde darum bitten, woandershin versetzt zu werden.

Er hatte Glück. Lieutenant O'Riley saß hinter dem Tresen der Rezeption und sortierte verschiedenfarbige Formulare in die Ablagen vor ihm. Er blickte kurz auf, als Hunter eintrat.

»Was kann ich für Sie tun, Sergeant?«

»Nicht dass Sie mich falsch verstehen. Ich will mich nicht beschweren oder so, aber meine Leute werden langsam unruhig. Sie lungern in der Stadt 'rum, und das ist nicht gut. Haben Sie denn gar keine Aufgabe für meine Truppe?«

Der Marschall klopfte einen Stapel Papiere in Form und sah Hunter über den Rand seiner Brille hinweg an.

»Hm«, brummte er. »Hätten wir vorher geahnt, wie leicht es uns die Deutschen machen würden, dann hätten wir dieses Problem jetzt nicht.« Er legte den Stapel ab und rieb sich mit Daumen und Zeigefinger das Kinn. »Vielleicht hätte ich da was«, sagte er schließlich. »Die Disponenten und einige

andere unserer Bürohengste haben sich gestern in Gunantambu eingerichtet, sie arbeiten und wohnen dort. Wunderschöne Villa. Diese schwerreiche Queen Emma hat sie bauen lassen. Die Disponenten fühlen sich da draußen allerdings nicht ganz sicher. Wie wäre es, wenn Sie mit Ihrer Truppe dort Posten beziehen? Von mir aus können Sie gleich aufbrechen.«
Ein dankbares Lächeln glitt über Bill Hunters Gesicht, und er legte zum Gruß zwei Finger an die Schläfe, bevor er sich zum Gehen wandte und das Hotel verließ, um seinen Männern die Nachricht zu überbringen.

Der neue Einsatz war zwar noch immer nicht das, was sich die Soldaten unter Krieg vorgestellt hatten, doch immerhin saßen sie jetzt im Schatten der luftigen Veranda und schauten aufs Meer hinaus. Das reinste Paradies, dachte Bill Hunter, rauchte eine Zigarette und ließ den Blick über die Bucht schweifen. Den typischen Army-*Slouchhat* hatten er und seine Leute abgenommen und auf den Knien abgelegt, die Uniform trugen sie aufgeknöpft. Hin und wieder überprüften die Soldaten einen der einheimischen Lieferanten, doch ansonsten gab es kaum Bewegung vor Emmas ehemaligem Anwesen. Hunter seufzte leise, streckte die langen Beine aus und wollte gerade nach seinem Buch greifen, als zwei Frauen ihre Kutsche in hohem Tempo in die Einfahrt lenkten. Kleine Kiesel schlugen geräuschvoll gegen die Metallbänder der Räder, dann brachte die jüngere von beiden das Gefährt zum Stillstand. Alle Blicke richteten sich auf die Frauen. Die jüngere, die die Zügel geführt hatte, sprang vom Kutschbock und war der älteren beim Aussteigen behilflich. Sie blickte zur Veranda hoch und beschirmte ihre Augen vor der gleißenden Sonne. Hunter war die Hälfte der breiten Treppe herabgestiegen und blieb stehen, als er angesprochen wurde.

»Johanna Kiehl mein Name«, sagte Johanna und wies dann mit einer Hand auf Phebe. »Und dies ist Phebe Parkinson, die Schwester der verstorbenen Emma Kolbe, die diese Villa hier erbaut hat.«

Hunter wusste natürlich, wer Queen Emma war und dass ihre Schwester noch auf der Gazelle-Halbinsel lebte. Er deutete eine Verbeugung an und stellte sich ebenfalls vor.

»Darf ich Sie nach Ihrem Anliegen fragen?«

»Wir müssen dringend mit einem Ihrer Abwickler reden«, sagte Johanna und wischte sich mit einem Tuch über das verschwitzte Gesicht.

Hunter konnte sich ein Schmunzeln nicht verkneifen. *Abwickler,* so nannte er die Administrative manchmal selbst.

»Da sind Sie hier richtig. Kommen Sie, ich bringe Sie zu ihnen.«

»Ich glaube nicht, dass dies nötig ist. Wir kennen uns auf Gunantambu recht gut aus«, antwortete die gutaussehende Deutsche schnippisch.

Hunter hob verwundert die Brauen, hielt sich aber mit einem Kommentar zurück. »Ich muss Sie trotzdem begleiten. Dienstvorschrift. Bitte folgen Sie mir.« Sein Ton war freundlich, aber bestimmt.

Die Frauen wechselten einen Blick, rafften ihre Röcke und stiegen hinter ihm die Stufen hoch. Sie folgten Hunter durch die hohe Eingangstür, die in den Salon führte. Am großen Esstisch saß ein halbes Dutzend australischer Militärbeamter, die Hemdsärmel bis zu den Oberarmen aufgekrempelt, die Jacken hingen über den Stuhllehnen. Hunter führte die

Damen zu Lieutenant Colonel Robbins, der im Aufstehen sein Hemd in Ordnung brachte und sich die Jacke überzog. Er ging allerdings nicht so weit, sie zuzuknöpfen. Der Colonel streckte die Hand aus, doch Johanna ergriff sie nicht.

»Colonel, wir sind empört und legen aufs entschiedenste Widerspruch ein!«

»Widerspruch? Wogegen?«

»Das fragen Sie noch?« Sie wies mit der Hand in den Raum. »Gunantambu. Was tun Sie hier? Sie haben kein Recht, sich die Villa anzueignen. Sie gehört der Hamburgischen Südsee-Aktiengesellschaft.« Sie drehte sich zu Phebe um. »Zeig ihm die Papiere, die Emma dir gegeben hat.« Phebe reichte ihr einen Satz Dokumente, die Johanna dem Colonel entgegenstreckte. Doch der legte nur den Kopf schief und steckte seine Hände in die Hosentaschen.

»Tut mir leid, da irren Sie sich. Die HASAG ist von der Australischen Enteignungsgesellschaft übernommen worden.«

»Ach, *übernommen* nennen Sie das? Ich nenne das Diebstahl.«

»Ganz so einfach ist diese Sache nun wirklich nicht.« Der Colonel ignorierte Johanna und wandte sich an Phebe, die noch immer schweigend neben ihnen stand.

»Frau Parkinson, ich hätte Sie ohnehin in den nächsten Tagen besucht, um mit Ihnen zu reden. Aber da Sie nun schon einmal hier sind …« Er nahm die Hände aus den Taschen, umrundete den Tisch und blieb unmittelbar vor Phebe stehen. Diese sah den Colonel aus angsterfüllten Augen an.

»Ob es Ihnen gefällt oder nicht: Die HASAG ist enteignet, und deren Bücher beweisen eindeutig, dass auch Kuradui in ihrem Besitz war.«

Johanna fasste Phebe, die zu erschrocken war, um zu sprechen, am Arm und tat einen Schritt auf den Colonel zu.
»Und was soll das heißen?«
»Das heißt, dass Kuradui mit sofortiger Wirkung in den Besitz der australischen Armee übergegangen ist. Doch wir sind keine Unmenschen und gestatten Ihnen, weiterhin dort zu wohnen.«
»Das kann nicht sein!«, empörte sich Johanna. »Kuradui gehört Phebe! Sag es ihm, Phebe!«
»Ich habe nichts Schriftliches. Wir haben es unter uns vor langer Zeit so ausgemacht. Es wäre uns gar nicht in den Sinn gekommen, es schriftlich festzuhalten.«
»Dir vielleicht nicht, aber Emma war schließlich Geschäftsfrau. Sie hat bestimmt eine Schenkungsurkunde aufsetzen lassen.«
Phebe schüttelte den Kopf. »Das ist der *Fa Samoa.* Innerhalb der Familie gelten unsere eigenen Regeln.«
Der Colonel räusperte sich.
»Lassen Sie mich kurz unsere Haltung zu Fällen wie diesen erläutern. Sie sind ja nicht die Einzige mit einem derartigen Problem. Wie bereits gesagt: Sie können vorerst auf Kuradui wohnen bleiben, und wenn es sich tatsächlich so verhält, wie Sie sagen, und Ihre Schwester Ihnen die Farm geschenkt hat, sollten Sie unbedingt eine entsprechende Aussage machen, die Sie notariell beglaubigen lassen und hier einreichen. Wir sehen dann, was wir tun können. Die Chancen stehen nicht so schlecht. Ich denke, man wird Ihnen zumindest einen Teil der Farm zuerkennen.«
Phebe bemühte sich um Haltung und bedankte sich höflich.
»Wofür bedankst du dich denn? Dafür dass man dich beraubt?«, zischte Johanna.

Phebe zog sie zur Seite. »Du hast es doch gehört. Noch ist nicht alles verloren«, flüsterte sie ihr zu. »Sie hätten mich auch gleich vor die Tür setzen können.«
Johanna schaute sie an, als hätte sie es mit einer geistig Minderbemittelten zu tun. »Ich weiß, du bist eine gute Seele, aber manchmal gehst du mir mit deinem engelsgleichen Getue ordentlich auf die Nerven.«
Bill Hunter hatte die letzte Bemerkung mitgehört und grinste vor sich hin. Der Colonel bestand darauf, den Frauen eine Erfrischung servieren zu lassen, bevor sie sich auf den Heimweg machten. Phebe zuliebe gab Johanna nach. Auf ein Zeichen des Colonels sprang einer der Bürohengste auf und räumte einen Stapel Papiere zur Seite. Dann rückte er zwei Stühle zurecht und bedeutete den Frauen, Platz zu nehmen. Einige Minuten später servierte ihnen ein Soldat ungeschickt Tee und Gebäck. Johanna biss in den Keks und hielt sich die Wange. »Ist ja zum Zähneausbeißen.« Sie wollte den Keks gerade zur Seite legen, da zog Hunter sich einen Stuhl heran.
»Gestatten Sie, dass ich Ihnen Gesellschaft leiste?« Phebe nickte, und Hunter nahm neben Johanna Platz. »Das sind Army-Biscuits. Extra trocken und haltbar. Genießbar werden sie erst, wenn Sie die in Ihren Tee stippen.« Er nahm eines der Plätzchen vom Teller, tauchte es in Johannas Tasse und hielt ihr den tropfenden Keks hin. »Probieren Sie jetzt mal. Sie werden sehen, schmeckt gar nicht so übel.« Johanna sah ihn überrascht an, nahm ihm schließlich den Keks aus der Hand und biss ab.
»Hm«, sagte sie, noch kauend, und hielt sich halb die Hand vor den Mund. »Sie haben recht. Ich habe schon Schlimmeres runterwürgen müssen.«

Sergeant Hunter lachte. Johanna wandte sich Phebe zu. »Das solltest du auch mal kosten.«
Draußen wurde es plötzlich laut. Sie hörten grölende Männer und Hufgetrappel, das näher kam. Durch die Fenster sah Johanna, wie Hunters Männer unruhig auf der Veranda hin- und hergingen. Einige griffen nach den Gewehren. Hunter warf den Frauen einen ernsten Blick zu.
»Bleiben Sie bitte hier, bis ich weiß, was da vor sich geht.«
Er sprang auf und eilte nach draußen. Johanna hielt es nicht auf ihrem Platz, sie ging zum Fenster, Phebe folgte ihr und stellte sich dicht hinter sie.
Rund ein Dutzend australischer Soldaten auf ihren Gäulen. Sie sangen, tranken Whisky aus der Flasche und lachten laut.
»Halt!«, rief Hunter und baute sich breitbeinig auf der Veranda auf, das Gewehr im Anschlag. »Keinen Schritt weiter, oder ich schieße!« Seine Männer hatten sich neben ihm postiert und warteten auf Anweisungen.
»Ach, Sergeant, wir wollten doch nur mal sehen, wo es die fetten Deutschen mit den Südseeweibern getrieben haben. Lassen Sie uns doch den Spaß!«
Hunter kannte den Mann. Einer dieser Typen, die aggressiv wurden, wenn sie einen über den Durst getrunken hatten.
Der Digger nahm einen kräftigen Schluck aus der Pulle. »Wir kommen nämlich gerade aus dem Hotel in Kokopo, da haben sie uns diese tollen Geschichten erzählt. Wie die braunen Mädchen bei Queen Emma nackt im Champagner gebadet und es hinterher wie die Karnickel im Freien getrieben haben.« Die Männer hinter ihm johlten zustimmend.
»Seien Sie ruhig, Mann! Sie sind ja total betrunken«, sagte Sergeant Hunter böse, dann wurde er lauter: »Wenn Sie

schlau sind, kehren Sie sofort um! Das gilt für alle! Und damit das klar ist: Dieser Auftritt wird Folgen haben!«
Der Wortführer trank seinen Whisky aus und warf die Flasche ins Blumenbeet. Er hielt den Arm hoch, als wollte er zum Angriff blasen.
»Los Männer, lasst uns nachschauen, ob noch ein paar der scharfen Weiber da sind!«
Von der Veranda her löste sich ein Schuss, ohne dass Hunter den Befehl gegeben hätte. Die Pferde der grölenden Meute scheuten. Zwei Kerle fielen aus dem Sattel, drei der Pferde brachen aus, aber die anderen bewegten sich über die breite Treppe zur Veranda hinauf.
Hunter riss den Am hoch. »Verdammt, nicht schießen!«, befahl er seinen Männern. Oben angekommen, tänzelten die Tiere nervös zwischen den Soldaten umher, dann ritt der Rädelsführer durch die offen stehende Tür in den Salon hinein, gefolgt von seinen Kumpanen.
Phebe und Johanna standen, ebenso wie die Militärbeamten, noch immer am Fenster und drehten sich erschrocken zu den Reitern um. Einer der Männer ließ seine Peitsche aufs Parkett knallen, und sein Pferd stieg hoch.
»Sind das etwa alle Weiber?«, fragte der Anführer und deutete mit dem Kinn auf die Frauen. Johanna löste sich aus der nun dicht an die Wand gedrängt stehenden Gruppe und trat mutig auf den Mann zu.
»Was erlauben Sie sich? Unerhört!« Sie hatte die Fäuste in die Seiten gestemmt und war vor Empörung rot angelaufen.
Im Nu war Hunter bei ihr und stellte sich schützend vor sie.
»Raus mit Ihnen, Mann! Verschwinden Sie, ehe ich mich vergesse!«, rief er dem Eindringling in einem Ton zu, der keinen Zweifel an der Ernsthaftigkeit seiner Aussage ließ.

»Ich verstehe, Sie wollen die Kleine für sich behalten.« Der Digger taxierte Johanna von Kopf bis Fuß. »Kann's Ihnen nicht verübeln.« Die Zügel seines Wallachs kurz fassend, lenkte er das schnaubende Tier zum Ausgang. »Kommt Männer, hier gibt es für uns nichts mehr zu holen.« Er schlug dem Pferd die Fersen in die Seite. Ein Tier nach dem anderen polterte die Treppe hinunter, halb panisch, dann galoppierte die Gruppe davon.

»Wieso haben Sie denn nicht auf diese Wüstlinge geschossen?«, fuhr Johanna Sergeant Hunter empört an.

»Das hätte die Lage nur verschlimmert. Ich weiß, es ist schwer zu glauben, aber im Grunde sind das keine schlechten Männer.«

Johanna hob skeptisch die Brauen. »Ach? Wie daneben muss ein Mann sich Ihrer Meinung nach denn benehmen, um als schlecht zu gelten?«

Hunter lächelte gequält.

»Sie haben ja recht, ich will dieses abscheuliche Verhalten auch gar nicht verteidigen. Das müssen die Männer schon selbst übernehmen, und zwar vor dem Militärgericht.«

Am Abend legte Johanna, von den Ereignissen des Tages erschöpft, die Füße hoch und wollte gerade nach der »Gartenlaube« greifen, um sich mit der Illustrierten aus der Heimat von ihren sorgenvollen Gedanken abzulenken. Als sie draußen das Schnauben eines Pferdes hörte, stand sie auf. Sie ging zum Fenster und spähte zwischen den Vorhängen in die Dunkelheit. Sie nahm vage die Umrisse einer männlichen Gestalt wahr, die sich aufs Haus zubewegte. Ihr Herz begann zu rasen. Was, wenn das einer dieser betrunkenen Soldaten von Gunantambu war? Phebe hatte sich schon vor einer Stunde hingelegt, die Kinder schliefen bereits tief und fest.

Als es klopfte, fuhr Johanna zusammen. Sie könnte die Tür einen Spaltbreit öffnen, die Kette lag ja vor. Doch dann verließ sie der Mut. Wenn es tatsächlich einer der Soldaten von heute Nachmittag war, dann würde er sich gewaltsam Einlass verschaffen, da nützte auch die Kette nichts.

»Ich bin es, Bill Hunter, Ma'am.« Sie erkannte die Stimme und atmete erleichtert aus.

»Sergeant Hunter«, sagte Johanna. Sie öffnete die Tür.

Bill nahm seinen Hut ab und drehte ihn nervös zwischen den Händen. »Entschuldigen Sie den späten Besuch. Ich wollte Sie heute auch eigentlich nicht mehr stören. Der Tag war ja aufreibend genug, aber ich finde einfach keine Ruhe. Wegen heute … Ihr Besuch auf Gunantambu … Es tut mir außerordentlich leid, dass Sie diese Schande miterleben mussten. Ich hoffe nur, Ihnen und Frau Parkinson hat diese grässliche Szene nicht allzu sehr zugesetzt.«

»Sind Sie deswegen hier? Weil Sie sich für die Trunkenbolde in Ihrer Armee entschuldigen wollen?«

»Ja, auch, aber das ist nicht der eigentliche Grund«, erklärte Bill, der ihr nun ins Gesicht schaute. Er wirkte betreten. »Wissen Sie, ich habe selbst eine Farm, und ich kann mir nur zu gut vorstellen, was es heißt, seinen Besitz von heute auf morgen zu verlieren. Ich hoffe, Sie wissen, dass wir Soldaten nichts mit diesen Entscheidungen über Enteignungen zu tun haben. Ich hoffe sehr, der Colonel kann sich dafür einsetzen, dass Frau Parkinson bald wieder zur rechtmäßigen Besitzerin wird.«

Johanna zögerte einen Moment, dann bat sie den Sergeant herein. »Möchten Sie eine Tasse Tee?«

In den kommenden Monaten verbrachten Sergeant Hunter und Johanna so manchen Abend zusammen. Bill war sehr rücksichtsvoll und besuchte sie immer erst, nachdem die Kinder versorgt waren und bereits in ihren Betten schlummerten oder zumindest so taten. Phebe zog sich fast jedes Mal unter einem fadenscheinigen Vorwand zurück. Bill und Johanna nutzten diese stillen Stunden, um einander auf der Veranda von ihrem Leben zu erzählen.
Im Nachhinein hätte Johanna gar nicht mehr sagen können, wann sich so etwas wie Vertrautheit in ihre Gespräche geschlichen hatte und den Ton zwischen ihnen zu verändern begann. Irgendwann ging es um mehr, darum, was jeder vom Leben erhoffte, und später darum, was sie füreinander empfanden. Bill hatte von Anfang an nicht mit seiner Bewunderung für Johanna hinter dem Berg gehalten. Ihre direkte Art gefiel ihm und auch, wie sie mit ihrem Sohn allein in der Fremde zurechtkam.
Ungefähr nach einem Monat beschloss Johanna, dass Martin und Bill einander kennenlernen sollten. Sie war nervös, aber als der Abend dann endlich gekommen war, atmete sie auf. Es war schwer zu glauben, dass der Sergeant keine Kinder hatte, denn er ging so natürlich mit dem Zehnjährigen um, als hätte er seine Zeit hauptsächlich damit verbracht, kleinen Jungen die große Welt zu erklären. Umgekehrt schien Martin erwachsene männliche Gesellschaft mehr vermisst zu haben, als Johanna hatte wahrhaben wollen. Es schmerzte sie fast, wie ihr Sohn sofort ohne Punkt und Komma auf Bill einredete, als hätten sie sich schon seit einer Ewigkeit gekannt. Er fragte ihm ein Loch in den Bauch, wollte alles über die Armee und das Leben in Australien wissen.

»Martin, jetzt lass den Sergeant doch mal einen Augenblick in Ruhe! Sein Essen wird ja ganz kalt«, ermahnte Johanna ihren Sohn, doch Bill winkte lächelnd ab und gab geduldig Antwort.

Vier Wochen nach jenem ersten gemeinsamen Abendessen, dem weitere gefolgt waren, hielt es Johanna für angebracht, mit Phebe über Bill zu sprechen.
Es fiel ihr nicht leicht, aber sie brauchte dringend einen Rat. Bill hatte einige vielsagende Andeutungen über seine Gefühle für sie gemacht und sie dann aus seinen blauen Augen lange angesehen. Johanna selbst war sich ihrer Gefühle nicht ganz sicher. Martin wäre vor Freude aus dem Häuschen, wenn sie und Bill ein Paar würden, daran zweifelte sie keine Sekunde. Aber was war mit Phebe? Das Letzte, was sie wollte, war, die Freundin in diesen ungewissen Zeiten im Stich zu lassen.

Es war ein schwüler Nachmittag im November. Graue Wolken hingen tief und schwer am Himmel, wollten sich aber noch nicht entladen. Phebe trat durch die Fliegentür, die hinter ihr zuschlug.
»Es wäre eine Wohltat, wenn es endlich regnen würde«, sagte sie und schenkte sich Wasser ein. Sie kam gerade vom *matmat* zurück, wo sie frische Blumen auf Richards Grab gelegt hatte. »Ich hab gar keine Lust mehr, etwas im Garten zu tun. Die Pflanzen verdorren bei der Hitze, sobald ich mich nur umdrehe.«
Sie leerte ihr Glas in einem Zug, Johanna schenkte ihr nach.
»Wieso bist du nicht in der Schule?«, fragte Phebe.
»Wir haben heute etwas früher Schluss gemacht. Die Hitze.

Und dann muss das Dach dringend neu gedeckt werden. Das hab ich heute veranlasst.«

Phebe nickte und setzte sich aufs Sofa. »Wo sind die Kinder?«

»Kühlen sich im Meer ab.«

»Sehr gut. Sonst irgendwelche Neuigkeiten? Was macht unser Sergeant?«, fragte sie wie nebenbei und legte die Beine hoch, um ihre von der Hitze geschwollenen Füße zu betrachten.

Johanna schoss das Blut in die Wangen.

Als Phebe aufsah, trafen sich ihre Blicke. »Du wirst ja rot«, sagte sie und klang gleichermaßen verwundert und amüsiert.

»Werde ich nicht. Das ist nur die Hitze.« Wie um ihre Behauptung zu untermauern, schöpfte Johanna sich über dem Spülbecken Wasser ins Gesicht und tupfte es mit dem Geschirrhandtuch trocken. Sie seufzte und ließ sich auf den freien Platz neben Phebe fallen.

»Wo du es aber nun schon angesprochen hast: Was hältst du eigentlich von Sergeant Hunter?«

»Jetzt, da du mich fragst … Ich halte ihn für einen richtig netten Kerl. Warum fragst du?«

»Ich finde ihn auch sehr nett.«

»Das hab ich bereits bemerkt.«

»Sieht man mir das an?« Johanna griff nach Phebes Hand und drückte sie. »Du hast recht. Ich mag ihn wirklich, und Martin betet ihn geradezu an.«

»Was willst du jetzt tun?«

Johanna atmete hörbar aus. »Es ist eigentlich noch viel zu früh, um irgendwelche Vorhersagen zu treffen. Wir haben uns ja noch nicht einmal geküsst.«

»Dann wird es aber höchste Zeit. So wie der arme Kerl dich anschmachtet.«

Johanna musste kichern und blickte dann, leicht peinlich berührt, zu Boden.

»Liebst du ihn denn?«, fragte Phebe geradeheraus.

Johanna räusperte sich und setzte sich gerade hin.

»Liebe, das ist ein großes Wort.« Sie sah Phebe unverwandt ins Gesicht und schwieg für eine Weile.

»Ich wage es kaum zu fragen«, hakte Phebe schließlich nach, »hast du Ludwig geliebt?«

Johanna machte eine lange Pause, in der sie eingehend die Innenflächen ihrer Hände zu studieren schien.

»Wie schon gesagt: Liebe ist ein großes Wort. Ich habe Ludwig geschätzt, das in jedem Fall. Seine Arbeit und sein Ehrgeiz haben mir imponiert. Er wollte so viel und hat sich mit ganzer Kraft dafür eingesetzt.«

»Galt deine Wertschätzung auch dem Ehemann Ludwig?«

Johanna trank einen Schluck von ihrem Wasser.

»Er hat mir als Mann gleich gefallen, wenn du das meinst. Er war freundlich, umgänglich. Aber wenn ich ehrlich bin, war ich mehr erleichtert als begeistert. Ich kannte ihn ja nur von einem Porträtfoto, und du kannst nicht sagen, dass er schlecht aussah, Phebe.«

Phebe lachte. »Das sage ich auch gar nicht. Im Gegenteil.«

»Er war nur zu selten und nie lange genug bei mir auf Raluana, als dass wir uns enger miteinander hätten befreunden können. Ich habe mich nach der Fehlgeburt so allein gelassen gefühlt. Wenn du nicht gewesen wärst, ich weiß nicht, was ich getan hätte. Es ist nicht nett, das zu sagen, aber als ich ihn am meisten gebraucht hätte, war Ludwig nicht für mich da.«

Phebe wandte den Kopf ab und schneuzte sich in ihr Tuch. »Vorbei ist vorbei. Ich mache ihm keinen Vorwurf. Ich war ein junges Ding. Was hätte er schon großartig mit mir erörtern wollen? Die Weltpolitik? Heute würde ich ganz anders mit ihm reden.«

»Du meinst eher so wie mit dem Sergeant?«

»Genau. Mehr von Gleich zu Gleich.«

Phebe stand auf. »Meinen Segen hast du. Bill ist ein guter Mann. Lass ihn nicht gehen!« Sie tätschelte Johannas Oberschenkel. »Na, komm. Zeit fürs Abendbrot. In spätestens einer halben Stunde fällt die Rasselbande ein.«

Neun Monate später wurde Bill Hunter nach Europa abkommandiert. Der Marschbefehl kam nicht überraschend. Die neue Administration war eingesetzt, die alte längst abgewickelt, und für die Soldaten gab es nichts weiter zu tun. Doch bevor Bill Hunter sich von Johanna verabschiedete, bat er sie, seine Frau zu werden.

Auszug aus einem Artikel in: Die grosse Enzyklopädie der Weltmythen, Phebe-Parkinson-Archiv, Archivnummer 007

Der Vogelmann

Die Figuren vereinen einen menschlichen (männlichen) Körper mit dem Kopf eines Vogels. Die wenigen noch erhaltenen Statuen sind sehr unterschiedlich gestaltet, sie variieren in Material, Größe, Haltung, Gestalt des Schnabels und im Körperbau. Einige besitzen Flügel. (...)

Die Figuren sind ein Abbild des mythischen Vogelmannes. Ethnologen weisen darauf hin, dass dieses Mischwesen in zahlreichen Kulturen der Erde vorkommt. In der Regel sind sie mit Fruchtbarkeitsriten assoziiert. (...)

In Samoa fand man als Grabbeigabe Jadeschmuck für einen Häuptling, unter anderem eine Halskette mit einer geierköpfigen Menschengestalt als Anhänger. Diese Figur gilt als ein Symbol für Macht und Reichtum. Eine ähnliche Figur ist noch aus Guatemala bekannt, wo sie »Großvater Geier« genannt wird. (...)

Köln, 2011

Katja war hundemüde vom langen Flug. Sie war zwar einmal kurz eingenickt, doch gleich darauf hochgeschreckt, weil sie von der fürchterlichen Fratze und dem grünen Vogelmann geträumt hatte. Danach konnte sie nicht wieder einschlafen, und ihre Gedanken kreisten seither um die Figur, die ihr aus Kindertagen bekannt war. Nicht zum ersten Mal, seit sie mit Maile, Namata und Takari das verstörende Bild gesehen hatte, fragte sie sich, wie alles zusammenhing. Wie kam es, dass Großvaters Figur auf Johannas bedrohlichem Gemälde zu sehen war? Wer war der Mann, der den Vogelmann in seiner Hand hielt?

Ihre Mutter Margarete hatte sie vom Flughafen abgeholt und in ihre Wohnung gefahren. Wie immer, wenn Katja verreist war, hatte ihre Mutter die Blumen gegossen, das Bett frisch bezogen und gelüftet. Der Kühlschrank war mit dem Nötigsten gefüllt.

Es war merkwürdig, wieder in ihrer Kölner Wohnung zu sein. Vertraut und fremd zugleich. Die Zimmer wirkten anders als vor ihrer Abreise nach Papua, und Katja wurde schmerzlich bewusst, woran dies lag. Michaels Affäre ließ sie ihr gemeinsames Nest mit anderen Augen betrachten. Die Wärme und Geborgenheit, die sie nach einem langen stressigen Arbeitstag in der Klinik in ihren vier Wänden empfunden und genossen hatte: Sie waren mit einem Mal verflogen. Sie atmete tief ein, um nicht gleich loszuheulen.

Vielleicht hatte ihre Mutter recht, und sie sollte das Appartement verkaufen. Sie schaltete ihre Anlage ein und drehte die Musik bis zum Anschlag auf. Ausnahmsweise war es ihr egal, was die Nachbarn davon hielten.
Katja streifte langsam durch die Wohnung, schaute sich die beiden Räume ganz bewusst an. Dann rauchte sie auf der Terrasse eine Zigarette und ging noch bei Tageslicht schlafen.

Einige Dinge hatten sich nicht verändert. Katja lehnte den Kopf gegen die harte Nackenstütze ihres Sportwagens und genoss die Fahrt ins Bergische Land. Sie hatte am gestrigen Nachmittag mit ihrer Mutter vereinbart, sich gleich beim Großvater zu treffen, für den Margarete regelmäßig mittwochs die Korrespondenz erledigte und auch sonst nach dem Rechten sah. Zwar hatte Albert von Beringsen eine Haushälterin und beschäftigte an zwei Tagen in der Woche eine Sekretärin, dennoch hielt ihre Mutter es für angebracht, regelmäßig ein Auge auf die Dinge zu werfen. *Gelegenheit macht Diebe*, sagte sie zu ihrer Rechtfertigung, als Katja einmal gefragt hatte, warum sie sich die ihrer Meinung nach unnötige Last auflud. Oberflächlich betrachtet, mochte der Großvater den Anblick eines gebrechlichen Mannes bieten, doch anders als ihre Mutter hielt Katja ihn für alles andere als hilflos.

Katja wartete im blauen Salon. Sie war eine halbe Stunde vor der verabredeten Zeit eingetroffen und hatte vollkommen vergessen, wie strikt ihr Großvater sich von jeher an seinen Tagesablauf hielt. Das erklärte allerdings nicht, weshalb er seine Enkelin ausgerechnet im Salon empfangen wollte, dem formellsten Raum im ganzen Haus. Schließlich hatte er um dieses Treffen gebeten. Und dieses eine Mal war es Katja sogar recht, ihn zu sehen, denn sie hoffte auf Informationen, die nur er ihr geben konnte, unter anderem über den Vogelmann. Außerdem war sie neugierig, was er mit ihr besprechen wollte.

Sie stand auf und durchschritt den Raum bis zum anderen Ende. Ihre Absätze verursachten einen unangenehmen Hall. Als Mädchen hatte sie der Salon mit seinen hohen Wänden und den antiken Möbeln derart eingeschüchtert, dass sie sich geweigert hatte, ihn zu betreten. Ihr Großvater wusste, dass sie den Raum nicht mochte. Wieso bestand er darauf, sie hier zu empfangen? Wahrscheinlich wollte er ihr in Erinnerung rufen, wer in der Familie das Sagen hatte.

Katja schüttelte unwillkürlich den Kopf. Wie um sich selbst zu beweisen, dass ihr Großvater sie keineswegs im Griff hatte, fasste sie jeden Gegenstand an, der ihr unter die Finger kam. Sie erinnerte sich daran, wie er sie einmal angeschrien hatte, nur weil sie eine seiner wertvollen Vasen berührt hatte. Gedankenverloren fuhr sie über den Goldrahmen, der ein Porträt ihres Großvaters als junger Mann einfasste, als ihre Mutter und Albert von Beringsen durch die Flügeltür auf sie zukamen.

»Ein hübscher Kerl, was? Komm her und lass dich umarmen!« Ihr Großvater kicherte und breitete die Arme aus. Margarete schob den Rollstuhl bis zur Sitzecke vor und stellte die Bremse fest. Katja bückte sich, um ihn zu begrüßen, danach gab sie ihrer Mutter einen flüchtigen Kuss auf die Wange. Was wollte er nur von ihr? Bestimmt hing es mit ihrem Aufenthalt in Papua-Neuguinea zusammen.

In der Familie ihres Vaters war es stets ums Geschäft gegangen. Katja und ihre Mutter setzten sich Albert gegenüber aufs Sofa. Er sah sie aus leicht zusammengekniffenen Augen an. »Gut siehst du aus. Ein bisschen erschöpft vielleicht. Soll ich nach Kaffee klingeln?«, sagte er dann. Katja schüttelte den Kopf.

»Danke. Und du? Wie geht es dir?«, fragte sie ihrerseits nach.

Albert von Beringsen fuchtelte sich mit seiner sehnigen Hand vor dem Gesicht herum, als wolle er eine lästige Fliege verscheuchen.

»Ach, in meinem Alter ist nichts mehr gut, aber die Maschine dampft noch, wenn es das ist, was du meinst. Ich kann also nicht klagen. Wenn nur das schlimme Bein nicht wäre.« Er fasste sich mit beiden Händen an den rechten Oberschenkel. »Es schmerzt jetzt eigentlich ständig. Ohne Rollstuhl geht es fast nicht mehr.« Er machte eine wegwerfende Bewegung. »Na ja, so ist das eben«, fuhr er fort, »nur Wein wird mit den Jahren besser, und selbst das gilt nicht für jede Flasche.« Er lachte laut auf und strich sich mit der Hand über den blanken Schädel, der dicht mit Altersflecken überzogen war. Katja schenkte ihm ein dünnes Lächeln.

»Da hast du sicher recht.« Sie räusperte sich. »Großvater, weshalb wolltest du mit mir sprechen?«

»Warum denn gleich so geschäftsmäßig, Katja? Erzähl mir doch zunächst ein bisschen von Papua. Es ist schon so lange her, seit ich dort war. Ich hab so vieles vergessen. Na komm, hilf einem alten Mann, seine Erinnerungen ein wenig aufzufrischen.«

Katja zog die Brauen zusammen. Sie fragte sich, was Großvater Albert im Schilde führte. Sie war auf der Hut. Leute, die ihren Großvater nicht gut kannten, hielten ihn wegen seiner exzentrischen Ader oft für ein wenig verrückt, dabei verfügte er über einen messerscharfen Verstand. Und er hatte ein gewisses Talent, mit Leuten umzugehen. Katja hatte nicht vor, sich von ihm einwickeln zu lassen. Oder war es möglich, dass er sich im Alter geändert haben könnte? Es hieß doch, Menschen würden im Alter weicher. Katja verwarf den Gedanken. Großvater Albert und sentimental? Das klang für sie nach einem unauflösbaren Widerspruch.

»Erzähl, wie war denn diese – wie hieß es in der Einladung noch gleich? – Grabverlegungszeremonie? Phebe Parkinson soll ja eine fabelhafte Frau gewesen sein, hoch geachtet. In gewisser Hinsicht fühle ich mich äußerst privilegiert, ihr Enkel zu sein, obwohl ich sie bedauerlicherweise nie kennenlernen durfte. Wenn ich doch nur ein paar Jährchen jünger wäre! Ich hätte mir diese Gelegenheit, mehr über diese Frau zu erfahren, nicht entgehen lassen.« Katja runzelte die Stirn. Was redete er denn da? Wenn Phebe ihm wirklich so wichtig gewesen wäre, hätte er sie da nicht schon vor Jahrzehnten besuchen können, als sie noch lebte? Doch dann begann Katja zu rechnen. Großvater wurde neunzig. Phebe war 1942 gestorben. Sie seufzte. Mit zwanzig, mitten im Krieg, hatten Albert sicherlich andere Dinge umgetrieben, als ausgerechnet seine Großmutter im entfernten Papua näher kennenzulernen. Albert musste ihren abwesenden Blick bemerkt haben.

»Was ist? Macht es dir etwas aus, mir von der Zeremonie zu erzählen?«

»Nein, natürlich nicht.« Sie beschrieb ihm die Masken und Tänze der Einheimischen, berichtete von den Grabreden. Während sie sprach, hatte sie das Gefühl, dass Albert an ihren Lippen hing und jedes Wort in sich aufsog. Tat sie ihm vielleicht unrecht, und er war gar nicht so berechnend, wie sie ihm immer unterstellt hatte?

Sie redeten auch über Phebes Schwester Emma, die das gesellschaftliche Leben der Deutschen in Neuguinea offenbar sehr geprägt haben musste.

»Ja, eine wundervolle Geschäftsfrau«, sagte Albert schwärmerisch. Er nahm Katjas Hände zwischen die seinen.

Katja wurde langsam ungeduldig. »Großvater, bist du dir bewusst, dass die Leute in Papua glauben, unsere Familie sei von einem bösen Geist besessen?«

»Ah, das«, sagte Albert und schaute sie an. »Ich hab mich schon gefragt, wann du die alte Geschichte ansprechen würdest. Es tut mir leid, dass ich nicht vor deiner Abreise mit dir darüber geredet habe. Du musst verstehen, dass mein Vater ein ziemlich schlechter Kerl war, ein Teufel geradezu. Da hast du deine Verbindung zu den abergläubischen Papua! Sie glauben an Teufel, und in ihren Augen war Heinrich genau das. Ich kann es ihnen nicht einmal verübeln.« Alberts Heiserkeit ging in Husten über, und Katjas Mutter, die still neben ihnen gesessen hatte, sprang auf, um ihm ein Glas Wasser zu reichen. Albert von Beringsen nahm einen Schluck und gab Margarete wortlos das Glas zurück. Sie setzte sich wieder neben ihre Tochter. Albert seufzte.

»Wir wissen nicht genau, welches Unwesen er in Papua-Neuguinea getrieben hat, aber die Erinnerung an ihn lebt dort offensichtlich fort. Unser Name wird jedenfalls nicht gerne gehört.« Albert fuhr sich müde mit der flachen Hand über die Augen. »Habe ich deine Frage beantwortet?« Das feine Adernetz in seinen Augen war gerötet.

Katja runzelte die Stirn. Johannas Teufelsbild ging ihr schon die ganze Zeit über nicht aus dem Kopf, doch nun, da ihr

Großvater selbst seinen eigenen Vater als Teufel bezeichnete, trat es umso deutlicher vor ihr inneres Auge.
»Großvater, diese fremden Lieder und Tänze, die du uns als Kinder beigebracht hast und die wir zu deinem Geburtstag aufgeführt haben, die stammen aus Samoa, oder?«
Albert nickte bedächtig. Katja hatte das Gefühl, dass er nun seinerseits auf der Hut war.
»Dieser Talisman, den du bei bestimmten Anlässen rumgezeigt hast. Kann ich mir den mal aus der Nähe ansehen? Immer wenn ich mich an ihn erinnere, denke ich an meine Kindheit zurück. Als Kind war er mir manchmal ein wenig unheimlich.«
Ihr Großvater strahlte sie an. »Aber natürlich, mein Herz. Erinnere mich daran, bevor du gehst. Der Vogelmann. Halb Tier, halb Mensch.« Ins Leere starrend, schien Albert von Beringsen sich in seiner eigenen Welt zu verlieren, als er sich unvermittelt gerade hinsetzte.
»Ich habe gehört, dass du auch nach Australien gereist bist? Ich war auch einmal dort. Eine ganz wundervolle Erfahrung! Wo genau bist du denn gewesen?« Erwartungsvoll schaute er sie an.
Katja war alarmiert. Woher wusste Großvater von dem Trip nach Australien? Er lachte, als sie ihn danach fragte.
»Oh, Katja. Ihr Jungen habt eben keine Ahnung, wie sehr ihr uns am Herzen liegt! Du hast doch in Kokopo meinen alten Freund Reuter kennengelernt, oder? Er hat mich ein wenig auf dem Laufenden gehalten. Du bist deshalb doch nicht etwa böse?« Er reckte den Kopf nach vorne. Die Adern an seinem Hals traten hervor wie blaue Schnüre.
»Dein Vater war nicht gerade erfreut, dass ich noch vor ihm von deiner Reise nach Down Under erfuhr.« Ein abschätzi-

ger Laut entrang sich seiner Kehle. »Der Junge wird es verschmerzen müssen«, erklärte er und lachte heiser. »Er liebt dich sehr, weißt du das?«
Katja wandte den Kopf ab. Sie fühlte die Hand ihrer Mutter, die sanft die ihre drückte. Sie entzog sich ihr und legte die Hand in den Schoß.
Plötzlich verstand Katja, und Enttäuschung machte sich in ihr breit. Reuter war ein Informant ihres Großvaters. So weit reichte also Alberts Einfluss. Deshalb hatte sie den Brief von der Leitung des Krankenhauses erhalten, dass sie nicht länger dort arbeiten durfte. Es würde sie nicht wundern, wenn Reuter sich diese ganze Visumsgeschichte nur ausgedacht hätte, um sie zu ihrem Großvater zurückzulotsen. Womöglich hatte er zu diesem Zweck eigens einen Beamten auf dem Konsulat in Port Moresby bestochen. Könnte es so gewesen sein?
Alberts Augen hatten sich in schmale Schlitze verwandelt. Mit Mühe begann er, sich aus dem Rollstuhl zu hieven. Margarete stand auf, um ihm zu Hilfe zu eilen, doch er winkte ab.
»Hast du jemals von einer Frau namens Johanna gehört? In Papua-Neuguinea?« Katjas Frage war ein Schuss ins Blaue, doch Albert reagierte merkwürdig. Schnell schaute er zur Seite, und als er sie wieder ansah, war sein Blick kalt und grau geworden. Wie ein Raubvogel, dachte sie. Katja rutschte unwohl auf ihrem Sitz herum. Mit einem Mal fühlte sie sich ängstlich. Margarete hielt Albert von Beringsen die Krücken hin. Ohne ein Wort des Dankes griff er danach und verließ quälend langsam den Raum.
»Ich hole den Talisman«, sagte er über die Schulter hinweg und schlurfte weiter. Seine Stimme hatte alle Wärme verloren.

Katja stand auf und wollte schon gehen, als ihre Mutter sie am Arm zurückhielt.
»Warte! Du wolltest doch den Talisman sehen.«
Tatsächlich schleppte sich Albert keine zehn Minuten später wieder durch die große Flügeltür auf die Sitzgruppe des blauen Salons zu. Er keuchte und hielt sich ein Taschentuch vor den Mund.
Katjas Mutter war gleich zur Stelle, doch wie schon zuvor lehnte der alte Mann die Hilfe seiner Schwiegertochter ab. Stattdessen ließ er sich aufs Sofa sinken und griff umständlich in seine Hosentasche.
»Hier. Der Vogelmann«, sagte er mit einem breiten Lächeln.
Katja nahm die grüne Jadefigur in beide Hände und betrachtete sie von allen Seiten.
Sie fühlte sich kühl und glatt an, wie ein wohlgeformter Kieselstein. Der markante Schädel des Vogelmanns lief spitz in einen geschlossenen Schnabel aus und saß auf einem unproportional kleinen Rumpf. Die Augen waren zwei übergroße dunkle Höhlen. Die Flügel hielt die Figur eng am Körper. Zwei Kerben, die von den schmalen Schultern senkrecht nach unten verliefen, markierten den Beginn des menschlichen Körpers. Es war zweifelsfrei derselbe Talisman, den die gequälte Figur auf Johannas Gemälde in ihren Händen hielt.
»Entschuldige, wenn dich mein Verhalten irritiert haben sollte«, unterbrach jetzt Albert Katjas Überlegungen. »Die Erinnerung an meinen Vater Heinrich ist ein beständiger Quell des Schmerzes für mich. Alles, was ich mir im Leben aufgebaut habe, ist von der Erinnerung an ihn überschattet. Schlimm genug, das über irgendeine Person sagen zu müssen. Doch wenn diese Person der eigene Vater ist …«

Katja sah zu, wie er mit dem Daumen über ihren Handrücken strich.

»Katja, ich will mit dir über etwas sprechen.« Er lehnte sich nach vorne und atmete hörbar aus. »Bitte hör mir zu.«

Katja schlug die Beine übereinander und nickte ihm zu. Dieses Gespräch entwickelte sich zur seltsamsten Unterredung, die sie jemals mit ihrem Großvater geführt hatte.

»Ich habe Pläne für dich und die Firma, Katja. Weißt du, was mich seit Jahren schon am meisten umtreibt, wenn ich an Ferron denke?«

Katja kannte ihren Großvater gut genug, um zu wissen, dass er keine Antwort erwartete. Nach einer Pause, während deren er sie aus seinen wässrigen Augen eindringlich anschaute, fuhr er endlich fort: »Es ist der Umstand, dass unsere Arbeit viel Leid bringt.« Katjas Augen weiteten sich. Sollte dies etwa ein Schuldeingeständnis werden? »Dir muss ich die Zusammenhänge ja nicht weiter erklären. Es mag dich also erstaunen, dass ausgerechnet ich es zugebe. Ja, es stimmt. Unsere Mine schafft vor Ort gewisse Probleme.«

Katja hob die Brauen. Worauf wollte er hinaus?

»Hier kommst du ins Spiel. Ich brauche eine erfahrene Mitarbeiterin, der ich absolut vertrauen kann und von der ich all die Informationen erhalte, die Ferron benötigt, um eine Veränderung herbeizuführen. Verstehst du, was ich meine?«

Katja wollte ihm etwas entgegnen, doch Albert legte ihr den knotigen Zeigefinger an die Lippen. »Hier ist mein Plan, und ich bin auf deine Meinung gespannt. Ich möchte, dass du eine Organisation leitest, die ich ins Leben rufen will. Du fertigst Berichte an, lässt unabhängige Boden- und Wasserproben vornehmen etc. etc. Vor allen Dingen aber leitest du Anhörungen und berätst dich mit den örtlichen Gruppen

und Vereinigungen. Im Ergebnis heißt dies weniger Klagen und mehr Zufriedenheit für alle Beteiligten.«
Katja war überrascht. Ihr Großvater wollte auf seine alten Tage Gutmensch werden? Das konnte er jemand anderem weismachen, ihr jedenfalls nicht.
»Und mehr Gewinn für Ferron«, bemerkte sie scharf.
Doch Albert ließ sich nicht aus der Ruhe bringen. »Ganz recht, eine gesunde Bilanz wäre ein durchaus erwünschter Nebeneffekt. Wenn du mein Angebot annimmst, müsstest du fürs Erste nach Deutschland zurückkehren, um die Basis aufzubauen. Und, was sagst du dazu?«
Katja war verblüfft. Meinte er das ernst, oder war das nur ein weiterer seiner berüchtigten Angelhaken, mit denen er Menschen fing? Sie musste auf Zeit spielen, um den Dingen auf den Grund gehen zu können.
»Ich weiß nicht. Das kommt jetzt alles sehr unerwartet.«
»Mir ist durchaus bewusst, dass dich mein plötzliches soziales Engagement überrascht. Das hättest du dem alten Kapitalisten wohl nicht zugetraut, oder?« Er kicherte wieder, und ein feiner Speichelfaden löste sich von seinem Mundwinkel. Margarete von Beringsen griff zum Taschentuch und wischte dem alten Mann damit dezent übers Kinn.
»Keine Sorge, ich bin auf meine alten Tage nicht zynisch geworden. Sentimental? Vielleicht. Mir bleibt nicht mehr viel Zeit, um im Leben das Richtige zu tun. Diese Idee liegt mir wirklich sehr am Herzen, und ich brauche dich, um sie zu verwirklichen. Willst du mir dabei helfen?«
Katja schwieg, sah ihm in die unergründlichen Augen. Er klopfte ihr auf den Oberschenkel.
»Natürlich, du brauchst Zeit zum Nachdenken, und die sollst du auch haben.« Er gab Margarete einen Wink, die

daraufhin nach einem Ordner neben sich griff, den sie ihrer Tochter gab.

»Ein paar Papiere, die dir bei deiner Entscheidung nützlich sein werden.« Katja stand auf.

»Gut, ich schaue mir alles in Ruhe an und melde mich dann bei dir. Mutter, Großvater.« Sie nickte den beiden zu, klemmte sich den Ordner unter den Arm und verließ schnellstmöglich den Raum. Sie fühlte sich wie im Schwitzkasten. Sie brauchte unbedingt frische Luft, musste dringend dieses Gespräch überdenken. Ein Schauder lief ihr über den Rücken. Sie traute ihrem Großvater kein Stück weit.

Und dann spürte sie einen kleinen Stich in der Brust, der eine andere Ursache hatte: Wieder einmal hatte sich ihre Mutter auf Albert von Beringsens Seite ziehen lassen. Wie eh und je manipulierte ihr Großvater seine Mitmenschen, als wären sie seine Marionetten. Reuter zum Beispiel. Katja wurde zornig. Sie hatte den Pfarrer für vertrauenswürdig gehalten, und jetzt war auch er nur einer von Alberts Lakaien? Und was bezweckte ihr Großvater überhaupt mit dieser Organisation, die sie aufbauen sollte? Sie musste Zeit gewinnen. Sie musste dahinterkommen, was ihr Großvater im Schilde führte.

Auszug aus einem Brief von Bibi von Beringsen an Phebe Parkinson, datiert auf den 15. Januar 1924, Phebe-Parkinson-Archiv, Archivnummer 052

(…) Ich habe die Zusage für die Offiziersschule erhalten! Von medizinischer Seite steht meiner Aufnahme nichts entgegen. Die Ärzte sagen, ich bin vollkommen genesen und kann getrost in die Zukunft blicken. In zwei Monaten geht es los, ich freue mich sehr. (…)

Mount Isa, 1928

Johanna saß auf der Veranda der Rinderfarm und schaute in die Ferne. Wie immer während der Musterung der Tiere war die Mittagspause äußerst geschäftig gewesen. Mehr als zwanzig Arbeiter wollten ihr Essen haben. Johanna staunte jedes Mal, welche Massen an Fleisch die Männer auf der Farm verdrücken konnten. Selbst an einem Tag wie diesem, an dem das Barometer schon gegen zehn Uhr morgens auf vierunddreißig Grad gestiegen war, verlangten die Arbeiter ihr Fleisch. Am liebsten siedend heiß in Form einer Pie mit knusprigem Teigdeckel. Johanna strich sich eine Strähne aus der Stirn, die der heiße Wind, der aus der Wüste kam, ihr ins Gesicht geblasen hatte. Sie trank einen Schluck Wasser aus der Blechtasse, die sie mit beiden Händen umfasst hielt. Für das Essen zu sorgen gehörte eigentlich nicht zu ihren Aufgaben, doch während der Tage der Viehzählung war alles anders. Jeder musste anpacken und dort mithelfen, wo Not am Mann war. Für Johanna bedeutete dies zusätzliche Morgenschichten in der Küche, doch sie nahm die ungeliebte Arbeit widerspruchslos hin.

Als sie vor acht Jahren ihr Leben auf der Farm begonnen hatte, war sie mit Bill schnell übereingekommen, dass sie etwas anderes machen wollte, als nur den Haushalt zu besorgen. Bill unterstützte ihre Pläne, stellte einen Koch ein, und Johanna begann, die Kinder der benachbarten Farmen zu unterrichten. Die nächstbeste Schule war meilenweit entfernt und nicht für jede Familie zu erreichen. Außerdem half Johanna, die staubige Ansammlung von Häusern, die sich Mt. Isa nannte, langsam in etwas zu verwandeln, das mit einer Stadt Ähnlichkeit hatte. Johanna war Teil einer Kirchengruppe, die sich für den Bau eines Gemeindehauses einsetzte. Nebenher kümmerte sie sich um den Aufbau einer Bibliothek. *Ragtag* nannten die Australier diese rauhen Orte, die im Outback beinahe über Nacht wie Pilze aus dem Boden schießen konnten. Johanna übersetzte das Wort mit *zwielichtig* und fand, dass diese Bezeichnung Mt. Isa noch schmeichelte.

Auch in der neuen Umgebung war es ihr nicht weiter schwergefallen, Freunde zu finden. Sie mochte den trockenen Humor der Viehzüchter, umgekehrt schätzte man ihre etwas andere Art, wie die Nachbarin sich Johanna gegenüber einmal vorsichtig ausgedrückt hatte. Das Deutsche eben: Pünktlichkeit, Sauberkeit, Ordnungssinn. Alles das, was in Johannas Augen ganz selbstverständlich zu ihrer Person gehörte. Nie wäre sie auf die Idee gekommen, in diesen Eigenschaften das Klischee wiederzuerkennen, das man in Australien für die Deutschen parat hielt. Tatsächlich war sie sehr erstaunt, welche Vielfalt an Menschen sich im tiefsten Outback zusammengefunden hatte. Ein paar schräge Vögel waren vor ihren Gläubigern geflüchtet und hofften darauf, dass man sie hier nicht so schnell finden würde; wieder andere hatte man vom Hof gejagt, weil sie angeblich zu nichts anderem taugten, als den Lohn im nächsten Pub zu versaufen. Abgesehen von der ein oder anderen komischen Gestalt siedelten sich hauptsächlich junge Familien an, die versuchten, aus dem Nichts eine Existenz aus dem Boden zu stampfen. Und dann gab es die, die schon immer da gewesen waren: Aborigines, die seit Jahrtausenden mit ihren Stämmen auf diesem trockenen Land lebten.

Johanna nahm einen weiteren Schluck aus ihrem Becher und stellte ihn neben sich ab. Sie dachte oft an früher, an Papua-Neuguinea. Dann tauchten sie wieder vor ihrem inneren Auge auf: verschwommene Bilder ihres alten Lebens. Von Phebe, den Tolai, den deutschen Beamten. Palmen, die sich sanft im Wind bewegten, bunt gefiederte Vögel, die krächzend aus den Bäumen auffuhren. Das alles war Vergangenheit. Stattdessen nun also rote Erde, trockene Hitze, Dürre.

Johanna wischte sich die Hände an ihrer Schürze ab. Es hatte keinen Sinn, dem Alten länger nachzuhängen. Das Leben ging weiter, es ging immer weiter. Sicher, ihr Sohn Martin war schon vierundzwanzig und lebte in Brisbane, aber die Farm war sein Zuhause, und das wollte sie ihm erhalten.

Bill war nun sechsundfünfzig Jahre alt, und es war für ihn schwieriger geworden, eine Viehzucht dieser Größenordnung zu leiten. Nicht, dass er dies zugeben würde. Johanna lächelte bei dem Gedanken und schüttelte leicht den Kopf. Ihr Mann war noch immer sehr aktiv, doch sein Körper konnte nicht mehr wie früher jeden Schlag verkraften. Gerade erst letzte Woche hatte ihn einer der alten Bullen erwischt, der ihn vielleicht sogar getötet hätte, wären da nicht seine Männer gewesen. Der Vorfall war ihm hinterher außerordentlich peinlich, und seine Männer genossen es, ihn damit bei jeder Gelegenheit aufzuziehen.

Obwohl sie schon längst wieder in der Küche sein wollte, saß Johanna immer noch auf den Verandastufen und beobachtete Bill, wie er aus dem Haus ging und auf sein Pferd stieg. Es war offensichtlich, dass er Schmerzen hatte. Sie kannte ihren Mann. Wie die meisten Kerle, die versuchten, sich und ihre Familien von diesem harschen Land zu ernähren, tat er alle Beschwerden als Nichtigkeiten ab. Wie oft hatte sie schon versucht, ihn zu einem Arztbesuch zu bewegen, wenn mit ihm etwas nicht stimmte. Ein kleiner Seufzer entrang sich ihrer Brust. Vergebene Liebesmüh.

Holly, der Border Collie, trottete wie immer ergeben an seiner Seite. Bill hob die Hand, als er seine Frau sah. Sie nickte ihm zu. Etwas an diesem Mann berührte sie zutiefst, und das hatte sich nicht geändert, seit sie ihn zum ersten Mal auf Gunantambu getroffen hatte.

Das Bellen der Hunde riss Johanna aus ihren Gedanken, und ihre Augen suchten den Horizont nach der Ursache dafür ab. Weit draußen sah sie ein Fahrzeug, das von der Hauptstraße auf den schmalen Weg abgebogen war, der zu ihrer Farm führte. Das Auto bewegte sich ziemlich schnell über den holprigen Grund, gefolgt von einer roten Staubwolke.

Eine steile Falte bildete sich zwischen Johannas Augen. Bei diesem Tempo würde der Wagen Schwierigkeiten haben, es ohne Blechschaden über die Weideroste zu schaffen, die Bill letztes Jahr als Viehsperre in den Boden eingelassen hatte. Und genau, wie sie es sich gedacht hatte, hüpfte das Auto wie auf einem Trampolin, als es den ersten Rost erwischte. Sofort stieg der Fahrer auf die Bremse und fuhr den Rest der Strecke im Schneckentempo, was Johanna ausreichend Zeit gab, sich den unbekannten Wagen näher anzuschauen. Ein amerikanischer Dodge, hellblau mit schwarz-weißen Reifen. Johanna runzelte die Stirn noch ein wenig mehr. Keiner, der seine Sinne beisammen hatte und sich in der Gegend einigermaßen auskannte, würde im Outback mit solch einem

Gefährt rumkurven. Die Farmer um Mt. Isa fuhren Trucks oder Landrover, und keines dieser Modelle sah auch nur entfernt neu aus. Im Gegenteil: Manche dieser Rostlauben waren mittlerweile so gefährlich, dass man sie eigentlich längst aus dem Verkehr hätte ziehen müssen. Die Autos der Farmer trugen zudem vorne schwere Bull Bars: hohe Eisenstangen, die weniger zur Verteidigung gegen Rindviecher gedacht waren als zum Schutz vor Kängurus, die während der Dämmerung in Horden über Straßen und Feldwege hopsten. Die Tiere hatten schon so manchen hier draußen das Leben gekostet.

Der Dodge ohne Bull Bar fuhr langsam vors Haus, hielt schließlich an. Der Fahrer stellte den Motor ab und öffnete die Tür. Johanna erhob sich langsam, strich sich mit der Hand die Schürze glatt. Es kam nicht oft vor, dass Fremde hier haltmachten. Der Mann im Anzug schien zu zögern, ob er wirklich aussteigen sollte. Die drei *Blue Heelers,* die außer Border Collie Holly zur Farm gehörten, hatten den Fremden längst umzingelt, bellten und knurrten ihn böse an, bis Johanna sie schließlich zurückrief. Der Mann trug graue Reithosen, glänzende schwarze Stiefel und ein weißes Hemd. Er behielt die Hunde im Auge. Sie machten ihn sichtlich nervös, auch wenn er bemüht schien, dies zu verbergen. Endlich betrat er die Veranda, schlug die Hacken zusammen, lächelte breit und streckte in einer eleganten Bewegung die Hand zum Gruß aus. »Frau Hunter?«, fragte er auf Deutsch.

Johanna war überrascht und antwortete ihm instinktiv in ihrer Muttersprache.

»Ja, Johanna Hunter. Und wer sind Sie?« Der Mann, den Johanna auf Anfang dreißig schätzte, lächelte noch immer,

obwohl Johanna ihm die Hand verweigert hatte. Er ließ den Arm sinken und kam näher. Sie roch teures Rasierwasser.
»Johanna«, sagte er, wie in Gedanken, und fuhr sich mit dem Daumen über die Stirn. »Ich hab mir schon gedacht, dass Sie sich vielleicht nicht gleich an mich erinnern würden.«
Johanna legte fragend den Kopf schräg.
»Entschuldigen Sie meine Unhöflichkeit. Mein Name ist Heinrich. Heinrich von Beringsen. Als Kind habe ich auf Neuguinea gelebt, bin dann später mit meiner Tante Emma nach Europa gegangen, wo ich seither lebe. Ich bin Bibi, erinnerst du dich?«
Das Lächeln um seine Mundwinkel war verschwunden, und sein Blick hatte sich merkwürdig verhärtet, während er auf eine Reaktion von ihr wartete. Er sah ihr forschend ins Gesicht.
Bibi? Wie hatte er sich vorgestellt? Von Beringsen? Bibi … das Bild eines kleinen Jungen blitzte vor ihrem inneren Auge auf. Das Kind, das so viel Leid erlebt hatte, das irgendwann den Spieß umdrehte und andere Unschuldige leiden sehen wollte. Kinder, die schwächer waren als er.
Die Erinnerung jagte Johanna einen Schauder über den Rücken. Wie um sich zu wärmen, kreuzte sie die Hände vor der Brust und strich sich mit beiden Händen über die Oberarme.
Sie selbst hatte nur wenig mit dem Jungen zu tun gehabt, als sie bei Phebe auf Kuradui lebte, aber Martin wurde oft von ihm bedrängt. Bibi hatte schließlich sogar einheimische Jungen verletzt und war dabei erwischt worden, wie er Tiere tötete. Emmas Entschluss, das schwierige Kind mit nach Europa zu nehmen, hatte sie damals alle aufatmen lassen.
Johanna blickte langsam auf, sah ihrem Besucher in die Au-

gen und fragte sich, wie es heute wohl hinter der Fassade dieses adrett gekleideten jungen Mannes aussehen mochte. Heinrich von Beringsen beobachtete sie aufmerksam. Ihr Zittern konnte ihm nicht entgangen sein. Sie riss sich zusammen.

»Was für eine Überraschung! Wie schön, Sie nach all den Jahren wiederzusehen, Bibi! Was hat Sie denn ausgerechnet in den Norden Australiens verschlagen?«

Er antwortete in einem Ton, als wären sie Nachbarn, die nur einen Plausch über den Zaun hielten.

»Ich befinde mich auf einer längeren Reise. Erst Papua, jetzt Australien. Weißt du, es hat mich in den letzten Jahren viel Kraft gekostet, dort hinzukommen, wo ich jetzt stehe. Aber nachdem ich die meisten meiner Träume in Europa verwirklicht habe, kehre ich zurück. Irgendwann treibt es doch jeden dahin zurück, wo er herstammt, oder etwa nicht?«

Johanna sah keinen Grund, weshalb sie diesen Mann länger siezen sollte. Er hatte sie jetzt schon zum zweiten Mal geduzt. Wollte er sie einschüchtern? Sie bemühte sich, gelassen zu klingen.

»Papua, ich verstehe. Und was machst du hier in Australien?«

»Mutter erzählte mir, dass ich dich hier finden würde. Es war mir wichtig, dich zu sehen und dir dafür zu danken, wie du mir und Phebe geholfen hast. Damals, als ich noch klein war.«

»Wie lieb von dir. Nun, du musst dir unbedingt noch Mount Isa selbst anschauen, falls du dort nicht schon gewesen sein solltest.«

Plötzlich hörte Johanna Stimmen. Sie sah Bill und ihren *Stockman* Tommy den Weg heraufkommen, Holly lief ihnen wie immer schwanzwedelnd voran. Tommy war der dienstälteste Aborigine auf der *Station.* Bill und er arbeiteten seit vielen Jahren Hand in Hand. Es war ungewöhnlich, dass sie schon so kurz nach der Mittagspause zum Farmhaus zurückkamen. Hatten sie Heinrich kommen sehen?

Als Heinrich die Reiter sah, gefroren seine Gesichtszüge. Hastig wandte er sich Johanna zu.

»Nur kurz, Johanna. Als ich meine Mutter in Neuguinea besuchte …« Er pausierte für eine Sekunde. »… da hat sie mir Lügen über mich erzählt, gemeine Lügen. Es war äußerst schmerzhaft.« Johanna wagte nicht, sich zu rühren. Sein Ton war schärfer geworden, und er sah sie ernst, fast feindselig an. »Kannst du dir vorstellen, wie hart es ist, wenn dir jemand dein Erbe in Abrede stellt? Kannst du auch nur erahnen, wie es ist, wenn solche Worte aus dem Mund deiner eigenen Mutter kommen?« Er atmete schnell. Wovon sprach er da nur? Ging es etwa um Phebe? Johanna schaute verstohlen zu Bill hinüber, in der Hoffnung, dass er den Ernst der Lage irgendwie erkennen würde.

»Meine Mutter hat nicht nur gemeine Lügen über mich verbreitet. Sie sagte auch, dass du ihre Ansichten teilst.« Ja, er sprach von Phebe.

Johanna war schockiert. Kannte er denn noch immer nicht die Wahrheit? Oder was genau meinte er mit diesen »Lügen«? Sie sah ihm die Erregung an und wich einen Schritt zurück. Sein Brustkorb hob und senkte sich in schneller Folge, als er zu Bill und Tommy sah, die schon fast bei ihnen waren. Dann wandte er sich wieder ihr zu.

»Ich möchte, dass du eines weißt«, flüsterte er dicht an ihrem Ohr, »wenn ich noch einmal Lügen über mich und mein Erbe höre, egal von wem, werde ich diese Person töten.

Egal, wer es ist. Wenn es sein muss, töte ich Phebe, die Kinder und dich dazu. Hast du mich verstanden?«
Johanna spürte seinen Atem und drehte angeekelt den Kopf weg. Ihr Zittern hatte aufgehört, und mit einem Mal spürte sie diese seltsame Ruhe, die sich manchmal in einem ausbreitet, wenn echte Gefahr droht.
Beinahe unwirklich gefasst, wagte sie es, den Blick auf Heinrich zu heften. Der Border Collie sprang mit einem Satz auf die Veranda und knurrte leise. Bill und Tommy stiegen von ihren Pferden und gingen zielstrebig aufs Haus zu. Heinrich hob die Hand zum Gruß, die Männer nickten ihm knapp zu, misstrauisch kamen sie näher. Heinrich ging ihnen entgegen, stellte sich vor.
»Sie müssen Bill Hunter sein. Meine Mutter Phebe hat mir nur Gutes über sie erzählt.« Dabei drückte er sich an Tommy vorbei, um Bills Hand zu schütteln.
Bill ließ es geschehen, aber seine Augen ruhten auf Johanna. Gleichzeitig beobachtete Tommy alle drei. Die Situation war merkwürdig gespannt. Die Männer hatten die Bedrohung erfasst, die in der Luft hing, wie Johanna erleichtert erkannte.
»Alles in Ordnung, Darling?«
Johanna schluckte, nickte. Sie wollte, dass Heinrich ging.
»Alles in Ordnung«, bestätigte sie mit gepresster Stimme. »Der junge Mann hier ist ursprünglich aus Papua-Neuguinea und hat sich an Martin und mich erinnert. Leider kann er nicht bleiben, er muss gleich weiter.«
Sie schwiegen; selbst die Hunde waren still. Wieder schaute Johanna zu ihrem Mann hinüber. Er sah entschlossen aus, und selbst Heinrich konnte das nicht verborgen geblieben sein.

Dann ging plötzlich alles ganz schnell, obwohl es Johanna im Nachhinein so vorkam, als hätte sich das Geschehen vor ihr in Zeitlupe abgespielt.
Bill drehte den Kopf zu Heinrich.
»Verpiss dich!«, blaffte er ihn in einem Ton voller Verachtung und Missbilligung an.
Heinrich, der anscheinend nur über ein oberflächliches Maß an Selbstkontrolle verfügte, landete blitzschnell einen linken Haken unterhalb von Bills Kinn. Gleichzeitig stieß er seine Rechte mit voller Wucht in Bills Mitte. Dann drehte er sich auf dem Absatz um und langte nach Tommy, doch der duckte sich rechtzeitig weg. Holly hing längst an Heinrichs Hosenbein, fasste nach und stieß ihre Zähne in seine Wade. Heinrich heulte auf, griff in die Innentasche seiner Jacke, und noch bevor jemand begriff, was eigentlich vor sich ging, hatte er Holly mit einem Schuss getötet. Heinrich hielt die Pistole hoch und richtete sie aufreizend langsam auf Johannas Stirn.
»Erinnere dich an meine Worte. Heute war es nur der Hund. Ein Wort, und du bist genauso mausetot wie euer dreckiger Köter.« Er trat dem toten Tier mit dem Stiefelabsatz in den Bauch.
Johanna schrie auf und schlug die Hände vors Gesicht. Bill, der sich am Pfosten festhielt, machte Anstalten, sich auf Heinrich zu stürzen, doch Tommy hielt ihn am Arm fest. Den Blick fest auf die Männer geheftet, ging Heinrich langsam rückwärts zu seinem Wagen, die Waffe die ganze Zeit im Anschlag, ließ sich hinters Steuer fallen, drehte den Schlüssel im Zündschloss und gab so viel Gas, dass die trockene Erde unter den schwarz-weißen Reifen wie roter Rauch in den blauen Himmel aufstieg. Tommy rannte ihm

noch mit dem Speer hinterher, den er für Situationen wie diese hinter der Sitzbank auf der Veranda verborgen hatte, doch es war zu spät. Der Aborigine sah dem Auto nach, dann drehte er sich um und lief zu Johanna, die neben Bill in die Knie gegangen war und seine Hand hielt. Er lag ausgestreckt auf der Veranda, keuchend vor Schmerz.

Die nächsten zwei Tage verbrachte Johanna an Bills Bett. Sie hatte, gleich nachdem Heinrich verschwunden war, den Arzt gerufen, doch als dieser am nächsten Tag endlich eintraf, war nur noch wenig Kraft in Bill. Er litt an inneren Blutungen, und der Doktor sagte, er könne nichts mehr für ihn tun.

Am dritten Tag starb Bill.

In der Zeit vor Bills Tod, als Johanna an seiner Seite gesessen hatte, spielte sie die Szene in ihrem Kopf wieder und wieder durch. Hätte sie irgendetwas tun können, um den Angriff abzuwenden? Tommy hatte ihr hinterher erzählt, dass Heinrich der Teufel sei, ein wahrhaft Verfluchter. Schon als sie dabei waren, von ihren Pferden abzusteigen, erzählte er ihr, hätte er das Böse gespürt. Tommy war untröstlich, dass er Bill nicht hatte retten können, zumal er das Unglück geahnt habe. Er habe es förmlich riechen können, fügte er hinzu.

Johanna dachte an das Rasierwasser und schüttelte sich. Sandelholz und Bergamotte. Roch so der Teufel?

Johanna weinte, bis sie keine Tränen mehr hatte. Sie glaubte nicht, dass sie diesen fürchterlichen Verlust jemals verwinden würde. Nicht dieses Mal, nicht Bill.

Als die Tage vergingen und sie wie jeden Abend mit einem Becher Tee auf der Veranda saß, wusste sie plötzlich, dass

Bills Tod neben vielen anderen Dingen etwas Grundsätzliches in ihrem Leben verändert hatte: Ihre Zeit in Australien war vorbei. Und sie würde kein Wort mehr zu irgendjemandem über den Tod ihres Mannes verlieren. Heinrich war gefährlich, das hatte sie begriffen.

Rabaul, 2011

Takari hatte Katja am Flughafen von Rabaul abgeholt und setzte sie auf ihren Wunsch hin in Kuradui ab. Katja seufzte zufrieden, als der hellblaue Transporter endlich vor ihrer Haustür hielt. Es fühlte sich schon jetzt so an, als wäre sie nach Hause gekommen.

»Wann wollen Sie sich eigentlich dazu entschließen, einen *Haus Boi* einzustellen?«, fragte Takari jetzt. »Ich an Ihrer Stelle würde mir außerdem noch eine Köchin zulegen. Einen Take-away gibt's in der Gegend ja nicht.« Katja warf ihm einen gespielt erbosten Blick zu. Ihre Angst vor Überfällen war zwar nach wie vor vorhanden, aber deshalb Dienstpersonal einzustellen, erschien ihr nicht richtig. Takari nahm eine Hand vom Steuer und hob sie über seinen Kopf.

»Okay, okay. Ich habe verstanden. Sie wollen weder das eine noch das andere.«

»Richtig. Und ob Sie es glauben oder nicht, ich kann Wasser ohne fremde Hilfe bis zum Siedepunkt erhitzen.« Sie öffnete die Beifahrertür und stieg aus. »Seien Sie mir bitte nicht böse, ich weiß Ihre Fürsorge durchaus zu schätzen, aber ich hab noch nie einen *Haus Boi* gehabt und werde bestimmt auch in Zukunft ohne Haushaltshilfe zurechtkommen. Da halte ich es lieber noch eine Weile mit Ihnen als Beschützer aus.«

Das war nur die halbe Wahrheit. In der Villa ihrer Eltern hatte es immer reichlich Personal gegeben. Ein von Beringsen machte sich im eigenen Haus nicht die Hände schmutzig. Wozu auch? Dazu gab es ja anderswo reichlich Gelegenheit. Zum Beispiel in der eigenen Firma, dachte Katja bitter. Es lag an dieser Arroganz und dem Dünkel ihrer Familie, weshalb es ihr so viel bedeutete, anders zu leben.

Ein Alptraum ließ sie mitten in der Nacht hochschrecken. Von den Bildern verstört, wischte Katja sich über die feuchte Stirn, schwang dann die Füße über die Bettkante. Sie fuhr sich mit den Händen durchs Haar und schüttelte den Kopf, als könnte sie so die Wirrnis ihres Traums abschütteln. Schließlich stand sie auf und ging zur Kommode hinüber, wo sie Johannas Bilder aufbewahrte. Sie entrollte das Teufelsbild und schaute es lange an. Der Mann auf dem Gemälde war außer sich vor Rage. Ein unnatürlich starker Ausdruck von Hass und Wut lag in seinen verzerrten Gesichtszügen. Und dann diese geheimnisvollen Zeilen: *Wie viel Hass kann ein Mensch in sich tragen? Das Böse begann hier …*

Katja betrachtete die grüne Figur im Bild in allen Einzelheiten. Der Farbton, die Krümmung des Schnabels, die Größe, die Kerben auf den Schultern. Es gab keinen Zweifel. Es war Großvater Alberts Vogelmann. Dann musste der Mann auf dem Bild Heinrich von Beringsen sein. Ihr Großvater hatte es ihr ja selbst noch einmal bestätigt. Sein Vater Heinrich war böse, sogar einen Teufel hatte er ihn genannt. Katja glaubte nicht, dass dies Zufall war. Es schien ihrem Großvater wichtig zu sein, sich von seinem Vater zu distanzieren, und doch fühlte Katja, dass sie nur einen Teil der Geschichte kannte.

Am nächsten Morgen fuhr sie mit Takari nach Rabaul. Bevor sie sich wieder in die Arbeit im Krankenhaus stürzte, wollte sie in der lokalen Bücherei über das Baining-Massaker von 1904 recherchieren. Dieses Ereignis hatte das Ende von Johannas Tagebucheintragungen markiert, und Katja suchte nach irgendwelchen Anknüpfungspunkten und Zusammenhängen, seien sie auch noch so vage. Sie verbrachte den Tag mit einem Stapel Hängeordner, die ihr eine schlecht gelaunte Angestellte aus einem zerkratzten Aktenschrank zusammengestellt und auf einen fahrbaren Handwagen geworfen hatte. Katja war es aus ihr unverständlichen Gründen untersagt, sich im Schrank selbst zu bedienen. Jedes Mal, wenn die Bibliotheksgehilfin eine Lade zuknallte und eine weitere mit einem metallischen Kreischen öffnete, schreckte Katja zusammen. Dennoch bedankte sie sich für die Hilfe, was die Papua mit einem kaum merklichen Nicken registrierte. Katja schob den quietschenden Wagen an einen Tisch in Nähe des Ventilators. Die Hitze war erdrückend, eine Klimaanlage gab es nicht.
Jetzt sah Katja auf die Uhr. Zehn vor vier. Die Bücherei schloss um sechzehn Uhr. Sie hatte einen Großteil der vergilbten Dokumente durchgesehen. Ihre Augen schmerzten, und der Magen knurrte. Sie legte die Hängeordner zurück auf den Wagen und schob ihn zur Rückgabe. Sie verließ das Gebäude, überquerte die Straße und ging zu einem Imbiss drei Häuser weiter die Straße hinunter. Erschöpft ließ sie sich auf den Hocker an der Theke sinken, bestellte einen Kaffee und eine Portion gebratenen Reis. Sie spürte die Blicke der einheimischen Männer, doch sie war viel zu müde, als dass sie dies weiter kümmerte. Sollten sie ruhig glotzen, wenn es ihnen Freude bereitete.

Es war jetzt Viertel nach vier. In einer halben Stunde würde Takari sie abholen. Bis dahin wollte sie sich darüber im Klaren sein, wohin ihre Recherchen sie als Nächstes führen würden.
Doch zunächst fasste sie im Geist zusammen, worauf sie gerade gestoßen war. Sie hatte ihre Suche in der kleinen Bibliothek bewusst breit gefächert. Alles, was sich ungefähr um das Datum des Massakers herum bewegte, war ihr recht gewesen. Über Phebe, Johanna oder Emma hatte sie zu ihrer Enttäuschung nichts Hilfreiches gefunden, wohl aber einen Ordner, der sich mit Waisenkindern beschäftigte. Dabei handelte es sich um einheimische Kinder, die in der Fürsorge der St.-Paul-Mission gewesen waren und die, nachdem die Mission von den Baining ausgelöscht worden war, ein neues Zuhause benötigten. In zahlreichen Briefwechseln zwischen Vunapope und mehreren Waisenhäusern wurde besprochen, wo jedes einzelne dieser Kinder untergebracht werden sollte. Das schien keine einfache Aufgabe gewesen zu sein, die kirchlichen Waisenhäuser waren zu jener Zeit an die Grenzen ihrer Kapazitäten gestoßen. Offenbar, weil sich niemand anders finden ließ, hatte sich Phebe als Leiterin des örtlichen Waisenhauses nach einigem Hin und Her bereit erklärt, vier weitere Kinder in Vunapope aufzunehmen, eines davon in ihrem eigenen Haus.
Bezüglich der Kinder, die vom Massaker betroffen waren, gab es in der Bibliothek einen weiteren Ordner, auf dessen Reiter »Doktor« stand. Der Ordner war dünn. Katja fand nicht mehr als ein paar Seiten, auf denen ein Arzt namens Partik in mehreren Fällen eine Überweisung an einen sogenannten *specialist doctor* empfahl. Seine Begründung: Die Kinder hätten während des Massakers derart Schreckliches

erlebt, dass die damit verbundenen Störungen einer besonderen Behandlung bedurften.
Katja stutzte für einen Augenblick und wühlte in ihrer Tasche nach ihrem Notizbuch. Die Bücherei verfügte über keinen Kopierer, und so hatte sie sich die Ergebnisse ihrer Recherchen in Stichpunkten notiert. Sie fand in ihrem Büchlein den Vermerk, dass einige Kinder eventuell außerhalb des Landes behandelt worden seien. Dahinter setzte sie nun ein großes Fragezeichen. Sie stützte den Ellbogen auf die Theke und schmiegte ihre Wange in die Hand. Sie überlegte. In Papua hatte es Anfang des letzten Jahrhunderts mit Sicherheit keine ausgebildeten Nervenärzte gegeben, auf die dieser Dr. Partik mit seinem Vermerk abgezielt haben konnte. Die neuen Spezialisten aus Österreich und der Schweiz machten damals weltweit mit ihren modernen Behandlungsmethoden von sich reden. Die Kinder nach Europa zu verschicken musste eine kostspielige Angelegenheit gewesen sein. Doch andererseits: Geld war auf der Gazelle-Halbinsel vorhanden, im Überfluss sogar; man musste nur die Honoratioren oder Emma für die Kinderverschickung gewinnen.
Katja nippte an ihrem Mangoshake, den sie sich nach dem Kaffee bestellt hatte, und verzog vor Kälte das Gesicht.
»Brainfreeze?«, fragte die Bedienung hinter der Theke und lachte auf, als Katja zustimmend nickte. Langsam ließ der Kälteschmerz nach; sie kritzelte wieder etwas in ihr Notizbuch und stocherte gleichzeitig in ihrem Reis, aß am Ende nur ein paar Gabeln voll und schob den Plastikteller zur Seite. Sie blätterte eine Seite vor, zu ihrem Vermerk über einen Jungen namens Bibi. Katja erinnerte sich, dass sie den ungewöhnlichen Namen schon in einem der Briefe Phebes an Johanna gelesen hatte. Ob es sich um denselben Jungen han-

delte? Der Dreijährige hatte seit dem Massaker kein Wort mehr gesprochen. Aus irgendeinem Grund war diese Notiz nicht im Ordner mit den anderen Kindern aus der St.-Paul-Mission abgelegt gewesen, und Katja fragte sich, ob Schludrigkeit oder Absicht dahintersteckte. Soweit sie die Aktenlage überschaute, war dieser kleine Kerl das einzige unter den betroffenen Kindern, das mit einer solch ausgeprägten Form der Kommunikationsstörung auf das Erlebte reagiert hatte. War der Junge besonders empfindsam gewesen, oder hatte er Schlimmeres als die anderen gesehen?

Katja seufzte. Im Nachhinein war diese Frage nicht mehr zu beantworten. Sie durfte auch nicht vergessen, dass die Erkenntnisse von Dr. Partik auf dem Wissensstand des letzten Jahrhunderts fußten und dementsprechend mit Vorsicht zu genießen waren. Mit den Begriffen »Trauma« oder »totaler Mutismus« hätte er wahrscheinlich wenig bis gar nichts anfangen können. Dennoch: Die Symptome waren eindeutig beschrieben. Bibi hatte zur Zeit der Untersuchung seit über einem Jahr geschwiegen. So etwas nannte man in der modernen Psychiatrie totalen Mutismus, im Fall von Bibi höchstwahrscheinlich durch einen Schock ausgelöst. Was er wohl beobachtet hatte?

Katja klopfte an Reuters Tür, obwohl sie offen stand.

»Bitte, kommen Sie herein.« Er stand auf und ging um seinen Schreibtisch herum, um Katja zu begrüßen. »Schön, dass Sie wieder bei uns sind. Konnten Sie das Problem mit Ihrem Visum lösen?«

Er klang, als hätte er nichts anderes erwartet, und wies ihr einen der Besuchersessel an. Dann setzte er sich in den anderen.

»Ja, es war keine große Sache. Es hat mich überrascht, wie leicht es war, aber das weiß man bei Behörden vorher ja nie so genau. Ich hätte den neuen Antrag vielleicht ebenso gut im Deutschen Konsulat in Port Moresby stellen können.«
Reuter lachte warmherzig. »Ja, im Nachhinein ist man immer schlauer. Behörden sind eine echte Plage. Ich hoffe, Sie bedauern Ihre Reise nach Deutschland nicht.«
»Natürlich nicht. Es war schön, meine Familie zu sehen, und außerdem habe ich ein unerwartet interessantes Gespräch mit meinem Großvater geführt.«
»Das freut mich für Sie. Jedenfalls ist es gut, dass Sie wieder in Kokopo sind. Hier ging es in der Zwischenzeit hektisch zu. Besonders im Krankenhaus, wie Sie sich denken können. Sie haben uns gefehlt. Dr. Lambert wird Ihnen sicher noch persönlich sein Leid klagen.«
Katja war nicht entgangen, dass Reuter ausweichend reagiert hatte, als sie ihren Großvater erwähnte. Abgesehen davon konnte sie an seinem Verhalten keine Veränderungen entdecken. Noch immer gab er sich ihr gegenüber offen und herzlich, doch nun, da sie sich nahezu sicher war, dass Reuter an ihren Großvater berichtete, musste sie in Gesprächen mit ihm überlegt vorgehen.
Katja lächelte den Pfarrer mit einem Mädchenblick an. Zeit für eine vertrauensbildende Maßnahme. Wenn sie sich ihm öffnete, würde sie sich weniger verdächtig machen.
»Ich freue mich auf die Arbeit im St. Mary's. Habe ich Ihnen eigentlich schon von meinem Trip nach Australien erzählt? Sie wissen sicherlich, dass mein Mann bei einem Helikopterunglück verstorben ist. Ich wollte mir schon längst den Ort ansehen, wo er ums Leben kam, doch irgendwie hatte ich nie den Mut.«

Mit Befriedigung stellte Katja fest, wie Reuter nun Haltung und Gesichtsausdruck eines Geistlichen annahm.

»Bestimmt haben Sie diesen Schritt nicht bereut. Konnten Sie an der Unglücksstelle einen Abschluss für sich finden?«

»Es war sehr schmerzhaft, aber ja, die Reise hat mich ein gutes Stück weitergebracht. Ich ertappe mich dabei, wie ich immer öfter nach vorne schaue, wenn Sie verstehen, was ich meine.«

»Ich verstehe Sie sogar sehr gut«, sagte Reuter befriedigt, »und es freut mich aufrichtig, dass Sie diesen Schritt gewagt haben.«

Katja lehnte sich im Sessel zurück und lächelte sanft. So weit, so gut. »Danke«, sagte sie und bemühte sich, ihre Stimme positiv klingen zu lassen. Sie lehnte sich nach vorne. »Ich habe Ihnen doch vorhin vom Gespräch mit Großvater erzählt.«

Reuter horchte auf. »Ja?«

»Ich bin so unglaublich froh darüber. Sie müssen wissen, dass Großvater und ich ... Wir haben uns jahrelang nicht sonderlich gut verstanden. Was in der Hauptsache an mir gelegen hat. Aber dieses Mal war es so anders zwischen uns. Wie soll ich es beschreiben? Voller Hoffnung. Leider darf ich noch nicht darüber reden, aber was Großvater mir da unterbreitet hat ... es geht um ein wirklich aufregendes Projekt.«

Sie sah auf und strahlte Reuter mitten ins Gesicht. Diesem fiel es sichtlich schwer, sein Interesse am Thema zu verbergen. Seine Hand nestelte nervös an seinem Ärmel.

Er ist nichts anderes als eine weitere Figur im Spiel von Großvater Albert, dachte sie verächtlich und senkte den Blick, um sich nicht zu verraten.

»Gut für Sie.« Reuters Haltung entspannte sich. Er wirkte zufrieden. Katja nickte.

»Eigentlich bin ich aber wegen etwas anderem hier. Ich hätte da nämlich eine Bitte an Sie. Kürzlich habe ich aus einer sentimentalen Anwandlung heraus ein wenig in meiner Familiengeschichte gestöbert. Die Tatsache, dass Phebe ein Teil meiner Familie ist, hat mich dabei inspiriert. Sie stand als gläubige Katholikin in enger Verbindung mit Vunapope, und da hab ich mich gefragt, ob es in Ihren Archiven nicht mehr über sie zu erfahren gibt.«

Sie sah ihn aus großen Augen an, die pure Begeisterung an der Sache versprühen sollten.

»Natürlich, ich helfe Ihnen gerne. Über Phebe haben wir ganz bestimmt etwas im Archiv, aber wenn Sie etwas Konkretes wissen wollen, fragen Sie am besten gleich mich. Nicht, dass ich prahlen wollte, aber man sagt, mein Wissen über die Geschichte der katholischen Kirche in Papua suche seinesgleichen.«

»Das habe ich mir schon gedacht, und darauf werde ich sicherlich noch zurückgreifen, aber zunächst würde ich gerne mal einen Blick ins Archiv werfen. Das ist doch kein Problem, oder?«

»Selbstverständlich nicht.« Er legte den Zeigefinger auf die Unterlippe und beugte sich vor. »Lassen Sie mich einen Vorschlag machen. Einen Nachmittag verbringen wir beide gemeinsam im Archiv. Das gibt Ihnen die Möglichkeit, sich gleich an mich zu wenden, sollten Fragen auftauchen. Was halten Sie davon?«

Katja war enttäuscht, wie wenig vom Archiv des Konvents erhalten geblieben war. Sie hatte Reuters Angebot angenommen und sich mit ihm gleich für den kommenden Tag verabredet.

»Ich dachte, Sie wüssten bereits vom Ausmaß der Verwüstungen, die der Zweite Weltkrieg hinterlassen hat. Tut mir leid, wenn ich falsche Hoffnungen in Ihnen geweckt haben sollte«, sagte der Pfarrer und wirkte zerknirscht.

Katja winkte ab. »Schon gut, es ist ja nicht Ihre Schuld.«

Reuter dirigierte sie zu einem Regal, das zur Hälfte mit Kartons gefüllt war. Er fuhr mit dem Finger an den Beschriftungen entlang. Jahreszahlen. Er hielt inne, nahm drei Kartons aus dem Regal und stellte sie auf den Tisch in der Mitte des Raumes.

»Das wäre es. Unsere Unterlagen für die Jahre, in denen Phebe das Waisenhaus geleitet hat.«

Reuter setzte sich neben sie, doch als sie nach einer Stunde noch keine Frage an ihn gerichtet hatte, entschuldigte er sich. Auf diesen Moment hatte Katja gewartet.

Sie zog einen Hefter mit der Aufschrift »Bischof Couppé« aus ihrem Stapel, den sie schon vor einer halben Stunde entdeckt und unter ihren Papieren versteckt hatte. Sie schlug ihn auf. Schnell durchpflügte sie Seite für Seite, bis sie auf einen Umschlag stieß, der sie innehalten ließ. Jemand hatte auf die Vorderseite »Emma« geschrieben. Sie lauschte mit klopfendem Herzen, ob sich jemand näherte, und als sie sich sicher fühlte, öffnete sie aufgeregt den Umschlag und entnahm ihm eine Serie von fünf Briefen, die Emma an den Bischof gerichtet hatte. Aus dem Ton ging deutlich hervor, dass die beiden einander gut kannten.

Der letzte Brief war auf 1911 datiert und hatte eine beachtliche Länge von fünf Seiten. Er enthielt jede Menge Anweisungen an den Bischof für die Zeit, in der Emma Papua verlassen und nach Europa reisen würde. Ungefähr in der Mitte des Briefes entdeckte Katja zu ihrer Überraschung einen Absatz, der sie kurz die Luft anhalten ließ. Mehrfach überflog sie die Zeilen, konnte kaum glauben, was sie da gerade las. Ihre Augen lösten sich vom Brief, und sie starrte gedankenverloren an die schmucklose Wand ihr gegenüber. Sie ließ den Brief sinken und fuhr sich mit den Händen über die Schläfen. Mein Gott. Wenn dieser Brief echt war, dann …

Katja hörte Stimmen, die näher kamen. War das Reuter? Zitternd faltete sie die Seiten zusammen und steckte vier davon eilig in den Umschlag zurück. Die fünfte ließ sie in ihrer Tasche verschwinden. Dann ordnete sie die Unterlagen wieder in den Hefter ein, verstaute die Dokumente in den Kartons und stellte sie zurück ins Regal.

Ihr Herz schlug gefährlich schnell. Sie war viel zu aufgewühlt, um eine Begegnung mit Reuter zu riskieren, dem sie dann etwas hätte vorspielen müssen. Sie entschied sich, ihm eine schriftliche Nachricht zu hinterlegen, in der sie sich für seine Hilfe bedankte. Eilig verließ sie das Archiv. Sobald sie das Gebäude verlassen hatte, zwang sie sich zur Ruhe, um vor Aufregung nicht in Laufschritt zu verfallen. Wenn Reuter in seinem Büro war, konnte er sie von dort aus beobachten. Katja durfte nicht riskieren, seinen Verdacht zu wecken.

Brief von Martin Kiehl an seine Mutter Johanna Hunter, datiert auf den 15. 09. 1939, Phebe-Parkinson-Archiv, Archivnummer 033

Liebe Mutter,

all unsere Befürchtungen scheinen sich bewahrheitet zu haben. Der Krieg ist ausgebrochen. Wohin ich auch gehe, überall sehe ich Männer, die sich als Freiwillige zur Army melden, und ich betrachte es als meine Pflicht, es ihnen gleichzutun. Ich bin mir sicher, Du verstehst meinen Schritt. Es erfüllt mich mit Stolz, in Dads Fußstapfen treten zu können. Er hat uns beiden nie viel von seinen Kriegserfahrungen in Europa erzählt, aber wir beide wissen, wie tief diese Jahre ihn berührt und geprägt haben.
Ich hoffe, dieser Krieg dauert nicht lange und bleibt auf Europa begrenzt. Es macht mich ganz unruhig, Dich so weit entfernt zu wissen. Mir wäre wohler, Du wärst bei mir in Brisbane. Australien scheint mir im Augenblick der sicherere Ort zu sein.

Wir müssen unbedingt in Verbindung bleiben. Ich schreibe Dir, sooft ich nur kann. Meine gute Gillian ist schrecklich aufgebracht. Sie will nicht, dass ich mich zum Einsatz melde. Ich kann nur hoffen, dass sie aus dem gleichen Holz geschnitzt ist wie Du und auf sich aufpassen wird.

Die neuen Truppen treffen sich im Ausbildungslager in Pukka Punyal in Victoria. Meinen nächsten Brief erhältst Du also aller Wahrscheinlichkeit nach von dort.
Pass bitte gut auf Dich auf!

Alles Liebe,
Martin

Neuguinea, Kokodatrail, 1942

Nichts in diesem Krieg entwickelte sich so, wie Martin es sich vorgestellt hatte. Unwillkürlich sah er an sich hinab. Er war verdreckt und stank zum Himmel. Die Müdigkeit, die ihn seit zwei Tagen gefangen hielt, zerrte an seinen Nerven. Er quälte sich den steilen Pfad hinauf, der über den südöstlichen Teil des Bismarckgebirges Neuguineas führte. Wenn nur dieser verdammte Regen nicht wäre! Martin hatte während seiner Jahre in Brisbane vergessen, wie heftig es in Papua regnen konnte. Der Regen fiel wie ein Schleier über das Land und ließ die Sicht verschwimmen. Überall tropfte und gluckerte es. Rinnsale, die zwischen seinen Beinen hindurchflossen, vereinten sich zu kleinen Bächen. Der Boden war längst mit Feuchtigkeit gesättigt, und mit jedem Schritt versanken die Männer knöcheltief im rotbraunen Schlamm. Den Kampf gegen die Blutegel und Moskitos hatten sie bereits verloren gegeben. Es erforderte alle Kraft, den zähflüssigen Dreck zu bewältigen, in dem dreißig Stiefel schmatzten, als wären sie ein einziges hungriges Monster.

Martin und seine Leute befanden sich auf dem Kokodatrail, der von der Hauptstadt Port Moresby nach Kokoda führte, einem strategisch wichtigen Flugfeld mitten im Hochland. Anfang Mai hatte die japanische Marine versucht, Port Moresby an der Südostküste Neuguineas einzunehmen, um dort einen Luftstützpunkt zu errichten, von dem aus sie das australische Festland angreifen könnte. Dieser Vorstoß wurde in einer erbitterten Schlacht im Korallenmeer gestoppt, doch die Japaner ließen sich von der erlittenen Niederlage nicht aufhalten. Sie wollten Australien! Und so versuchten sie nun, Port Moresby von Rabaul aus über Land einzunehmen. Ein Vorhaben, das die Alliierten, allen voran die australischen Truppen, um jeden Preis verhindern wollten.

Die Natur, die die Soldaten umgab, war fast unwirklich schön, doch Martin konnte sie, entgegen seiner Art, nur als weiteren Feind wahrnehmen. Nebelschleier, die wie Geister die Farne und Schlingpflanzen umwaberten. Riesige Spinnennetze, die sich quer über ihren Weg spannten. Zischen im Unterholz wie von Schlangen. Zudem dachte Martin an das, was vor ihnen lag: an eine Aufgabe, die nach seinem Ermessen zu hart für ihn und seine Männer war. Ein Vogel brach vor ihm durchs Gehölz, und Martin zuckte zusammen. Die Grübelei machte ihn nervös, doch er durfte sich nichts anmerken lassen. Er leitete die Aktion, musste der kleinen Truppe ein Vorbild sein.

Er wusste, dass sich die Japaner hier irgendwo geschickt verschanzt und die Digger womöglich längst im Visier hatten. Sie konnten überall lauern: in den Bäumen, hinter einem Felsen oder der nächsten Biegung des Trails. Jede Sekunde konnte einer von ihnen aus dem Dickicht hervorbrechen und sie mit dem Maschinengewehr niedermähen. Es war zermürbend. Ein halblauter Fluch entglitt ihm, als er ausrutschte und mit dem Gesicht voran der Länge nach in den weichen Schlamm fiel. Zum wievielten Mal eigentlich schon? Mühselig richtete er sich so weit auf, dass er im Matsch kniete. Mit einer geübten Bewegung wischte er sich mit der flachen Hand übers Gesicht, spuckte den Dreck aus. Er griff nach seinem Gewehr, schloss die Augen, biss die Zähne zusammen und zählte innerlich bis drei. Dann stand er in einer Bewegung auf. Seine Beine zitterten vor Anstrengung, als er den Marsch fortsetzte.

Martins winzige Truppe war Teil der australischen Infanterie, deren Soldaten von ihren Landsleuten nur *Digger* genannt wurden. Ihre Aufgabe war es, nach Kokoda vorzustoßen, das die japanische Armee vor kurzem eingenommen hatte, sie aufzuhalten und zurückzudrängen. Das war jedenfalls die Theorie.

Für einen Augenblick leistete sich Martin den Luxus, seine Erinnerung zurückwandern zu lassen zu dem tropischen Paradies, in dem er aufgewachsen war. Die Palmen mit ihren saftigen Kokosnüssen, das endlos blaue Meer. Eine Landschaft wie geschaffen für einen kleinen Jungen und seine Freunde.

»Ich wünschte, wir könnten das Meer sehen. Ich fühle mich dann immer gleich besser«, sagte er zu Jim Woodcock, dem stellvertretenden Kommandeur. Jim hatte die Hände in die Seiten gestemmt und atmete schwer. Er war genauso erschöpft wie Martin und all die anderen, die sich mit ihnen durch diese Hölle von einem Dschungel schleppten.

»Pause, Boss? Die Jungs sind kaputt und nützen uns so viel wie ’ne Kippe ohne Streichholz, falls wir den Schlitzaugen in die Arme laufen.«

Martin verdrehte die Augen.

»Also gut. Als Raucher weiß ich, wovon du sprichst.« Er hielt sich die Hand wie einen Trichter an den Mund. Jeder wusste, das hieß *smoko,* Rauchpause. Die Soldaten, die sich auf dem Pfad hinter ihnen wie Perlen an einer Schnur aufreihten, bezeugten mit einem knappen Wink ihre Dankbarkeit. Martin signalisierte den Spähern auszuschwärmen, um sicherzustellen, dass man sie auf der relativ exponierten Fläche nicht abknallte wie Schießbudenfiguren auf dem Jahrmarkt. Als die Späher das Okay gaben, ließ sich einer nach dem anderen auf den Boden der kleinen Lichtung fallen. Stoßseufzer allenthalben, hier und da verhaltenes Gelächter. Ein Moment der Normalität, den sie alle dringend nötig hatten.

Martin zündete sich eine Zigarette an und starrte auf die unwegsame Passhöhe vor ihnen. Nichts als dichter Dschungel. Er fragte sich, wie es wohl wäre, in diesem grünen Dickicht verloren zu gehen. Ihn als Botaniker schreckte dieser Gedanke weniger als seine Kameraden.

Der Dschungel, das waren nicht nur die haushohen Pflanzen, die keinen Sonnenstrahl mehr durchließen. Der Regenwald war lebendig. Der Dampf, der immerzu aufstieg wie Rauch aus einem Schlot, und dann die Geräusche – sie konnten jemanden, der diese Umgebung nicht kannte, wahnsinnig machen. Nie wurde es still hier draußen, nie. Im Gegenteil, wenn die Nacht auf sie herabfiel, schien der Urwald erst richtig zu erwachen. Verdammt schwer, dann den Feind zu hören.

Martin legte sich ins Gras, eine Hand im Nacken, und stieß kleine Rauchkringel in die schwüle Luft. Er hatte sich angewöhnt, auszuruhen und gleichzeitig in einer gewissen Grundspannung zu verharren. Er musste wachsam bleiben. Die Japaner waren berüchtigt für ihre verdammte Schleicherei. Sie waren die Brüder der Stille.

Für ihn bedeutete diese Situation nichts Neues; er war seit drei Jahren bei der Armee und kannte den Dschungel, doch seine Leute waren nervlich am Ende. Das musste er nicht erst von seinem Stellvertreter hören, es war auch so offensichtlich. Viel zu junge Kerle, die auf einen solchen Einsatz nicht vorbereitet waren. Sie waren schon erschöpft, bevor sie den Feind überhaupt gesehen hatten. Martin spürte plötzlich die Angst wie eine Faust im Magen. Er stellte sich vor, wie die bevorstehende Begegnung mit den Japanern aussehen könnte. Wenn er ehrlich war, glaubte er nicht, dass er und seine Leute es schaffen würden. Die Japaner waren nicht nur in der Überzahl, sie waren zudem viel erfahrener als die Farmboys, mit denen er hier über die Hügel kroch, als handele es sich um einen Wochenendausflug mit den Scouts und nicht um die größte Bedrohung, die Australien jemals erlebt hatte. Er seufzte. Es war zum Verzweifeln.

Die Japaner würden sich eher selbst töten als sich gefangen nehmen zu lassen. Umgekehrt war ihre Brutalität im Umgang mit Kriegsgefangenen legendär. Dieser Krieg war grausam und blutig, und bislang gab es keinerlei Anzeichen, dass sich dies ändern würde. Die australischen Truppen waren von den Japanern in die Ecke gedrängt worden, und von Martins Einheit erwartete man, das verlorene Terrain zurückzuerobern. Ein Scheitern ihrer Mission hätte einen verheerenden Effekt auf den Kriegsverlauf. Wenn die Japaner Port Moresby einnahmen, dann war sein geliebtes Australien als Nächstes dran. So sicher wie das Amen in der Kirche.

Ein paar Nachzügler ließen sich neben ihm auf die Knie fallen, keuchend, die Hände auf den Oberschenkeln abgestützt. Sofort war Martin wieder in der Gegenwart. Er stand auf, schulterte sein Gewehr.

»*Alright*, Jungs, das Picknick ist vorbei. Zeit zu gehen«, raunte er über ihre Köpfe hinweg. Als er den Unglauben in den Gesichtern sah, klatschte er zweimal in die Hände. »Worauf wartet ihr noch? Kuchen und Tee? Los jetzt.« Aus den hinteren Reihen hörte er ein paar böse Worte, doch das steckte Martin kommentarlos weg. Die Stärke dieser Armee lag in der Loyalität, die diese Männer füreinander empfanden. *Mateship* nannten sie diese tief empfundene Freundschaft, und kein Einziger in seiner Truppe ließ darauf etwas kommen. Der Zusammenhalt unter seinen Leuten war also nicht das Problem. Martins Befürchtung war vielmehr, dass in Zukunft ein guter Kumpel nicht mehr reichen würde, um am Leben zu bleiben.

Nach Bills Tod hatte seine Mutter ihn für ein paar Tage in Brisbane besucht, bevor sie nach Kokopo aufbrach, um Miti wiederzusehen. Sein Magen zog sich jedes Mal zusammen, wenn er daran dachte, dass seine Mutter nun im japanisch besetzten Teil Papuas lebte. Er wollte sich lieber nicht im Detail ausmalen, was passieren könnte, wenn Johanna in die Hände des Feindes fiel. *Denk positiv!*, ermahnte er sich zum wiederholten Mal, *denk an den Sieg!*

Verstohlen blickte er hinter sich.

»Los, Kumpel, lass uns weiterrutschen!«, sagte Jim und stieß ihm mit der Faust aufmunternd in den Rücken. Martin lächelte gequält. Jeder einzelne Knochen in seinem Körper schmerzte. Er setzte sich wieder in Bewegung; Jim und die anderen folgten ihm über den steilen, vom Regen aufgeweichten Pfad, der sie zum Gipfel führte. Es dauerte länger als geplant, bis sie ihn endlich erreichten.

Aus irgendeinem Grund hatte Martin erwartet, dass dort oben als Belohnung für die Mühsal des Aufstiegs eine sattgrüne Ebene wartete, auf der sie sich's ein Weilchen bequem machen könnten, doch stattdessen markierte die schlammige Anhöhe nichts weiter als den höchsten Punkt ihrer Strecke. Einige der Greenhorns in seiner Truppe scherzten erleichtert, doch Martin wusste, dass der Abstieg in solch schwierigem Terrain um ein Vielfaches härter und gefährlicher war als der Aufstieg. Man konnte sehr leicht ausrutschen, und ein Sturz nach unten war kaum zu bremsen.

In dieser Nacht hörten sie in einiger Entfernung Gefechtsfeuer. Martin lag auf dem Rücken, versuchte trotz der beunruhigenden Geräusche Schlaf zu finden. Irgendwann verfiel er in ein unruhiges Dösen, doch dann fing es wieder an zu regnen. Das Fallen der Tropfen überlagerte die anderen Geräusche, der Feind konnte ungehört näher kommen.

Wie gewöhnlich packten sie ihr Camp noch vor dem ersten Morgenlicht zusammen, als der Spähtrupp meldete, dass es weiter vorne Bewegung im Busch gab. Innerhalb von Sekunden waren sie ohne Ausnahme kampfbereit. Das Bren-Maschinengewehr wurde aufgestellt, die schützende Regenplane mit einer Handbewegung weggerissen. Die Situation schien aus Martins Perspektive ungewöhnlich. Er hatte noch nie gehört, geschweige denn selbst erlebt, dass die Japaner ihnen Gelegenheit gegeben hätten, sich auf einen Angriff vorzubereiten.

Der dämmernde Morgen machte dann endlich für jeden sichtbar, was genau die Späher zuvor entdeckt hatten. Eine Prozession von Einheimischen kam ihnen in aller Seelenruhe entgegen. Die Papua winkten. Wahrscheinlich wollten sie sichergehen, nicht für den Feind gehalten zu werden. Zwischen den Stammesmännern entdeckte Martin drei oder vier australische Soldaten, denen wiederum Einheimische folgten, die Bahren trugen. Ein kollektives Aufatmen ging durch

Martins Leute. Es waren nur die *Fuzzies.* Die Australier hatten ihren einheimischen Helfern einen Spitznamen gegeben und nannten sie *Fuzzy Wuzzy Angels* oder kurz *Fuzzies.* Ob diese sogenannten Engel mit den Wuschelköpfen den Australiern aus freien Stücken halfen oder ob sie dazu gezwungen worden waren, wusste Martin nicht. Es war jedoch klar, dass viele von ihnen ihr Bestes gaben, um ihn und seine Leute im Kampf gegen die Japaner zu unterstützen. Auch wenn es für die ersten Soldaten ein ziemlicher Schock gewesen sein musste, von den seltsamen Gestalten gepflegt zu werden. Die Papua sahen unheimlich aus mit ihren Nasenknochen, dem traditionellen Kopfschmuck und der rotgelben Farbe im Gesicht, die sie allerdings nur im Camp auftrugen. Im Dschungel wären sie mit dem grellen Schmuck zur leichten Beute geworden. Die Verletzten verstanden natürlich keine Silbe von dem, was die Engel untereinander besprachen. Möglich, dass die Wilden sich nur darum stritten, auf welche Weise man die weißen Männer am schmackhaftesten zubereiten könnte. Auch wenn die Australier nicht viel über die einheimische Bevölkerung wussten – dass einige Stämme Kannibalen waren, davon hatte selbst der dümmste Farmjunge gehört.

Martin sprach zumindest *Pidgin English,* eine Sprache, die viele Stämme beherrschten, und konnte sich fast überall auf Papua verständlich machen. Ein Umstand, der ihm jetzt zu Hilfe kam. Zwei seiner Männer waren zu schwer verletzt, um ohne Hilfe den Track zu bewältigen. Die *Fuzzy Wuzzies* versprachen, die beiden Verwundeten zurück ins Basiscamp am Fuße des Berges zu bringen.

Martin redete mit dem Soldaten, der den Rücktransport der Kranken überwachen sollte, und wandte sich dann fragend an die Einheimischen, um herauszufinden, auf was sich seine Truppe einzustellen hatte. Sein Gesicht verfinsterte sich während des Gesprächs. Auf sie wartete offensichtlich eine starke japanische Einheit. Die Digger, die vor seiner Truppe auf die Japaner getroffen waren, galten innerhalb der Army als unerfahren. Martin unterdrückte aufwallende Wut. Wieso hatte man diese Kinder als Vorhut geschickt? Martin schluckte und schaute sich unter seinen eigenen Männern um. Kaum einer darunter, der älter als zweiundzwanzig war. Plötzlich fuhr Martin herum. Er hatte ein fremdes Wort gehört, dass ihm bekannt vorkam. Die Tolai benutzten es, der Stamm, der in der Nähe von Kokopo lebte. Martin ging auf den Mann zu und begrüßte ihn. Martins Gestammel in der Stammessprache entlockten dem kleinen drahtigen Kerl ein breites Grinsen. Sein Haar machte dem Spitznamen alle Ehre. Es stand wirr und starr nach oben ab. Martin ließ den Engel unter Zuhilfenahme von Händen und Füßen wissen, dass er ebenfalls aus Kokopo stamme. Daraufhin ergoss sich ein schier endloser Schwall an Worten über ihn, bis er lächelnd den Kopf schüttelte und als weiteres Zeichen seiner Hilflosigkeit die Hände in den Himmel reckte. Immerhin hatte er den Namen des Tolai verstanden: Paikou. Der hörte nicht auf, zu grinsen und zu nicken, während er in einem fort auf Martin einredete. Hinter ihnen amüsierten sich die Digger über die angestrengte Unterhaltung.

»Kennst du Miti?«, unterbrach Martin den Eingeborenen nach einer Weile auf Pidgin. Paikou nickte. Gab es eigentlich irgendjemanden in Papua, der Miti nicht kannte?, fragte sich Martin und schöpfte gleichzeitig Hoffnung. Er nahm nochmals allen Mut zusammen, um die Frage zu stellen, vor deren Beantwortung er sich am meisten fürchtete:

»Hast du meine Mutter gesehen? Johanna Hunter. Sie ist Mitis beste Freundin.« Paikou zog die buschigen Brauen zusammen und verschränkte die Arme vor der Brust.

»Jo?«

Martin beschrieb seine Mutter, und Paikou antwortete mit einem Nicken. Erst zögerte Martin, doch dann lächelte er. Der Kosename gefiel ihm.

»Ja. Jo.«

Sobald er Port Moresby erreichte, wollte Paikou das nächste Boot zurück nach Rabaul nehmen, schon in zwei, spätestens drei Tagen. Martin begann, hektisch in seinen Hosentaschen nach einem Stück Papier zu suchen. Als er nichts fand, riss er einen Fetzen von seiner Zigarettenpackung und kritzelte darauf eine Notiz. Er drückte Paikou das Stück Papier in die Hand.

»Wirst du ihr das geben? Kannst du dafür sorgen, dass ich eine Antwort erhalte? Du weißt, wo du mich findest.« Er machte eine vage Handbewegung, die den gesamten Dschungel um ihn herum einschloss. »Irgendwo hier.«

Paikou kicherte. Martin drückte die Hände des Einheimischen und dankte ihm überschwenglich.

Johanna schaute von der Anhöhe hinab auf Kokopo. Von hier oben sah das Städtchen aus wie immer. Kokopo – das war so viele Jahre ihre Heimat gewesen, doch das alles war nun vorbei. Die Japaner hatten einen Teil des Ortes mit Stacheldraht umzäunt und zu einem Gefangenenlager gemacht. Sie wischte sich mit beiden Händen die heißen Tränen aus dem Gesicht und setzte sich ins Gras unter dem alten Feigenbaum, dessen Luftwurzeln in bizarren Windungen von den Ästen herab in Richtung Boden wuchsen und so etwas wie einen Raum schufen, in dem Johanna sich geborgen fühlte. Die Kathedrale, so nannte sie diesen geheimen Ort. Der einzige Platz, der ihr noch zum Träumen geblieben war. Sie lehnte den Kopf an den mächtigen Stamm, schloss die Augen und dachte nach. So vieles war passiert. Sie war nun dreiundsechzig, Miti schon neunundsiebzig. Wenn alles gutging, hätten sie im kommenden Jahr einen großen Geburtstag zu feiern.

Es war jetzt dreizehn Jahre her, seit sie aus Australien nach Kokopo zurückgekehrt war. Als wäre sie nie fort gewesen, nahmen die Aufgaben in der Schule und im Kindergarten sie wieder vollkommen in Beschlag. Hinzu kamen die vielfältigen Probleme, die zwischen den Stämmen schwelten und jederzeit ausbrechen konnten wie die Vulkane, unter denen sie alle ihre Zelte aufgeschlagen hatten. Fast täglich erinnerten minimale Erdbewegungen und die beständige Rauchfahne an die Gefahr, in der sie lebten. Doch gleichzeitig dachte Johanna jeden Tag, dass es keinen besseren, keinen schöneren Platz auf Erden gab als diese abgeschiedene Bucht.

Miti reiste oft ins Hochland, um die isoliert lebenden Stämme zu besuchen, und sie selbst begleitete die Freundin mittlerweile, sooft sie Zeit dafür fand. Sie erkundigte sich vor Ort nach dem Gesundheitszustand der Kinder, brachte ein paar Medikamente gegen Durchfall und Malaria mit, manchmal auch ein paar Büchsen Fleisch vom Kolonialwarenladen in Rabaul. In den wenigen Stunden der Muße, die ihr blieben, versuchte sie sich an Bilderbüchern, die ihr die Kinder der Hochlandstämme jedes Mal begeistert aus der Hand rissen. Es waren kleine Geschichten rund um den Alltag der einheimischen Kinder, die sie sich ausgedacht und mit Buntstiften in schlichte Schulhefte gemalt hatte. Miti und sie hörten auch den Alten zu, ließen sich von ihren Sorgen berichten, die meist um benachbarte Stämme und gestohlene Schweine kreisten. Johanna sah mit Bewunderung, wie Miti von den Einheimischen respektiert wurde. Die Freundin beherrschte einige der Sprachen der Bergstämme, und die Einheimischen kannten sie noch aus jener Zeit, da sie gemeinsam mit ihrem Mann die Bräuche der Papua erforscht und für ihn Gespräche geführt und protokolliert hatte. Da Miti mit den Jahren immer vergesslicher wurde, musste Johanna ihr mehr und mehr zur Hand gehen. Sie notierte die verschiedenen Wünsche und Beschwerden der Stammesältesten und sorgte dafür, dass alles rechtzeitig erledigt wurde.

Johanna lächelte. Es war eine anstrengende, aber auch sehr befriedigende Zeit gewesen. Sie drehte sich um, blickte auf die immergrünen Berge, die von hier unten nicht preisgaben, wie beschwerlich der Weg hinauf zum Kamm war. Dunstschwaden stiegen langsam aus den weiter oben gelegenen Baumkronen auf und verwischten die Konturen des Waldes mit dem milchigen Blau des Himmels. Wenn sie sich konzentrierte, konnte sie in der Ferne die Rufe der Dschungelvögel hören, manchmal auch die Kundutrommeln der Einheimischen. Nach einer Weile wandte sie den Blick wieder aufs Meer.

Als die Japaner in New Ireland einfielen, stellten die Australier ein Schiff bereit, das ihre und die britischen Bürger in Sicherheit bringen sollte. Doch sie und Miti hatten davon erst erfahren, nachdem das Schiff bereits abgelegt hatte. Und man hatte sie keineswegs vergessen. Man wollte sie gar nicht retten. Miti war mit einem Deutschen verheiratet gewesen, und sie, Johanna, war von Geburt an Deutsche und befand

sich somit ganz eindeutig auf der falschen Seite. Dass Richard Parkinson schon lange tot und sie, Johanna, mit einem Australier verheiratet gewesen war, spielte offensichtlich keine Rolle. Die Behörden gaben sich dennoch betreten, als Johanna nachgefragt hatte. Gab es etwa ein zweites Schiff, auf dessen Passagierliste sie standen?
Der Sergeant blieb eine Weile stumm, scharrte nur mit dem Fuß auf den Holzdielen, die eigenen Bewegungen mit den Augen verfolgend.
»Sorry, Ma'am«, sagte er schließlich. »Es war nicht meine persönliche Entscheidung.« Er wünschte ihnen viel Glück und komplimentierte sie nach draußen.
Johanna hatte ihn angestarrt, doch als sie voller Zorn losdonnern wollte, griff Miti sie am Arm und zog sie zu sich.
»Es ist vorbei, Johanna. Wir sind auf uns gestellt. Komm, lass uns nach Hause gehen und Vorbereitungen treffen!«
Später dachte Johanna oft daran, dass sich die australische Armee wenigstens um ihre eigenen Leute hätte kümmern sollen, wenn sie schon zwei hilflose Frauen im Stich ließ. Die jungen Kerle dort oben auf dem Track waren der Übermacht der japanischen Truppen völlig ausgeliefert. Johanna dachte an ihren Sohn Martin und weinte. Obwohl sie in diesen Tagen sparsam mit Bitten an Gott umging, schickte sie ein Stoßgebet zum Himmel und bekreuzigte sich.
Es war Nachmittag geworden, und die Sonne beeilte sich, im Meer zu versinken. Die langen Schatten der Feigenwurzeln fielen Johanna schräg übers Gesicht. Sie stand auf und schaute noch einmal auf Kokopo. Dann machte sie sich auf den schmalen Pfad, der nach Kuradui führte.
Sie und Miti lebten, seit sie wussten, dass sie die Insel in naher Zukunft nicht würden verlassen können, so unauffällig

wie möglich. Sie ernährten sich von dem, was der Garten ihnen schenkte, und die Einheimischen brachten ihnen hin und wieder Fisch und Muscheln. Das Haus selbst war mittlerweile vom Dschungel fast vollständig überwuchert, so dass Johanna erst die Blätter eines riesigen Silberfarns zur Seite biegen musste, ehe sie die Stufen der Veranda betreten konnte. Miti kam ihr entgegen. Sie sah müde aus. Johanna warf ihr einen fragenden Blick zu, doch Miti bewegte den Kopf in einer stummen Verneinung. Johanna nickte ergeben. Sie hatte sowieso nicht daran geglaubt, dass es gut ausgehen würde.

»Er ist noch in der Nacht gestorben«, sagte Miti und steckte eine lose Strähne in ihren grauen Haarknoten zurück. Sie setzten sich auf die Bank neben dem Eingang. Was sollten sie jetzt tun? Johanna legte ihre Hand auf die der Freundin und drückte sie. Sie spürte die knotigen Gelenke, fühlte die Adern der älteren Frau. Das hatte Miti nicht verdient! In diesem Abschnitt ihres Lebens sollte sie sich von ihrem arbeitsamen Leben in einem Schaukelstuhl ausruhen und ihren Enkeln und Urenkeln beim Spielen zusehen. Stattdessen saß sie auf dieser harten Bank mit Johanna, der einzigen Freundin, die ihr geblieben war. Ihre Kinder und Enkelkinder hatten die Insel längst verlassen, und im Wohnzimmer lagen vier Leichen.

Es kam Johanna fast wie ein Wunder vor, dass ihr Geheimnis nicht längst aufgeflogen war. Vor einer Woche war ein brennendes amerikanisches Kampfflugzeug ins Meer gestürzt und im Pazifik versunken. Die Japaner hatten den Absturz beobachtet und angenommen, es gäbe keine Überlebenden. Doch in der folgenden Nacht klopfte es an der Tür von Kuradui. Einheimische trugen vier junge Männer, die sie auf Bahren gebracht hatten, ins Wohnzimmer, legten sie ab und verschwanden schweigend wieder. Miti und Johanna hatte der Anblick der Verletzten die Sprache verschlagen, und so ließen sie die Einheimischen ziehen, ohne Fragen zu stellen. Einer der Amerikaner war bereits tot, die anderen drei hatten neben mehrfachen Knochenbrüchen schwere Verbrennungen erlitten. Ob auch innere Organe verletzt waren, ließ sich schwer sagen, aber die Frauen nahmen dies bei mindestens zweien der Männer an. Einer der Überlebenden stöhnte ständig, manchmal lallte er auch etwas Unverständliches, so als wäre er betrunken. Der Dritte rührte sich gar nicht. Miti und Johanna hatten genug Erfahrung, um zu erkennen, dass sie für die Männer nicht mehr viel tun konnten. Sie kümmerten sich dennoch, so gut es ging, um sie: Sie wuschen ihnen die Gesichter, gaben ihnen in kleinen Schlucken Wasser zu trinken und fächelten ihnen Luft zu. Doch noch in derselben Nacht waren zwei der *Airmen* ihrem Kameraden in den Tod gefolgt.

Johanna ließ den Kopf hängen und fuhr sich mit der Hand über die feuchte Stirn. Nun hatte Miti also auch über den Letzten ein Laken breiten müssen. Er hieß Robert Banks und war der Navigator. Banks war bis zuletzt noch ansprechbar gewesen, und Johanna hatte mit ihm mehrmals eine kurze Unterhaltung geführt. Wo er herkam, den Namen von Frau und Kindern. Sie hatte sich noch in der Dämmerung auf den Weg gemacht, um Hilfe zu holen. Sie beide konnten unmöglich allein die Gräber ausheben, noch dazu in aller Heimlichkeit.

Johanna stand jetzt auf und ging ins Wohnzimmer, um zu sehen, in welchem Zustand der Raum war. Die Tolai waren ihrem Hilferuf sofort gefolgt. Nichts wies mehr auf den

Schrecken der vergangenen Nacht hin, sie hatten die Amerikaner begraben. Johanna atmete auf. So weit, so gut. Sie machte einen Rundgang ums Haus, um sicherzugehen, dass die Tolai auch ja nichts übersehen hatten, was die Frauen kompromittieren könnte.

Urplötzlich stand einer von ihnen vor ihr. Er streckte den Arm aus und hielt ihr einen zerknitterten Zettel vor die Nase.

»Von Martin, deinem Sohn«, sagte er auf Pidgin. Johanna kannte den Mann vom Sehen, doch der Name wollte ihr nicht einfallen. Ungeduldig riss sie ihm den Zettel aus der Hand. Während sie las, begann sie zu weinen und schluchzte halblaut vor sich hin. Miti eilte zu ihr und legte ihr die Hand auf den Oberarm.

»Von Martin. Eine Nachricht von Martin«, sagte Johanna und lächelte unter Tränen. »Er lebt. Er ist auf dem Kokodatrail.« Miti nahm sie in den Arm.

»Das sind ja wunderbare Nachrichten!« Paikou lächelte, als er von den Frauen aufgefordert wurde, im Detail von der Begegnung mit Martin zu berichten, und je länger die beiden ihm lauschten, desto mehr wich deren erste Erleichterung tiefer Besorgnis.

»Schreib einen Brief! Ich bringe ihn zu Martin«, sagte Paikou. Auch wenn sein Ton rüde war, Johanna war glücklich über diese Gelegenheit, ihrem einzigen Sohn eine Nachricht schicken zu können. Doch zunächst deutete sie auf die Staffelei in der Ecke der Veranda. Sie gingen hinüber, und Johanna entrollte einige der Bilder, die in einer länglichen Holzkiste hinter der Staffelei lagen. Paikou betrachtete aufmerksam die verschiedenen Gemälde und Zeichnungen. Als er auf einem Bild einen Freund zu erkennen glaubte, rief er

begeistert dessen Namen aus und nickte Johanna zu. Johanna entschied sich für eine der Zeichnungen, rollte sie vorsichtig zusammen und drückte sie Paikou in die Hand.
»Hier, nimm das, und gib es meinem Sohn zusammen mit dem Brief! Kannst du morgen wiederkommen und den Brief holen? Ich möchte mir dafür ein wenig Zeit nehmen.« Paikou nickte und ging davon. Im nächsten Moment hatte ihn schon der Dschungel verschluckt.
Johanna holte Papier und Stift aus ihrem Zimmer, setzte sich an den kleinen Tisch auf der Veranda und begann zu schreiben. Doch direkt nach der Begrüßungsfloskel hielt sie inne und schaute vom Brief auf. Was wollte sie Martin denn eigentlich sagen? Einem ersten Impuls folgend, hätte sie sich am liebsten die Mühsal der letzten Wochen von der Seele geschrieben, aber wäre das klug? Mit Sicherheit nicht, urteilte sie. Zum einen könnten die Japaner Paikou abfangen und ihren Brief finden. Dann gnade ihr Gott! Zum anderen konnte sie ihrem Sohn unmöglich davon berichten, dass sie gerade vier amerikanische *Airmen* im Garten vergraben hatten. Er wäre vor Sorge außer sich und könnte nichts tun, um ihre Lage zu ändern.
Nein, dachte Johanna, das Letzte, was Martin jetzt brauchte, war eine Mutter, um die er sich kümmern müsste. Wo sie doch das genaue Gegenteil erreichen und Martin Mut machen wollte. Johanna überlegte lange hin und her. Dann entschied sie sich, den Brief so allgemein wie möglich zu halten. Martin sollte nicht erfahren, wie schwierig es war, sich tagtäglich aufs Neue mit den Japanern zu arrangieren.
Johanna richtete den Blick wieder auf den Briefbogen, setzte sich zurecht und schrieb weiter.

Lieber Martin,
dieser liebe Tolai hat mir eben Deinen Zettel gegeben und mir gesagt, er habe Dich auf dem Kokodatrail getroffen. Ich bin so unendlich froh, von Dir zu hören! Hoffentlich können wir über diesen Weg auch in Zukunft in Kontakt bleiben. Ich vertraue den Tolai und sie mir. Um uns herum sind überall die Japaner, und wir müssen schrecklich vorsichtig sein. Phebe und ich arbeiten noch immer eng mit den Einheimischen zusammen, und den Japanern ist es ganz recht, wenn sie sich nicht selbst mit den Papua auseinandersetzen müssen. Abgesehen von ein paar Vorsichtsmaßnahmen, geht unser Leben im Grunde also so weiter wie bisher. Die Fische schwimmen noch im Meer, die Kokosnüsse hängen noch an ihren Palmen. Mach Dir also …

Plötzlich hörte Johanna einen Schlag und das Zersplittern von Holz. Sie sprang von ihrem Stuhl auf, schaute zur Haustür hinüber, von wo der Lärm herkam, und sah gerade noch, wie ein japanischer Offizier durch die aufgebrochene Tür schritt.

Johanna lief hinterher und sah Miti im Raum stehen, die Hände vor den Mund geschlagen, die Augen vor Schreck weit aufgerissen. Ihre Haare waren in Unordnung. Bestimmt hatte sie sich gerade auf der Couch ausgeruht, als die Tür eingetreten wurde. Der Japaner rempelte die alte Frau unsanft an, so dass sie hinfiel. Johanna eilte zu ihr und kniete sich neben sie, während der Offizier zwei Soldaten etwas zuschrie, die daraufhin ins Haus eindrangen. Die beiden Frauen sahen einander ängstlich an, hielten sich bei den Händen. Der Offizier hielt sie mit einer Pistole in Schach, bis die Soldaten zurückkamen. Einer deutete mit dem Daumen auf den Familienfriedhof. Johanna hatte keinen Zweifel, was diese Geste bedeutete. Sie hatten die Amerikaner gefunden.

Paikou war schon auf halbem Weg zu seinen Leuten, als er hinter sich das Krachen von Holz und die Stimmen der Japaner hörte. Er blieb stehen und lauschte. Nach einer Weile beschloss er zurückzugehen. Bei der Farm angekommen, schob er seinen Körper lautlos seitwärts am Haus entlang und blickte vorsichtig in eines der Fenster von Kuradui. Er hörte einen der Soldaten in dieser eigenartigen Sprache schreien.

Er zuckte zusammen, als er sah, wie der Japaner den Frauen ins Gesicht spuckte, erst Johanna, dann Miti, und sie mit der flachen Hand schlug. Die Frauen begannen zu wimmern. Auf einen Wink ihres Vorgesetzten zogen die Soldaten Miti und Johanna an den Armen aus dem Haus. Paikou bekam es mit der Angst zu tun und ging in Deckung. Er fühlte sich schlecht, weil er den Frauen nicht half. Die Männer schleiften die beiden die Verandastufen hinunter und verschwanden, gefolgt vom Offizier, mit ihren Gefangenen im Dunkel der Nacht.

Paikou horchte, ob es im Haus ruhig war, dann glitt er lautlos auf die Veranda und schnappte sich so viele Bilder aus der kleinen Truhe, wie er nur tragen konnte.

So leise, wie er gekommen war, glitt er in den Dschungel zurück. Als er weit genug vom Haus entfernt war, hielt er nochmals inne und lauschte. Er hörte das Knistern von Feuer. Kuradui brannte. Mitis Haus stand in Flammen! War es seine Schuld? Hatte er nicht genug aufgepasst und die bösen Geister versehentlich hierhergeführt? Dann dachte er an sein Dorf und erneut überkam ihn die Angst. Was, wenn diese gelben Teufel es auf die Tolai abgesehen hätten?

Martin und seine Leute hatten den Dschungel, der Deckung bot, fast erreicht, als das Feuer auf sie eröffnet wurde. Sofort warfen sie sich in den Schlamm und rollten zwischen dem Bambus ins Dickicht. Dann erwiderten sie das Feuer. Eine Granate explodierte hinter ihnen. Obwohl Martin seinen Jungs eingeschärft hatte, in einem solchen Fall am Boden zu bleiben, sprangen einige instinktiv auf, um sich in Sicherheit zu bringen. Maschinengewehrsalven verfolgten sie. Mehrere Aufschreie, dann wurde es totenstill. Martin hörte ein Stöhnen und lief gebückt darauf zu. Plötzlich knickte er selbst zur Seite weg. Seine Augen suchten die Stelle, wo es schmerzte, und als er sie gefunden hatte, drückte er die Faust in die Bauchwunde. Martin biss sich auf die Zähne, um nicht zu schreien. Er konnte nicht mehr tun, als zuzusehen, wie der Regen sein Blut die Böschung hinunterspülte.

Papua-Neuguinea, 2011

Als Katja das Archiv von Vunapope verlassen hatte, ging sie gleich zum St. Mary's Hospital hinüber, das direkt gegenüberlag.

Sie bemühte sich um Fassung, obwohl ihr Herz raste, als würde es ihr die Brust sprengen wollen. Freundlich grüßte sie zwei Nonnen, die die Blumenbeete bewässerten, ließ sich sogar auf einen kurzen Plausch übers Wetter ein. Sie zwang sich zu einem Lächeln, dabei presste sie mit verschränkten Armen die Tasche an sich. Die Schwestern beschwerten sich über die Trockenheit, sie hofften in den kommenden Tagen auf einen ordentlichen Regenguss.

Im Krankenhausflur grüßte Katja nur flüchtig und allgemein in die Runde, hastete stattdessen, da sie nun aus Reuters Blickfeld verschwunden war, weiter bis zur Station. Prompt lief sie in Joy hinein, die, einen Stapel Handtücher vor sich hertragend, nur im letzten Moment verhindern konnte, dass dieser zu Boden fiel.

»Passen Sie doch auf, Herrgott noch einmal!« Für eine katholische Krankenschwester fluchte Joy nicht schlecht und ziemlich häufig, das war Katja schon des Öfteren aufgefallen.

»Entschuldigung, tut mir leid. Ich war in Gedanken. Wissen Sie, wo ich den Chef finde?«

Joy raunte etwas Unverständliches, wies dann aber mit dem Kopf zu seinem Büro.

»Wenn ich Sie wäre, würde ich mich verdammt kurzfassen. Christoph steckt bis zum Hals in Berichten, die er bis morgen fertig haben muss.«
Joy schien ihren Sonderstatus als *gute Freundin* des Chefs auszukosten, wie sie ihre Beziehung zu Lambert umschrieb. Die beiden waren kein offizielles Paar. Warum das so war, verstand Katja nicht. Schließlich wusste jeder im Krankenhaus, dass sie miteinander schliefen. Aber das ging sie eh nichts an. Trotzdem wurmte es sie, dass Joy bei jeder Gelegenheit von *Christoph* sprach oder mit irgendwelchen Informationen prahlte, die – wie jeder wusste – nur von Lambert höchstpersönlich stammen konnten.
»Danke«, sagte Katja und ließ sie stehen.

Lambert bot ein Bild der Verzweiflung. Patientenakten türmten sich links und rechts von ihm, während er aus einem aufgeschlagenen Ordner Daten in eine Computermaske übertrug. Einzelne Schriftstücke flatterten zu Boden, als Katja die Glastür öffnete.
»Mist, verfluchter!«, zischte er zwischen den Zähnen und schickte sich an aufzustehen, um die versteuten Blätter aufzuheben.
»Sorry! Lassen Sie, ich mach das schon!«, rief sie und klaubte die Papiere zusammen.
Dabei warf sie einen Blick auf einen der Zettel. »Patienten vom letzten Quartal?« Sie hob den Blick und sah ihn ungläubig an. Genervt entriss dieser ihr die Seiten.
»Wenn Sie gestatten?«
Dies war definitiv nicht der Augenblick, um mit ihm über ihre Entdeckung im Archiv zu sprechen.
»Also, was ist? Was wollen Sie von mir?«

»Ach, nicht so wichtig, das kann warten.« Sie machte eine Geste in Richtung der Stapel.
Lambert stand auf und ging um den Tisch herum.
»Haben Sie es sich etwa anders überlegt? Wollen Sie zu Ihrer Uniklinik zurück?« Die Hände in den Hosentaschen lehnte er sich gegen die Schreibtischkante und sah sie skeptisch von der Seite an.
Katja machte auf dem Absatz kehrt. »Ein einfaches *Schön, dass Sie zurück sind* hätte es auch getan. Aber egal, Sie sind beschäftigt. Wir sehen uns dann im Dienst.« Als Katja schon fast aus der Tür war, berührte Lambert sie am Arm.
»Nein, warten Sie. Ist etwas passiert?«
Katja fuhr sich mit den Händen über die Augenlider und atmete durch. Ihre Stimme klang dünn.
»Ja, das kann man so sagen. Ich bin durcheinander, und es gibt eigentlich niemanden, dem ich mich hier anvertrauen könnte. Und da dachte ich …«
»Da haben Sie genau richtig gedacht«, unterbrach er sie. Er schaute auf die Uhr, sah sie an. »Geben Sie mir zwei Stunden. Ich komme zu Ihnen, wenn Ihnen das recht ist.«
»Danke, das wäre toll. Allerdings habe ich ein schlechtes Gewissen, wenn ich sehe, was Sie zu tun haben.«
Lambert winkte ab. »Der ganz normale Wahnsinn. Ich kenne es gar nicht anders. Also dann, bis nachher?«
Katja nickte. »Dafür mach ich uns was zu essen. Sie mögen doch Schnitzel?«
Lamberts Gesicht hellte sich auf.
»Machen Sie Witze? Für ein ordentliches Schnitzel würde ich töten!«

Katja deckte den Tisch. Auf dem Markt hatte sie ein schönes Schulterstück ergattert, das sie nun in dünne Scheiben schnitt, würzte und panierte. Dazu gab es einen Kartoffelsalat mit Essig und Öl, der mangels Kartoffeln die lokale Tarowurzel als Hauptzutat enthielt. Als sie Lamberts Wagen hörte, stellte sie die Pfanne bereit und lief dann rasch ins Bad, um sich das Haar zu bürsten und etwas Lipgloss aufzutragen. Sie beeilte sich, um noch vor dem Besuch am Eingang zu sein. Als sie die Tür öffnete, stand Lambert vor ihr und hielt ein grüngelbes Sixpack hoch.

»Ich hoffe, Bier ist Ihnen recht?«

»Zum Schnitzel? Was denn sonst.« Sie forderte ihn auf, ihr in die Küche zu folgen, nahm ihm das Bier ab und löste zwei Dosen aus der Pappe. Das restliche *SP Gold* stellte sie in den Kühlschrank. Das Bier zischte ihnen über die Finger, als sie die Dosen mit einem Knacken öffneten. Katja legte die Schnitzel in die heiße Pfanne und trat einen Schritt zurück, um sich vor den Fettspritzern in Sicherheit zu bringen. Sie nahm einen ordentlichen Schluck Bier. Lambert, der neben ihr stand, tat es ihr gleich.

»Also, reden wir nicht lange drum herum. Seit Sie heute in meinem Büro waren, mache ich mir Sorgen um Sie. Was ist los?«

Sie schob mit der Gabel die Schnitzel in der Pfanne umher, um Lambert nicht ansehen zu müssen, riskierte dann aber einen Blick in seine Richtung.

»Ich weiß gar nicht, wo ich beginnen soll. Was ich zu sagen habe, hört sich bestimmt hysterisch an.«

Katja drehte die Schnitzel um, das Fett zischte. Sie wandte das Gesicht ab und drehte die Hitze auf eine niedrigere Stufe.

»Ich brauche dringend einen Rat von jemandem, der einen unverstellten Blick hat. Der an nichts von all dem, was ich erzählen werde, beteiligt ist.« Lambert hob ungeduldig die Hände, um anzuzeigen, wie offensichtlich es war, dass all dies auf ihn zuträfe.

»Dann legen Sie mal los!«

Katja schien beruhigt. »Also gut. Im Grunde dreht sich alles darum, was ich als Nächstes tun soll. Zuerst dachte ich noch, ich käme allein damit zurecht, doch die ganze Geschichte wächst mir allmählich über den Kopf.«

Katja hob die Schnitzel an, um zu sehen, ob sie ausreichend gebräunt waren, und legte sie auf einen Teller mit Küchenpapier. Dann schaltete sie den Herd aus und bedeutete Lambert, ihr mit dem Bier ins Wohnzimmer zu folgen. Sie setzten sich an den Tisch, und Katja verteilte das Essen auf die Teller.

»Senf ist leider alle«, erklärte sie. Lambert hob die Bierdose, sie stießen an. Zwei Geckos, die an der Decke auf Spinnenfang waren, keckerten vernehmlich. Katja schob einen Bissen in den Mund, legte dann das Besteck auf dem Teller ab und lehnte sich zurück. In der Camping-Gaslampe, die zwischen ihnen auf dem Tisch stand, verbrannte zischend eine Mücke. Katja sah Lambert zu, wie er sein Schnitzel in mundgerechte Stücke zerteilte, gleich mehrere davon mit der Gabel aufspießte und hastig in den Mund schob. Er ließ zwei Gabeln Kartoffelsalat folgen, und als er bemerkte, dass sie ihn beobachtete, hob er lächelnd den Daumen. Katja erwiderte das Lächeln.

»Ich höre«, sagte Lambert, bevor er den Rest des Schnitzels verdrückte.

»Ich habe mich in Köln mit meinem Großvater getroffen.

Was an sich schon außergewöhnlich ist, denn ich meide ihn seit Jahren.«

Lambert legte nun ebenfalls das Besteck zur Seite. Die Ellbogen auf den Tisch gestützt, hörte er konzentriert zu. Katja fühlte sich ermutigt.

»Meine Mutter hat mich händeringend gebeten, mich mit ihm zu treffen, und ich wollte ihr diesen Wunsch nicht abschlagen. Aber dieses Treffen war ungewöhnlich, sehr ungewöhnlich.« Katja hielt inne und senkte den Kopf, als suche sie nach den rechten Worten, um das Erlebte zu beschreiben.

»Was war denn anders als sonst?«

Katja blickte auf, sah ihn an. »Als wir in Großvaters Villa beisammensaßen, zeigte er zum ersten Mal Interesse an mir. Er wollte, dass ich ihm von Papua erzähle und was ich in Australien erlebt hätte. Meinen Fragen ist er jedoch wie immer geschickt ausgewichen. Aber als ich den Namen Johanna erwähnte, wurde er von einer Sekunde zur anderen eiskalt. Er hat mich eine Ewigkeit lang unbewegt angestarrt. Es war unheimlich. Dann, wie aus dem Nichts, machte er diese Wahnsinnsankündigung.«

»Entschuldigen Sie, dass ich Sie unterbreche. Sie meinen nicht etwa die Johanna, deren Briefe wir hier auf Kuradui gefunden haben?«

Katja nickte, froh darüber, dass Lambert ihr aufmerksam zugehört hatte.

»Genau die. Die Freundin von Miti.«

»Okay«, sagte Lambert und drehte, in Gedanken versunken, seine Bierdose, die dunkle Ringe auf dem Holztisch hinterließ.

Katja fuhr fort: »Jedenfalls sagte Großvater, wie sehr er es bedauere, dass sein Unternehmen, die Ferron AG, Einheimischen geschadet habe. Das allein hat mich schon überrascht. Doch dann erklärte er tatsächlich, dass er mich gerne als Geschäftsführerin einer Organisation einsetzen würde, die sich gezielt um solche Fälle kümmern und zudem die medizinische Versorgung der Einheimischen sicherstellen soll.«

Lambert horchte auf und wollte mehr über das Unternehmen wissen. Er erkundigte sich nach der betreffenden Mine. Katja erzählte ihm, was sie darüber wusste.

»Wow«, sagte Lambert schließlich und zog an seinem Ohrläppchen, während er die Informationen verarbeitete. »Da geht es wohl um etwas richtig Großes. Kein Wunder, dass Sie durcheinander sind.«

»Sie haben doch nicht etwa Angst, dass ich das St. Mary's im Stich lasse?«

»Sollte ich das denn?«

Katja hob erstaunt die Brauen. War Lambert etwa nur darauf bedacht, sie nicht als Arbeitskraft zu verlieren, und ihr eigentliches Problem mit Großvater Albert interessierte ihn überhaupt nicht?

Mittlerweile waren sie beim zweiten Bier angelangt. Lambert zerknüllte geräuschvoll die leeren Dosen und legte sie auf seinem leer gegessenen Teller ab.

»Darum geht es doch nicht. Ich wollte Ihnen von meinem Großvater erzählen«, sagte sie und klang leicht verärgert.

»Tut mir leid. Sie haben vollkommen recht. Bitte reden Sie weiter. Haben Sie denn schon eine Idee, wie Sie sich entscheiden werden?«

Sie hob die Schultern und schüttelte den Kopf.

»Keine Ahnung. Die ganze Situation ist seltsam. Großvater

hat sich noch nie um die Menschen gekümmert, die unter der Ferron zu leiden hatten.« Katja stapelte die Teller aufeinander und legte das Besteck obenauf. »Ich glaube, er versucht, etwas vor mir zu verheimlichen, und diese wunderbare Organisation, von der er spricht, ist nur ein Ablenkungsmanöver, um mich von diesem Geheimnis fernzuhalten, dem ich auf der Spur bin. Höre ich mich komplett verrückt an?« Sie strich sich eine Strähne hinters Ohr und sah ihn an. Lambert legte nachdenklich den Zeigefinger auf die Oberlippe.

»Ich kenne weder Sie noch Ihren Großvater sonderlich gut, aber darf ich mal ganz ehrlich sein?«

»Ja, unbedingt!«

»Gut. Mir erscheint nämlich Ihre Reaktion auf das Angebot Ihres Großvaters etwas merkwürdig. Für mich hört es sich sehr großzügig an.«

Katja sah ihn erbost an, verschränkte gleichzeitig schützend die Arme über der Brust und schob die Hände unter die Achseln, als würde sie frieren.

»Eine Chance wie diese«, fuhr Lambert unbeeindruckt fort, »bekommt man meiner Erfahrung nach nur einmal im Leben. Wie ich Sie kenne – zugegebenermaßen nicht überaus gut –, füllt diese Organisation genau die Leere, die Sie in Ihrem beruflichen Werdegang bislang zu empfinden scheinen.«

Katja glaubte nicht recht zu hören. Was maßte sich Lambert da an? Die Enttäuschung über seine Reaktion zeichnete sich auf ihrem Gesicht ab. Verdammt, sie hätte es besser wissen müssen. Sich diesem Mann anzuvertrauen war ein Fehler gewesen.

»Ach ja? Welche emotionale Lücke haben Sie denn da bei

mir ausmachen können?« Sie klang pikiert, doch falls Lambert diesen Unterton bemerkt haben sollte, überging er ihn. »Lassen Sie mich kurz überlegen.« Er trommelte mit den Fingern auf dem Tisch herum und stierte die Decke an. Nach einer Weile begann er wieder zu reden. »Meines Erachtens suchen Sie eigentlich nach einer Tätigkeit, die größeren Einfluss hat als Ihre bisherige Arbeit im Krankenhaus. Eine, die weit über das unmittelbare Wohlbefinden des einzelnen Patienten hinauswirkt.« Er sah sie an. »Aber das ist natürlich nur meine Meinung. Was denken Sie denn?«

Katja blickte wie ertappt zur Seite. Was er da sagte, stimmte. Jetzt fühlte sie sich einigermaßen zerknirscht, weil sie Lambert offenbar falsch beurteilt hatte und er, entgegen ihrer ersten Einschätzung, sehr wohl imstande war, sich in sie hineinzuversetzen. Katja wunderte sich. Ganz zu Anfang, als er sie für die neue Ärztin gehalten hatte, da waren sie einmal aneinandergeraten, weil sie das hiesige Gesundheitssystem kritisiert hatte. Doch seither hatten sie über derart Grundsätzliches eigentlich nicht mehr gesprochen.

»Sie haben recht«, sagte sie versöhnlich, »es geht mir tatsächlich um mehr. Nicht um einzelne Patienten, sondern darum, neue Strukturen zu schaffen, die das Gesundheitswesen grundlegend verbessern. Es geht mir darum, Menschen ohne Lobby darin zu unterstützen, nicht von der Wirtschaft überrollt zu werden. Es geht mir darum, dass Einheimische sich zumindest halbwegs auf Augenhöhe mit den sogenannten Investoren messen können.«

Lambert rieb sich die Wange. Sein Mut sank, als er das Leuchten in Katjas Augen sah. Mit dem Angebot ihres Großvaters konnte der Job im St. Mary's nicht mithalten. Er hatte Angst, sie zu verlieren. Während er noch über die

Konsequenzen nachdachte, die Katjas Weggang nach sich ziehen würde, berührte sie ihn am Arm.

»Aber da ist etwas anderes, das ich Ihnen ebenfalls erzählen muss.« Lambert sah sie an. »Ich habe eine Entdeckung gemacht, die meine Familie zu Fall bringen kann.« Ein Frösteln durchlief Katjas Körper.

»Erzählen Sie schon!« Er wollte endlich die ganze Geschichte hören.

»Alles hat mit diesen Briefen angefangen, die Johanna an Miti geschrieben hat. Sie waren unter anderem der Grund, weshalb ich nach Australien geflogen bin.«

»Ich erinnere mich. Auf dem Absender stand Mount Isa, richtig?«

»Ja. Dort habe ich einiges über Johannas Sohn Martin erfahren.« Katja machte eine Pause, wandte verlegen das Gesicht ab, weil ihr die Tränen kamen.

»Was ist?«, fragte Lambert. Katja schüttelte den Kopf, sah zu Boden, ehe sie weitersprach.

»Nichts. Es ist nur … dieser Martin, er lebte zuletzt auf Tasmanien.« Sie hob den Blick. »Michael, mein verstorbener Mann, ist auf Tasmanien ums Leben gekommen, und all die Jahre habe ich eine Reise dorthin erfolgreich vermieden.« Sie lächelte, doch in ihren Mundwinkeln zuckte es.

»Ich verstehe. Deshalb waren Sie also dort. Erinnern Sie sich? Ich habe versucht, Sie telefonisch zu erreichen, weil ich mir Sorgen um Sie gemacht hatte.« Er griff nach ihrer Hand, doch Katja entzog sie ihm mit einem vagen Lächeln.

»Ja, tut mir leid, ich hätte Sie zurückrufen sollen. Ich bin also von Mount Isa nach Tasmanien geflogen, wo ich mit einigem Glück Martins Enkelin ausfindig machen konnte. Obwohl ich für sie eine Fremde war, hat sie mir einen Ein-

blick in das Tagebuch von Johanna gewährt. Ihr Vater hatte es ohne das Wissen der Familie in der Scheune vergraben. Rosie fand es zufällig bei irgendwelchen Bauarbeiten und hütet es seither wie einen Schatz. Sie erzählte mir vom sogenannten Baining-Massaker. Davon hatte ich bislang noch nichts gehört. Es fand im selben Jahr statt, in dem Johannas Sohn geboren wurde, 1904.« Lambert nickte wissend.
»Ja, das war ein fürchterliches Blutbad. Keiner hier redet gerne darüber.«
»Als ich mit diesem neuen Wissen nach Kokopo zurückgekehrt bin, habe ich mit Hilfe von Takari und der Alten eine Einheimische namens Namata kennengelernt. In ihrer Hütte lagern ungefähr ein Dutzend von Johannas Bildern. Namata sagt, sie habe sie von ihrem Großvater, der sie in Kuradui vor den Japanern gerettet hätte. Eines dieser Gemälde hat mich geradezu in seinen Bann gezogen. Meines Erachtens ein außergewöhnlicher Fund.« Sie machte eine Pause.
»Nur ein weiterer Zufall?«, fragte Katja.
»Kommt drauf an. Meines Erachtens ist dies weniger dem Zufall geschuldet als vielmehr der Tatsache, dass die Leute langsam begonnen haben, Ihnen zu vertrauen. Was hat es mit diesem Bild denn auf sich?«
Katja stand auf und ging zur Kommode, deren oberster Schublade sie eine zusammengerollte Leinwand entnahm. Vorsichtig entrollte sie diese und hielt sie so vor sich, dass Lambert gute Sicht darauf hatte. Sie erzählte ihm, was sie darüber wusste. Dann drehte sie die Leinwand um und zeigte ihm die Inschrift.
»Merkwürdig, nicht?« Sie drehte das Bild erneut um und tippte mit dem Zeigefinger auf die Vogelfigur. »Eine solche Figur kenne ich schon von klein auf. Mein Großvater besitzt

eine grüne Jadefigur wie diese, und als ich jetzt bei ihm war, habe ich ihn gefragt, ob er mir den Vogelmann nochmals zeigen könne.«

»Haben Sie mit diesem Wunsch keinen Verdacht erregt?«

Sie hob die Schultern.

»Ich hab es mit einem plötzlichen Anfall von Gefühlsduselei begründet. Alte Kindheitserinnerungen und so weiter. Er hat doch bei jeder Familienfeier die Figur hervorgeholt, um damit einen wahren Veitstanz aufzuführen. Meine Eltern sind vor Scham jedes Mal fast im Erdboden versunken.«

»Kann ich mir denken. Und? Was ist nun damit?«, fragte Lambert.

»Die grüne Figur auf Johannas Bild ist zweifelsfrei dieselbe Figur, die mein Großvater bei jeder Feier vorgeführt hat. Nach meiner Ankunft in Rabaul bin ich dann in die Stadtbibliothek, um mehr über das Baining-Massaker zu erfahren, das ja den Endpunkt in Johannas Tagebuch markiert. Dort fand ich schließlich Unterlagen über die Waisenkinder dieser Tragödie, und mir wurde klar, dass ich unbedingt einen Blick in die Archive von Vunapope werfen musste, falls das Massaker auf St. Paul eine Rolle in meiner Familiengeschichte gespielt hat. Jedenfalls ließ mich Reuter ins Archiv, und nun schauen Sie, was ich hier habe.« Katja griff in ihre Laptophülle, langte nach Emmas Brief und las Lambert einige Passagen daraus vor. Als sie die Seiten wieder zusammenfaltete, taxierte sie ihn genau. »Ist Ihnen klar, was das bedeutet?«

Lambert schwieg und sah sie an.

»Ich habe entdeckt, wer meine wahren Ururgroßeltern sind! Mein Großvater Albert hat es bestimmt schon immer gewusst und dafür gesorgt, dass es ein Geheimnis blieb. Dasselbe gilt für meinen Vater.« Sie begann, unruhig hin und her zu laufen, während sie weitersprach. »All das, was meine Familie aufgebaut hat, gründet auf einer Lüge! Eine Lüge, die offensichtlich schon seit Generationen gehütet wird.« Ihre Stimme klang bitter. Schließlich stand sie auf und ging zu Lambert herüber, der sich ans Fensterbrett gelehnt hatte. »Ich habe einen Teil meiner Familie jahrelang regelrecht gehasst. Wegen der skrupellosen Raffgier, mit der sie ein armes Land ausbeuten und dessen Umwelt zerstören. Wegen des Familiendünkels, den sie Michael über all die Jahre hindurch haben spüren lassen. Und wegen der Art, wie sie rücksichtslos Menschen für ihre Zwecke manipulieren. Der Gedanke, etwas in Händen zu halten, was ihren Niedergang besiegeln könnte, wäre mir vor kurzem noch wie ein Geschenk des Himmels erschienen. Aber jetzt, mit diesem Brief hier, der beweist, dass mein Großvater unsere Familie ein Leben lang belogen hat, weiß ich plötzlich nicht mehr, was ich tun soll. Das ist doch verrückt.«

Lambert griff nach ihrer Hand. »Das finde ich überhaupt nicht. Ich finde es im Gegenteil sehr verständlich, dass Sie verwirrt sind. Wer sagt überhaupt, dass Sie sofort eine Entscheidung treffen müssen? Nehmen Sie sich Zeit, um in Ruhe über alles nachzudenken.«

Eine Träne löste sich aus ihrem Augenwinkel. Lambert zog sie neben sich auf den Fenstersims und legte den Arm um sie.

»Entschuldigen Sie bitte. Ich sollte Sie mit alldem nicht belästigen«, sagte Katja und wischte sich mit dem Handgelenk übers Gesicht. Lambert wirkte irritiert, und für einen Moment sah es danach aus, als wolle er nachfragen, was genau sie so aufwühlte, doch dann hielt er sich zurück.

»Sie müssen sich doch nicht entschuldigen. Das Ganze muss ein ziemlicher Schock für Sie sein, und ich bin sehr froh, dass Sie mit mir darüber sprechen. Auch wenn ich noch lange nicht alles verstehe. Aber das kommt schon noch.«
Katja bemühte sich um ein Lächeln.
»Als ich wegen des Familiengeheimnisses auf Tasmanien war, habe ich übrigens noch etwas herausgefunden. Etwas, worauf ich gern verzichtet hätte.« Sie schluckte, machte eine Pause und holte dann tief Luft. »Ich bin zum Cradle Mountain gefahren, der Unfallstelle des Hubschraubers, in dem Michael saß. In dem Hotel, wo er zuletzt untergebracht war, habe ich Fotos von ihm gefunden … Entlarvende Fotos.« Ihre Stimme vibrierte jetzt vor überbordenden Emotionen. Lambert strich ihr beruhigend über den Arm. Sie begann zu schluchzen, sprach aber weiter.
»Michael hatte eine Affäre. Mit seiner Producerin. Die Bilder lassen daran absolut keinen Zweifel.« Die Tränen hinterließen Spuren auf Katjas Wangen. Sie wollte weiterreden, doch die aufwallenden Gefühle begannen sich ihrer Kontrolle zu entziehen. Lambert zog sie sachte an sich. Sie ließ den Kopf an seine Schulter sinken, schloss die Augen. Er hielt sie fest. Irgendwann hob Katja den Kopf.
»Es gibt nichts im Leben, was mich mehr verletzt hätte als diese Entdeckung.« Christoph drückte ihr den Arm. Er schien zu verstehen, dass sie sich ihren Kummer von der Seele reden musste, und schwieg. »Es fühlt sich an, als hätte mir jemand den Boden unter den Füßen weggezogen. Ich versuche, in alldem einen Sinn zu erkennen.«
»Das tut mir sehr leid für Sie, Katja. Ich weiß gar nicht, was ich sagen soll, aber ich hoffe, Sie finden Ihren Weg. Zu der Sache mit Ihrem Mann kann und will ich nichts sagen.« Er

strich ihr mit dem Daumen über den Handrücken. »Aber ich möchte mich gerne zu Ihrer Familiengeschichte äußern. Meiner Meinung nach hat Ihre Schlussfolgerung einen Haken.«

Katja richtete sich kerzengerade auf und sah ihn verwundert an.

»Ich meine das in Bezug auf die Männer Ihrer Familie. Sie kennen weder die Motive Ihres Großvaters noch die Ihres Vaters. Und Sie scheinen sich auch nicht sonderlich dafür zu interessieren.«

Katja rückte ein wenig von Lambert ab. Sie fragte sich, worauf er hinauswollte.

»Woher wollen Sie beispielsweise wissen, was Ihr Vater weiß? Korrigieren Sie mich, wenn ich falschliege, aber meiner Ansicht nach ist genau das die wichtigste Frage für Sie als Tochter: Was weiß Ihr Vater über diese Familienlüge? Ich denke, Ihr wirklicher Kampf findet zwischen Ihnen und Ihrem Vater statt.«

Auszug aus einem Brief von Phebe Parkinson an ihren Mann Richard, datiert auf den 18. Januar 1906, Phebe-Parkinson-Archiv, Archivnummer 056

(...) Wie lange bleibst Du noch auf Mioko? Vergiss über Deiner Arbeit nicht die Familie, wir brauchen Dich hier und vermissen Dich! (...)
Ich muss Dich um etwas bitten. Es geht um meine Nichte Nuala. All meine Versuche, sie ein gottgefälliges Leben zu lehren, sind fehlgeschlagen. Du kennst meine Geduld, ich selbst war ja auch einmal jung, aber nun erwartet sie ein Kind von Häuptling Tamaseses Sohn. Emma hatte eigentlich große Pläne für das Mädchen. Sie sollte in den Staaten Klavier studieren, und Emma hatte schon alles organisiert. Jetzt ist Nuala natürlich untröstlich.
Können wir ihr Baby nicht bei uns aufnehmen? Ich sehe, wie Du den Kopf schüttelst. Aber ich bitte Dich, das arme Mädchen ist erst vierzehn, und wenn ihr Vater auf Samoa erfährt, was los ist, muss sie mit dem Kind zurück. Das wäre das Ende all ihrer Träume. Ein kleiner Mensch mehr oder weniger spielt in unserer Familie doch keine Rolle. Und Du liebst Kinder genauso wie ich! Tu es für mich, bitte! Wir Samoaner haben nun einmal Fa Samoa, dieses weit gefasste Verständnis von Familie, das ist unsere Art zu leben. Es bedeutet uns alles. (...)

Rabaul, 1944

»Talofa lava!« *Ich heiße dich willkommen!*, grüßte sie der japanische Gefreite, als er an Phebes und Johannas Hütte vorbeiging. Phebe hatte ihm den samoanischen Gruß beigebracht, und seither verging kein Tag, an dem der Soldat ihnen nicht diese zwei Worte entgegenbellte. Die Ironie seiner Worte schien ihm dabei zu entgehen, doch Phebe hielt es für klüger, ihn nicht darauf hinzuweisen. Es war zu gefährlich, auch wenn der Gefreite kein schlechter Mann war. Phebe und Johanna waren seit zwei Jahren in japanischer Gefangenschaft. Zweimal hatten sie seither das Camp gewechselt. Aus Gründen, die sie nicht kannten, hatte man sie vor ungefähr einem Jahr in dieses Lager am Rande von Rabaul gebracht. Der Soldat ging weiter, das Gewehr über der Schulter. Das Lager war von Stacheldraht umgeben, dabei hätten sich die Japaner den Aufwand weiß Gott sparen können. Wohin hätten sie schon fliehen sollen? Vor ihnen das Meer, hinter ihnen der Dschungel. In welche Richtung wäre eine Flucht möglich gewesen? In die Berge New Britains, wie ihre geliebte Gazelle-Halbinsel nun hieß? Oder besser nach New Ireland? Oder doch lieber nach Bougainville?

Manchmal wurden die Freundinnen vom Galgenhumor gepackt, und dann malten sie sich aus, wie sie heimlich in Richtung Festland davonfliegen würden, wenn die Wachen mal wieder über ihrem Kartenspiel eingedöst waren. Phebe war 81 und dünn wie ein Stock; sie konnte kaum noch bis zum anderen Ende des Camps gehen. Ihre Haut glich von der Sonne geblichenem Leder, und ihre porösen Knochen knackten, wenn sie vom Boden aufstand oder sich zu bücken versuchte. Der Soldat setzte sich in den Schatten eines Bananenbaums.

»Komm, leg dich wieder hin. Um diese Zeit ist es draußen einfach zu heiß.« Phebe gehorchte und folgte Johanna zu ihrer Matte. Die jüngere Frau hielt sie bei den Händen, während Phebe sich langsam zu Boden gleiten ließ. Der Mund verzog sich vor Schmerzen, doch kein Wehlaut kam über Phebes Lippen. Von hier aus hätte sie auf den schwarzen Sand und die gleißende See hinausschauen können, doch ihr Kopf lag auf dem Holzblock, der als Kissen diente, und sie hatte die Augen geschlossen. Johanna strich der Freundin mit der Hand eine weiße Strähne aus der Stirn.

»Woran denkst du, Miti?«

Phebe atmete langsam aus.

»Weißt du, dass meine Schwester Emma schon seit dreißig Jahren tot ist? Dreißig Jahre! Ach, liebste Emma. Gunantambu, das wundervolle Haus mit der breiten Treppe. Die riesigen Muscheln im Garten. Mördermuscheln nannten wir sie. Der flammend rote Poincianabaum vor den Fenstern.« Johanna hielt Mitis Hand und hörte zu, obwohl sie die alten Geschichten längst auswendig kannte. »Ich erinnere mich daran, als wäre es erst gestern gewesen, wie ich mit meiner Schwester auf der Veranda sitze. Es muss im Dezember gewesen sein, weil doch der Baum in voller Blüte stand. Es war heiß, und wir trugen unsere guten weißen Musselinkleider, weiße Schuhe und Strumpfhosen. Kannst du dir das vorstellen? Im Sommer?« Phebe öffnete kurz die Augen, und Johanna schüttelte pflichtschuldig den Kopf. »Jede von uns hatte je einen grünen und eine roten Papagei auf dem Handrücken sitzen. Wenn wir nicht aufpassten und unsere Gesichter zur Abkühlung in die Meeresbrise hielten, krallten die Vögel sich fester in unsere Haut. Wer von uns zuerst aufschrie, hatte verloren. So verbrachten wir die Zeit bis zum Lunch, zu dem die deutschen Marineoffiziere geladen waren. Manchmal gab es zu solchen Anlässen mehr als zwanzig Gänge. Das Mittagessen war immer europäisch und nur vom Feinsten. Dazu kistenweise *Pommery* und *Veuve Clicquot. Veuve* heißt Witwe. Ich bin bereits seit fast vierzig Jahren Witwe, und du?«

Johanna drehte den Kopf weg. Sie wollte jetzt nicht darüber reden, wie sie bereits zweimal zur Witwe geworden war. Miti wusste es ohnehin und war in Gedanken längst woanders. Die alte Frau galoppierte sowieso durch ihre Erinnerungen wie ein junges Fohlen über die Weide, hielt inne, wo etwas ihr Interesse weckte, um gleich wieder ungestüm davonzustolpern, sobald etwas anderes ihre Aufmerksamkeit erregte. Johanna musste über ihren eigenen Vergleich lächeln und fuhr der Freundin liebevoll über die feuchte Stirn. Vor ihr mochte eine alte Frau liegen, deren Körper sie allmählich im Stich ließ, doch ihr Geist wurde noch immer von hellen Blitzen durchzuckt.

Jetzt wandte Phebe ihr den Kopf zu.

»Hörst du mir überhaupt zu? Habe ich dir den Mund schon wässrig gemacht? All das Essen. Und jetzt? Ich wiege wohl kaum mehr als vierzig Kilo. Schau nicht so mitleidig, sehr viel mehr hast du auch nicht auf den Rippen, meine Liebe! Kaum zu glauben, dass ich mal ein Schwergewicht war. Wir Samoanerinnen werden alle fett, wenn wir alt sind. Aber so ein japanisches Camp, das hält schlank.«

Die Frauen kicherten. »Talofa! *Herzlich willkommen*«, fügte Phebe hinzu, und die Frauen brachen in Gelächter aus.
Der Soldat erwachte aus seinem Nickerchen, als er die Frauen hörte. Er erinnerte sich an seine Befehle, stand auf und stellte sich breitbeinig in den Eingang der Hütte, den Daumen in den Gürtel gesteckt.
»Weiße Frau nicht vor japanischen Soldaten lachen«, sagte er in gebrochenem Englisch. Die Frauen verstummten. Sie hatten gar nicht über ihn gelacht, aber wie meist wäre jede weitere Erklärung dem Versuch einer Rechtfertigung gleichgekommen – eine Haltung, die die japanischen Wachen nicht sonderlich schätzten. Je weniger Anlass zu Missverständnissen, desto besser für alle Beteiligten. Der Soldat nickte zufrieden und setzte sich wieder hin. Johanna hoffte, er würde sich daran erinnern, was sie mehrmals versucht hatte, ihm einzutrichtern: dass Phebe zur Hälfte Amerikanerin war. Die Art, wie ihre Freundin redete, die Kleider, die ihr in Lumpen um den dürren Leib hingen – das alles wirkte schließlich westlich, und darauf setzte Johanna.
»Amerikanisches Blut sehr, sehr schlecht. Halbblut sehr schlecht. Japanischer Soldat nicht anfassen schwarze Frau. Oder weiße Frau«, hatte der Soldat daraufhin seine seltsame Logik erklärt. Vielleicht fasst du keine Schwarze oder Weiße an, dachte Johanna, aber mit Sicherheit jede gelbe Frau, falls es diese Hautfarbe wirklich gab. Frauen mit asiatischem Aussehen waren vor den Japanern nicht sicher. Sie vergewaltigten die jüngeren und schikanierten die älteren. Mit Grauen erinnerte Johanna sich noch an die Schreie der Chinesinnen, die die Japaner abwechselnd vergewaltigt hatten, während sie die Gefangenen im ersten Camp zusammentrieben.

Eine Schiffssirene ertönte und ließ die Frauen aufhorchen. Der langgezogene Laut wurde von der grünen Wand des Dschungels zurückgeworfen. Der Gefreite rannte plötzlich in aller Eile zum Zentrum des Gefangenenlagers, wo andere Soldaten gerade aus der Wachhütte krochen. Außerhalb des Stacheldrahts begannen Männer, Frauen und Kinder zum Meer zu laufen, hinunter zum windschiefen Anleger, der über dem Korallenriff gebaut worden war. Was dort auf sie zusteuerte, war ein unauffälliges japanisches Patrouillenboot mit zwei Masten, von denen allerdings keine Segel, sondern zwei merkwürdig längliche Säcke schlaff herabhingen. Der dickliche Unteroffizier vor dem Wachhaus, den die Sirene aus dem Schlaf gerissen haben musste, schrie wütend etwas auf Japanisch. Dann befahl er den Gefangenen, die allesamt nicht viel mehr waren als Haut und Knochen, sich zur Parade aufzureihen. Langsam, wie an Schnüren gezogen, stellten sich Europäer und Chinesen zu einer wankenden Reihe auf. Der Unteroffizier wies die Soldaten an, die Eingeborenen jenseits des Stacheldrahtes zu versammeln. Nach einigen Minuten war seinem Sinn für Ordnung Genüge getan, und die beiden Gruppen standen nebeneinander, nur vom Draht getrennt: die welke Reihe der Europäer, Chinesen und Australier auf der einen, die robuste Wildheit der Einheimischen auf der anderen Seite. Sie alle sahen aufs Meer hinaus.

Das Boot hatte sich inzwischen der Küste genähert und machte sich bereit, seitlich des Piers anzulegen. Ein leises Raunen ging durch die zwei Reihen. *Heilige Mutter Maria.* Phebe bekreuzigte sich. War das wirklich wahr, was sie da sahen? Sie griff nach Johannas Hand. Die beiden Frauen gruben einander die Fingernägel in die Handballen, hielten sich so fest, dass es schmerzte. Johanna flogen wirre Gedanken durch den Kopf. Vielleicht hörte der Schmerz auf, wenn sie nicht mehr aufs Meer sahen? Wie Emmas Papageien, die sich nur ängstlich ins Fleisch der Frauen gekrallt hatten, weil die Schwestern sich der See zuwandten.

Als das Patrouillenboot hart am Pier anlegte, schwangen die beiden Säcke vor und zurück und offenbarten nur allzu deutlich, dass es sich keineswegs um Säcke handelte, sondern um nackte Männer, die von ihren Handgelenken herabbaumelten und deren Körper willenlos gegen den Mast stießen. Dunkles, fast schwarzes Fleisch quoll aus ihrer aufgeplatzten Haut. Schwärme von Fliegen klebten an den Wunden und krabbelten, die gedunsenen schwarzen Zungen als Brücke nutzend, in die weit geöffneten Münder hinein. Der zuständige Offizier des Bootes gab einen Befehl, und zwei Soldaten rannten mit Eimern los, die sie an Seilen in die smaragdgrüne See warfen, um deren Inhalt über die Körper zu schütten. Wieder ging ein Raunen durch die Zuschauer. *O Gott! Die Männer lebten noch!* Die beiden krümmten sich wie Schlangen, die in ihren letzten Zuckungen lagen. Ihr Stöhnen wurde am Strand hörbar. Wollten sie sich mitteilen, oder war es der Laut des Sterbens? Wollten sie Wasser, flehten sie um den Gnadenstoß, oder verhöhnten sie gar ihre Peiniger?

Der zuständige Offizier ging von Bord und marschierte stramm in Richtung Ufer, wobei die Scheide seines Schwertes mit einem schleppenden Geräusch gegen die unebenen Planken stieß. Vier Soldaten mit Gewehren folgten ihm. Schweigend stolzierte er über den schwarzen Sand und machte vor den Wachen halt. Beide Seiten salutierten. Dann wandte er seinen harten Blick den Reihen auf beiden Seiten des Zauns zu. Die Uniform saß tadellos, die Lederstiefel glänzten im grellen Sonnenlicht. Er zupfte an den Spitzen seiner weißen Handschuhe herum, die er trotz der Hitze nicht abgelegt hatte, und warf einen verächtlichen Blick auf die schmutzstarrenden Wachen. Er verlagerte seinen Fokus auf die Gefangenen, denen der Schock der Erkenntnis ins Gesicht geschrieben stand, dass es da draußen etwas gab, was noch weitaus schrecklicher war als ihre tägliche Misere. Der Offizier begann, in schrillem Befehlshaberton zu sprechen, der unnötig war. Niemand auf diesem Streifen Sand hätte seine Autorität angezweifelt. Die japanischen Soldaten lauschten mit ernsten, unbewegten Gesichtern. Er sprach auf Englisch, und einer seiner Männer übersetzte mehr schlecht als recht das Gesagte auf Pidgin, damit die Eingeborenen zumindest etwas verstehen konnten. Er sprach von japanischer Gerechtigkeit.

»Schaut euch diese Männer genau an, ihr Einheimischen von New Ireland und New Britain.« Er drehte sich kurz um und deutete auf die fürchterlich verbrannten Körper, die zwar aufgehört hatten zu zucken, aber noch lebten, wie die Bewegungen ihrer Münder verrieten. »Das sind Australier, eure früheren Herren, die euch zu Sklaven gemacht und geschlagen haben. Sie haben Radios versteckt und brachten Kampfflieger hierher, um japanische Soldaten und unschuldige Zivilisten zu töten. Nun könnt ihr mit eigenen Augen sehen, dass sie nicht länger eure Herren sind. Ihr seid nun Teil des japanischen Reiches, das Wohlstand und Frieden verspricht. Schluss mit der Unterdrückung!«

Er gab dem Stabsoffizier, der für die Gefängniswärter verantwortlich war, irgendeinen Befehl. Der wiederum gab eine weitere Order an den Stabsunteroffizier, der sich einen sei-

ner Leute schnappte und mit ihm eine der geschlossenen Hütten betrat. Nach einer Weile kam er wieder heraus, zwei taumelnde Burschen in japanischen Uniformen neben sich. Der Offizier verschränkte seine Arme hinter dem Rücken und wies mit dem Kinn auf die Sterbenden an den Masten.
»Alle Dörfer eurer Küste werden diese Australier zu sehen bekommen. Aber ihr werdet auch die Unvoreingenommenheit der japanischen Justiz kennenlernen.« Sein rechter Arm schnellte nach vorne und richtete sich auf die Unglücklichen, die seine Soldaten gerade aus der Hütte gezerrt hatten.
»Entgegen des ausdrücklichen Befehls seiner Majestät des Kaisers haben sich diese japanischen Soldaten mit einheimischen Frauen aus New Ireland eingelassen. Dafür müssen sie büßen, und ihr werdet sehen, dass die japanische Rechtsprechung für alle gilt, auch für unsere Soldaten.«
Auf einen Wink des Offiziers hin wurden die beiden auf einen Grasflecken gezerrt, auf den jeder der Anwesenden gute Sicht hatte. Die Soldaten zwangen sie, niederzuknien, den Kopf vornübergebeugt. Der Offizier zog sein Schwert, und noch bevor die Menge vor Schreck den Atem anhalten konnte, trennte ein kräftiger Hieb den Kopf vom Rumpf. Einen Augenblick später lag der zweite Kopf im Gras. Die kopflosen Körper kippten seitwärts um, zuckten und färbten das Grün des Grases mit ihrem Blut. Die Papua-Frauen schrien und rannten mit erhobenen Händen zurück zu ihren Hütten. Ihren Männern entrang sich ein schmerzlicher Laut, wie von einem gequälten Tier. Eine australische Frau würgte, aber sie war dem Hungertod schon zu nahe, um etwas von sich zu geben. Johanna spürte einen scharfen Schmerz und ließ Phebes Hand los. Die brüchigen Fingernägel der alten Frau hatten blutende Stellen in ihrer Handfläche hin-

terlassen. Sie drehte sich zu Phebe, aus deren Gesicht alle Farbe gewichen war.

»Lass uns zur Hütte gehen«, flüsterte sie der Freundin zu, »die Wachen sind zu beschäftigt, um sich um uns zu kümmern. Komm!« Sie zog Phebe mit sich.

Mit ein paar scharfen Anweisungen war der Offizier zurück auf seinem Boot, die Leichen und ihre Köpfe wurden entsorgt, die Gefangenen zurück in ihre Hütten beordert. Der Anker wurde gelichtet, und das japanische Patrouillenboot stach wieder in See. Die von den Masten baumelnden Männer zuckten seitwärts, als das Boot an Fahrt aufnahm und die Blanchebucht hinter sich ließ. Bald wurden sie zu schwarzen Punkten, zwei Fliegen am hellblauen Himmel.

Der grauenhafte Vorfall hatte bei den Frauen seine Spuren hinterlassen. Sie waren mutloser geworden, und in den folgenden Wochen verlor selbst Johanna allmählich ihren Widerstandsgeist. Doch um Mitis willen musste sie stark bleiben. Die alte Frau war mittlerweile derart geschwächt, dass sie ohne Johannas Hilfe keine weitere Woche überstehen würde. Doch nach der öffentlichen Exekution der Japaner begann Johanna, sich insgeheim zu fragen, warum sie überhaupt noch am Leben festhielten. Rettung war nicht in Sicht, und jeder Tag bedeutete eine weitere Qual. In schwachen Momenten lächelte Johanna, wenn sie an den Tod dachte.

Aber es musste doch etwas Besseres auf sie warten. Ein Silberstreif am Horizont, der Hoffnung versprach. Irgendetwas, das Mut zum Weiterleben machte.

Eine Kokosnuss fiel zwischen die Hütten auf den Boden, und Johanna nutzte die Abgelenktheit der Soldaten, um über den brennend heißen Sand zu der Frucht zu laufen, sie

an sich zu nehmen, gleich darauf zur Hütte zurückzueilen und darin zu verschwinden. Mit einem spitzen Stein schlug sie so lange auf die Frucht ein, bis sie sich öffnete; dann gab sie Phebe aus einer der Hälften vom klaren Kokossaft zu trinken. Zuletzt schabte sie das Fleisch aus der harten Schale und reichte es ebenfalls Phebe. Die schüttelte den Kopf.
»Nicht für mich. Nicht mehr. Nimm du!« Tränen liefen ihr über die hervorstehenden Wangenknochen. Johanna ignorierte die Worte der Freundin, brach ein paar Stücke vom weißen Fruchtfleisch und legte sie neben Phebes hölzernes Kissen.
»Leg dich hin!«, befahl sie der alten Frau. Phebe stand eine Weile lang still und ließ den Tränen freien Lauf. Dann kniete sie sich auf die Matte. Sie griff nach Johannas Fingern, zog sie zu sich herunter. Sie knieten nebeneinander, als Phebe sich bekreuzigte und still zu beten begann. Dann bekreuzigte sie sich ein weiteres Mal und streckte sich auf der Matte aus.
»Ich danke dir für alles, Johanna. Was hätte ich im Leben nur ohne dich angestellt? Gott schütze dich.«
Mit zitternden Händen zog sie Johannas Kopf zu sich herunter und küsste sie auf die Stirn. Johanna spürte, wie Phebes Kräfte nachließen, ergriff ihre Arme und kreuzte sie sachte in Phebes Schoß.
»Und was hätte ich ohne dich getan?«, flüsterte sie, doch da starrten Phebes Augen schon ins Leere. Johanna kümmerte sich nicht um ihre Tränen, die ihr als zwei schmutzige Rinnsale die Wangen herabliefen. Behutsam schloss sie Phebes Augen und legte sich neben sie. Johanna starb zehn Wochen später.

Papua-Neuguinea, 2011

In den nächsten Tagen tat Katja genau das, was Lambert ihr vorgeschlagen hatte. Sie dachte nach – und das in jeder freien Minute. Die Entdeckungen der letzten Tage und Wochen hatten sie zutiefst aufgewühlt. Gleichgültig, was Lambert zu bedenken gegeben hatte: Sie glaubte nach wie vor, dass ihr Vater mit ihrem Großvater gemeinsame Sache machte, um zu verhindern, dass jemand den Stammbaum der Familie in Zweifel zog. Das war Betrug!

Woher kam es, dass die Männer in ihrer Familie zu glauben schienen, sie könnten tun und lassen, was ihnen gefiel?

Eine eiserne Faust schloss sich um Katjas Herz – genau genommen, war Michael nicht besser gewesen. Auch er hatte sie betrogen.

Bis jetzt hatte sie angenommen, dass Michael zu feige gewesen war, um ihr seinen Fehltritt zu beichten. Sie hatte sich eingeredet, er habe sich nur deshalb immer tiefer in diese Affäre verstrickt, weil die andere ihn mit allen Mitteln festhielt, sich sogar von ihm schwängern ließ, um ihn zu halten. Ein Kind zu haben, das war Michaels größter Wunsch. Er fühlte sich verantwortlich und beendete die Affäre nur aus diesem Grund nicht. Die Möglichkeit, dass er diese Frau geliebt haben könnte, hatte sie bislang nicht einmal in Betracht gezogen.

Doch in diesem Augenblick ließ Katja den Gedanken zu, dass Michael eine andere Frau mehr geliebt hatte als sie. Die

Fotos sprachen eine deutliche Sprache, und eigentlich hatte Rolf es ihr ja auch schon längst gesagt, als sie ihn von Tasmanien aus angerufen hatte. Michael wollte sie für die andere verlassen. Wann hätte er es ihr endlich gesagt? Warum hatte er nicht längst schon den Mut aufgebracht, es ihr zu beichten? War es wirklich Feigheit? Sie glaubte das nicht länger. Michael war kein feiger Mensch.

Wie von selbst griff ihre Hand nach der Halskette, ihre Finger wollten den Ring fühlen, der nicht mehr da war. Für eine Sekunde bereute sie, ihn ins Meer geworfen zu haben, doch dann wusste sie, dass es die richtige Entscheidung gewesen war. Nicht weil sie Michael für den Rest ihrer Tage grollen wollte, sondern weil sie tatsächlich zu einem Abschluss gelangt war. Sie wusste plötzlich, dass er nicht aus Feigheit geschwiegen hatte, sondern um ihretwillen. Der einzige Mensch, der wusste, wie verletzlich sie unter der rauhen Oberfläche war, jenseits des nach außen gezeigten Selbstbewusstseins, war Michael gewesen. War es da ein Wunder, dass ausgerechnet er sie so tief verletzt hatte?

Doch Katja dachte nicht nur über ihre Familie, über Michael oder über ihren Schmerz nach. Je länger sie in Kokopo blieb und im St. Mary's arbeitete, desto mehr grübelte sie über Christoph Lambert nach. Nicht bewusst, es passierte einfach, wenn sie ihm im Flur oder auf der Station begegnete. Sie wusste selbst nicht, was sie davon zu halten hatte, und auch nicht, weshalb ihr Zusammentreffen jedes Mal ein Ziehen in ihrer Magengrube auslöste. Sie wusste nur, dass es sie verstörte. War sie etwa im Begriff, sich zu verlieben?

Hin und wieder las sie in den alten Briefen, die die Freundinnen einander geschrieben hatten. Johannas Schicksal berührte sie, nicht zuletzt wegen der offensichtlichen Parallelen zu ihrem eigenen Leben. Wie sie war Johanna eine betrogene Frau – und hatte trotzdem den Mut gehabt, noch einmal einem Mann zu vertrauen. Bill hatte seine deutsche Frau offensichtlich nie enttäuscht, die beiden schienen eine innige Ehe geführt zu haben.

Katja fragte sich, ob wahre Liebe erst dann gefunden werden kann, wenn man vergangenes Leid überwunden hat, oder ob umgekehrt erst das Finden wahrer Liebe dabei hilft, Geschehenes hinter sich zu lassen. Hatte sie es Christoph zu verdanken, dass sie bereit war zu vergessen, was Michael ihr angetan hatte?

Rabaul, 1928

Heinrich von Beringsen beugte sich über die Reling, als das Passagierschiff zwischen den Vulkanen hindurchglitt, um in Rabaul anzulegen. Er war 27 Jahre alt, seine Haltung ließ kaum einen Zweifel an seiner privilegierten Stellung in der Gesellschaft. Für die Ankunft in der Provinzhauptstadt hatte er sich wie alle Passagiere an Bord eigens herausgeputzt, er trug ein faltenfreies weißes Hemd, helle Hosen und einen Tropenhelm. Allein das Paar Reitstiefel, in dem seine schlanken Beine steckten, unterschied seine Aufmachung von der der Mitreisenden. Die anderen Herrschaften bevorzugten helleres, leichtes Schuhwerk. Heinrichs Stiefel hatten einen hohen Schaft, glänzten schwarz und trugen sich wie eine zweite Haut. Er hatte sie noch am Morgen höchstpersönlich mit der eigenen Spucke gewichst.

Jetzt blickte er über den Hafen mit den Fischerbooten, und Erinnerungen überfielen ihn. Simpsonhafen hatte dieser gottverlassene Ort geheißen, als er ihn zum letzten Mal gesehen hatte. Gerade mal elf Jahre alt war er damals gewesen, und im Begriff, Neuguinea mit seiner reichen Tante zu verlassen.

Heinrich strich sich eine Strähne aus dem Gesicht, die ihm die Seebrise übers Auge geweht hatte. Unglaublich, wie primitiv und simpel alles noch immer aussah. Er war nun an die hanseatische Architektur gewöhnt. Imposante Handelshäuser, Villen am Elbstrand. Selbst die Speicher im Hafen zeug-

ten noch vom Wohlstand und Fleiß ihrer Besitzer. Unglaublich, wie klein und ärmlich sich dagegen der Ort seiner Kindheit präsentierte. Die gesamte Bucht schien in den vergangenen sechzehn Jahren seltsam geschrumpft zu sein.
Heinrich sah den Rauchschwaden des Tavurvur nach, die vor ihm in den klaren Himmel aufstiegen, wo sie sich allmählich auflösten und als Dunstschleier übers Blau legten. Der Anblick hatte eine unerwartet entspannende Wirkung auf ihn.
Er verlagerte sein Gewicht aufs rechte Bein, mit der Fußspitze des linken drückte er seine Zigarette aus und kickte sie mit der Hacke über Bord. Kaum zu glauben, dass dies seine Heimat sein sollte. Im Grunde spielte Papua keine Rolle mehr in seinem Leben, und er wäre nicht zurückgekommen, wenn es da nicht einige Papiere über seine Herkunft gäbe, deren er nur hier habhaft werden konnte. Wenn er sie erst einmal in Händen hielt, stand seiner großartigen Zukunft nichts mehr im Wege.
Sein Vater, Richard Parkinson, war Herzog von Beringsen gewesen – und hatte es nicht einmal gewusst! Oder, falls doch, hatte er dieses Wissen für sich behalten und keinen persönlichen Nutzen aus der adeligen Herkunft gezogen. Was für ein Narr sein Vater doch gewesen war! Lieber schlug er sich mit den einheimischen Affenmenschen herum und schrieb langweilige Bücher über ihr tierisches Verhalten, als Interesse für seine aristokratische Linie zu bezeugen. Was hätte er in Deutschland nicht alles tun und werden können, wenn er um seinen Titel gekämpft hätte! Aber nein, lieber kroch sein Vater durch den Urwald, um sich mit dem Häuptling eines zurückgebliebenen Stamms darüber zu unterhalten, was ein gutes Hausschwein auszeichnet, als An-

sprüche auf ein Herrenhaus samt Ländereien in Schleswig zu erheben.

Wie anders er selbst doch war! Heinrich schauderte, wenn er daran dachte, dass er beinahe ein unbedeutendes Leben auf dieser gottverlorenen Insel geführt hätte. Wäre sein Vater nicht tödlich verunglückt und hätte ihn Tante Emma nicht nach Europa gebracht – was wäre dann wohl aus ihm geworden?

Ein Fischer, der seinen Tagesfang an die Konservenfabrik verscherbelte, um die zahlreichen hungrigen Mäuler zu stopfen, die er mit seinen Frauen gezeugt hatte? Ungebildet, dumm, ohne Ehrgeiz? Heinrich rümpfte die Nase, als trügen die Wellen den Geruch von verderbendem Thunfisch vom Land herüber.

Oder wäre er zum Assistenten seines Vaters verkommen? Hätte, wie seine Mutter, all die Belanglosigkeiten, mit denen sich dieser beschäftigt hatte, für ihn aufgezeichnet? Die seltsam krächzenden Laute der Einheimischen immer wieder aufs Neue auf Papier gebannt, bis es dem Forscher endlich gefiel und er es in sein großes Werk aufnehmen wollte?

Dreißig Jahre in der Südsee, so hieß das *Opus magnum* seines Vaters. Für Heinrich klang der Titel allerdings mehr nach einem gesellschaftlichen Todesurteil denn nach neuen Erkenntnissen, auf die die wissenschaftliche Welt Europas gewartet hätte. Wen außer ein paar verschrobenen Gelehrten in ihrem Elfenbeinturm würden der verrückte Mummenschanz oder die Tänze der Wilden ernsthaft interessieren? Wie sollten die Forschungen seines Vaters die Welt verändern? Welchen Einfluss hätten sie auf seine gesellschaftliche Reputation? Heinrich war versucht, erneut die Nase zu rümpfen.

Erst in Hamburg erfuhr er vor vielen Jahren von seiner nicht eben unbedeutenden Herkunft.
Tante Emma hatte in Deutschland Nachforschungen über seine Familie angestellt, und als sie herausfand, wonach sie suchte, schrieb sie den von Beringsens einen langen Brief. Emma war als Persönlichkeit viel zu bekannt und faszinierend, als dass man sich ihre Bekanntschaft hätte entgehen lassen, und so öffnete sich in Europa jede Tür, an die sie klopfte, und erst recht in Deutschland. Zunächst zeigten sich die von Beringsens über den unverhofften Familienzuwachs einigermaßen überrascht und hoben nur die Brauen, als sie hörten, was Emma von ihnen erwartete. Sie sollten diesen merkwürdigen kleinen Kerl bei sich aufnehmen? Man war pikiert, doch Emma war nicht umsonst zur reichsten Frau der Südsee geworden. Sie wusste, wie sie ihre Wünsche verwirklichte, und ging entsprechend zielstrebig vor.
Erst viele Jahre später zählte Heinrich eins und eins zusammen: Emma musste so lange in der Familiengeschichte Richard Parkinsons gewühlt haben, bis sie fündig geworden war. Jede Familie mit großem Namen hat irgendwo einen verarmten Verwandten, und in diesem Fall lebte der in Hamburg. Nach einem intensiven Gespräch mit dem Patriarchen, das einen ganzen Nachmittag beanspruchte, fand Heinrich eine neue Heimat. Die Anwälte beider Seiten setzten einen Vertrag auf, der genau regelte, welcher Anteil der stattlichen Summe, die Emma den von Beringsens als eine Art Aufwandsentschädigung für die Erziehung des Jungen entrichtete, Heinrich zustand. Ein Paragraph schrieb fest, welche Summe auf seine Ausbildung zu verwenden und was ihm auszuzahlen sei, sobald er das Hamburger Haus als

Volljähriger verließ. Der Vertrag enthielt außerdem eine Liste von Ärzten, die Heinrich regelmäßig zu konsultieren habe. Dank Emma besuchte Heinrich die besten Schulen, wurde von den modernsten Ärzten Europas behandelt, trug maßgeschneiderte Anzüge aus Italien und Hemden aus England. Geld war nie ein Problem. Was ihm fehlte, war Anerkennung.

Deshalb war er jetzt hier, zurück am Ort seiner Kindheit. Er brauchte ein Dokument, das Richard Parkinson als seinen Vater auswies. Er brauchte dieses Papier aus zwei Gründen: Zum einen wollte er sich seinen Adelstitel offiziell sichern, und zum anderen wollte er Kuradui.

Als Richards Sohn war dieses Erbe sein gutes Recht. Seine Geschwister würde er, genau wie seine Mutter, mit Leichtigkeit um den Finger wickeln. Er ging nicht davon aus, dass noch alle Parkinsons auf der Gazelle-Halbinsel lebten. Wen immer er dort auch antreffen würde, Heinrich hatte sich vorgenommen, seine Geschwister lediglich mit dem Unvermeidlichen abzuspeisen. Im Grunde dachte er fast gar nicht an dieses mögliche Problem, so wenig schien es ihn zu belasten. Wo, wenn nicht hier, sollte es ihm schließlich zum Vorteil gereichen, dass er in Europa die besten Schulen und Universitäten besucht hatte?

Kuradui war ein Geschenk von Emma an Phebe, wie seine Tante ihm noch auf der Schiffsreise nach Deutschland erzählt hatte. Das Land musste einiges wert sein. Er träumte davon, die alte Zeit der großen Plantagen wieder aufleben zu lassen, die er als Kind noch kannte. Dazu brauchte er seine Geburtsurkunde.

Am Ende der Gangway erwartete die Reisenden eine Gruppe von Eingeborenen, die lautstark ihre Dienste als Guides und Gepäckträger anpriesen. Heinrich heuerte gleich zwei der kleinen braunen Gestalten an, die seine Koffer zum Hotel trugen und dabei unablässig miteinander in ihrem Kauderwelsch plapperten. Zu Heinrichs Überraschung konnte er einige ihrer Worte verstehen. Alte Erinnerungen erwachten in ihm. An Kuradui, Palmen im Wind und fürchterliche braunhäutige Jungen, die ihn zur Weißglut trieben, wenn sie mit ihren grauenerregenden Masken wie Besessene um ihn herumtanzten und ihn zu verhöhnen schienen. Wie er sie anschrie, damit auf der Stelle aufzuhören. Die Kofferträger unterhielten sich in derselben Sprache wie jene Jungen von damals.
Als sie im Hotel angekommen waren, streckte einer der dunklen Kerle in Erwartung seines Lohnes die Hand aus. Der andere war mit den Koffern schon vorangegangen und wartete am oberen Treppenabsatz.
»Muscheln hab ich nicht. Das war doch früher eure Währung, hab ich nicht recht?«, sagte Heinrich lachend auf Deutsch und ging die Treppe hoch. Der Träger folgte ihm, fragte auf Tok Pisin nach Tabak. Heinrich äffte ihn nach und zog dabei eine hämische Grimasse.
»*Yu gat liklik tabak? Mi no gat tabak,* du dummer Affe«, beantwortete er die Frage und ließ den Träger stehen. Als der freche Affenmensch ihn am Hemd zu zerren begann, verlor Heinrich die Geduld und versetzte ihm einen Stoß gegen die Brust. Der Wilde taumelte und fiel hin. Heinrich zeigte mit dem Finger auf ihn und lachte schallend.
»Man darf den Affen eben keinen Zucker geben. Besser, sie wissen gleich, wer am längeren Hebel sitzt«, sagte er wieder

auf Deutsch, als spräche er zu einem imaginären Freund. Dann nahm er ein paar Münzen aus seiner Weste und warf sie dem Träger in den Schoß. »Da hast du deinen Zucker! *Yu laikim suga?* Den magst du doch, oder?«

»Mi pretim yu«, flüsterte der Träger. *Ich habe Angst vor dir.*

Am nächsten Morgen verließ Heinrich Rabaul und fuhr mit der Kutsche, die er sich im Hotel gemietet hatte, nach Kuradui. Auf dem Weg kam er an Gunantambu vorbei, der ehemaligen Villa seiner Tante Emma. Der deutsche Gouverneur hatte sie nach Emmas Abreise bezogen, aber wem der prächtige Bungalow nun gehörte, da die Deutschen Papua-Neuguinea längst verlassen hatten, war ihm nicht bekannt. Wahrscheinlich einem reichen Australier. Der gepflegte Vorgarten machte auf ihn jedenfalls den Eindruck, dass hier jemand residierte, der Geld hatte. Bilder von früher tauchten vor seinem inneren Auge auf. Bilder von deutschen Offizieren in weißer Uniform und hübschen Inselmädchen, die nach der neuesten europäischen Mode gekleidet waren. Sie tanzten und tranken Emmas geliebten Champagner, als wäre er Wasser, genau wie die Männer. Mehr als einmal hatte er sich hinter dem rotblühenden Johannisbrotbaum versteckt, um heimlich durch die Lamellen in den Salon hineinzuspähen. Die duftenden Speisen, die europäische Musik, das perlende Gelächter der Frauen. Dies alles hatte ihn als kleinen Jungen geradezu berauscht und früh die Sehnsucht nach einem anderen Leben in ihm geweckt. Ohne Gunantambu, so viel stand für Heinrich fest, wären die deutschen Provinzhauptstädte Rabaul und Kokopo nicht viel mehr gewesen als eine Ansammlung armseliger Hütten unter Palmen.

Der Anblick von Kuradui bestätigte dieses Urteil nur. Der Dschungel drohte, das alte Farmhaus zu überwuchern; die Bretter der Veranda waren von Termiten und Schimmel zerfressen. Ein Geruch von Moder ließ Heinrich die Nase rümpfen, noch bevor er das Gebäude tatsächlich betreten hatte. Es war der Geruch der Regenzeit, den er schon als Kind nicht hatte leiden können. Er achtete darauf, wohin er seinen Fuß setzte, und klopfte an die Tür. Seit er mit Emma fortgegangen war, hatte er seine Mutter nicht wiedergesehen. Anfangs hatten sie sich noch regelmäßig geschrieben, dann kam der Krieg und unterbrach den Kontakt. Halbherzig nahm er ihn später wieder auf, aber eigentlich nur noch, um ihr die wesentlichsten Informationen über sein Leben mitzuteilen. Dann, als er auf der Offiziersschule angenommen worden war, hatte er sich auf ihren letzten Brief hin gar nicht mehr gemeldet.

Phebe öffnete die Tür und beäugte ihn misstrauisch. Es kam wohl nicht oft vor, dass sich Fremde nach Kuradui verirrten. »Ja?«, fragte sie auf Englisch und wischte sich die Hände an der Schürze ab. Sie wich einen Schritt zurück, um ihn genauer anzusehen. »Bibi?«, fragte sie zögernd. »Bist du das?« Sie sprach jetzt Deutsch mit ihm. Heinrich richtete sich auf und lächelte, als er sah, wie sich Wiedererkennen in Phebes Augen spiegelte.

»Nein, Mutter. Bibi habt nur ihr mich genannt.«

Phebe runzelte die Stirn.

»Gestatten? Heinrich von Beringsen«, sagte er leicht ironisch und ließ eine angedeutete Verbeugung folgen. Heinrich merkte, dass er seine Mutter mit seinem unerwarteten Auftritt verwirrt hatte, doch jetzt schien sie sich gesammelt zu haben und begrüßte ihn herzlich.

»Heinrich! Was für eine Überraschung, dich wiederzusehen! Lass dich umarmen!« Sie trat auf ihn zu und legte ihre Arme um seinen steifen Oberkörper. Er klopfte Phebe mit der Hand auf den Rücken und löste sich gleich wieder aus der Umarmung.

»Bitte komm doch herein!« Sie ordnete mit einer fahrigen Bewegung ihr Haar und zupfte sich im Gehen die schlichte Baumwollbluse zurecht.

Heinrich folgte ihr in den Salon. Er schüttelte abschätzig den Kopf, als er die Rückenansicht seiner Mutter betrachtete. So reizvoll die Samoanerinnen in der Jugend waren, im Alter wurden sie fett und unansehnlich. Seine Mutter war da leider keine Ausnahme. Sie hatte den Hintern eines Brauereigauls. Sie musste schon über sechzig sein, überschlug er. Und sie sah keinen Tag jünger aus.

Phebe nahm auf dem einzigen Sessel Platz und deutete aufs Sofa. »Setz dich doch, bitte!«

Heinrich ließ den Blick im Raum umherschweifen. Die Stofftapete war schon lange nicht mehr erneuert worden und zeigte an einigen Stellen Stockflecken. Es roch muffig, wahrscheinlich waren auch die Möbel vom Schimmel befallen. Er würde den Teufel tun und seine hellen Hosen ruinieren.

»Wenn es dir nichts ausmacht, bleibe ich lieber stehen. Die lange Schiffsreise, man hängt viel zu lange faul an Deck herum.«

Phebe stand wieder auf. »Ach, du meine Güte, ich habe dir noch gar nichts zu trinken angeboten. Wie wär's mit einem Tee?« Heinrich nickte, und Phebe ging in Richtung Küche.

»Hast du denn keine *Haus Bois?*«, fragte er mit hochgezogener Braue. Phebe drehte sich zu ihm um.

»Ach, schon lange nicht mehr. Seit Emma tot ist, ist es mit den Plantagen ständig bergab gegangen. Die Australier haben sie mir zwar zurückgegeben, aber leider nicht im besten Zustand, und nun fehlt es mir an Arbeitern.« Sie zuckte mit den Schultern. »Was will man machen? Ohne Emmas Einfluss und Geld …« Sie beendete den Satz nicht und machte eine entschuldigende Geste in den Raum hinein. »Tut mir leid, dass ich dir nicht mehr bieten kann. Die Zeit hat Kuradui und seiner alten Besitzerin ganz schön zugesetzt, was?« Sie scherzte, aber ihre Augen sahen betrübt drein. »Da rede ich nur über mich und jammere in einem fort. Und jetzt schau einer dich an!« Sie fasste ihn mit ausgestreckten Armen bei den Schultern, um ihn genauer zu betrachten. »Was für ein stattlicher junger Mann aus dir geworden ist! Du musst mir unbedingt erzählen, wie es dir in den letzten Jahren ergangen ist. Aber erst einmal hole ich uns den Tee. Entschuldige mich für einen Moment!«

Sie rauschte aus dem Raum. Heinrich wartete, bis er Geräusche aus der Küche hörte. Dann ging er leise zum Sekretär hinüber und zog vorsichtig die Schubladen auf. Er wollte sich nicht auf das Wort seiner Mutter verlassen, was die Situation auf Kuradui betraf. Lieber verschaffte er sich einen Eindruck aus erster Hand. Wenn sich in der Zeit seiner Abwesenheit nichts geändert hatte, müssten sich die Rechnungsbücher der Plantage nach wie vor in einer dieser Laden hier befinden. Mit schnellen Fingern durchwühlte er Papiere, nahm einzelne Dokumente heraus, die er überflog und wieder zurücklegte. Er war gerade im Begriff, die letzte Schublade mit der Hüfte zu schließen, als seine Mutter mit einem Tablett im Türrahmen erschien. Zärtlich fuhr seine Hand über den Sekretär.

»Ein schönes Stück. Ich hab es immer gemocht. Wie oft Vater hier wohl gesessen und an seinem Buch geschrieben hat?«

Phebe stellte das Tablett auf dem Couchtisch ab.

»Ja, hier saß er immer am liebsten«, erwiderte sie lächelnd, schenkte den Tee ein und reichte ihm die Tasse. Sie forderte ihn erneut auf, von sich zu erzählen, worauf Heinrich von seiner Offizierskarriere berichtete. Phebe zeigte allerdings größeres Interesse an seinem Privatleben und strahlte ihn warmherzig an, als er von seiner Frau Sophia und dem zweijährigen Sohn Albert berichtete. Nach einer Weile stellte er seine Tasse ab.

»Mutter, es gibt einen Grund, weshalb ich nach Papua zurückgekehrt bin.«

Phebe sah ihn aufmerksam an. »Ja?«

»Wundert es dich denn gar nicht, dass ich von Beringsen heiße?«

Phebe sah ihm freimütig in die Augen und schüttelte den Kopf.

Heinrich spürte, wie Ungeduld in ihm aufwallte. »Sicher weißt du, warum«, erklärte er in scharfem Ton.

Phebe zuckte unwillkürlich zusammen. »Nein, ich habe keine Ahnung, wovon du sprichst«, sagte sie überrascht und verwirrt zugleich. »Emma hat mir damals geschrieben, sie habe Richards Familie gefunden, die dich liebevoll aufgenommen hätte, und dass du dort bleiben wolltest. Dir ging es wohl gut, das hast du ja in späteren Briefen an mich bestätigt. Alles andere hat mich eigentlich nie sonderlich interessiert.«

Heinrich verschränkte die Arme vor der Brust.

»Es hat dich also nicht interessiert, was dein Sohn macht?«

»Sag doch so etwas nicht!«, rief Phebe erschrocken. »Natürlich hat es mich interessiert, aber du hattest nun eine neue Familie, und da war es in meinen Augen nur fair, mich zurückzuhalten.«

»Keine Sorge, ich gräme mich nicht. Mein kleiner Familientausch hat mir nicht unbedingt geschadet, sondern hat mir im Gegenteil einen Adelstitel eingebracht, von dem Vater offenbar nichts wusste und du anscheinend genauso wenig.«

»Das hat mich damals tatsächlich sehr überrascht, als Emma mir im Zuge ihrer Recherchen davon erzählte«, bestätigte Phebe eifrig. »Ich hatte keine Ahnung.«

»Welch glückliche Entwicklung, nicht wahr? Aber etwas beschäftigt mich schon lange. Warum hast du mich damals weggeschickt? Emma sagte, der Ärzte wegen. Ich glaube das nur zur Hälfte.« Sein Blick bohrte sich in den ihren. »Warum, Mutter? Warum hast du deinen elfjährigen Sohn ans andere Ende der Welt geschickt?«

Phebe hievte ihren schweren Körper aus dem Sessel und stellte sich entschlossen vor Heinrich hin.

»Du hast jahrelang nicht mehr gesprochen, und unser Arzt hat empfohlen, dich in Übersee behandeln zu lassen. Das ist die Wahrheit! Und die Eingeborenen hatten dich verflucht.«

»Ach so, das klingt ja überzeugend. Die Einheimischen haben mich verflucht.« Heinrich lachte bitter auf. »Für wie dumm hältst du mich eigentlich?« Er sah Phebe böse an. »Nein, Mutter. Emma hat mich von hier weggebracht, weil *du* mich gehasst hast! Du und jeder andere auf dieser verdammten Insel.«

Phebe trat einen Schritt auf ihn zu.

»Bibi, erinnerst du dich nicht mehr an die zwei Jungen, die du gefangen genommen und gequält hast? Aus Spaß, wie du mir hinterher erzählt hast? Du brauchtest Hilfe!«, versuchte sie, ihn zu beruhigen.

Heinrich wurde langsam wütend.

»Das sind doch nichts weiter als Lügen«, sagte er etwas zu laut. Er versuchte, ruhiger zu werden, aber sein Zorn äußerte sich in umso heftigerem Ton. »Gib es zu! Bestimmt hast du die Wahrheit über meinen Vater gekannt und heimlich sein Geld an dich gerafft.«

Phebe starrte ihn einen Augenblick fassungslos an, dann brach es aus ihr heraus: »Du denkst nur, du bist mein und Richards Sohn. Aber du hast keinen Tropfen unseres Blutes in dir. Nicht einen einzigen. Du bist nicht mehr und nicht weniger mein Kind als all die anderen Waisenkinder auch, für die Richard und ich über die Jahre hinweg gesorgt haben.« Phebe schien mit jedem Wort mutiger geworden zu sein, und als Heinrich etwas erwidern wollte, bedeutete sie ihm zu schweigen. »Man fand dich zwischen den Leichen deiner Eltern, die im Hochland-Massaker von den Kriegern des Baining-Stamms getötet wurden. Du warst damals drei Jahre alt. Das ist die Wahrheit, Bibi! *Du bist nicht unser Sohn.*«

Die letzten Worte hatte sie mit ruhiger, beinahe sanfter Stimme gesprochen, als ahnte sie, welche Wunde sie ihm damit schlug.

Heinrich holte tief Luft, atmete langsam wieder aus. Er legte seine Hände auf die Sessellehne, ließ den Kopf hängen. Nicht aus Schwäche, er dachte nach.

Phebe nutzte die Pause, nahm noch einmal ihren Mut zusammen und fuhr fort: »Dein Vater war Ludwig Kiehl, ein lutheranischer Priester. Deine Mutter war Pho, eine meiner Nichten aus Samoa. 1904 haben die Eingeborenen sie und

deinen Vater ermordet, zusammen mit den Nonnen und den Priestern der St.-Paul-Mission.«
Er hob den Kopf, sah sie aus eiskalten Augen an.
»Das ist eine gemeine Lüge!«

Heinrich stürmte aus dem Haus. Das Gespräch mit Phebe hatte ihn vollkommen aus der Fassung gebracht und tief in ihm etwas ausgelöst, das er weder verstand noch zu kontrollieren vermochte. Er kletterte hastig auf den Kutschbock und peitschte das Pferd zu einem schnellen Trab. Das Flackern, die Blitze, die urplötzlich angefangen hatten, vor seinem inneren Auge zu zucken, sie wollten dennoch nicht aufhören, und mit einem Mal sah er grausame Bilder vor sich: ein Mann und eine Frau, fürchterlich zugerichtet, in ihrem Blut. Die Frau bewegte lautlos ihre Lippen und streckte quälend langsam die Hand nach ihm aus, ohne ihn zu erreichen. Ein Stechen schoss durch Heinrichs Brust und bohrte sich tief in sein Herz. Es war der Schmerz eines verlassenen Kindes.
Heinrich schlug auf den Gaul ein. Dieser Ort war verdammt! Zur Hölle mit allen, die hier lebten! Erst als er sah, dass das Pferd am Rand der Erschöpfung war, hielt er an. Das schnaubende Tier warf unruhig den Kopf hin und her, das Fell nass vor Schweiß. Heinrich sprang vom Kutschbock, das Herz schlug ihm bis zum Hals.
Er lief zum Strand hinunter. Die See hatte schon immer eine beruhigende Wirkung auf ihn gehabt. Der monotone Rhythmus der Wellen. Das immer gleiche Geräusch, wenn sie am Ufer ausliefen.
Er musste unbedingt wieder einen klaren Kopf bekommen. Diese blutigen Bilder, die er vor seinem inneren Auge gese-

hen hatte, sie ließen ihn nicht mehr los. Der verstümmelte Mann, die sterbende Frau. Wer war das?
Als Heinrich vom Sand aufblickte, sah er aus der Ferne einen Einheimischen von einer Kokospalme herabklettern. Unten angekommen, sammelte er abgeschlagene Kokosnüsse in einem Sack und ging dann auf ihn zu. Als der junge Mann näher kam, sah Heinrich die Machete, die der Kokossammler in seiner Rechten trug, die Klinge zum Boden gerichtet.
Heinrichs Puls, der sich gerade erst wieder einigermaßen beruhigt hatte, begann plötzlich erneut zu rasen. Die Bilder von Blut und Tod ließen ihn schwindlig werden. Die misshandelten Gesichter der Toten kamen näher und näher. Er sah die Lippen der Frau. Sie wollte ihm etwas sagen. Was? Ihre Hand griff nach ihm, und er konnte nichts tun.
Als der Einheimische an ihm vorbeiging, sah Heinrich die Machete übergroß vor sich. Verzerrt. Bedrohlich.
Ohne zu wissen, was er tat, schlug Heinrich dem Fremden die Faust ins Gesicht und trat, als dieser zusammenbrach und bewusstlos im Sand lag, auf ihn ein. Was dann geschah, daran konnte er sich später nicht erinnern. Er hatte keine Ahnung, wie viel Zeit inzwischen vergangen war, als er sich, nun kniend, neben diesem Papua wiederfand; ein dünner Faden Blut rann dem Mann aus dem Mundwinkel und versickerte im Sand.
Heinrich suchte in seiner Hose nach einem Taschentuch, und als er es fand, stand er auf, bückte sich und wischte die feinen Körner von seinen Stiefeln. Er musste zurück nach Kuradui, er hatte noch Fragen an Phebe.

Mit einem Tritt öffnete er die Haustür. Er spürte, wie sich die Wut wieder in ihm ausbreiten wollte, und schloss kurz die Augen, um nicht vollends die Kontrolle über sich zu verlieren. Als er die Augen öffnete, sah er Phebe, die sich schutzsuchend in die Ecke des Salons gedrängt hatte. Ohne zu zögern, ging er auf sie zu. Phebe stand still.

»Wer außer dir weiß von diesen Lügen?«, fragte Heinrich. Er klang gehetzt.

Als Phebe schwieg, packte er sie plötzlich an der Bluse und zog sie zu sich heran. »Hör zu, alte Hexe. Du bist mir völlig egal, aber ich bin Richards Sohn, und ich werde jeden töten, der etwas anderes behauptet. Hast du mich verstanden?« Phebes Atem ging schnell, sie antwortete nicht. »Ist das klar?«, schrie er ihr ins Ohr und schüttelte sie. »Sag, wer außer dir weiß davon?«

»Niemand«, stammelte Phebe.

Heinrich schlug ihr ins Gesicht. »Wer?«

Phebe zitterte am ganzen Körper.

»Bibi, wir haben dich als einen der unseren aufgezogen. Jeder hier glaubt, dass du unser Kind bist.«

»Wer?« Er drückte sie an die Wand und schlug sie wieder. Blut lief ihr aus der Nase. Er schlug ihren Kopf gegen die Wand und ließ sie abrupt los. Wimmernd sackte Phebe in sich zusammen; schief gegen die Wand gelehnt, saß sie am Boden und weinte.

Heinrich wütete durchs Haus, riss Schubladen und Schranktüren auf. Ihren Inhalt kippte er auf den Boden, wühlte wild darin herum. Dann öffnete er Phebes Nähkästchen, schüttete es aus und warf es in die Ecke. Ein paar Briefe schaukelten wie Blätter zu Heinrichs Füßen. Er bückte sich, hob sie auf. Ein Blick auf den Absender genügte ihm.

»Natürlich. Jo. Sie wird davon wissen. War sie nicht deine beste Freundin?« Er stand auf und ging auf Phebe zu. Als er vor ihr in die Hocke ging, die Briefe in der Hand, schluchzte sie auf.

»Ja«, gab sie zu. »Johanna weiß es. Sie ist die Einzige.«

»Und warum sollte ich dir das glauben?« Seine Rechte hatte sich zur Faust geballt.

»Weil der Ehemann dieser armen Frau dein Vater war.«

Auszug aus einem Brief von Emma Kolbe an Bischof Couppé, datiert auf den 23. Juli 1911, Archiv der Missionsstation von Vunapope

(…) Wir haben einander im Laufe der Jahre gut kennengelernt und über vieles leidenschaftlich diskutiert. Am Ende hat keiner von uns je seine Ansichten geändert. Ich glaube nicht an Ihren Gott, und Sie glauben, dass ich dafür wahrscheinlich in der Hölle lande. Ich werde unsere Debatten vermissen, sie haben meinen Geist angeregt (wenn auch fast ausschließlich zum Widerspruch).

Als wir uns das letzte Mal getroffen haben, wollten Sie wissen, warum ich Bibi mitnehme. Ehrlich gesagt, hätte ich es gerne gesehen, wenn Sie diesbezüglich schon etwas früher Interesse gezeigt hätten. Meiner Ansicht nach trägt Ihre Kirche nämlich eine gewisse Verantwortung, was die Probleme mit diesem Jungen betrifft.
Erinnern Sie sich noch daran, welche Erklärung Sie dafür zu hören bekamen, dass man nach dem Massaker Bibi zusammen mit Pho und Ludwig Kiehl gefunden hat? Geschätzter Freund, im Vertrauen darauf, dass Sie das Geheimnis einer Freundin wahren können, sollen Sie jetzt, kurz vor meiner Abreise, die ganze Wahrheit erfahren. Betrachten Sie es von mir aus als eine Art Beichte.

Ich beginne mit dem bedauernswerten Ludwig Kiehl. Ich mochte den Mann, obwohl ich nie verstanden habe, weshalb ein kluger Kopf wie er seine Zeit und Kraft damit verschwendet, mit euch Katholiken in diesen unsinnigen Wettstreit um ein paar arme Seelen zu treten. Am Ende hat es ihn das Leben gekostet. Ob es das wert war?

Ludwig Kiehl hatte eine Affäre mit meiner Nichte Pho. Das mag Sie nun schockieren oder auch nicht. Der Pastor war ja bekanntlich nicht der einzige Europäer, der Wasser gepredigt und Wein getrunken hat. Und Sie kannten Pho: Sie war nicht nur bildhübsch, sondern auch klug. Sie wollte studieren und einen Mann finden, mit dem sie ein angenehmes Leben führen könnte. In gewisser Weise eiferte sie mir nach, und ich kann daran nichts Schlechtes finden.

Kiehl war also letztlich nicht die Art von Mann, den meine Nichte suchte. Und das nicht, weil er verheiratet war. Doch Pho wurde von ihm schwanger. Dieses Kind hätte ihre ehrgeizigen Pläne zerstört. Was es mit der Ehe und der Karriere von Kiehl angerichtet hätte, erklärt sich Ihnen als Mann der Kirche wohl von selbst.

Wir beschlossen daher, Pho für eine gewisse Zeit auf eine der Inseln zu schicken, wo sich Richard wegen seiner wissenschaftlichen Arbeit regelmäßig aufhielt und wo ihn Phebe des Öfteren besuchte. Phebe war damals schon recht rundlich, trug immer weite Kleider, es war also ein Leichtes, alle zu täuschen. Sie kehrte eines Tages von der Insel zurück, mit einem Baby im Arm, das sie als das ihre ausgab. Niemand stellte Fragen.

Pho schob das geplante Studium allerdings zunächst auf, um in der Nähe ihres Sohnes zu bleiben. Die Geschichte mit Kiehl lebte wieder auf und dauerte auch noch an, als seine

zweite Frau Johanna hier auftauchte. Wer hätte es der Armen schon sagen sollen?
Kiehl und Pho trafen sich unregelmäßig an abgeschiedenen Orten. Manchmal begleitete sie Bibi. Im August 1904 machte der Pastor den Fehler, mit Pho und seinem Sohn in einer Hütte nahe der Herz-Jesu-Mission zu übernachten. Er hätte es besser wissen müssen. Die Spannungen zwischen den Baining und dem Orden waren ihm ja durchaus bekannt. Angeblich wollte er zwischen den Parteien vermitteln und die Ordensbrüder dazu bewegen, größere Milde im Umgang mit dem Stamm und seinen Sitten walten zu lassen.
Stimmt es eigentlich, was man sich erzählt? Dass Pater Rascher einen jungen Mann in Ketten legen ließ, weil er ihn mit einer Frau erwischt hatte?
Ich will keineswegs die scheußlichen Taten der Baining rechtfertigen. Dass sie einen Lutheraner nicht von einem Ordensbruder unterscheiden können, verstehe ich. Dass sie meine wunderbare Nichte regelrecht abgeschlachtet haben, ist und bleibt mir jedoch unbegreiflich. Das Kind haben sie immerhin am Leben gelassen. Im Blut seiner Eltern sitzend, hat man Bibi gefunden. Dieses Bild verfolgt mich noch immer, auch nach all den Jahren.
Jetzt wissen Sie, warum der Junge so lange nicht gesprochen hat. Er ist seelisch zutiefst beschädigt, und deshalb nehme ich ihn nun mit nach Europa – in der Hoffnung, einen Arzt zu finden, der ihm helfen kann, dieses grausame Erlebnis zu überwinden.
Phebe ist am Ende ihrer Kräfte. Ich bringe Bibi zu Richards Verwandten und statte ihn mit einem finanziellen Polster aus. Mehr kann ich für ihn nicht tun. (…)

Dieser Brief macht mich traurig. So viel Leid, und alles nur, um es eurem Herrn recht zu machen. Obwohl es auch der Glaube meiner Schwester ist: Ich hoffe inständig, dass Ihre Kirche diese Inseln bald verlässt – für immer. Aber das bleibt wahrscheinlich nur ein Traum und ändert nichts daran, dass ich Sie als Freund sehr vermissen werde.

Leben Sie wohl,
Ihre Emma Kolbe

Nachricht aus dem Rabaul Observer vom 22.03.1928, Phebe-Parkinson-Archiv, Archivnummer 061

Kokopo. – Gestern Morgen wurde Morris Kirrau (36) ermordet am Strand nahe Kokopo aufgefunden. Spielende Kinder hatten den grausam zugerichteten Leichnam entdeckt und die Polizei informiert. Wahrscheinliches Tatwerkzeug war Morris' eigene Machete, mit der er offenbar noch kurz vor dem Angriff Kokosnüsse von einer nahe gelegenen Palme geschlagen hatte. Für das Verbrechen gibt es bislang weder Hinweise noch Zeugenaussagen. Die Polizei bittet die örtliche Bevölkerung um ihre Mithilfe bei der Aufklärung. Morris hinterlässt eine Frau und acht Kinder.

Neuguinea,
Anfang Mai 2011

Katjas Mutter hatte sie per Mail vorgewarnt. Ihr Vater war wieder auf dem Weg nach Melanesien, auch dieses Mal wegen der nicht enden wollenden Probleme rund um diese »unsägliche Mine«, wie sich Margarete von Beringsen ausdrückte. Bemüht beiläufig erwähnte ihre Mutter auch, dass sie sich von der erneuten Reise ihres Gatten nach Neuguinea ein Zusammentreffen von Vater und Tochter versprach, das hoffentlich kitten würde, was da letztens zerbrochen war.

Wie wär's, wenn ihr euch zum Abendessen trefft? Wenn du also einverstanden bist, rufe ich deinen Vater an, damit er sich bei dir meldet, ja?

Ihre Mutter zeigte sich gewohnt schlecht in der Kunst, wahre Absichten zu kaschieren, und Katja liebte sie dafür. Ihre Mutter war in dieser Hinsicht so erfrischend anders als der Rest der Familie.
Katja schüttelte lächelnd den Kopf. Margarete von Beringsen würde nie aufhören zu versuchen, die Familie zusammenzubringen. »Rutscht doch zusammen, Kinder!« Dieser Satz, den ihre Mutter einmal vor mehr als zehn Jahren anlässlich eines Sommerfestes mit zu wenig Sitzbänken den Gästen zugerufen hatte, war Katja aus irgendeinem Grund

im Gedächtnis haften geblieben. Ihrer Ansicht nach umschrieb er perfekt den nahezu verzweifelten Wunsch ihrer Mutter nach Familienharmonie. Ein Wunsch, der sich bislang nicht erfüllt hatte. Katja seufzte. Arme Mutter!
Seufzend zückte sie ihr Handy, um ihrer Mutter eine SMS zu schreiben. Sie würde sich auch dieses Mal ihrem Wunsch fügen. Halbherzig und aus schlechtem Gewissen. Doch insgeheim hoffte sie, dass sich Margaretes Wunsch vom Familienfrieden erfüllen möge. Eine knappe Stunde später erhielt sie eine Textnachricht von ihrem Vater:

Wunderbar! Simse mir, wo wir uns zum Essen treffen. PS: Ich habe eine Überraschung für dich.

Drei Tage später parkte Katja ihren Barina unmittelbar vor dem Eingang des Fischrestaurants am Strand von Kokopo. Wenn sie könnte, hätte sie jetzt vor sich hin gepfiffen. Gegen das klamme Gefühl in ihrer Brust, gegen die aufkommende Unruhe, die Begegnungen mit ihrem Vater regelmäßig bei ihr auslösten. Wie meistens bei Verabredungen war sie auch dieses Mal zu früh. Sie ging die Stufen zum Eingang hoch und ließ sich in einen der ausladenden Korbsessel mit den roten Kissen fallen. Sie fischte in ihrem Rucksack nach dem MP3-Player, entwirrte das Kabel und steckte sich die Knöpfe in die Ohren. Dann drückte sie auf die Playtaste und drehte die Lautstärke bis zum Anschlag. Erstaunt hob sie die Brauen. Keine Ahnung, wie sich diese Heavy Metal Tunes auf ihre Random-Liste geschlichen hatten. Diese Musikrichtung hörte sie sonst eigentlich nicht, aber jetzt, da sie schon einmal dabei war, gefielen ihr die schnellen Gitarrenriffs und der harte Beat sogar. *We are the Metal Law.* Der

archaisch anmutende Gesang hatte etwas Beruhigendes, irgendwie passte er zu diesem urzeitlichen Ort.
Katja griff in ihrer Hemdtasche nach den Zigaretten und steckte sich eine an. Dann lehnte sie sich zurück, blies den Rauch in die Dunkelheit.
Ungefragt bahnten sich Erinnerungen einen Weg in ihr Bewusstsein. Situationen und Ereignisse, die das Verhältnis zu ihrem Vater im Laufe der Jahre geprägt hatten. Sie mochte es nicht, wie er im Versuch, sie klein zu halten, ihre Ansichten regelmäßig der Lächerlichkeit preisgab, und dabei hatte es ihn auch nie weiter geschert, ob Dritte zuhörten. Im Gegenteil: Die Anwesenheit Unbeteiligter schien seine Kritik an der eigenen Tochter sogar noch zu verschärfen. Katja missfiel auch, wie sehr ihr Vater an den Lippen ihres Großvaters hing. Was Albert von Beringsen sagte, war ihm Befehl. Wenn ihr Vater in ihrer Kindheit überhaupt anwesend war und nicht durch die Weltgeschichte reiste, schlüpfte er sofort in die Rolle des strengen Patriarchen, der ermahnte und strafte. Umarmungen, Zärtlichkeiten, fröhliches Herumtollen oder ziellose Spielereien – das alles hatte es in der elterlichen Villa nicht gegeben. Gefühlsduselei, Zeitverschwendung. Später, als Teenager, lernte Katja, wie sie ihren Vater am besten in Rage versetzen konnte, und sie hatte diese Kunst bald perfektioniert. Widerrede hielt sie für ihre Pflicht, und sie scheute nicht davor zurück, diese Waffe so weit auszureizen, bis es eine Ohrfeige setzte. In solchen Fällen hielt sie sich die Wange und schaute ihn von unten mit einem Blick an, der nur schwerlich ihren Triumph verbarg. Den Vater zur Überreaktion zu bewegen, ihn aus der Fassung zu bringen, dieses Ziel war einmal mehr erreicht. Kein Wunder, dass ihr Vater sich irgendwann kaum mehr zu helfen wusste.

Er hätte sich allerdings denken können, dass Besuche beim Hausarzt und beim Psychologen fruchtlos bleiben würden. Bei den Ärzten wandte Katja dieselben Methoden wie schon bei ihrem Vater an, was sich auch dort als erfolgreich erwies. Zumindest von ihrer Warte aus betrachtet. Sie musste nicht mehr hin.

Katja drückte die Zigarette im Aschenbecher auf dem Beistelltisch aus. Als Teenager war sie wohl ein ziemliches Früchtchen gewesen. Fast hatte sie im Nachhinein Mitleid mit ihren Eltern. Im Unterschied zu damals war sie mittlerweile durchaus in der Lage, auch die Position ihrer Eltern zu verstehen. Es war ihr nicht oft gelungen, aber an diesem Abend wollte sie es versuchen.

Wenn sie erfahren wollte, was ihr Vater über das Familiengeheimnis wusste, musste sie sich wohl oder übel selbst ein wenig öffnen. Alles andere wäre unglaubwürdig. Jegliches Taktieren ihrerseits würde ihr Vater ohnehin schnell durchschauen.

Ob alle innerhalb der Familie davon wussten? Falls es so war, konnte sie niemandem auch nur ansatzweise vertrauen.

Katja schaute erneut auf die Uhr. Ihr Vater war spät dran. Sie stemmte sich mit einem leichten Ächzen aus dem tiefen Sessel, ging ins Restaurant und nahm an einem Tisch mit Meeresblick Platz. Die Bedienung brachte ihr den Sauvignon Blanc, den sie noch auf der Veranda bestellt hatte. Am Strand sah sie ein paar Fischer mit ihren Netzen hantieren. An seinem Hinken meinte sie, einen ihrer Patienten zu erkennen. Sollte er es tatsächlich sein, war es schlimmer geworden mit ihm: die Entzündung musste sich ausgeweitet haben. Sie schnaubte verärgert. Sah ganz danach aus, als hätte er entgegen ihrem Rat den Verband abgenommen und es gleichzeitig unterlassen, die kortisonhaltige Salbe aufzutragen, die sie ihm mitgegeben hatte. Keine Frage: Sie würde Tami in den nächsten Tagen im St. Mary's zu sehen bekommen. Leider war sein Verhalten keine Ausnahme. Ihr Job hier konnte mitunter ziemlich frustrierend sein.

Im Restaurant befanden sich nicht mehr als ein Dutzend Gäste, und als sie Stimmen am Eingang hörte, drehte sie sich um. Ihr Herz tat einen unregelmäßigen Schlag, als sie Vater und Bruder zusammen auf sich zukommen sah. Bernhard war also die angekündigte Überraschung! Ihr Mut sank. Eigentlich hätte sie sich freuen sollen, doch seine Anwesenheit machte den ursprünglichen Plan zunichte, mit ihrem Vater ein tiefer gehendes Gespräch zu führen. Typisch, dachte sie. Bernhard funkte mal wieder dazwischen. Wenn sie beide dieser Tage einmal gemeinsam bei den Eltern zu Besuch waren, was selten genug vorkam, stand er ohnehin wegen seines politischen Engagements im Mittelpunkt des Interesses. Wie lief der Wahlkampf? Welche innerparteilichen Koalitionen zeichneten sich ab, und hatte er schon mit dem amtierenden Landrat ein inoffizielles Tête-à-Tête gehabt, um die zukünftigen Interessen auszuloten?

Vater und Bruder lächelten ihr zu, hoben grüßend die Hand. Katja stand auf. Sie umarmten sich, küssten einander steif rechts und links auf die Wange.

»Wenn ich mir deinen Gesichtsausdruck so anschaue, ist unserem alten Herrn die Überraschung wohl gelungen, was Schwesterchen?« Bernhard klopfte ihr auf die Schulter. Katja nahm sich zusammen, zwang sich zu einem Lächeln, das dünn geriet.

»Ja, das ist es. Schön dich zu sehen, Bernhard. Was führt dich denn hierher? Du hast doch nicht etwa mitten im Wahl-

kampf den weiten Weg auf dich genommen, nur um mich zu besuchen?«
»Natürlich nicht«, antwortete Rudolf für den Sohn. »Die Probleme um die Mine ziehen leider Gottes immer größere Kreise. Ich dachte, da schadet es nicht, wenn ein Jurist vor Ort ein Auge darauf wirft.«
»Sicher«, sagte sie mit verschränkten Armen. Sie wies mit dem Zeigefinger auf die Stühle. »Wollt ihr euch nicht setzen?«
Vater und Bruder folgten der Aufforderung. Die Bedienung im hellblauen Kostüm und mit einer Frangipani-Blüte hinterm Ohr brachte die Drinks von der Bar herüber und teilte die Speisekarten aus.
Wie von Katja nicht anders erwartet, entwickelte sich der Abend in eine unbehagliche Richtung. Wenn sie mit Bruder und Vater zusammen war, fühlte sie sich immer klein, und es erfüllte sie mit Zorn, wenn die beiden Männer sich in herablassendem Ton mit ihr unterhielten, als wäre dies tatsächlich der Fall. Bernhard klappte seine Karte zu und legte sie zur Seite. Er stützte die Ellbogen auf den Tisch, verschränkte die Hände ineinander und lehnte sich leicht nach vorne.
»Ich nehme, was du nimmst«, sagte er zu Katja. »Und du, Vater?« Rudolf von Beringsen nickte zustimmend, legte seine Speisekarte auf der Bernhards ab.
»Ich vertraue ebenfalls deiner lokalen Expertise.« Katja zuckte mit den Schultern.
»Wie ihr meint.« Sie bestellte für alle den Fang des Tages, gegrillt und mit den üblichen Beilagen. Dann stießen sie miteinander an, und ihr Vater begann gleich, von der Mine zu berichten. Er habe die Auseinandersetzungen mit den

örtlichen Gruppierungen mittlerweile derart satt, dass er schon überlege, seine Anteile an der Mine ganz zu verkaufen.

»Entweder du bedienst dieses merkwürdige Stammessystem – wie heißt es noch gleich?«, fragte er mit Blick zu seiner Tochter.

»*Wantok*«, half Katja aus. »Das ist Pidgin für *One Talk,* was nichts anderes bedeutet, als dass die Leute, die dieselbe Stammessprache sprechen, einander unterstützen.«

»Genau das meinte ich, danke. Und dieser Unfug setzt sich bis in die Regierungskreise fort. Jemand, der von außen kommt, ist da von vorneherein zum Scheitern verurteilt.« Rudolf von Beringsen seufzte und nippte an seinem Bier. »Ein undurchdringlicher Dschungel und irre teuer obendrein.«

Katja nahm sich vor, den Abend nicht im Streit enden zu lassen, und schwieg. Bernhard berührte ihren Arm.

»Schwesterherz, wie geht es dir denn so in der Klinik unter Palmen? Alles launige Meeresbrise und Wellenrauschen, oder wird zwischendurch auch mal operiert?« Er legte den Kopf schräg und grinste sie an, als hätte er einen wahnsinnig guten Witz gelandet und erwarte nun die gebührende Anerkennung. Für eine Sekunde war Katja versucht, eine scharfe Antwort zu geben, erinnerte sich dann aber an ihr Friedensgelöbnis.

»Es wird tatsächlich hin und wieder operiert. Die Bedingungen sind zwar schwierig, es gibt ja kaum Mittel, weder für Geräte noch für Medikamente, aber wir tun unser Bestes.«

Sie setzte einen freundlichen Gesichtsausdruck auf, in der Hoffnung, dass ihre ungewohnt neutrale Antwort verstörend auf ihn wirken würde. Sie hob ihr Glas, deutete ein Prosit an und trank. Wie nebenbei wechselte sie das Thema. »Was haltet ihr eigentlich von Großvaters Angebot, mich als Geschäftsführerin dieser neuen Organisation einzusetzen?«

Die Männer schauten erst sie, dann einander an.

»Das ist das Erste, was ich davon höre«, sagte ihr Vater und klang überrascht. »Erzählst du uns mehr?«

Sie kam der Aufforderung nach, und als sie damit fertig war, ergriff Rudolf von Beringsen das Wort: »Dieses Angebot erstaunt mich sehr, aber, ohne Näheres zu wissen, rate ich dir: Greif zu!«

Er wandte sich an seinen Sohn. »Was meinst du dazu?« Bernhard antwortete sofort:

»Es wäre dumm, Großvaters Angebot abzulehnen. So großzügig ist er sonst nie. Also nichts wie ran!«

»Ich überlege es tatsächlich.« Aus den Augenwinkeln beobachtete sie, wie die Männer sich erneut Blicke zuwarfen. »Ich würde eine solche Organisation allerdings nur unter bestimmten Voraussetzungen leiten wollen. Wenn ich wirklich etwas ausrichten könnte und meine Arbeit im Leben der Betroffenen Veränderungen bewirken würde, dann wäre ich dabei.«

Rudolf nickte.

»Andererseits«, fuhr Katja fort, »bedeutet dies, mit euch zusammenzuarbeiten, und, ehrlich gesagt: Davor graust es mir.«

So – nun war es raus und ihr Friedensgelöbnis erst einmal dahin. Sie reckte das Kinn und schaute erst Rudolf, dann Bernhard an. Beide zeigten keinerlei Reaktion. Sie nutzte deren Schweigen, um Fragen zu stellen, die sie schon eine Weile umtrieben.

»Vater, kannst du mir verraten, weshalb unsere Familie in Papua-Neuguinea verflucht sein soll? Ich hatte eine tote Schlange über meiner Türklinke hängen, von den Einheimischen werde ich entweder ignoriert oder sie schreien mich im Krankenhaus grundlos an.« Vom Überfall erzählte sie lieber nichts, das wäre nur Wasser auf die Mühlen ihres Vaters, der sie vor dieser Gefahr nachdrücklich gewarnt hatte. »Irgendeine Idee, wer das gewesen sein könnte?«
Rudolf sah sie unter einer gerunzelten Stirn an.
»Das wird wohl wegen der Mine gewesen sein, weshalb denn sonst?« Plötzlich stand er auf und schlug mit der flachen Hand auf die Tischplatte. »Siehst du? Das ist genau die Art von Auseinandersetzung, von der ich rede und mit der ich nicht zurechtkomme. Dieser verdammte Voodoo-Zauber!«
»Bitte setz dich!« Bernhard zupfte seinen Vater am Ärmel, und dieser gehorchte zögerlich.
»Das ist kein Voodoo, Vater. Wir sind nicht in Afrika«, sagte Katja.
Rudolf machte eine wegwerfende Geste.
»Von mir aus. Nenn es, wie du willst. Ich mag es trotzdem nicht. Wieso können die Leute nicht das Positive am Fortschritt erkennen? Manchmal möchte ich sie bei den Schultern nehmen und schütteln. Was ist mit dem Krankenhaus, mit der florierenden Wirtschaft und den Arbeitsplätzen, will ich sie fragen. Aber sie starren mich nur aus großen Augen an und begreifen nichts, gar nichts.« Er fasste sich mit beiden Händen an die Stirn. »Es ist so unglaublich frustrierend. Als würden wir alles von ihnen nehmen und nichts zurückgeben.«
»Wenn du willst, kann ich dir dabei helfen, deinen Stand-

punkt verständlich zu machen«, sagte sie. »Was du da wegen der Mine sagst, stimmt zum Teil, zum Teil aber auch nicht.« Eine Pause entstand. Der Blick ihres Vaters verriet ihr, dass er ihren Worten größte Aufmerksamkeit schenkte, so wie er es schon lange nicht mehr getan hatte. Sie sprach weiter: »Ich glaube nicht, dass die Probleme, auf die du hier wegen der Mine stößt, unüberwindbar sind, aber du …« Sie hielt inne. »Wir«, korrigierte sie sich, »wir müssen daran arbeiten.«

Bernhard hob abwehrend die Hände.

»Was soll denn bitte all das Gerede, Katja?«

Die Kellnerin stellte ihm einen Teller vor die Nase. Bernhard ließ die Hände sinken. Eine weitere Bedienung rollte ein Wägelchen an ihren Tisch und begann, den gegrillten Fisch geschickt zu filetieren, während die Kollegin das Gemüse vorlegte. Die Familie sah schweigend zu. Katja orderte Getränke nach, und sie begannen zu essen. Der Fisch war perfekt gegart, er zerfiel auf der Gabel. Katja fragte sich, ob ihr Patient Tami ihn eben erst gefangen hatte. Ihr Vater und ihr Bruder nickten Katja anerkennend zu. Nach ein paar Bissen legte Bernhard jedoch das Besteck zur Seite, tupfte sich die Lippen mit der Serviette ab und sah seine Schwester eindringlich an.

»Katja, die Einheimischen sind Primitive. Das muss ich dir doch nicht wirklich erst sagen, oder?« Sie strafte seine Bemerkung mit Schweigen. »Deshalb sind sie gegen unsere Mine. Gegen *jede* Mine.« Er atmete hörbar aus. »Wir müssen langfristige Entwicklungen im Blick haben, nicht die unreflektierten Reaktionen der Eingeborenen.«

Rudolf von Beringsen drehte sich ihm zu.

»Ganz so einfach ist das leider nicht, Bernhard.«

Katja stutzte. Soweit sie sich erinnern konnte, war dies das erste Mal, dass ihr Vater in ihrer Gegenwart ihrem Bruder widersprach. Vielleicht kein neuer Meilenstein in der Beziehung zu ihrem Vater, aber es war immerhin etwas. Sie blickte auf ihren Teller und lächelte vor sich hin.

»Ach, nein?« Bernhard klang genervt. »Und seit wann ist das so? Ach, egal, ich bin schrecklich müde. Entschuldigt mich bitte. Vater, du kommst zurecht?« Bernhard wartete die Reaktion seines Vaters gar nicht erst ab, warf die Serviette auf den Teller und stand auf. »Der Abend geht selbstverständlich auf mich.« Er drehte sich um und ging an die Bar, um die Rechnung zu begleichen. Katja holte tief Luft und schaute ihren Vater an, der nachdenklich mit seiner Gabel im Gemüse stocherte.

»Manchmal hasse ich die Art, wie wir sind«, sagte sie mit gepresster Stimme. »Kann dieser ewige Streit nicht irgendwann aufhören? Ich habe es so satt, Vater.«

Rudolf von Beringsen legte die Gabel zur Seite und schaute sie an. Er nickte.

Katja atmete durch und ergriff die Gelegenheit, ihm von der Affäre ihres verstorbenen Mannes zu erzählen. Hätte ihr jemand noch vor wenigen Tagen prophezeit, dass sie mit ihrem Vater derart Intimes besprechen würde, sie hätte ungläubig den Kopf geschüttelt. Und doch erschien es ihr fast selbstverständlich, ihm von sich zu erzählen. Sie bemühte sich um einen ruhigen Ton. Es dauerte nicht lange, und sie bemerkte, wie ihre Geschichte ihn berührte, ohne dass er allerdings einen Weg fand, seine Gefühle ihr gegenüber auszudrücken.

»Diese Geschichte …« Er kreiste hilflos mit den Händen in der Luft, »es tut mir sehr leid.« Sie schwiegen eine Weile und sahen aufs Meer hinaus. Rudolf räusperte sich. »Ich hatte übrigens wirklich keine Ahnung von Großvaters Vorschlag an dich. Normalerweise wäre ich darüber sehr ungehalten. Wichtige Firmenangelegenheiten besprechen wir für gewöhnlich miteinander. Und gerade in diesem Fall ... Es geht um dich, um *meine* Tochter.«

Seine Augen füllten sich zu Katjas Überraschung mit Tränen, und er wandte den Blick ab. Für einen Moment zögerte sie, dann legte sie ihre Hand auf die seine. Sachte, und ohne sie anzusehen, drehte er seine Handfläche nach außen, ergriff ihre Finger, drückte sie. Eine kräftige Brise strich von der See her übers Wasser und kräuselte die Oberfläche in weißen Spitzen.

Es war ein merkwürdiger Moment, den Katja so schnell nicht vergessen würde. Ihr Vater und sie – sie war sich bewusst, wie behutsam sie vorgehen mussten, um diese zarte Vertrautheit nicht zu zerstören. Sie zweifelte, ob sie mit ihrer nächsten Frage kaputt machte, was gerade erst wuchs. Aber sie musste endlich die Wahrheit in Erfahrung bringen, und dies war die richtige Gelegenheit.

»Sag mal, denkst du, Großvater weiß Dinge über Neuguinea, die er für sich behalten möchte?« Katja sprach zögerlich.

Ihr Vater schaute sie verwirrt an, sagte dann aber, dass er dies durchaus für möglich hielte. Sie hätten nicht nur in Neuguinea Schwierigkeiten mit ihren Minenbeteiligungen, bei den hiesigen Palmöl-Plantagen verhielte es sich nicht anders.

»Doch da dein Urgroßvater hier geboren wurde, denkt Albert, er hätte ein Anrecht auf diesen Ort. Er glaubt, es stehe ihm zu, über das Schicksal der Gazelle-Halbinsel mitzuent-

scheiden. Darüber lässt er auch nicht mit sich reden. Ja, ich denke, er hat gewisse Geheimnisse, aber die wird er wohl mit in sein Grab nehmen.«
Katja drückte ihrem Vater die Hand. Sie hatte sich ihm nie näher gefühlt.

Am darauffolgenden Nachmittag kletterten Katja und Lambert in den Geländewagen. Sie wollten die unbefestigte Straße westlich von Kokopo in Richtung Hochland nehmen. Katja hatte darauf bestanden, erstmals selbst hinter dem Steuer zu sitzen. Lambert zeigte keine allzu große Begeisterung für ihren Wunsch. Eine Fahrt in die Berge hielt etliche Gefahren bereit.
»Früher oder später muss ich es aber doch lernen«, hatte sie argumentiert, und Lambert gab schließlich nach.
Sie waren auf dem Weg zum St. Paul Medical Center, einer von mehreren kleinen Praxen in den Bergen, die Lambert in regelmäßigen Abständen mit Medikamenten und Geräten versorgte. Außerdem entschied er während dieser Besuche, welche Patienten für die weitere Behandlung nach Vunapope geflogen werden mussten. Es war Katjas dritte Tour zu einem der Außenposten. Nach und nach sollte sie alle Aufgaben kennenlernen, die der Job ihr abverlangte. Im Notfall musste sie in der Lage sein, auch ohne Lamberts Begleitung die abgelegenen Medical Centers, die in Vunapopes Einflussbereich fielen, zu besuchen. Viele erreichte man nur per Flugzeug.
Die Straße, die in Wirklichkeit nicht mehr war als ein unbefestigter Weg, wand sich in engen Kurven den dicht bewaldeten Hügel hinauf. Obwohl Katja nicht gläubig war, betete sie, dass ihr kein Fahrzeug entgegenkäme. Viel Raum für ein

Ausweichmanöver blieb nämlich nicht, und das schwere Gefährt war nicht gerade leicht zu lenken.
Ein akuter Fall in der Chirurgie hatte sie beide aufgehalten, daher waren sie spät dran für den Trip ins Hochland. Lambert hoffte trotzdem, dass sie noch vor Einbruch der Dunkelheit ihr Ziel erreichen würden.
Katja hatte im Zwielicht die Scheinwerfer eingeschaltet und konzentrierte sich voll auf ihre Aufgabe als Fahrerin. Gerade hatte sie den Wagen aus einer engen Kurve herausgesteuert, da sahen sie und Lambert zwei Fahrzeuge mit eingeschalteten Warnblinkern, die die Straße blockierten. Davor stand eine Gruppe Männer, die ihnen durch Winken bedeutete anzuhalten. Katja und Lambert sahen einander besorgt an. Überfälle auf offener Straße waren keine Seltenheit in Papua-Neuguinea. Andererseits war es auch nicht außergewöhnlich, dass Abschnitte der Straßen wegen Steinlawinen, umgestürzter Bäume oder Sturzregen kurzfristig gesperrt werden mussten. Aus der Entfernung konnten weder Katja noch Lambert erkennen, was die eigentliche Ursache für diese Straßensperre sein könnte.
Die Männer trugen lichtreflektierende Sicherheitswesten.
»Die sehen nach *council workers* aus«, meinte Lambert, »aber so genau weiß man das hier nie. Halte sicherheitshalber schon hier an.« Katja fuhr links ran und hielt ungefähr zehn Meter vor der Absperrung. »Lass den Motor laufen!«, forderte Lambert. Dann warteten sie.
Als keiner der Männer auf sie zukam, entschied Lambert, dass die Situation sicher war, und stieg aus. *Raskols,* die gefürchteten Banden, hätten seines Erachtens schon längst zugeschlagen, erklärte er seine Einschätzung der Lage. Katja lief bei dieser Bemerkung ein eiskalter Schauder über den

Rücken. Sie dachte an den Strandüberfall zurück. Noch einmal wollte sie so etwas nicht erleben. Angespannt beobachtete sie, wie Lambert den Männern entgegenging. Wie er ihr geraten hatte, ließ sie die Zentralverriegelung einrasten.

Dann ging alles ganz schnell.

Katja sah mit Schrecken, wie einer der Männer Lambert am Hemd fasste und mit sich zog. Zwei andere lösten sich blitzschnell aus der Gruppe und liefen auf sie zu. Verdammt, sie hatten der Bande geradewegs in die Hände gespielt! Dies war eindeutig ein Hinterhalt. Katjas Herz schlug ihr in der Kehle. Was sollte sie jetzt nur tun?

Als die beiden *Raskols* näher kamen, sah sie, dass einer der Männer eine Machete bei sich trug. Sie bekam jetzt kaum noch Luft. Ohne weiter zu überlegen, drückte Katja auf die Hupe und ließ sie nicht los. Dann gab sie Gas und steuerte geradewegs auf die Männer zu. Sie sprangen zur Seite, rappelten sich aber sofort wieder auf und liefen hinter ihr her. Lambert nutzte die Gelegenheit, um sich aus dem Griff seines Angreifers zu befreien, und rannte Katja entgegen. Drei Männer hefteten sich an seine Fersen. Katja entriegelte die Türen und lehnte sich hinüber zur Beifahrertür, um sie für Lambert zu öffnen, doch ein schneller Läufer erreichte den Geländewagen vor ihm. Mit einem Satz sprang der Mann auf das Trittbrett der Fahrerseite, hielt sich mit einer Hand geschickt am Dach fest und öffnete Katjas Tür, noch bevor sie die Verriegelung erneut schließen konnte. Er erwischte sie mit einem Fausthieb an der Schläfe. Katja verriss das Lenkrad, fing sich aber wieder. Sie begann, den Wagen scharf von rechts nach links zu lenken, um den *Raskol* abzuschütteln, was ihr tatsächlich auch gelang. Vorher hatte Lambert es gerade noch geschafft, sich auf den Beifahrersitz zu schwingen. Verzweifelt versuchte er nun, sich von dem Mann zu befreien, der trotz Katjas Lenkbewegungen noch in der offenen Beifahrertür hing, ihm den Arm um den Hals gelegt hatte und fest gegen seine Kehle gepresst hielt. Mit einer Hand tastete Lambert unter dem Sitz nach dem Wagenheber, bekam ihn endlich zu fassen und schlug dem Angreifer mit dem Eisen so hart gegen die Schulter, dass er von ihm abließ und mit ein wenig Nachhilfe seitens Lambert vom Wagen fiel. Katja hörte mehr, als dass sie sah, was sich neben ihr abspielte. Ihr Adrenalinspiegel sorgte dafür, dass ihre Angst nicht überhandnahm oder sich gar zur Panik steigerte. Sie konzentrierte sich voll auf die Straßensperre, die jetzt unmittelbar vor ihnen lag und hinter der es steil bergauf ging. Sie schaltete einen Gang runter, gab Vollgas. Der Motor jaulte auf. Sie biss sich auf die Unterlippe, als sie den Pick-up der Bande passierten. Dann nahm sie den Fuß vom Gaspedal und schlängelte sich zwischen dem zweiten Fahrzeug und den Männern hindurch. Sie hörte, wie Lambert die Tür zuschlug, wagte zum ersten Mal seit dem Überfall einen schnellen Blick zur Beifahrerseite. Sie sah Lambert und das Blut auf seinem hellen T-Shirt. Entschlossen wandte sie ihren Blick nach vorne und trat das Gaspedal wieder durch. Schlitternd schoss der SUV nach vorne, weg von der *Raskolgang,* hinein in die Dunkelheit.

Katjas Brust bebte, das Adrenalin jagte noch immer durch ihren Körper und sorgte dafür, dass sie trotz Anspannung und Angst hellwach war.

»Bist du okay?«, fragte sie. Es war dunkel geworden, und die Strecke erforderte ihre ganze Aufmerksamkeit.

»Ja, nur ein paar Schürfwunden, mach dir wegen mir keine Gedanken, fahr einfach weiter!« Gott sei Dank, Lambert hörte sich an, als sei er in Ordnung. Katja schluckte und schaute mit halb zusammengekniffenen Augen auf den Weg vor ihr. Die Lichtkegel ihrer Scheinwerfer tanzten auf und nieder, erhellten für einen kurzen Moment, was in ihren Radius fiel, um dann einen anderen Ausschnitt aufscheinen zu lassen.

Noch waren sie nicht außer Gefahr. Katja blickte in den Rückspiegel. Sie wurden vom SUV der anderen verfolgt, der mit durchdrehenden Reifen langsam aufholte. Katja umklammerte das Lenkrad und versuchte mit aller Macht, sich aufs Fahren zu konzentrieren.

»Gut machst du das. Lass den Schweinehund nur nicht zu nahe rankommen!«, ermutigte Lambert sie und schnallte sich an.

Das Klopfen in ihren Schläfen verstärkte sich. Sie atmete flach und zwang sich, ruhig zu bleiben. *Du schaffst das, du schaffst das!*

Die grellen Scheinwerfer des Verfolgers waren jetzt direkt hinter ihnen. Lambert fingerte nach seinem Handy und wählte die Nummer der Polizei in Rabaul. Er kannte dort beinahe jeden der diensthabenden Beamten.

»Geht endlich an den Apparat, ihr nichtsnutzigen Faulpelze!«, beschwor er sie aus der Ferne, doch niemand nahm ab. Lambert hielt sich ungläubig das Handy vom Ohr weg und starrte es kopfschüttelnd an, als der Anrufbeantworter ansprang. »Was zum Teufel …? Das war der Notruf!«

»Ruf Takari an! Er wird uns helfen. Hier, falls du seine Nummer nicht hast.« Sie warf ihm ihr Handy in den Schoß. »Schau in meinen Kontakten unter *F* nach.«

»Unter *F?*«

»Ja, wie *Fuzzy Wuzzy.*«

Im selben Moment rammte ihr Verfolger sie mit dem Bullenfänger, und ihr Wagen brach aus. Die Straße wurde schmaler und wand sich in kurzer Folge mal nach rechts, mal nach links. Katja presste die Zähne aufeinander. Die Bodenwellen ließen den schweren Wagen erzittern, und es kostete sie Mühe, ihn auf Kurs zu halten. Ihr war bewusst, dass sie viel zu schnell fuhr, um alles unter Kontrolle zu haben, doch hinter ihr schickten sich die *Raskols* an, sie ein weiteres Mal zu rammen.

Sie hörte Lambert zu, der mit Takari sprach. Er unterbrach das Telefonat, zeigte mit dem Finger nach links. »Gleich kommen wir an eine Kreuzung. Bieg links ab! Wir fahren Richtung Rabaul.«

»Okay.« Im Rückspiegel sah Katja mit Schrecken, dass sie nun von beiden Wagen verfolgt wurden. Der Pick-up hatte aufgeholt und fuhr mit Fernlicht hinter dem SUV. Was hatten diese Typen nur vor? Als sie sich der Kreuzung näherten, setzte sie aus purer Gewohnheit den Blinker und bog scharf nach links. Lambert drehte sich nach den Verfolgern um. Einer der Wagen war ins Schlittern geraten und musste erst zurücksetzen, bevor er die Verfolgung wieder aufnehmen konnte, doch der SUV hing nach wie vor an ihrer Stoßstange.

Die Straße nach Rabaul war breiter, und der Feind an ihrer Stoßstange schien entschlossen, sie auf der einen oder anderen Seite zu überholen.

»Gib Gas, volle Pulle!«, schrie Lambert, als der Verfolger schließlich zum Überholmanöver ausscherte, und Katja trat mit Wucht aufs Gaspedal. Gleichzeitig spürte sie, wie sie bei dieser Geschwindigkeit drauf und dran war, die Kontrolle zu verlieren.

Plötzlich war der SUV links neben ihnen, die Scheinwerfer ausgeschaltet. Katja biss erneut die Zähne zusammen und steuerte auf ihn zu, bevor er sie von der Seite erwischte.

»Festhalten!«, befahl Lambert. Ihr Wagen überschlug sich, geriet ins Rollen. Erst nach einer gefühlten Ewigkeit kam er auf den Rädern zum Halt. Dampf zischte aus den Schlitzen der Motorhaube, Fenster und Türen waren eingedrückt. Sie spürte keinen Schmerz, nur ein dumpfes Pochen hinter den Schläfen. Was war mit Lambert? Wo waren die *Raskols*?

Für eine Weile blieb alles still. Dann hörte Katja Reifen quietschen und bemerkte im Rückspiegel Lichtpunkte auf sie zukommen.

Australien, Mt. Isa, 1952

Bills Bruder George war Vorsteher der Rinderfarm auf Mt. Isa, seit sein Bruder vor fast fünfundzwanzig Jahren gestorben war und seine Witwe Johanna den Ort verlassen hatte, um nach Papua-Neuguinea zurückzukehren. George war zunächst widerwillig vom Südwesten Queenslands hoch in den Norden gezogen, um die Farm seines Bruders weiterzuführen. Aber wer sonst hätte es tun sollen, und die Farm zu verkaufen, das hätte er nicht übers Herz gebracht. Er wusste schließlich, was dieser Ort seinem Bruder bedeutet hatte.

Wie Bill war George ein umgänglicher Typ, und die *Stockmen* seines Bruders nahmen ihn freundlich auf und akzeptierten den erfahrenen Farmer ohne Murren als neuen Chef. George war seit einigen Jahren Witwer. Seine Frau Mildred war drei Jahre zuvor an der Schwindsucht gestorben. Sein ältester Sohn James hatte ihn begleitet, wofür George dankbar war. Mehr als das, er war heilfroh. Er glaubte nicht, dass er sich diesen Job ohne James' Hilfe noch zugetraut hätte. Körperlich war er zwar noch gut beisammen, er konnte reiten und die Viehzählung beaufsichtigen. Doch das Alter brachte es mit sich, vorsichtiger zu werden. Die Knochen heilten nicht mehr so wie mit zwanzig. Er war immerhin schon Anfang siebzig und konnte Unterstützung gebrauchen. Außerdem hatte James seine Familie mitgebracht. Seine Frau Patsy und die fünf Kinder, die pausenlos auf der

Farm herumtollten und sie zum Leben erweckten. George hätte über all den Lärm nicht glücklicher sein können. Gern fiel er in das Kinderlachen ein, wenn ihn die Enkel wegen seiner lahmen Art neckten. Der Aborigine Tommy, engster Mitarbeiter seines Bruders, war vor Jahren verstorben. Glücklicherweise hatte er jede Menge Nachkommen gezeugt, so dass an saisonalen Arbeitern kein Mangel bestand. Der älteste dieser Aborigines hieß Lionel. Er war ein Großcousin von Tommy und wusste eine Menge über das Land und die umliegenden Stämme.

Der Besucher kam an einem heißen, trockenen Sommertag, und wie immer kündigten die Hunde an, dass sich ein Fremder der Farm näherte. Patsy war allein in der Küche. Sie putzte sich die Hände an der Schürze ab und ging nach draußen, um nachzusehen, was die Hunde aus der Ruhe gebracht hatte. Mit der flachen Hand schirmte sie die Augen vor der gleißenden Mittagssonne ab und schaute in die Weite hinaus. Hitzeschlieren, die von der heißen Erde aufstiegen, ließen die Umrisse undeutlich werden, dennoch sah sie das Auto, das auf dem Weg zu ihnen war. Als sich der Wagen näherte, erkannte sie sogar das Fabrikat. Es war ein australischer Holden, ausgestattet mit einem Bullbar, dem in dieser Gegend erforderlichen Frontschutzbügel. Zahlreiche Waserkanister, die vor dem Kühler festgebunden waren, bestätigten Patsys ersten Eindruck, dass es sich bei dem Besucher um jemanden handelte, der sich im australischen Outback zu bewegen wusste.
Das Auto hielt in der Einfahrt, und ein junger Mann mit Schlapphut und Khaki-Shorts stieg aus. Er redete gleich wie ein Freund auf die Hunde ein und ging in die Knie, um sie

zu tätscheln. Patsy beobachtete die Szene aufmerksam. Es gab nicht viele, die mit den Hunden so umgehen konnten. Selbst der Postbote blieb für gewöhnlich in seinem Wagen sitzen und hupte, damit jemand nach draußen kam. Wenn es stimmte, dass Hunde Angst riechen konnten, dann verströmte dieser Mann hier nicht einmal einen Hauch von Furcht.

Er strich dem Kelpie abschließend über den Kopf, stand auf. Die Hunde begleiteten ihn, als er mit großen Schritten aufs Haus zuging und Patsy die Hand reichte.

»Guten Morgen. Ich grüße Sie! Ein wundervoller Tag, nicht wahr?«

Seine Stimme klang forsch und nahm Patsy für sich ein. Sie hörte den deutschen Akzent heraus, aber der klang so, als lebte dieser gut aussehende Mann schon eine Weile in Australien. Davon abgesehen, wirkte er *fair dinkum* auf Patsy, total australisch. Die Art, wie er gekleidet war, die Lockerheit im Umgang mit Tieren und wie er sich ihr gegenüber nun vorstellte, das alles war so, wie man es hier tat und wie sie es gewohnt war.

»Darf ich mich vorstellen? Mein Name ist Magnus Friedrich. Sie fragen sich sicherlich, weshalb ich hier bin. Ich will's kurz machen. Ich bin ein Mittelsmann zwischen der australischen und der deutschen Regierung. Meine Aufgabe ist es, herauszufinden, welche Hürden zwischen den beiden Nationen bestehen, und gleichzeitig nach Lösungen zu suchen, wie sie eventuell beseitigt werden könnten. Dabei geht es natürlich in der Hauptsache um Dinge, die vor und während des letzten Weltkrieges vorgefallen sind. Genau genommen geht es um Leute, die Kriegsverbrechen begangen haben.«

Patsy hatte seinem ungewöhnlichen Vortrag aufmerksam zugehört und zuckte nun hilflos mit den Schultern.
»Da müssen Sie wohl mit meinem Mann sprechen. James muss bald von den Stallungen zurück sein, sein Vater George wohl auch. Mein Mann war aber während des Krieges in Übersee, hauptsächlich in Südostasien. Schätze, er wird Ihnen kaum weiterhelfen können. Verbrechen hat er, soweit ich weiß, auch keine begangen.«
Magnus Friedrich warf den Kopf in den Nacken und lachte. »Es geht auch gar nicht um Ihren Mann, keine Sorge.« Patsy lächelte unsicher, machte schließlich mit dem Kopf eine einladende Geste in Richtung Haustür.
»Kommen Sie doch rein. Ich war gerade dabei, mir eine Tasse Tee aufzubrühen. Wenn Sie auch eine wollen?«

Magnus und Patsy saßen am Küchentisch. Kinder rannten durchs Haus und wurden ab und zu von Patsy zur Ruhe ermahnt, wenn sie vor lauter Geschrei ihr eigenes Wort nicht mehr verstand. Sie entschuldigte sich für ihre Rasselbande, doch Magnus lächelte nur nachsichtig. Es dauerte nicht lange, und sie plauderten ungezwungen übers Wetter, die Farm und die Minen um Mt. Isa. Magnus schien eine ganze Menge vom Bergbau zu verstehen, was er mit seiner Familie erklärte, die schon lange in der Branche tätig war. Patsy erzählte ihm außerdem, dass ihr Mann James einen älteren Cousin namens Martin hatte, der auf Tasmanien lebte. Magnus schien an Martin interessiert, stellte viele Fragen über ihn und die Familie, die auf der weit entfernten Insel im Süden Australiens lebte.
Nach der dritten Tasse Tee kamen James und der Aborigine Lionel von den Stallungen zurück. Nass geschwitzt traten

sie durch die Fliegentür, die hinter ihnen ins Schloss knallte. Lionel trank nur einen Becher Wasser, entschuldigte sich und ging wieder nach draußen zu den Pferden. Patsy stellte die Männer einander vor. James blieb wortkarg am Spülbecken stehen, wo er sich das Gesicht wusch und Wasser aus der hohlen Hand trank. Magnus redete umso mehr, bedankte sich wortreich für die Gastfreundschaft und erzählte, dass er eigentlich hierhergekommen sei, um ihnen ernsthaftere Fragen zu stellen.

»Ich würde Sie gerne über einen unglücklichen Vorfall befragen, der sich vor dem Krieg zugetragen hat. Ein junger Mann ungefähr meines Alters hat diese Farm 1928 besucht und ist wohl über irgendetwas mit Ihrem Onkel und seiner Frau Johanna in Streit geraten. Der junge Mann, um den es mir geht, war später im Zweiten Weltkrieg an schlimmen Kriegsverbrechen beteiligt. Ich kann zwar keine Versprechungen über eine mögliche Wiedergutmachung leisten, aber ich kann Ihnen zusagen, dass ich alles tun werde, um seine Rolle während des Krieges vollkommen aufzudecken. Außerdem möchte ich, dass Sie wissen, dass er nicht mehr am Leben ist. Er starb 1944. Um die damaligen Ereignisse lückenlos offenzulegen, bin ich allerdings auf Hilfe von Dritten angewiesen – wie die Ihre beispielsweise. Ich suche nach Dokumenten jeglicher Art, die auf diesen Mann hinweisen und über seine Handlungen Auskunft geben. Seine Kriegsverbrechen sind von solch grausamer Natur, dass wir nichts unversucht lassen wollen, um das horrende Ausmaß seiner Schuld ans Licht zu bringen.«

James stutzte. Magnus Friedrich klang gebildet, wählte seine Worte überlegt. Doch das schüchterte James nicht ein.

»Was wissen Sie von diesem Besuch bei meinem Onkel und

seiner Frau? Und wieso sollte sich die australische oder die deutsche Regierung dafür interessieren?«

Wie sein Vater war James nur ein Farmer, doch er war nicht dumm. Er wusste, dass im Krieg Verbrechen von ganz anderem Kaliber begangen worden waren.

Magnus lehnte sich interessiert nach vorne und legte den Finger an die Lippen: »Sehen Sie, und genau das habe ich mich auch gefragt. Das ist doch seltsam, oder etwa nicht? Eben dieser Umstand ist es, der mich zu der Frage verleitet, ob es nicht irgendetwas in ihrem Besitz gibt – Briefe, Dokumente, was auch immer –, das ein neues Licht auf die Situation werfen könnte.«

»Wenn Sie schon vom Krach zwischen diesem Deutschen – wie hieß er noch?«

»Von Beringsen. Heinrich von Beringsen.«

»Aha. Also, wenn Sie davon wissen, dann können Sie mir doch bestimmt auch sagen, wie es ausgegangen ist, oder?« James versuchte offenbar rauszukriegen, was der Besucher wusste.

Magnus legte den Kopf leicht schief.

»Ja, ich glaube, das kann ich. Es kam zu einem Kampf, in dessen Verlauf ein Hund getötet wurde.« James sah ihn ungläubig an.

»Dann wissen Sie gar nicht, dass mein Onkel an seinen Verletzungen gestorben ist?«

Magnus rutschte ungemütlich auf seinem Sitz herum, knetete seine Hände.

»Nein, dessen war ich mir nicht bewusst. Das tut mir sehr leid für Sie. Ich will keine alten Wunden aufreißen, aber wenn Sie im Besitz irgendwelcher Dokumente sind, die helfen könnten, die Taten dieses schrecklichen Manns zu be-

weisen … Briefe von Johanna vielleicht? Hieß seine Witwe nicht so?«
Patsy stand auf, um eine Schublade zu öffnen, in der sie zu wühlen begann.
»Wir haben tatsächlich noch ein paar Briefe von Johanna. Wo waren sie denn gleich …«
Sie griff nach einem Stapel Bilder, hielt ihn kurz hoch und blätterte ihn dann schnell durch. »Ah, das hier sind jede Menge Fotos von Martin und seiner Familie auf Tasmanien. Schon erstaunlich, James«, sagte sie an ihren Mann gewandt, »dass ihr zwei so miteinander könnt, obwohl ihr nur Cousins seid und so weit voneinander entfernt lebt.«
James schob seinen Stuhl heftig nach hinten, so dass er über die Dielen scharrte, und stand auf. Mit einem Schritt war er bei seiner Frau, riss ihr Briefe und Fotos aus der Hand und legte sie in die Lade zurück, die er mit einer Bewegung seiner Hüfte zustieß.
»Wir haben nichts für Sie.«
Patsy sah ihn entgeistert an, sagte aber nichts.
Magnus stand auf.
»Das kann ich bestimmt besser beurteilen. Sie wissen ja gar nicht, wonach ich genau suche.« Er ging auf das Ehepaar zu, zeigte auf den Schrank, dessen Schublade James jetzt zu bewachen schien. »Lassen Sie mich nur einen Blick darauf werfen, dann …«
»Das kommt überhaupt nicht in Frage«, fiel James ihm ins Wort und baute sich vor ihm auf. »Und jetzt verlassen Sie mein Haus!« Patsy sah ihren Mann fragend an, öffnete den Mund, aber schloss ihn dann doch wieder. Magnus wich zurück, machte eine entschuldigende Handbewegung in Richtung James.

»Tut mir leid, wenn ich Ihre Gastfreundschaft strapaziert haben sollte.« Magnus reichte Patsy die Hand zum Abschied. »Vielen Dank für den Tee und die reizende Unterhaltung.« Er wandte sich zur Tür, drehte sich dann noch einmal um. »Falls Sie Ihre Meinung noch ändern sollten …«

»Das werde ich nicht.«

»Also gut, ich verstehe. Es war nett, Sie kennengelernt zu haben.« Er nickte Patsy zu und verließ das Haus. Die Hunde begleiteten ihn schwanzwedelnd zu seinem Wagen. Patsy und James beobachteten von der Veranda aus seine Abfahrt. Als Magnus davonfuhr, platzte es aus Patsy heraus: »Wieso warst du nur so unhöflich? Dieser Mann hat dir doch gar nichts getan!«

»Ich traue ihm nicht.«

»Aber wieso?«

James zuckte mit der Schulter.

»Keine Ahnung, aber irgendetwas an dem Kerl kommt mir komisch vor. Ich fress 'nen Besen, wenn ich mich täusche.« Sie sahen dem Wagen nach, bis er die Abzweigung nach Mt. Isa genommen hatte.

George kam wenig später zu Fuß von den Ställen zurück. Lionel, der in der Zwischenzeit die Pferde versorgt hatte, ging ihm entgegen, um ihm den Sattel abzunehmen, den er mit beiden Händen trug. George ging auf die Veranda, wo James und Patsy noch standen, bewegte den Kopf in Richtung Straße.

»Wer war das? Jemand, den wir kennen?«

Sein Sohn schüttelte den Kopf.

»*Nope*, Dad. Und ich will ihn auch gar nicht kennenlernen«, sagte James. George hob erstaunt die Brauen und sah seinen Sohn durchdringend an, so als erwarte er weitere Informa-

tionen über den unbekannten Besucher. Stattdessen ergriff Lionel, der Aborigine, das Wort, und was er zu sagen hatte, brachte alle zum Schweigen:
»Er ist verflucht, Boss.«

Am folgenden Tag blieben George und Lionel auf der Farm, während James mit seiner Familie zu einem Rodeo in die Stadt fuhr. Die beiden Männer hatten alle Hände voll zu tun, aber Lionel stellte sicher, dass er stets in Farmnähe blieb, während der Alte sich wie meistens bei den Pferden aufhielt. Lionel beobachtete aufmerksam die Hunde, die ungewohnte Bewegungen ums Haus herum immer als Erste wahrnahmen. Als James bei ihrer Rückkehr einen Holden am Straßenrand nahe der Abfahrt zur Farm geparkt sah, war er überrascht und beunruhigt. War das nicht das Auto von Magnus Friedrich? Er fuhr nun schneller den Weg zum Haus hinauf. Plötzlich sah er, wie der Aborigine ihm entgegengelaufen kam. Er war völlig außer Atem, als James neben ihm anhielt und das Fenster runterkurbelte, und sah ihn aus weit aufgerissenen Augen an.
»*Jeez*, Lionel. Was ist denn mit dir los?«
Der Aborigine keuchte.
»Ich hab ihn.«
»Du hast wen?«
»Den Verfluchten. Ich hab ihn. Onkel Tommy war damals nicht schnell genug, aber jetzt hab ich ihn erwischt.« James jüngste Tochter begann zu weinen, und Patsy nahm sie auf den Schoß.
»Was zum Teufel faselst du denn da bloß?«, fragte James.
Lionel schnaufte, seine Hand, mit der er sich am Fensterrahmen aufgestützt hatte, zitterte.

»Ein anderer Mann, derselbe Teufel, und ich hab ihn mit dem Speer getroffen.«
James verstand nur die Hälfte von dem, was der Aborigine ihm zu sagen versuchte, doch er war sicher, dass dieser von Magnus sprach.
»Wo ist er?«
»Ich weiß nicht. Er ist weggelaufen. Da hinunter.«
Er zeigte zur Straße.
»Verdammt. Los, komm schon! Und alle anderen steigen aus. Sofort!«
Ehe Patsy Widerspruch einlegen konnte, öffnete Lionel schon die Türen. Nachdem die Familie ausgestiegen war, kletterte Lionel auf den Beifahrersitz. James legte den Rückwärtsgang ein und wendete den Truck. Die Räder drehten durch, als er anfuhr. An der Abbiegung angelangt, sah er rechts den Holden unter Vollgas im Staub davonschlittern. James fuhr ihm eine Weile nach, dann gab er auf. Seine Rostlaube konnte mit dem chromglänzenden Holden nicht mithalten. Er schaute der kleiner werdenden Wolke nach, dann drehte er um und fuhr, so schnell er konnte, zurück zur Farm. George, Patsy und die Kinder erwarteten sie bereits auf der Veranda. Alle waren in heller Aufregung, und erst als James seinen Vater zur Seite zog, verstand er, was in seiner Abwesenheit vorgefallen war.
Magnus war zu Fuß gekommen und hatte sich von Lionel nicht davon abhalten lassen, ins Haus einzudringen. Zielstrebig hatte er den Schubladeninhalt in seine Tasche geleert und war gerade im Begriff, sich aus dem Staub zu machen, als Lionel ihn mit dem Speer am Oberschenkel erwischte. Voller Wut musste er Lionel einen solchen Schlag verpasst haben, dass der Aborigine für zwei, drei Minuten außer Ge-

fecht am Boden lag. So hatte ihn George gefunden. Die Pferde waren im Stall – zu weit weg, um Magnus schnell nachzusetzen. Also versuchte Lionel, als er sich wieder aufgerappelt hatte, dem Verwundeten zu Fuß zu folgen. Doch trotz der Wunde war Magnus schließlich entkommen.
Was zum Henker wollte er denn nur mit ihren Briefen von Johanna und Martins Fotos? Eines war sicher: Eine Behörde, die offiziell nach Kriegsverbrechern suchte, wäre mit seinen Methoden wohl kaum einverstanden gewesen. Sicherheitshalber gaben sie bei der Polizei eine Anzeige auf. Georg und James hielten es außerdem für klug, Martin eine Warnung nach Tasmanien zu schicken. Dieser Magnus, oder wie auch immer dieser Kerl in Wirklichkeit hieß, hatte sich sehr für ihn interessiert, und wie sie nun wussten, scheute dieser Mann nicht vor drastischen Maßnahmen zurück, um seine Ziele zu erreichen.

Albert schaute auf der Straße in den Rückspiegel. James hatte die Verfolgung aufgegeben. Er atmete erleichtert aus. Ein Blick auf die Tasche neben sich ließ ein Lächeln über sein gequältes Gesicht gleiten. Wenigstens hatte er, was er wollte. Mit der rechten Hand fasste er sich an den Oberschenkel. Das Blut sickerte langsam, aber stetig aus dem durchbohrten Muskel. Solange er nicht schalten musste, presste er die Faust auf die Wunde und biss die Zähne zusammen. Verdammter Aborigine!
»Du Verfluchter! Ich treib dich mit dem Speer aus«, hatte der ihm hinterhergerufen, als er schon auf der Flucht zu seinem Wagen gewesen war, die Tasche mit den wertvollen Dokumenten fest im Griff. Und er hatte ihn tatsächlich noch erwischt. Nach Mt. Isa konnte Albert nicht, um sich

behandeln zu lassen. Dort würden James und George Hunter und eventuell auch die Polizei zuerst nach ihm suchen. Albert warf einen weiteren Blick auf den dünnen roten Faden, der ihm die Wade hinunterlief und allmählich die Bodenmatte des Wagens dunkel verfärbte.

Ausriss eines Zeitungsartikels aus der Hobart Times vom 19.02.1952, Phebe-Parkinson-Archiv, Archivnummer 070

Roseberry. - Ein Farmhaus in Roseberry brannte gestern bis auf die Grundmauern ab. Zurück blieben nur der gemauerte Schornstein und verbogenes Blech vom Dach. Zeugen berichteten, dass die Flammen binnen kürzester Zeit vom Farmhaus auf die trockene Grasebene übergegriffen hätten. Glücklicherweise wurde das Feuer wenig später von einem heftigen Regenschauer gelöscht. Martin Kiehl, der Besitzer, war mit seiner Familie übers Wochenende nach Hobart gereist; bei seiner Rückkehr fand er nur noch die traurigen Überreste seiner Farm vor.

»Dieses Haus war der Mittelpunkt unserer Familie. Mit ihm sind auch unsere Erinnerungen verbrannt. Unsere Familienfotos, alte Briefe und Bilder, die noch meine Mutter gemalt hatte, alles ist nun für immer verloren«, sagte der erschütterte Farmer.

Auf die Frage, was den Brand verursacht haben könnte, antwortete Kiehl: »Was mir seltsam erscheint, ist, dass erst letzte Woche jemand in das Haus meines Cousins in Mt. Isa, Queensland, eingebrochen ist. Mein Cousin rief daraufhin an und warnte uns, weil er den Eindruck hatte, wir könnten ebenfalls zur Zielscheibe dieses Einbrechers werden.«

Vielleicht, so Martin Kiehl, sei die Vermutung, die beiden Ereignisse stünden in Verbindung, weit hergeholt. »Doch wer immer unsere Farm zerstört hat, sollte wissen, dass es ihm vollständig gelungen ist. Es ist alles verbrannt«, erklärte der Farmer verbittert. »Es wird wohl Jahre dauern, ehe die Familie sich von diesem schweren Verlust erholt hat.«

Bergisches Land, 17. Mai 2011

»Ich bin dir so dankbar, dass du mitgekommen bist. Ich wüsste, ehrlich gesagt, nicht, wie ich das alleine durchstehen soll.«

Lambert legte den Arm um Katjas Schulter und zog sie freundschaftlich an sich. »Ehrensache.«

Sie waren auf dem Weg ins Bergische Land zu Albert von Beringsens 90. Geburtstag. Unglaublich, dass es nun schon ein Jahr her war, seit Katja sich auf die Reise nach Papua-Neuguinea gemacht hatte, um Phebes Beerdigungszeremonie beizuwohnen. Damals hatte sie dankbar die Gelegenheit beim Schopf gepackt, um der Geburtstagsfeier von Großvater Albert fernzubleiben. Auch dieses Jahr hatte Katja eigentlich vorgehabt, die Feierlichkeiten zu schwänzen. Es war ja gerade erst ein paar Wochen her, dass sie zuletzt hier gewesen war, um sich sein Angebot anzuhören. Doch nach allem, was seither vorgefallen war, hatte sie ihre Meinung geändert.

Lambert strich ihr eine Strähne hinters Ohr und schloss sein Fenster bis auf einen Spaltbreit.

»Bist du sicher, dass du fahren kannst?« Sie hob eine Braue.

»Da hab ich schon ganz andere Spritztouren überlebt«, sagte sie und zwinkerte ihm zu. In Gedanken nahm sie die Begegnung mit ihrer Familie vorweg und sah vor ihrem inneren Auge, wie sie und Lambert auf die Gäste wirken würden. Keine Frage, ihre Blessuren würden unweigerlich die

Blicke auf sich ziehen. Der faustgroße Bluterguss an ihrer Schläfe war selbst dann nicht zu übersehen, wenn sie ihr Haar darüber drapierte oder die Stelle mit Make-up abzudecken versuchte. Abgesehen davon hatte sie eine auffällige Schnittwunde über dem rechten Auge und eine weitere quer über der Wange. Beide Wunden waren nicht tief, doch die Fäden waren gerade erst gezogen worden, die Narben noch längst nicht verblichen. Das zerbrochene Fensterglas des Unfallwagens hatte ihr noch weitere Schnittwunden am ganzen Körper zugefügt, doch die wurden von ihrem Hosenanzug bedeckt. Ihr Knie, das irgendwann während des Unfalls in das Armaturenbrett gekracht sein musste, schimmerte bunt. Sitzend konnte sie es ganz gut aushalten, doch sobald sie aufstand und sich bewegte, verzog sie ihr Gesicht jedes Mal zu einer schmerzvollen Grimasse.
Ein Blick auf Lambert bestätigte ihr, dass er die körperlichen Strapazen weitaus besser weggesteckt hatte. Die Beule auf seiner Stirn war zwar noch immer angeschwollen, doch bereits im Abheilen begriffen. Sein linkes Auge war blutunterlaufen und schwarz umrandet; weitere Verletzungen hatte er allerdings nicht davongetragen. Als ihr Wagen während der Verfolgungsjagd vom Weg abgekommen war und begonnen hatte, sich zu überschlagen, hatte Lambert das Richtige getan und sich zunächst mit aller Kraft an den Haltegriffen abgestützt, dann blitzschnell den Kopf zwischen die Beine genommen und mit den Händen geschützt. Er hatte ihr zugerufen, das Gleiche zu tun, doch sie war durch den Schock wie in einer Wolke aus Watte gefangen und hatte ihn nicht hören können.
Lambert war kein Mann, der sein Herz auf der Zunge trug, aber der Unfall schien ihn verwandelt zu haben. Wann im-

mer sich dieser Tage ihre Blicke trafen, hatte sie den Eindruck, seine Augen glänzten ein wenig.
Natürlich beschäftigte auch Lambert die Frage, die sie sich selbst auch schon gestellt hatte: Ob der Überfall ein abgekartetes Spiel gewesen sein mochte. Sie hatten hinterher Zeit gebraucht, um sich körperlich zu erholen und nachzudenken, was als Nächstes zu tun war. Pfarrer Reuter war gleich ins Krankenhaus gestürmt, wollte sofort mit ihnen sprechen, doch auf Lamberts Anweisung hin wimmelte Joy ihn ab.
Lambert und Katja beschlossen, die nächsten Tage unter falschen Namen in einem Resort in Darwin zu verbringen. Wie Christoph diese Woche mit ihr seiner Joy verkauft hatte, blieb sein Geheimnis. Katja konnte sich nicht auch noch darüber den Kopf zerbrechen.

Sie schaltete herunter, um ihren BMW vor der Villa ihres Großvaters zum Halten zu bringen. Ein Blick auf ihre Armbanduhr verriet ihr, dass sie sich verspätet hatten, doch das störte sie nicht. Als Katja aus dem tiefen Sportwagen stieg, war Lambert bereits an ihrer Seite und zog sie zu sich hoch. Wie erwartet, wollte ihr Knie nicht richtig mitspielen. Lambert reichte ihr seinen Arm, gemeinsam schritten sie durch den hohen Torbogen und folgten dem Stimmengewirr auf die andere Seite der Villa. Um die zweihundert Gäste verteilten sich auf dem weitläufigen Rasen und unterhielten sich in kleinen Gruppen bei Canapés und Champagner. Einer von Alberts Angestellten, den Katja nicht kannte, begrüßte sie und winkte dann zwei uniformierte Mädchen vom Catering-Service heran, damit sie den Neuankömmlingen Getränke und Schnittchen reichten. Nachdem sie versorgt waren, begleitete er sie zur Mitte des Geschehens – in die Höhle des Löwen, wie Katja es formulierte. Köpfe wandten sich ihnen zu, doch auf den ersten Blick war niemand darunter, den sie näher gekannt hätte, bis sie plötzlich ihren Namen rufen hörte. Ihre Mutter bahnte sich einen Weg durch die Menge. Tränen rannen Margarete von Beringsen übers Gesicht, als sie ihre Tochter innig umarmte. Katja hielt ihre Mutter von sich ab und lächelte sie an. Mit dem Daumen wischte sie ihr die Tränen aus den Augenwinkeln.

»Ist schon gut, Mutter. Ich bin ja noch ganz.«

Keine zwei Minuten später stand ihr Vater neben ihr und begrüßte sie.

»Vater, Mutter – darf ich vorstellen? Christoph Lambert, mein Chef. Ich habe euch ja schon von ihm erzählt.«

Ihre Eltern reichten Lambert die Hand und hießen ihn willkommen. Katja beobachtete ihren Vater und erkannte, dass die Besorgnis, die sie aus seinem Blick herauslas, echt war. Doch wie immer, wenn er seine Tochter umarmte, wirkte er ein wenig unbeholfen. Im Moment spielte das jedoch keine Rolle. Wichtiger war, dass Katja nun sicher sein konnte, dass ihre Eltern mit dem Überfall wirklich nichts zu tun hatten. Absurd, dass sie dies überhaupt in Erwägung gezogen hatte!

»Oh, Katja, du hast uns so erschreckt«, rief ihr Vater jetzt aus, dann unterzog er Lambert einer genaueren Betrachtung und klopfte ihm jovial auf die Schulter. »Danke, dass Sie sich um meine Tochter gekümmert haben. Ich schulde Ihnen einiges.« Lambert deutete eine Verbeugung an, die, wie Katja erkannte, eher ironisch gemeint war und sie zum Schmunzeln brachte.

»Sie haben eine wundervolle Tochter, aber das wissen Sie ja bereits. Was Sie nicht wissen: Eigentlich habe ich Ihrer Tochter mein Leben zu verdanken.«
Katja hob die Brauen. Sah er das wirklich so?
Offenbar wusste jeder auf der Party von dem Vorfall in Neuguinea, denn plötzlich schien es, als sei ein Damm gebrochen; von allen Seiten kamen Menschen auf sie zu, die ihre Erleichterung darüber ausdrückten, dass sie beide mit dem Leben davongekommen waren.
Aus dem Augenwinkel nahm Katja Pfarrer Reuter wahr. Sie hatte keine Ahnung gehabt, dass er auch auf der Feier auftauchen würde. Was machte er hier? Sie drehte sich um, damit er sie bemerken musste. Er sah sie an. Kurz erwiderte er Katjas ernsten Blick, dann formten sich seine Mundwinkel zu einem Lächeln, und er hob die Hand zum Gruß. Katja hatte den Eindruck, dass er ebenfalls erstaunt schien, doch als das erste Überraschungsmoment vorüber war, verriet ihn die Art seines Lächelns. Leer und berechnend, ein Gesichtsausdruck, mit dem man sich Zeit erkaufte. Katja unternahm erst gar nicht den Versuch, mit ihm zu sprechen. Er war jetzt nicht an der Reihe. Noch nicht.
Im allgemeinen Gewühl, dessen Zentrum sie bildeten, sah Katja, wie ihre Mutter Großvater Albert in seinem Rollstuhl in ihre Richtung schob. Er drehte sich um, redete hitzig auf Margarete ein, die schließlich anhielt und ihm aus dem Stuhl half. Sie reichte ihm seinen Stock, auf den er sich mit dem rechten Arm abstützte, und hakte ihn auf der anderen Seite unter. Langsam näherten sich die beiden. Wie immer war Albert von Beringsen dem Anlass entsprechend perfekt gekleidet. Er trug einen cremefarbenen Anzug, maßgeschneidert. Dazu eine breite Krawatte, die den Eindruck des Läs-

sig-Eleganten vermittelte. *Debonair* war der Ausdruck, den er selbst bevorzugt hätte, dachte Katja und musste den Kopf schütteln, wenn sie an all den Dünkel dachte, der in Alberts Reich Blüten trieb wie ein Nachtschattengewächs. Für ihn und seinesgleichen war Demokratie ein notwendiges Übel, aber sich deswegen mit dem Volk gemeinmachen? Nie und nimmer. Großvater Albert lüpfte den Panama-Hut, als er vor ihr stand. Seine Augen blickten sie gewohnt scharf und wachsam an. Er streckte die dürre Hand aus.

»Ich bin entzückt, dass du mir zu meinem Geburtstag die Ehre gibst. Ich war sehr besorgt um dich.«

Katja wurde es für einen Moment schwindlig. Was er sagte, hörte sich fast so an, als meinte er es. Die Tonlage, die Worte – es war schwer, sich Alberts Aura zu entziehen. Und doch, sie kannte ihn besser, und die Zeit war gekommen, um ihn und seine Taten zu entlarven.

Der informelle Nachmittag ging in ein opulentes Dinner über, für das man eigens den einzigen Raum umarrangiert hatte, der diese Anzahl von Gästen zu fassen vermochte: der Blaue Salon. Zunächst wurde, wie es sich gehörte, eine Reihe von Toasts zu Ehren des Jubilars ausgesprochen; Albert von Beringsen quittierte seinerseits die freundlichen Bemerkungen mit einem Nicken, die Augen glänzend vor Rührung.

Dann war Katja an der Reihe. Das Herz schlug ihr bis zum Hals. Sie zuckte vor Schmerz leicht zusammen, als sie den Stuhl zurückschob, ihr Knie durchdrückte und aufstand. Sie erhob das Glas und schwenkte es in Alberts Richtung.

»Auf dich, Großvater.« Sie hörte, wie einige der Gäste hörbar die Luft einzogen. Es war nicht unbedingt allgemein bekannt, wie Katja zu ihrem Großvater stand, doch die engen Freunde der Familie wussten um ihre schwierige Beziehung. Katja erhob die Stimme, sprach klar und deutlich: »Mein Großvater und ich, wir kennen uns nun schon seit ein paar Jahren, und ich denke, ich spreche auch in seinem Namen, wenn ich behaupte, dass wir nicht immer einer Meinung waren. Vielmehr habe ich ihm mehrfach Grund zur Verärgerung gegeben. Ich glaube jedoch, dass ich durch meine Zeit in Neuguinea erwachsener geworden bin. Ich habe dort ein neues Leben gefunden und eine neue Sicht auf mich selbst und meine Familie gewonnen. Zu diesem besonderen Zeitpunkt in meinem Leben hat mir mein Großvater ein einmaliges, überaus großzügiges Angebot gemacht, für das ich ihm sehr dankbar bin.«

Sie schaute sich unter den Gästen um. Sie sah, wie ihr Bruder ihr anerkennend zunickte.

»Sicher wissen einige unter Ihnen, dass er mich gebeten hat, eine neu gegründete Organisation zu führen, die sich unter anderem um die medizinische Versorgung kümmern soll, überall dort, wo das Wachstum der Firmen meines Großvaters das Leben einheimischer Gemeinden betrifft.« Sie wandte sich Albert von Beringsen zu. »Großvater, ich erhebe mein Glas auf dich und danke dir für deinen Vorschlag, den ich hiermit annehme. Ich bin bezüglich des Projekts bereits mit *Amnesty International* und *Ärzte ohne Grenzen* im Gespräch.« Vereinzelt begannen die Leute zu klatschen und nickten einander zu, andere fielen nach und nach in den Applaus ein und standen sogar auf, um Katja Beifall zu zollen. Diese nickte den Anwesenden dankend zu und sah, wie sich ihre Mutter die Augenwinkel trocken tupfte. Ihr Vater, der neben Margarete saß, bedachte Katja mit einem Blick, als sähe er seine Tochter zum ersten Mal. Katja war bewusst, dass die Erwähnung der Hilfsorganisationen für eine gewisse Spannung im Raum sorgte, doch Albert lächelte so liebenswürdig, als hätte er nichts anderes von seiner Enkelin erwartet. Sie nahm ihre Rede wieder auf:

»Ich bin meinerseits auch nicht mit leeren Händen gekommen. Ich habe dir etwas aus Australien mitgebracht. Es war nicht leicht, das Richtige zu finden. Ich meine, was schenkt man schon einem Mann wie Albert von Beringsen?«

Katjas Vater und ihr Bruder sahen sich an und lachten zustimmend.

Während sie sprach, übergab einer der Bediensteten Albert ein kleines Päckchen, der es vor sich auf den Tisch legte. Seine Nachbarn auf beiden Seiten forderten ihn gutmütig auf, das Geschenk zu öffnen. Als er das Papier abstreifte, fiel sein Blick auf einen Gegenstand, der ihn unwillkürlich erstarren ließ. Seine Hand glitt hinab zum Oberschenkel, und Katja sah, wie er für den Bruchteil einer Sekunde zusammenzuckte. Dann nahm er den dreieckigen Gegenstand und betrachtete ihn von allen Seiten. Als er zu seiner Enkeltochter aufschaute, hatte sein Blick etwas Unergründliches.

»Großvater, ich weiß, wie sehr du schrullige Geschichten liebst. Diese Speerspitze der Aborigines passt meines Erachtens nahtlos in deine Sammlung historischer Artefakte. Sie wurde benutzt, um Besessene von bösen Geistern zu erlösen. Dem Besessenen wurde hierbei das Bein durchbohrt, genau genommen der Oberschenkel. Da diese Speerspitze mit einem Widerhaken versehen ist, musste sie in einer äußerst komplizierten Prozedur durch den Schenkel getrieben werden, damit sie entfernt werden konnte. Die Folge waren lebenslange Schmerzen.«

Am nächsten Tag rief Margarete ihre Tochter an, um ihr mitzuteilen, dass es ihrem Großvater nicht gutgehe.
»Die Feier war wohl doch ein bisschen zu viel für den alten Herrn. Er hat übrigens nach dir gefragt. Er sagt, er hätte da einige Fragen zum Projekt.«
»Kein Problem. Ich treffe mich mit ihm, wann immer es ihm passt, und beantworte alle seine Fragen. Allerdings hätte ich euch alle gerne dabei. Dich, Vater, Bernhard und auch Reuter. Könntest du dafür sorgen? Ich bringe Lambert mit.«

Margarete hatte die Zusammenkunft des Clans, wie erwartet, bestens organisiert. Dem Blauen Salon sah man nicht an, dass er erst kürzlich zweihundert Gäste beherbergt hatte.
Als Albert von seiner Sekretärin in den Salon gerollt wurde, fiel Katja erneut die Kälte seiner Augen auf. Doch dieses Mal war sie vorbereitet und ließ sich davon nicht einschüchtern. Ihre Eltern dagegen fühlten sich sichtlich unwohl. Einzig Lambert schien die Ruhe selbst, aber er war ja auch nicht Teil der Familie und saß ein wenig abseits.
Die Sekretärin positionierte den Rollstuhl so, dass Albert die ganze Familie im Blick hatte.
Nach einer allgemeinen Begrüßung wandte er sich mit heiserer, fast flüsternder Stimme an Katja.
»Ich muss mich bei dir entschuldigen, dass ich es bisher versäumt habe, dir persönlich für dein Geschenk zu danken. Wie du schon sagtest, fügt es sich tatsächlich ganz hervorragend in meine bescheidene Sammlung ein. Es stimmt: Ich habe ein Faible für Objekte, die eine Geschichte haben. Geschichte ist schließlich das, was uns als Menschen und Familien auszeichnet und verbindet. Meine Gäste mögen wegen deiner Bemerkungen gestern vielleicht ein wenig irritiert

gewesen sein, ich bin es nicht.« Er pausierte nach diesen Worten, um ihr die Gelegenheit für eine Antwort zu geben, doch Katja blieb still, erwiderte standhaft seinen Blick.

»Woher hast du diese Speerspitze überhaupt?«, fragte er daher nach.

»Von den *Waanyi people* im Nordwesten Queenslands. Wieso fragst du?«

Er nickte kaum merklich und legte den Kopf schief. Ihre Frage ignorierte er, antwortete stattdessen mit einer Gegenfrage.

»Was hat dich an mich denken lassen, als man dir die Speerspitze gezeigt hat?«

»Lass uns mit dem Versteckspiel aufhören!«, brach es aus Katja heraus. »Ich weiß Bescheid, was damals in Mt. Isa passiert ist und wer dich dort verletzt hat. Über Tasmanien bin ich ebenfalls im Bilde, und ich weiß, was es mit deiner Herkunft auf sich hat.«

Ein Murmeln erhob sich.

»Nun mal schön langsam und der Reihe nach, wenn ich bitten darf«, sagte Albert und hob beide Hände, wie um sie zu bremsen. »Ich hab keine Ahnung, wovon du sprichst, und ich bin sicher nicht der Einzige, dem es so geht.«

Er warf einen Blick auf Katjas Eltern, die einander fragend anschauten und sich bei den Händen hielten. Albert setzte sich aufrechter hin, während er seine Enkelin fixierte.

Katja bemerkte die Veränderung an ihm. Es kostete sie Mühe, nicht einzuknicken. Lambert hielt zur Ermunterung kurz den Daumen hoch und zwinkerte ihr zu. Katja räusperte sich und sah ihren Großvater an.

»Richard und Phebe Parkinson waren nicht die Eltern deines Vaters Heinrich. Unsere Familie gründet auf einer Lüge.

Es ist so unendlich traurig, dass du diese Familie in Tasmanien verletzt hast, nur um das zu vertuschen. Glücklicherweise ist niemand im Feuer umgekommen.«

»Katja!«, rief Bernhard empört aus, der von seinem Stuhl aufgesprungen war.

Ihre Eltern sahen einander erschrocken an. Dann stand Rudolf von Beringsen auf. Sein Blick wanderte von der Tochter zu seinem Vater.

»Was hat das alles zu bedeuten? Kannst du uns bitte aufklären, Vater?«

Albert von Beringsen hob die Hand, um seinem Sohn Einhalt zu gebieten. Doch Rudolf wollte sich gar nicht beruhigen, bis seine Frau ihn schließlich zurück auf den Sitz nötigte.

»Liebe Katja«, ihr Großvater lächelte milde, während er zu ihr sprach, »ich weiß nicht, welchen Bären man dir da aufgebunden hat. Wir sind eine einflussreiche Familie. Da muss man nicht erst lange nach Feinden suchen.«

Er sah Katjas unbewegte Miene und wurde ernst. »Katja, die Leute erfinden Geschichten, um sich ihr erbärmliches Dasein irgendwie erträglich zu gestalten. Verstehst du denn nicht? Die Erfolgreichen sind in ihren Augen immer die Schuldigen. Wir gehören zu den Gewinnern, und das verzeihen manche Leute uns nicht.« Er blickte zu seinem Sohn hinüber, der blass aussah. Dann gab Albert seiner Sekretärin ein Zeichen. »In meinem Alter sollte ich mich nicht mehr mit so etwas herumschlagen müssen. Ich bin enttäuscht, Katja. Für einen Moment hatte ich doch tatsächlich geglaubt, du wärst aus diesem kindischen Gerechtigkeitswahn herausgewachsen. Wenn ihr mich nun entschuldigt? Ich bin sehr, sehr müde.«

Katja stellte sich ihm in den Weg. »Nicht so schnell, Großvater. Ich habe da noch etwas für dich.«
Sie griff nach ihrer Handtasche und entnahm ihr eine Papierrolle, die sie vor den Augen des Großvaters öffnete. Es war eine Kopie von Johannas Bild mit dem Vogelmann.
»Hier, das kannst du behalten. Johanna hat es gemalt, die Ehefrau des Australiers, den dein Vater Heinrich getötet hat.« Sie tat einen Schritt auf ihren Großvater zu. »Du hast immer gewusst, wer unsere wirklichen Vorfahren waren, und du hast sie bis aufs Blut terrorisiert, damit sie stillhalten. Alles im Namen der Familie und des Erbes.«
Sie warf ihm die Kopie vor die Füße.
»Katja!« Wieder rief ihr Bruder ungehalten dazwischen. Albert bedeutete der Sekretärin, das Bild aufzuheben und ihm zu geben. Er entrollte das Papier, sah es sich an und steckte es, nachlässig gefaltet, in die Seite des Rollstuhls. Katja atmete tief durch.
»Eine Sache verstehe ich einfach nicht, Großvater. Dein Vater wurde durch ein traumatisches Kindheitserlebnis geprägt. Ich bin im Besitz seiner Krankenakte. Zwar rechtfertigt nichts das Böse, das er getan hat, dennoch empfinde ich so etwas wie Mitleid für ihn. Aber was ist mit dir? Warum hast du all das gemacht?«
Aus dem Augenwinkel bemerkte Katja, wie sich ihr Bruder fassungslos an die Stirn griff.
»Diesen Schwachsinn muss ich mir nicht länger anhören. Dumme Geschichten, nichts als dumme Geschichten!« Alberts Wangen färbten sich hochrot. Katjas Mutter sprang auf, um die Sekretärin zu entlasten, die nicht so recht zu wissen schien, ob sie nun gehen oder bleiben sollten. Margarete von Beringsen löste die Rollstuhlbremse und drehte

Albert auf seine Anweisung hin in Richtung Tür. Katja sprach dennoch weiter.
»Weißt du, was ich am schlimmsten finde? Dass du immer so bemüht warst, dich von deinem Vater zu distanzieren. Wir sollten glauben, du verachtest alles, wofür er stand. Ich habe mich gefragt, warum Heinrich bloß so versessen auf den Adelstitel war.« Sie machte eine Geste in den Raum hinein. »Unter anderem wohl, um dies hier zu erben. Doch ohne Unterstützung der Nazis wäre ihm das nie gelungen. Letztlich hat es sich für beide Seiten ausgezahlt. Gerade in ihren Anfängen brauchte die Partei dringend Geld, Heinrich hatte reichlich davon und erhielt im Gegenzug gesellschaftliche Anerkennung. Und all das hast du immer gewusst, Großvater, du warst über diese Machenschaften im Bild und hast jeden kaltgestellt, der sie hätte offenlegen können. So, wie es dir Heinrich vorgemacht und aufgetragen hat.«
Rudolf von Beringsen stand auf und ging langsam auf Albert zu.
»Ist das wahr, Vater?«, fragte er mit schwacher Stimme. Auf ein Zeichen hin drehte Margarete den Rollstuhl um, und Albert sah seinen Sohn an. Dieser sprach weiter: »Du hast mich all die Jahre angelogen? Du widerst mich an. Und ich schäme mich zutiefst.« Tränen standen Rudolf in den Augen.
»Du glaubst doch nicht etwa diesen hanebüchenen Unfug deiner Tochter? Seit Jahren versucht sie schon, uns als Familie mit ihrem *Human Rights*-Gefasele zu schädigen. Rudolf, ich beschwöre dich: Du darfst ihr kein Wort glauben!«
Katja sah ihren Vater an.
»Ich kann es beweisen. Ich habe eine DNA-Analyse machen lassen, aus der klar hervorgeht, dass mein Ururgroßvater Ludwig Kiehl war, ein deutscher Pastor.«

Albert sah aus, als wäre er von einer Sekunde zur anderen um Jahre gealtert. Katjas Mutter kniete sich besorgt neben ihn und nahm seine Hand, um ihn zu beruhigen. Doch er entzog sich ihr und wetterte erneut los: »Eine DNA-Analyse? Dass ich nicht lache. Ich glaube viel eher, dass uns die Frau Doktor mit ihren medizinischen Floskeln einschüchtern will.«

Katja griff in ihre Tasche und reichte ihm eine Kopie der Laborergebnisse.

»Da hast du es schwarz auf weiß. Ich habe eine Nachfahrin von Ludwig Kiehl in Tasmanien gefunden und sie um Haare für eine DNA-Analyse gebeten, die ich dann mit meiner Haarprobe habe vergleichen lassen. Das Ergebnis ist eindeutig: Rosie und ich sind verwandt, wir haben einen gemeinsamen Vorfahren, ebenjenen Pastor.«

Jemand lachte auf.

Sie blickte sich um. Ihr Bruder Bernhard schüttelte den Kopf und stand auf.

»Entschuldige, aber ich sehe beim besten Willen nicht, was das soll, Schwesterchen«, sagte er. »Es beweist doch noch lange nicht, dass wir *nicht* von Richard und Phebe Parkinson abstammen. Oder hast du noch ein paar Haarbüschel in deiner Handtasche versteckt?« Wieder lachte er auf.

»Nein, das habe ich natürlich nicht. Ich gebe zu, dass die Analyse nicht mehr als einen ziemlich stichhaltigen Hinweis liefert, und fordere dich auf, umgekehrt Nachfahren der von Beringsens und Parkinsons aufzutreiben, die bereit sind, sich ebenfalls dieser Analyse zu unterziehen. Ich schaue den Resultaten jedenfalls gelassen entgegen.«

»Den Teufel werde ich tun!«

»Ich mach das.«

Katja schaute erstaunt ihren Vater an, der das Wort ergriffen hatte.
»Ich will die ganze Wahrheit wissen«, fuhr dieser nun fort. »Ich kümmere mich um diese Tests. Das bin ich dir und allen anderen hier schuldig.«
Katja nickte ihm dankbar lächelnd zu.
»Diese Rosie würde ich gerne einmal kennenlernen. Du nicht auch?«, fragte Margarete ihren Mann. Katja bemerkte, wie ihr Vater seine Frau verwirrt ansah. Es war ungewöhnlich, dass Margarete Partei ergriff, ohne sich zuvor versichert zu haben, wie Albert und Rudolf zu ihrer Meinung standen. Doch ihr Mann stimmte zu.
»Ich bin sicher, dass sich das einrichten lässt. Was meinst du, Katja?«
»Ganz bestimmt«, sagte sie. Dann blickte sie in die Runde, räusperte sich. »Vor ein paar Jahren hätte ich das, was ich im Rahmen meiner Recherchen herausgefunden habe, ohne zu zögern an die Presse weitergegeben, um dieser Familie zu schaden. Vielleicht, weil ich mich nie als ein Teil von ihr begriffen habe. Heute möchte ich die von Beringsens auf einen neuen, besseren Weg bringen. Ich will – mit deiner Hilfe, Vater! – etwas erreichen, worauf unsere Familie zu Recht stolz sein kann.«
Katja sah Rudolf von Beringsen an, der überwältigt in seinem Sessel saß.
»Als Erstes werde ich nach Neuguinea zurückkehren und damit beginnen, den Schaden, den die Firma dort angerichtet hat, wiedergutzumachen. Falls es übrigens jemanden interessieren sollte: Dr. Lambert und ich glauben, dass Reuter versucht hat, uns umzubringen.« Margarete von Beringsen rückte unwillkürlich von Albert ab. »Eigentlich hatte ich er-

wartet, ihn heute hier zu sehen, aber er scheint überraschend abgereist zu sein.«

Katja schaute zu Albert, der den Kopf gesenkt hielt.

»Mein Anwalt ist im Besitz aller Dokumente. Nur für den Fall, dass mir oder Dr. Lambert irgendetwas zustoßen sollte. Großvater, ich verlange …«

Albert hob den Kopf. Sein Blick war trübe, und er klang müde. »Was verlangst du?«

»Deine Zeit ist abgelaufen. Ich will, dass du noch heute von deinen Ämtern zurücktrittst und in den Ruhestand gehst. Mein Anwalt hat einen Vertragsentwurf aufgesetzt, der meine neue Rolle in der Firma definiert. Er wird eine Kopie an Vater schicken. Was dich anbelangt, ist unser Gespräch hiermit beendet, es sei denn, du hast noch irgendetwas zu deiner Rechtfertigung zu sagen.«

Katja machte eine Pause, doch Albert schwieg.

»Wie du willst, lebe wohl, Großvater.«

Eine Woche später saßen Christoph und Katja in einer Lufthansa-Maschine nach Sydney.

»Was ist denn jetzt mit uns?« Lambert ließ den Scotch in seinem Glas kreisen, löste dann das kleine Tischchen aus dem Kopfteil des Vordersitzes und stellte den Drink ab.

»Was soll mit uns sein?« Katja hatte ihren Sitz, so weit es ging, zurückgeschoben und versuchte, sich zu entspannen.

»Ich kann mich nicht erinnern, dass wir uns in den letzten Tagen über unsere Zukunft unterhalten hätten.«

»Dafür haben wir ja jetzt mehr als genug Zeit«, sagte Katja und seufzte. »Noch dreizehn Stunden in der Economy bis Sydney. Die Filme kenne ich schon vom Hinflug, und an Schlaf ist auch nicht zu denken.«

»Ist das schon wieder so ein versteckter Vorwurf wegen deines Gehalts?«
Katja lächelte. »Nimm es, wie du willst.« Sie griff nach seiner Hand und streichelte ihm mit den Fingern über die Knöchel.
Lambert stellte seinen Sitz ebenfalls zurück, so dass sie auf Augenhöhe waren. Er sah sie eindringlich an.
»Es gibt da etwas, was ich dir längst schon sagen wollte. Doch irgendwie hat sich nie die Gelegenheit ergeben.«
»Ich weiß.«
Überrascht lehnte er sich nach vorne. »Wie, du weißt?«
Katja stellte ihren Sitz aufrecht, und Lambert tat es ihr gleich. »Joy hat es mir erzählt, und ich hab auch nicht den rechten Augenblick gefunden, um dir zu sagen, dass ich weiß, dass du … ach, das ist so verkorkst, entschuldige bitte.« Sie fuhr sich nervös durch die Haare und nahm einen Schluck von ihrem Gin Tonic.
»Joy hat es dir erzählt?«
»Es tut mir so leid, Christoph. Ich wünschte, ich hätte es zuerst von dir gehört. Aber Joy hat eure Trennung sehr tapfer genommen und, ehrlich gesagt, mit deutlich mehr Würde, als ich ihr zugetraut hätte.«
»Was hat sie dir erzählt?«
Katja senkte den Blick.
»Dass du einen kleinen Jungen hattest. Und eine Frau«, sagte sie leise.
Lambert biss sich auf die Unterlippe. »Dann hat sie dir bestimmt auch erzählt, dass mein Sohn an Leukämie gestorben und meine Ehe daran zerbrochen ist.«
Katja verschränkte ihre Hand mit der seinen.
»Ist das der Grund, weshalb du vor acht Jahren nach Neuguinea gegangen bist?«

»Und wenn es so wäre?«
Sie hob die Schultern und atmete tief ein.
»Wolltest du nicht wissen, was mit uns ist? Also mein Plan sieht vor, Kuradui von Grund auf zu renovieren. Dabei könnte ich Hilfe gebrauchen. Und hast du nicht mal gesagt, dass ich dort nicht mutterseelenallein hausen sollte? Obwohl – jetzt wo Reuter nicht mehr da ist und ich hoffentlich nicht länger mit toten Schlangen zu rechnen habe …«
»Bleiben immer noch die *Raskols*. Aber du könntest natürlich Takari anheuern oder einen Boi einstellen.«
»Das kann ich mir bei meinem Gehalt aber nicht leisten. Also, wie sieht es aus?«
Lambert stellte ihren Sitz zurück und beugte sich über Katja. »Dann muss ich wohl den *Haus Boi* geben. Ich liebe Sie, Missus«, sagte er und küsste Katja zärtlich.

Epilog

Katja verbrachte den Vormittag wie gewöhnlich in ihrem Arbeitszimmer. Sie liebte diesen Raum. Er war hell und geräumig. Der Ventilator an der hohen Decke ließ die Luft zirkulieren, so dass Katja selbst im Sommer meist ohne Klimaanlage auskam. Von ihrem Fenster aus schaute sie auf den Regenwald hinaus, der keine fünfzig Meter von ihrer Veranda entfernt eine grüne Wand bildete. Eine Gruppe lärmender Papageien hatte sich auf dem Geländer niedergelassen, und die Vögel rangelten um die besten Plätze. Katja hatte es bereits vor Wochen aufgegeben, sie zu verscheuchen, und steckte sich stattdessen die Stöpsel ihres MP3-Players in die Ohren. Ihre Tochter Hanna war in der Schule, Christoph im Krankenhaus, und in ihrem Haus war es so ruhig, wie es nur sein konnte.

Katja griff nach einem Hefter und schlug ihn auf. Es handelte sich um die Kopie eines Antrags auf Finanzierung, den eine junge Agentur aus Port Moresby bei der Regierung gestellt hatte, um die Wirkung einheimischer Naturheilmittel wissenschaftlich erforschen zu lassen. Katja nickte beim Lesen anerkennend. Sie kannte den Vorschlag längst und hatte schon während der Gründungsphase den Machern der Agentur beratend zur Seite gestanden. Wenn Port Moresby diese Leute trotzdem nicht unterstützte, würde JOIN das tun. Das war der Name ihrer Organisation, der auf Tok Pisin *Verbindungsstelle* bedeutete.

Trotz der Papageien und der Musik im Ohr nahm Katja das dumpfe Geräusch des Türklopfers wahr, schob schwungvoll den Stuhl zurück und stieß versehentlich mit dem Arm gegen den metallenen Aktenschrank. Sie fluchte leise und rieb sich den Ellbogen. Sie musste bei Gelegenheit Christoph bitten, ihr zu helfen, dieses Ungetüm in der Rumpelkammer unterzubringen. Es enthielt ihr privates Archiv, alles, was sie über ihre Familiengeschichte hatte auftreiben können. In den ersten Jahren auf Kuradui hatte sie wie besessen noch den kleinsten Schnipsel gesammelt, der mit den von Beringsens zusammenhing, hatte alles akribisch sortiert, numeriert und in ihrem eigenen Phebe-Parkinson-Archiv abgelegt, das sie demnächst der gleichnamigen Stiftung der Stadt übereignen wollte. Doch mittlerweile war ihr das Archiv längst nicht mehr so wichtig. Ihre Familie und die Arbeit für JOIN nahmen sie voll und ganz in Anspruch.
Sie ging durch den Flur zur Haustür. Christoph und sie hatten sich entschlossen, Kuradui abzureißen und auf dem Grundstück ein neues Haus zu bauen. Erst hatte Katja sich gesträubt. Phebe und Johanna waren ihr ans Herz gewachsen, und der Ort war unauflösbar mit ihnen verbunden. Am Ende hatte Christoph sie überzeugt, dass eine Entkernung nicht ausreichen würde. Der Verfall von Kuradui war viel zu weit fortgeschritten, als dass sich darauf etwas Neues hätte aufbauen lassen. Das Holz war morsch, das ganze Haus von schwarzem Schimmel befallen. Schließlich gab sich Katja geschlagen. Gemeinsam entwarfen sie einen Plan für ihr neues Heim. Es sollte sich harmonisch in die Natur einpassen, ökologisch auf dem neuesten Stand sein, ohne dass sie beim Komfort Abstriche machen mussten. Christoph entwickelte sich während der Bauzeit zur reinsten Plage. Der

arme Bauleiter hatte nicht viel zu melden, denn Christoph erklärte den Hausbau zu seinem neuen Lebensinhalt. Das Parkett war aus demselben Holz wie die Dielen von Gunantambu. Jedes Mal, wenn Katja barfuß über den Boden ging, dachte sie an Phebe, Johanna, Bill und die klappernden Pferdehufe. Der Gedanke an Pferde im Haus, die noch nicht mal einen Splitter vom Holzboden loszuschlagen vermochten, brachte sie jedes Mal zum Lächeln. Dieses Haus war ihr in jeder Hinsicht zur neuen Heimat geworden – sowohl physisch als auch spirituell.

Katja öffnete die Tür. Vor ihr stand Takari, der Amber und Maris vom Flughafen abgeholt hatte. Die jungen Frauen waren Ärztinnen aus der Hauptstadt Port Moresby, die Katja und Christoph von der Uni weg angestellt hatten. JOIN hatte ihnen die Ausbildung finanziert. Dafür erklärten sich die Ärztinnen bereit, zwei Jahre lang in ihrem Heimatland zu arbeiten. Amber sollte Katja bei der Durchführung des Immunisierungsprogramms und der Mutter-und-Kind-Vorsorge unterstützen. Maris würde mit Christoph im St. Mary's arbeiten, dessen neuer Patiententrakt gerade fertiggestellt worden war. Katja begrüßte die Gruppe und bat sie in Haus.

Die Frauen betrachteten aufmerksam die Bilder an den Wänden. Einiges davon erinnerte sie, wie sie sagten, an ihre eigenen Stämme. Nahe dem mächtigen Holztisch hingen frühe Aquarelle von Kokopo. Amber schaute sie lange an.

»Diese Bilder sind wunderschön.« Katja nickte.

»Jemand, der mir sehr nahe ist, hat sie gemalt. Obwohl ich die Künstlerin selbst nicht gekannt habe, spricht sie jeden Tag aus ihren Zeichnungen zu mir. Seltsam, aber so ist es. Johanna spricht wirklich zu mir.«

Maris ging um den Tisch herum, um sich die kleine Sammlung von Artefakten anzusehen, die in einer länglichen Glasvitrine sorgsam arrangiert waren. Es handelte sich hauptsächlich um kunstvolle Zeichnungen auf feiner Baumrinde. Maris ging in die Knie, um besser sehen zu können.

»Die stammen aus der Sepik-Region, stimmt's?«

»Ja, ich war mit Christoph mehrmals am Sepik-Fluss. Die Leute dort sind wahre Künstler.«

»Was ist das denn?« Maris zeigte auf einen dreieckigen Gegenstand.

»Das ist eine Speerspitze der Aborigine. Sie hat für mich eine ganz besondere Geschichte. Sie war zuletzt im Besitz meines Großvaters, doch der ist mittlerweile verstorben, und ich habe das Stück geerbt.«

Amber stand nun auch bei der Vitrine.

»Der Vogelmann!«, rief sie aus. »Den habe ich seit meiner Kindheit nicht mehr gesehen. Mein Großvater stammt aus Samoa, und er hatte genauso eine Figur; als er starb, haben wir sie mit ihm begraben. Ein Symbol von Reichtum und Macht. Ist sie nicht schön?«

Katja zögerte einen Moment, dann öffnete sie die Vitrine und nahm die grüne Figur heraus. »Hier. Die ist für Sie.«

Amber sah sie ungläubig an.

»Das kann ich nicht annehmen.«

»Aber warum denn nicht? Bitte, nehmen Sie sie. Ich möchte sie Ihnen schenken.«

Katja drückte der jungen Frau die Figur in die Hand und schloss deren Finger darüber. Dann legte sie Amber den Arm um die Schulter, und gemeinsam gingen sie zu Maris hinüber, die nun an der Küchentheke stand.

»Also. Herzlich willkommen in Kokopo. Ich freue mich

sehr, Sie für unsere Projekte gewonnen zu haben. Es gibt eine Menge zu tun, doch heute Abend wollen wir erst einmal Ihren Erfolg feiern. Sie haben JOIN alle Ehre gemacht.«
Takari, der die ganze Zeit über lässig am Holzpfosten in der Mitte des Raums gelehnt hatte, streckte sich.
»Gibt es zu diesem feierlichen Anlass auch etwas zu essen?«
»Ja, natürlich bist du auch eingeladen«, sagte Katja und konnte sich das Grinsen nicht verkneifen. »Es gibt ein Buffet, danach tanzen die Tolai für uns, und als weitere Attraktion wird meine Tante Rosie aus Tasmanien ein paar Shantys zum Besten geben.«
»Hört sich gut an«, erklärte Takari. Die beiden Frauen nickten.
»Dann lasst uns jetzt mit einem Glas Champagner anstoßen.«

Nachwort

Die verbotene Geschichte um die Pfarrerstochter Johanna ist frei erfunden und dennoch eng mit den historischen Begebenheiten der deutschen Kolonialzeit verwoben. Die vor einigen Jahren erschienenen Tagebücher der Johanna Fellmann und Johanna Diehl haben mir dabei geholfen, den Alltag deutscher Missionarsfrauen in der Südsee zu beschreiben. Ihre Berichte standen mir vor Augen, als ich »meine« Johanna aus dem heimischen Wuppertal ins unbekannte Deutsch-Neuguinea schickte. Man möge mir hoffentlich nachsehen, dass ich hierbei englische Methodisten in Lutheraner verwandelt habe.

Phebe und Richard Parkinson sind hingegen historische Figuren.

Richard war der illegitime Sohn von Christian August Herzog von Schleswig-Holstein-Sonderburg-Augustenburg, hervorgegangen aus dessen Affäre mit der Schusterstochter Louise Sophie Caroline Brüning. Der Stallmeister des Herzogs, ein Mann namens Richard Robert Parkinson, heiratete die junge Frau, floh aber noch an der Kirchentür. Es gab Gerüchte, dass er für die Hochzeit und sein anschließendes Verschwinden bezahlt worden sei. Der aus der Affäre hervorgegangene Junge erhielt jedoch eine sehr gute Ausbildung, trat 1875 in die Dienste der Firma J. G. Godeffroy und Söhne und gelangte so nach Samoa. Im dortigen Apia lernte der damals zweiunddreißigjährige Richard die halb so alte Phebe kennen und verliebte sich auf der Stelle in die amerikanisch-samoanische Schönheit. Gemeinsam gingen sie nach Neuguinea, wo sie die Handelsunternehmungen von Phebes Schwester Emma unterstützen und sich um deren Plantagen kümmern sollten.

Ob sich Richard Parkinson seiner adligen Herkunft bewusst war, habe ich nicht herausfinden können. Tatsache ist jedoch, dass er mit Phebe zehn Kinder hatte, deren zahlreiche Nachkommen heute über die ganze Welt verstreut leben und die sich 2002 zum Beerdigungszeremoniell ihrer Ahnin Phebe auf Kuradui zusammenfanden. Der in der Romanhandlung auftretende Enkel Phebes, Paul Ütersen, ist allerdings eine rein fiktive Figur.

Richard Parkinson kam tatsächlich bei einem Reitunfall ums Leben, und Phebes Schicksal, so wie ich es im Roman beschrieben habe, folgt lose ihrer wenig erforschten Biographie. Sie starb 1944, ausgezehrt und einsam, in einem Gefangenenlager der Japaner auf der Insel New Ireland (im Roman ist dieses Lager in Rabaul). Sie wurde dort in Haft genommen, nachdem entdeckt worden war, dass sie heimlich amerikanische Soldaten, die vor der Küste abgestürzt waren, gepflegt hatte.

Über das schillernde Leben von Phebes Schwester Emma ist deutlich mehr bekannt.

Die unkonventionelle und sagenhaft reiche Geschäftsfrau war zuletzt mit dem Deutschen Paul Kolbe verheiratet. Die lebensfrohe Emma kam 1913 unter mysteriösen Umständen in Monte Carlo ums Leben, nur wenige Tage nach dem Tod ihres Mannes Paul Kolbe.

Frei erfunden sind hingegen alle Verwicklungen der Schwestern Phebe und Emma mit den Romanfiguren Johanna und Bibi. Auch Katja, im Buch die vermeintliche Nachfahrin von Phebe, hat kein Vorbild in der Wirklichkeit. Die angedeuteten historischen Verwicklungen ihrer Familie entspringen allein meiner Phantasie.

Danksagung

Ich bedanke mich zuallererst bei meiner großartigen Lektorin Dr. Andrea Müller, die das Manuskript für dieses Buch von Beginn an äußerst engagiert betreut hat. Mehr Sorgfalt, Biss und Detailgenauigkeit hätte ich mir für mein Buch nicht wünschen können! Ihre hilfreiche Anregung und Kritik haben mich während der manchmal nicht leichten Entstehungsphase immer wieder angespornt, wenn ich mal nicht weiterwusste. Herzlichen Dank dafür!

Ich danke Franz Leipold für die hervorragende Redaktion und der Agentur Zero für das wunderschöne Cover mit seinem Spiel von Farbe, Licht und Schatten.

Ich möchte mich besonders bei der Herstellerin Sibylle Dietzel bedanken, ohne deren Entgegenkommen dieses Buch niemals pünktlich das Licht der Welt erblickt hätte.

Außerdem danke ich Vertrieb und Marketing des Verlags, ohne deren Einsatz mein Roman nicht zu seinen Lesern finden würde.

Ich danke meiner Agentur Schmidt & Abrahams für die Vermittlung und allzeit wunderbare Betreuung.

Doch vor allem gilt mein Dank meiner Familie John und Oscar, ohne deren Liebe und Unterstützung es nicht gegangen wäre.

Literaturhinweise

Allgemein

Papua New Guinea & Solomon Islands. Lonely Planet Publications, Melbourne 2008

Knopp, Guido: Das Weltreich der Deutschen, S. 129–214. Piper Verlag, München 2011

Knoller, Rasso: Im Land der dunklen Geister. Lesereise Papua-Neuguinea. Picus Verlag, Wien 2012

Hiery, Hermann Joseph (Hrsg.): Die deutsche Südsee 1884–1914. Ein Handbuch. Ferdinand Schöningh Verlag, Paderborn u. a. 2002

Graichen, Gisela / Gründer, Horst: Deutsche Kolonien. Traum und Trauma. Ullstein, Berlin 2005

Pidgin Phrasebook. Lonely Planet Publications, Melbourne 2008

Die Heilige Schrift des Alten und Neuen Testaments. Dritte, verbesserte Ausgabe. Heidelberg 1839

Die Parkinsons

Baumann, Karl: The Parkinson Family – Queen Emma and Relations in DNG. Berlin 2002

Parkinson, Richard: Dreißig Jahre in der Südsee. Stuttgart 1907

Queen Emma

Robson, R. W.: Queen Emma. Pacific Publications, Sydney 1979 (Biographie)

Dutton, Geoffrey: Queen Emma of the South Seas. The Macmillan Company of Australia 1976 (Roman)

Frauen in den Kolonien

Klein, Dieter (Hrsg.): Jehova se nami nami. Die Tagebücher der Johanna Diehl. Missionarin in Deutsch-Neuguinea 1907–1913. Harrassowitz Verlag, Wiesbaden 2005

Fellmann, Ulrich (Hrsg.): Von Schwaben in den Bismarckgipfel. Tagebücher der Missionarsfrau Johanna Fellmann aus Deutsch-Neuguinea 1896–1903. Harrassowitz Verlag, Wiesbaden 2009

Bechhaus-Gerst, Marianne / Leutner, Mechthild (Hrsg.): Frauen in den deutschen Kolonien. Ch. Links Verlag, Berlin 2009

Smythe Sherwood, Barbara: Too long in the Tropicals. A Tale of Papua New Guinea in the Fifteen Years after World War Two. Parker Pattinson Publishing, 2003

Hinweis: Der Lexikon-Eintrag und alle Zeitungsartikel im Roman sind frei erfunden.

Historische Eckdaten – Papua-Neuguinea und die Kolonialisierung

1828 nahmen die Niederländer den Westteil der Insel in Besitz, während der Ostteil von kolonialen Bestrebungen noch unberührt blieb. Um 1860 begann die Firma Godeffroy & Sohn aus Hamburg, an der Nordküste mit Kopra Handel zu treiben.

Das Deutsche Reich und Großbritannien lieferten sich bald ein Wettrennen um den Ostteil der Insel. 1885 einigten sich beide Staaten darauf, den Ostteil noch einmal in der Mitte zu teilen. Der Norden wurde schließlich Kaiser-Wilhelms-Land getauft und zum Schutzgebiet der Neuguinea-Kompagnie ernannt.

Als die Geschäfte schlechter liefen, übernahm das Deutsche Reich 1899 das Schutzgebiet als Kolonie. Deutsch-Neuguinea umfasste außer Kaiser-Wilhelms-Land noch die Inselgruppen der Marianen, Karolinen und nördlichen Salomonen, Palau, Nauru und Bougainville sowie die Marshallinseln und den Bismarck-Archipel.

1914 besetzten australische Truppen gleich zu Beginn des Ersten Weltkriegs das deutsche Gebiet und beendeten damit die kurze deutsche Kolonialzeit. Nach dem Krieg wurde die verlorene Kolonie vom Völkerbund als treuhänderisch zu verwaltendes Mandatsgebiet »Territorium Neuguinea« an Australien übergeben.

Der Süden wurde am 6. November 1884 zum Protektorat Britisch-Neuguinea erklärt. Der Besitz wurde 1902 an Australien übertragen. Ab 1905 hieß der Südteil »Territorium Papua«, und die faktische Herrschaft der australischen Verwaltung begann.
Der Westteil der Insel blieb niederländisch. 1963 erfolgte die Annexion der nun West-Papua genannten Provinz durch Indonesien.
1949 erhielt Australien von den Vereinten Nationen das Mandat zur Verwaltung der Kolonie Papua und des Territoriums Neu-Guinea als »Territorium Papua und Neuguinea«. 1972 wurden erstmals Wahlen abgehalten, und die Bevölkerung stimmte für die Unabhängigkeit. 1973 wurde Papua-Neuguinea autonom und erhielt 1975 die volle Souveränität.

Wenn im Roman manchmal verkürzend nur von »Papua« oder »Neuguinea« die Rede ist, mag dies historisch im ein oder anderen Fall nicht ganz korrekt sein und ist allein dem Lesefluss geschuldet.
Überhaupt ist die Namensgebung kein ganz leichtes Thema in Papua-Neuguinea, denn wie alle Kolonialisten haben auch die Deutschen wenig Scheu gezeigt, das neu erworbene Gebiet nach eigenem Gutdünken umzubenennen. So umfasst das heutige Neu-Britannien (oder New Britain) die ehemals deutsche Gazelle-Halbinsel einschließlich Neu-Pommern. Neu-Pommern wiederum bezeichnete verschiedene Inseln wie die heutige Duke of York Group (oder Neu-Lauenburg, wie die Deutschen es genannt hatten) und New Ireland (das ehemalige Neu-Mecklenburg). Kokopo, der kleine Ort nahe Rabaul, wurde während seiner Zeit als Regierungssitz in Herbertshöhe umgetauft.

Harriet Evans

Das Buch der verborgenen Wünsche

Roman

Als der jungen Schmuckdesignerin Natasha das Tagebuch ihrer lang verstorbenen Tante Cecily in die Hände fällt, zerbricht für sie das Bild ihrer Familie. Bisher war sie immer in dem Glauben gelassen worden, ihre Tante sei mit fünfzehn Jahren tragisch verunglückt. Doch das Tagebuch erzählt eine ganz andere Geschichte …

Yvonne Winkler

Das Haus des Glücks

Roman

Julia Sievers hat nur einen Wunsch: Sie möchte ihren alten Traum, Ärztin zu werden, verwirklichen. Doch ihr Mann nimmt sie nicht ernst. Nur ihre Großmutter versteht sie und erzählt ihr von ihrer Ururgroßmutter Victoria, die auf Samoa lebte und ebenfalls unbedingt Ärztin werden wollte. Anhand von Tagebuchaufzeichnungen und Briefen begibt sich Julia auf die Spur dieser fremden Vorfahrin. Schließlich reist Julia in die Südsee, wo sie nicht nur auf einen bisher unbekannten Verwandten trifft, sondern auch ein altes Familiengeheimnis enthüllt ...

KNAUR